Innenhafen

Ursula Sternberg

Innenhafen

Kriminalroman

Bibliografische Information der Deutschen Nationalbibliothek:
Die Deutsche Nationalbibliothek verzeichnet diese Publikation in der
Deutschen Nationalbibliografie; detaillierte bibliografische Daten sind
im Internet über http://dnb.dnb.de abrufbar.

Lektorat der Originalausgabe 2010: Marit Obsen
Umschlagmotiv: canva.com\View of Duisburger Inner Harbour at
Dusk.jpg
Umschlaggestaltung: Ursula Sternberg
Herstellung und Verlag: BoD – Books on Demand, Norderstedt

ISBN: 978-3-7534-0636-7

Für meine 10 c.

Das letzte Treffen mit Euch hat großen Spaß gemacht und eine Flut von Erinnerungen in mir freigesetzt, die mich zu dieser Geschichte angeregt haben.

Kurt Türauf hantiert mit fremdem Geld und stirbt einen unschönen Tod.

Bettina Türauf will wissen, warum ihr Vater sterben musste.

Gerda, Ines und Matthes sind alte Freunde und erinnern Toni an früher.

Barbara Wheelers ist immer noch schön und reichlich chaotisch.
Volker Schlosser ist Tonis Jugendliebe und sorgt mächtig für Unruhe.

Mike aus Kupferdreh kennt sich auch gut mit Autos aus.
Dr. Behrends leitet die Ruhrcity-Bank und schöpft im Vollen.

Lydia Herzkamp bricht Herzen und steigt die Karriereleiter schnell hinauf.

Giorgio schnappt viel auf und heißt eigentlich gar nicht Giorgio.

Schiller kann nichts wegwerfen und vergisst keinen einzigen Vers.

Irina Kruzsca fürchtet sich und bleibt lieber im Verborgenen.

Onkel Gerhard heißt wie der Exkanzler und kann sich nicht mehr erinnern.

Holger Schönlein ist ein hohes Tier bei der Stadt und hat noch höhere Ambitionen.

Miroslaw Zirkow ist Architekt und will was vom großen Kuchen abhaben.

Pietr Matzek hat eine dunkle Vergangenheit und schlagkräftige Argumente.

Heiko König ist Tonis neuer Kollege und sehr hilfsbereit.

Bea Hellebrosch ist klüger, als Toni glaubt, und trinkt einen über den Durst.

Reinhold Schütte kann in diesem Fall nichts tun.

Max Schulze arbeitet zu viel und hat Glück im Unglück.

Toni Blauvogel hat Urlaub und taucht tief in die Vergangenheit ein.

EINS

Wieder mal Stau auf der A40. Aber jetzt war ja erst mal Schluss mit der Fahrerei, wenn ich denn endlich mal zu Hause angekommen war. Ich hatte Urlaub. Hätte eigentlich ein tolles Gefühl sein müssen. Leider war ich nicht gerade mit Vorfreude erfüllt. Lange Zeit hatte es geheißen, der Resturlaub würde auch über den März hinaus nicht verfallen. So sei es immer gewesen. Dazu konnte ich nichts sagen, schließlich war ich neu. Also hatte ich mich darauf verlassen. Bis Mitte der vergangenen Woche eine eindeutige Dienstanweisung von ganz oben gekommen war, wonach jeder, der für den laufenden Betrieb nicht absolut unverzichtbar war, den Resturlaub bis Ende März abbauen musste.

»Sorry, noch nie dagewesen«, hatte mein sichtlich betretener Chef gemurmelt, »typischer Fall von Is' so.« Da könne er speziell für mich als Neuling leider wenig tun. Klar, dass er erst mal versuchte, bei den alteingesessenen Kollegen die Urlaubsplanung zu retten. Konnte ich ja sogar verstehen. Dennoch war das Ganze verdammt ärgerlich. Denn Max hatte sich auf gemeinsame Ferien im April eingestellt und deshalb in den März besonders viele Termine gelegt. Wichtige Termine. Und Aufträge, noch wichtiger. Wie so oft in letzter Zeit. Max war viel unterwegs, und wenn er zu Hause war, saß er meistens bis tief in den Abend hinein am Schreibtisch, häufig auch an den Wochenenden. Die Kehrseite seiner Selbstständigkeit. Mein kleiner Hacker war solide geworden. Sturzsolide. Und ich ebenfalls, denn auch mich hatte mein neuer Job fest im Griff, mit allen damit verbundenen Vor- und Nachteilen. So wie früher.

Das erste halbe Jahr war verdammt anstrengend gewesen. Neue Kollegen, neue Themen, unbekannte Softwareprodukte. Vermittelt durch Schütte von der Bochumer Kripo war ich vor einem Dreivierteljahr zu einer der Schaltstellen der nordhein-westfälischen Polizei gekommen, zur LZPD, der Landeszentrale für Polizeidienste, wo ich mich als Projektmanagerin, wie es heute so schön neudeutsch heißt, primär damit befassen sollte, wie man erstens EDV-technische Insellösungen aus mehr oder weniger verstaubten Polizeidienststellen durch Anbindung an zentrale Netze ablösen oder zumindest für andere verfügbar machen könnte. Zweitens ging es um die Optimierung des sehr fehleranfälligen Auskunftssystems, das in weiten Teilen NRWs bereits im Einsatz war, und um die Frage, ob man das nicht doch besser durch eine andere Softwarelösung ersetzen sollte. Die Lage war ernst, aber nicht hoffnungslos, und die Arbeit machte mir Spaß. Zwar wäre mir eine Fünfunddreißig- oder besser noch eine Dreißig-Stunden-Woche lieber gewesen. Leider war das in meiner Branche jedoch absolut nicht üblich. In der Welt der IT war nach wie vor Vollzeit mit Haut und Haar angesagt.

Heute war es aber wirklich arg mit dem Stau. Dabei ließ sich die A40 zwischen Essen und Duisburg eigentlich ganz gut fahren, besser als erwartet auf jeden Fall. Morgens nach Essen rein und abends wieder raus, das war richtig schlimm. Ich fuhr aber glücklicherweise antizyklisch, was im Regelfall ganz gut funktionierte. Jetzt jedoch steckte der Wurm drin.

Der Verkehrsfunk auf WDR2 brachte Aufklärung. Auf der A42, der parallel zur A40 verlaufenden Autobahn, war in den frühen Morgenstunden ein Tanklastzug in Brand geraten. Die Polizei war immer noch mit Räumungsarbeiten beschäftigt, der Verkehr wurde umgeleitet. Kein Wunder, dass sich dann alles über die A40 quälte. Leise schimpfte ich vor mich hin, während ich mich Meter für Meter bis zur Abfahrt Frohnhausen schob.

Ich überlegte, was ich mit meinem zweiwöchigen Urlaub anfangen sollte. Zwei Wochen und ein Tag, genau genommen. Wegfahren? Mich spontan einer Reisegruppe anschließen? Allein ein paar Tage irgendwohin fliegen, wo es warm und sonnig war? Vielleicht sollte ich im Internet mal nach Last-Minute-Angeboten dieser Art suchen. Vielleicht sollte ich aber doch lieber hierbleiben und mir endlich mal ein paar der Museen vorknöpfen, die ich schon lange besichtigen wollte? Eine ausgiebige Wanderung durchs Felderbachtal machen, ein paar Freunde bekochen, vielleicht ein Konzert besuchen und auf jeden Fall mal wieder einen Zug durch die Essener Szenekneipen machen? Mir meinen verwilderten Hinterhof-Garten vornehmen und planen, was ich dort alles pflanzen wollte? Mich endlich mal wieder an ein dickes Buch wagen und den Tag gemütlich mit Lesen verbringen, ohne gleich dabei einzuschlafen?

Ich konnte mich nicht entscheiden. Antriebslos war ich, und unzufrieden mit der Situation. Nicht fähig, mich auch nur annähernd positiv zu irgendeiner der vielen Ideen zu stellen. Verdammter Mist!

***

Eigentlich hatte ich ausschlafen wollen. Konnte ich aber nicht. Die innere Uhr meldete Aufstehen, dem Urlaub zum Trotz.

Eine Weile wälzte ich mich hin und her und versuchte, wieder einzuschlafen. Ich hörte die Müllabfuhr rumpeln. Die Alarmanlage eines Autos ging bereits zum dritten Mal los. Und Bonnie stand erneut auf meinem Kopfkissen und leckte mir die Stirn. Auch ihre innere Uhr stand auf Aufstehen. Unmissverständlich. Beziehungsweise auf Fressen. Und da Max unregelmäßig und nicht kalkulierbar zu Hause war, war ich seit geraumer Zeit dafür zuständig. Ihre Schnurrhaare kitzelten mich und ich musste lachen.

»Rrrurrr«, gurrte sie begeistert, putzte erneut mit ihrer rauen Zunge über meine Stirn, warf ihren kleinen Brummmotor an und begann, das Kopfkissen neben mir mit spitzen Milchtritten zu bearbeiten. Also Kraulen, Aufstehen, Füttern. Um sieben Uhr früh im Urlaub. Ganz schön bescheuert.

Eine halbe Stunde später saß ich bei Milchkaffee und frischen Croissants auf dem Barhocker an meinem Stehtisch und blätterte durch die Tageszeitung. Ich las jeden Artikel, der mich auch nur halbwegs interessierte. Zuletzt landete ich bei den Kurznachrichten im

Regionalteil. »*Brennende Autobahn*«, las ich. »*Vollsperrung auf der A42.*
Die Kripo ermittelt.« Aha. Etwa die Ursache für das Desaster am
Vortag?

Gestern ereignete sich in den frühen Morgenstunden ein schwerer Autounfall
auf der A42, der zu einer fast den ganzen Tag andauernden Vollsperrung
zwischen Bottrop und dem Kreuz Essen-Nord führte. Ein aus Richtung
Duisburg kommender Pkw geriet aus noch unbekannten Gründen ins
Schleudern, kollidierte mit einem Tanklastzug und prallte frontal gegen einen
Brückenpfeiler. Als der Pkw explodierte, verwandelte die ausgetretene Ladung
des LKW die Unfallstelle in ein brennendes Inferno. Während der LKW-
Fahrer sich selbst schwer verletzt aus dem Führerhaus retten konnte, kam für
den 48-jährigen Fahrer des Pkw, Kurt Olaf T. aus Duisburg, jede Hilfe zu
spät. Polizei und Feuerwehr waren etliche Stunden im Einsatz. Da Verdacht
auf ein Tötungsdelikt besteht, wurde inzwischen die Kriminalpolizei Essen
eingeschaltet.

Uah! Ich schüttelte mich, die gruselige Szene nur zu deutlich vor
Augen. Vor Feuer habe ich einen Höllenrespekt. Und dann dieser
Name: Kurt Olaf T. Der kam mir irgendwie seltsam vertraut vor. Eine
Weile grub ich in den Untiefen meines Gedächtnisses, aber es war
sinnlos. Der Name ließ sich einfach nicht zuordnen. Schließlich gab ich
auf und beschloss, dem unwirtlichen, regnerischen Märzwetter zum
Trotz erst einmal eine Runde an die frische Luft zu gehen. Ich zog mir
wetterfeste Schuhe und Regenjacke an und verließ die Wohnung.
    Ich ging zügig. Sehr zügig. So schnell, dass ich fast rannte. Während
ich durch das Mühlbachtal lief, entschied ich mich, den Urlaub zu
Hause zu verbringen und mir ein buntes Programm für die
kommenden zwei Wochen zusammenzustellen.
    Da ich durch den strammen Spaziergang gerade so schön im
Schwung war, begann ich nach meiner Rückkehr sofort, die Beete rund
um meine Terrasse von den verdorrten Pflanzen zu befreien. Der
Winter war lang und hart gewesen, und kalt war es immer noch. Eine
ganze Menge war während dieser langen Frostperiode kaputt
gegangen. Leider auch mein Oleander, den ich nicht rechtzeitig
hereingeholt hatte. Über zwei Stunden lang schnitt ich Sträucher

zurück, grub Wurzelballen aus, leerte Töpfe, zupfte undefinierbar wirkende, verdorrte Pflanzen aus den Beeten und entsorgte drei große Müllsäcke, gefüllt mit den Abfällen dieser Tätigkeit.

Der Gedanke schlich sich mit der Kälte in mein Hirn. Schule, signalisierte irgendeine der Synapsen weit hinter dem Stammhirn oder wo sich mein Memory-Chip sonst so befinden mochte. Schule. Kurt Olaf Türauf. Ja klar doch. Mit schmerzendem Rücken richtete ich mich auf. Kurt Olaf. Über seinen Doppelnamen hatten wir uns immer ein wenig lustig gemacht, er selbst vorneweg. Unser Kurti. Dass mir das nicht sofort eingefallen war!

Ich machte mir eine Kanne Tee und ein paar belegte Brote und zog mich auf mein Sofa zurück. Legte eine CD von Amy MacDonald auf und dachte an früher. Holte den alten, geschnitzten Holzkasten aus dem Regal und wühlte in dem unsortierten Haufen nach einem bestimmten Foto. Da es großformatig war, fand ich es relativ schnell. Zögernd durchforstete ich die frischen, unverbrauchten Gesichter. Schließlich fand ich ihn in der dritten Reihe an zweiter Stelle von links. Schlacsig, sommersprossig und mit immens abstehenden Ohren. Kurti grinste unsicher in die Kamera. War er es gewesen, der bei diesem schweren Verkehrsunfall ums Leben gekommen war? Kein schöner Tod, dachte ich traurig.

Die Sache ging mir auch den Rest des Tages nicht mehr richtig aus dem Kopf. Selbst der dicke Schmöker, ein Psychothriller, auf den ich mich gefreut hatte, konnte mich nicht ablenken. Als ich zum dritten Mal den Faden verlor und zurückblättern musste, klappte ich das Buch zu und legte Iron Butterfly auf,»In a Gadda da Vida.« Mit geschlossenen Augen lauschte ich der Musik.

Szenen aus der Schulzeit drängten hoch. Die regelmäßigen Fahrten mit dem Fahrrad quer durch den Duisburger Stadtwald hin zum Entenfang, wo wir unerlaubt badeten. Oder zur Sechsseenplatte, die damals noch nicht zum Naherholungsgebiet umgestaltet, sondern vom Kiesabbau geprägt war, der der späteren Landschaft ihr Gesicht gab. »Betreten verboten. Eltern haften für ihre Kinder«, prangte an den meisten Ufern. Uns war das egal. Wir schnitten wie viele andere

Jugendliche Löcher in die Zäune und gingen in die trübe Brühe rein, Matthes und Kurti mit lautstarkem Platschen, wie es Jungs nun mal so draufhaben, wir Mädels zögerlich. Mit kleinen Schritten blieben wir immer wieder fröstelnd stehen, bis die Jungs anfingen, uns mit Wasser zu bespritzen und wir uns schließlich mit lautem Quietschen fallen ließen. Ein Jahr später dann war auch Volker mit dabei gewesen.

Komm, wir fahren mit der Straßenbahn bis nach Ruhrort ... Ich hab aber kein Geld ... Ist doch egal, fahren wir halt schwarz ... Oh Lord won't you buy me a Mercedes Benz ...

Ich suchte nach der LP von Janis Joplin.»Pearl«. Die Schallplatte hatte ich wie all meine anderen alten Schätze auf den PC gerippt. Lange hatte ich diese Stücke nicht mehr gehört,»A Woman Left Lonely«,»Cry Baby« und Janis Joplins atemberaubende Interpretation von»Summertime«, die ich allerdings erst lange Zeit später entdeckt hatte, weil sie sich auf einem ganz anderen Album befand. Und mit der großartigen Musik schwappten immer mehr Erinnerungen hoch, trieben an die Oberfläche und setzten tief vergrabene Bilder in mir frei.

Die langen Nachmittage mit Barbara. Wir übersetzten die Texte von »Jesus Christ Superstar«. Immer wieder sangen wir mit, bis wir die Texte schließlich auswendig konnten. *What's the buzz, tell me what's happening ...* wieder und wieder, wie eine Repeat-Schleife. Das war der Anfang gewesen. Der Anfang der Cliquenzeit.

Kirmes. Autoscooter. Schlapphüte. Eislaufen, immer im Kreis zur Beschallung von Boney M. Mit langen, selbst gestrickten Schals und offenen Dufflecoats. Schwarz mussten die sein, die Dufflecoats, mit großer Kapuze. Schlaghosen. Und Boots, hellbraun.

There is a house in New Orleans ... Frijid Pink war angesagt, bloß keine andere Interpretation. Wegen der psychedelischen E-Gitarren. Kritische Blicke in den Spiegel. *Bin ich schön? Nein. Nicht richtig. Das Gesicht zu rund. Die Augen zu schmal. Die Haare zu fludderig. Zu dick ... zu dünn ... zu breit die Nase ... die Füße zu kein ... und Barbara viel, viel schöner* ... Lächerlich, womit ich mich damals so befasst hatte. An mir war alles in Ordnung gewesen. Die alten Fotos zeigten es deutlich.

Gemeinsame Kinobesuche, endlose Telefonate. *Und da hat er gesagt ... und dann habe ich gesagt ... und da hat er mir den Arm um die Schulter gelegt* ... Heute hasse ich telefonieren. Beschränke die Anrufe auf das Notwendigste. SMS sind mir lieber. Oder E-Mails. »Lady in Black« von Uriah Heep, »Black Magic Woman« und »Samba pa Ti« von Santana. »Nights in White Satin" von The Moody Blues und »When a Man Loves a Woman" in der Interpretation von Eric Burdon. Der erste Blues, den wir tanzten. *Mensch Kurti, nicht so grabschen, das will ich nicht.* Ich spürte die Erektion der Jungs. Sie klammerten. Unangenehm die meisten. Zu viel Körper, zu eng. Bei einem einzigen schlug mein Herz schnell und holperig. Da war nichts zu viel. Da hing ein Hauch von Novemberkühle in der Luft, gepaart mit einem ganz spezifischen Geruch.

Bei »Strange Days« von The Doors nickte ich ein.

Kurti wackelte mit dem Zeigefinger vor meiner Nase herum. »Willst du denn gar nicht wissen, was mit mir passiert ist?« Er beugte sich dicht zu mir hinunter, bis er mit seinen Lippen fast mein Ohr berührte.

Ich schüttelte mich unwillig.

»Mord«, flüsterte er. »Ich bin ermordet worden.«

»Das ist absurd, Kurti«, antwortete ich. »Kinder werden nicht ermordet. Und schon gar nicht eines wie du.«

»Ihr habt mich doch nie richtig für voll genommen.« Seine Stimme war traurig. Doch plötzlich war er kein dünner Junge mehr mit zu vielen Sommersprossen auf der Nase, sondern ein grauhaariger Mann in meinem Alter. »Aber jetzt«, sagte er aggressiv, »jetzt werdet ihr es müssen!« Er schlug mir seine Faust in den Magen und ich schrak hoch.

Clyde, der mir auf den Bauch gesprungen war, maunzte beleidigt.

***

Direkt am nächsten Morgen ging ich hinüber zum Polizeipräsidium. Von meinem mittlerweile nicht mehr ganz so neuen Wohnsitz in der Ladenspelder Straße in Holsterhausen aus waren es nur fünf Minuten zu Fuß durch die Pettenkofer Straße mit ihren schönen, alten Wohnhäusern bis zum Haumannplatz.

Der von großen, alten Platanen beschirmte Parkplatz am Landgericht gegenüber dem Polizeipräsidium war vor ein paar Jahren einem klotzigen Parkhaus gewichen. Die Ecke war nicht gerade schöner geworden durch diese Maßnahme. Aber das fiel gar nicht weiter auf, wenn man nicht wusste, wie es vorher ausgesehen hatte. Wie viele andere Ruhrgebietsstädte war Essen im zweiten Weltkrieg schwer bombardiert worden, und was in der Innenstadt an alter Bausubstanz noch erhalten geblieben war, war größtenteils dem sachlichen Realismus der sechziger und siebziger Jahre zum Opfer gefallen. Mit anderen Worten: Die Essener Innenstadt und die anliegenden Stadtteile bestachen nicht gerade durch ihre Schönheit.

Ich überquerte die große Kreuzung und betrat das Polizeipräsidium, das sich in einem mächtigen spätpreußischen Bau befand, der wie die gegenüberliegenden Wohnhäuser dem Stadtsanierungsprogramm getrotzt hatte.

Zögernd durchquerte ich die Eingangshalle. Ich wusste nicht so recht, wie ich mein Interesse an dem Fall überhaupt begründen sollte. Ich wusste ja noch nicht mal, warum mich die Sache so aufwühlte. Warum die Vergangenheit mich plötzlich so seltsam fest im Griff hatte. Aber ich wollte es nun mal wissen. Ich wollte wissen, ob es sich bei dem Toten wirklich um meinen ehemaligen Klassenkameraden handelte. Forscher, als mir zumute war, fragte ich beim Pförtner nach den im Todesfall auf der A42 ermittelnden Beamten. So richtig überrascht war ich nicht, als ich deswegen an die Kriminalhauptkommissarin Beate Hellebrosch verwiesen wurde.

Mit Bea verband mich eine im Laufe der Jahre kontinuierlich gewachsene Freundschaft. Zwar stand sie meinem Hang zu privaten Ermittlungen, die ich ein paarmal im Rahmen des von mir während meiner Arbeitslosigkeit gegründeten Vereins für Nachbarschaftshilfe Essen Süd betrieben hatte, nach wie vor skeptisch gegenüber. Dennoch musste selbst Bea zugeben, dass ich mit diesen Ermittlungen recht erfolgreich gewesen war.

»Kurti war irgendwie die Lachnummer der Klasse«, erzählte ich ihr kurze Zeit später. »So einer, der sich immer freiwillig zum Affen macht. Eine Art permanenter Klassenclown. Hat manchmal ganz schön genervt, diese Masche. Trotzdem mochten wir ihn.«

»Und was ist aus ihm geworden?«, fragte Bea.

»Ich weiß es nicht«, sagte ich leise. »Wir haben uns aus den Augen verloren nach dem Abi. Das heißt, ich habe die ganze alte Clique aus den Augen verloren. Obwohl wir doch richtig dick miteinander befreundet waren. Irgendwie komisch, nicht?« Ich dachte daran, wie oft ich mich einfach nicht gerührt hatte, wenn Gerda oder Ines oder Kurti mir auf Band gesprochen hatten, dass sie sich mal wieder treffen würden. Ganz selten nur war ich hingegangen. Als ich im Rahmen einer Trennung eine neue Telefonnummer bekommen hatte, war der Kontakt schließlich ganz abgebrochen.

Bea beobachtete mich forschend. »Du willst jetzt also wissen, ob er das ist«, stellte sie fest.

Ich zuckte mit den Schultern. »Ja«, gab ich zu. »Der Name Kurt Olaf T. ist schließlich nicht ganz gewöhnlich, oder? Und in der Zeitung stand, dass das Unfallopfer aus Duisburg stammt. Das Alter kommt auch hin.«

Bea seufzte. »Die Zeitung ist wie üblich gut informiert. Und der Mann hieß tatsächlich Türauf. So stand es zumindest im Ausweis. Auf welche Schule er gegangen ist, kann ich dir im Moment nicht sagen. Das schien nicht relevant. Ist es relevant?«

»Glaube ich nicht. Für euch zumindest nicht.«

Bea seufzte wieder. »Seiner Kindheit haben wir bislang noch nicht so viel Aufmerksamkeit geschenkt«, sagte sie. »Erst mal hatten wir mit der Identifizierung zu tun.«

»Wieso?«

»Na, Brandopfer halt, und Explosion. Da bleibt nicht sonderlich viel übrig.« Beas Tonfall war schnodderig.

»Ach du Scheiße.« In mir zog sich alles zusammen. »Aber ihr seid sicher, dass er es ist«, bohrte ich dann nach.

Sie warf mir einen prüfenden Blick zu. »Ja, sind wir«, sagte sie dröge und schob demonstrativ die Papiere auf ihrem Schreibtisch zu einem Stapel zusammen, so, als würde sie ein Buch schließen.

»Wie kommt es denn, dass der Ausweis noch lesbar war?« So schnell wollte ich nicht aufgeben.

Bea seufzte erneut. »Der Personalausweis war in einem Alukoffer. Und der wurde bei der Explosion aus dem Fahrzeug geschleudert.«

Wer trägt denn seinen Ausweis in einem Alukoffer mit sich herum?, fragte ich mich verwundert. Männer tragen ihre Papiere doch immer am Körper, entweder in der Gesäßtasche oder in einer inneren Jackentasche.

Wieder dieser prüfende Blick, dieses Mal gepaart mit Strenge. Der berühmt-berüchtigten Beablick, der besagte, dass sie hierzu nichts weiter sagen würde. Ich war klug genug, das zu akzeptieren.

»Ich würde einfach nur gerne wissen, ob es wirklich Kurti ist«, brachte ich sie auf das Ausgangsthema zurück.

»Wenn ich die Akte richtig im Kopf habe, ist er in Neudorf aufgewachsen. Die letzten fünfzehn Jahre wohnte er im Dellviertel in einer etwas schrömmeligen Altbauwohnung. Ich war gestern dort.«

»In Neudorf aufgewachsen?« Ich rückte vor meinem inneren Auge den Duisburger Stadtplan zurecht und richtete den Fokus auf ein paar Straßenzüge östlich des Hauptbahnhofes. »Könnte passen. Ich weiß zwar nicht mehr, welche Straße das war, aber ich war öfter mal bei ihm zu Hause. Wir sind auf das Landfermann-Gymnasium in der Stadtmitte gegangen.«

»Na, dann scheint er ja nicht gerade viel herumgekommen zu sein. Wenn es denn wirklich dein Kurti ist.« Bea trommelte mit den Fingern auf die Schreibtischkante. Der Blick, den sie mir zuwarf, implizierte, dass ich jetzt aufstehen und gehen sollte. Den Gefallen tat ich ihr nicht.

»Hier ist ein Foto von unserer Klasse.« Ich zog das große Schwarz-Weiß-Bild aus der Innentasche meiner Jacke und reichte es ihr. »Vor der Differenzierung in der Oberstufe war das. Da ist er drauf.«

Bea nahm mir das Foto ab. Sah es an. Seufzte erneut und schob es mir wieder über den Tisch zurück. »Okay, er ist es«, bestätigte sie. »Zumindest ist diese Aufnahme hier auch in einem seiner Fotoalben. Dich hätte ich allerdings nicht erkannt, ebenso wenig wie ihn. Zufrieden? Was willst du mit dieser Information überhaupt anfangen?« Schon wieder dieser strenge Bea-Blick, der mich an den durchdringenden Blick eines Raubvogels erinnerte. An eine Harpie, genau genommen.

»Nichts. Ich möchte es nur wissen.«

»Willst du etwa schon wieder auf die Pirsch?«, fragte Bea grantig. »Du hast doch jetzt einen ordentlichen Job!«

»Ich will nur auf seine Beerdigung gehen. Weißt du, wann die ist?«, lenkte ich ein. Dass ich gerade Urlaub hatte, musste ich ihr ja nicht auf die Nase binden.

»Ich glaube, diese Woche noch«, sagte Bea, nun etwas milder im Ton. »Warte, irgendwo habe ich es aufgeschrieben.« Sie kramte in dem Berg Papiere auf ihrem Schreibtisch herum. »Freitag, fünfzehn Uhr, Friedhof am Sternbuschweg in Duisburg«, las sie schließlich vor.

»Morgen schon. Das ging aber fix.« Ich war überrascht.

»Erdbestattung vermutlich. Bei meiner Tante neulich hat es auch keine drei Tage gedauert. Das Krematorium ist der Engpass.«

»Ja, das weiß ich. Mit fix meinte ich die Freigabe zur Bestattung. Wo doch die Identifizierung so schwer war ...«

Bea kicherte. »Du siehst zu viel fern. Nur in Filmen werden Leichen tagelang in Kühlfächern gelagert und immer wieder begutachtet, weil sich irgendjemand mit irgendwas nicht sicher ist.«

»Wie jetzt?«

»Die Rechtsmedizin muss ebenso kostendeckend arbeiten wie andere Unternehmen auch. Das heißt, es wird getan, was getan werden muss, und damit ist die Sache dann erledigt«, erklärte Bea. »Eine Obduktion dauert im Regelfall ein paar Stunden. Lass es einen halben Tag sein, das ist aber schon hoch gerechnet. In unserem Fall wurde der Anfangsverdacht überprüft. Und der weist nun mal auf Kurt Türauf hin. Wie üblich hat man noch ein paar Gewebeproben entnommen und konserviert, und das war's. Die Leiche wurde schon gestern zur Bestattung freigegeben.«

»Warum denkt ihr, dass es Mord war?«

Augenblicklich bildete sich eine steile Falte zwischen Beas Augenbrauen. »Das geht dich nichts an, Toni.« Ihre Finger trommelten erneut ein ungeduldiges Stakkato auf die Schreibtischkante.

»Aber ermordet wurde er doch? Sonst wärest du nicht mit im Boot«, stellte ich fest.

»Raus jetzt und lass mich wieder arbeiten.« Ihr Blick schickte die Warnung voraus, die sie dann auch prompt aussprach. »Lass die Finger davon, Blauvogel!«

Ist ja gut, ist ja gut, murrte ich still vor mich hin, als ich das Präsidium wieder verließ. Ducken und still halten. Falsch. *Duck and cover*. Ducken und bedecken. Und dann still halten, bis die Gefahr vorbei war. Wie die Schulkinder in dem Propaganda-Film, die sich vor der imaginären Gefahr russischer Atombomben unter Schreibtischen verstecken sollten, den Kopf unter den Händen verborgen – ähnlich einer Schildkröte, was auch gleich in Form eines kleinen Zeichentrickfilms illustriert wurde. Aber der Vergleich hinkte. Also verbannte ich die Bilder dieser entsetzlichen amerikanischen Zivilverteidigungs-Filmkampagne der frühen fünfziger Jahre aus meinem Kopf und beschloss, auf dem Holsterhauser Wochenmarkt noch etwas einzukaufen.

Auf dem Weg dorthin rekapitulierte ich Stück für Stück das Gespräch mit Bea. Also tatsächlich Kurti, dachte ich traurig. Aber viel mehr hatte ich nicht in Erfahrung bringen können. Wieso glaubte die Kripo, dass es Mord war? Welche Anhaltspunkte hatten sie? Und wer hatte Interesse daran, einen Menschen wie Kurti Türauf um die Ecke zu bringen? Das interessierte mich wirklich brennend.

Ich ging zur Gemarkenstraße, die auf dem Teilstück vor der Kirche für den Wochenmarkt gesperrt war. Zwanzig Minuten lang konzentrierte ich mich auf den Einkauf. Ich begann mit dem Gemüse, begutachtete das Angebot an den diversen Ständen und entschied mich für einen knackigen Spitzkohl, der Jahreszeit angemessen. Dann stellte ich mich am Fischstand an. Welcher Fisch zu Spitzkohl? Überhaupt Fisch? Oder vielleicht deftige Mettenden? Ich entschied mich für Zanderfilets, die ich mit einer feinen Kartoffel-Käsekruste überbacken wollte, und kaufte noch etwas geräucherten Speck, um dem Spitzkohlgemüse den richtigen Pfiff zu geben.

Die Idee kam mir, während ich am Nachbarstand ein paar Äpfel aussuchte. Ich würde Bea und Schütte zum Essen einladen. Hatte ich lange schon tun wollen und immer wieder verschoben. Schaden konnte es nicht. Also rief ich Bea noch mal an, als ich wieder zu Hause war und die Einkäufe verstaut hatte.

»Komm doch mit Schütte mal zum Essen zu mir«, sagte ich schnell, bevor sie mir als Erstes wieder erzählen würde, dass ich mich aus der Sache raushalten sollte. »Das hatte ich vorhin ganz vergessen.«

»Du willst mich nur anzapfen!« Beas Stimme klang unnachgiebig, Tadel und Vorwurf in einem.

»So ein Quatsch. Wir haben uns nur schon lange nicht mehr gesehen, und in meiner neuen Wohnung wart ihr auch noch nie, das ist alles. Gefüllte Kalbsbrust, feines Rübchengemüse aus Steckrüben, Möhren und Petersilienwurzel und zum Abschluss eine Mousse au Chocolat?«, lockte ich.

»Du gibst auch nie auf!« Ich hörte sie lachen. »Dieses Wochenende kann ich nicht. Bereitschaft. Aber die Woche drauf habe ich frei. Ich werde Schütte fragen«, willigte sie ein. »Wenn er nichts anderes vorhat, kann ich da nicht widerstehen.«

ZWEI

Warum ich dort war, konnte ich gar nicht mal genau sagen. Aber irgendwie war mir vollkommen klar gewesen, dass ich herkommen musste, obwohl ich ihn doch vor mehr als achtundzwanzig Jahren aus den Augen verloren hatte.

Als ich die Kirche betrat, sprang mir sofort Ines ins Auge, klein und mollig, wie sie auch früher schon gewesen war. Und Gerda, unverkennbar Gerda mit ihrer Adlernase und den üppigen Lippen. Schräg hinter ihr Matthes mit immer noch dichtem, vollem Haar, das ehemals flammend rot, nun allerdings vollständig ergraut war. Dann einige mir unbekannte Menschen.

Aber dort vorne in der zweiten Reihe am Rand, da stand Barbara, die dunklen Haare rattenkurz geschnitten und damit erstaunlicherweise irgendwie noch schöner, als ich sie in Erinnerung hatte. Und der Kerl neben ihr, der sich gerade zu ihr hinüberbeugte?

Augenblicklich erinnerte ich mich an einen ganz spezifischen Geruch und hielt unwillkürlich die Luft an. Nicht, dass ich ihn direkt in der Nase gehabt hätte, diesen Geruch. Aber die Erinnerung war wieder da: Die Cordjacke, die er immer getragen hatte. Ich hinter ihm, hinten auf seiner Vespa, die Hände an seinen Hüften, so, wie er es mir gezeigt hatte. Dicht vor mir diese Cordjacke, die mittelbraune, direkt vor meiner Nase. Der leichte Muff darin hatte etwas Körperliches, Animalisches. Nicht unangenehm. Überhaupt nicht unangenehm, sondern eigentümlich spezifisch. Ganz wunderbar spezifisch. Wie gern hätte ich damals mein Gesicht an den Rücken vor mir geschmiegt, an diese Cordjacke, mich versenkt in diesen eigentümlich spezifisch angenehmen Muff. Aber ich hatte mich nicht getraut.

Klar, dass er sich auch jetzt wieder an Barbara anwanzte. War schon immer so gewesen. Barbara. Schöne, flippige Barbara. Die Luft, die ich die ganze Zeit angehalten hatte, entwich jetzt unangenehm laut mit einer Art Zischen wie bei einem Ballon. Abrupt wandte ich mich ab.

Scheiße, Blauvogel. Stehst hier herum und wühlst in Erinnerungen. Kein Wunder. Ist ja auch Kurtis Beerdigung. Und Kurti, der gehört nun mal zu früher. Da erinnert man sich eben.

Vorne begann ein Geistlicher in einem bodenlangen Talar zu sprechen. Priester oder Pfaffe? In was für einer Kirche war ich hier eigentlich? Pfaffe vermutlich, denn das Gewand war schwarz. Die Katholen, die waren doch farbenfroher, oder? Oder nicht bei Beerdigungen? Weiß der Teufel. Ich kannte mich da nicht aus.

... *von uns gegangen* ... *gutherzig* ... *Mann voller Tatkraft* ... *seinen Prinzipien treu geblieben* ...

Kurti? Prinzipien? Der hatte doch früher immer nur gejammert, dass keiner ihn so richtig mochte. So richtig richtig. Dabei hatten wir ihn alle gern gehabt, ihn, unseren Klassenclown.

Die Orgel setzte ein. Ein Choral, tragisch und majestätisch zugleich. Noch ein Gebet, dann die Segnung, ein Kreuz über dem Sarg geschlagen. Und wieder die Orgel. Finale? Ja. Denn um mich herum geriet die Trauergemeinde langsam in Bewegung. Aufbruch zum letzten Geleit. Auch ich erhob mich.

Eine schmalbrüstige Frau in dunklem Kostüm folgte als Erste dem Sarg durch die Mittelreihe. Sehr blond. Sehr zart. Ziemlich jung. Sie blickte sich hilfesuchend um, taumelte leicht, als würde sie gleich zusammenbrechen. Und neben ihr plötzlich schon wieder er. Verwirrt sah ich weg, den imaginären Duft von Cordjackenmuff in der Nase.

Ich mag Beerdigungen nicht. Sie führen mir meine eigene Vergänglichkeit vor Augen. Und trotzdem war ich da. Sah in filmischen Schnitten, wie in Schwarzweiß. Ein langer Weg zwischen Bäumen, Gräber zur Rechten wie zur Linken. Vor mir eine Reihe dunkel gekleideter Menschen. Männer. Frauen. Ganz vorne der Sarg, getragen von Männern in schwarzem Frack. Leichenbestatter. Seltsamer Beruf.

Sie trugen mit Würde. Ließen den Sarg herab mit weiß behandschuhten Händen. Jemand schluchzte laut auf und unterdrückte es augenblicklich wieder. Ich versuchte, die Schluchzende ausfindig zu machen, und entdeckte sie schließlich etwas abseits, die Augen versteckt hinter einer großen Sonnenbrille, das Gesicht halb verborgen im Schatten eines dunklen Herrenhutes aus Filz, unter dem rötliches Haar hervorquoll. Ihre Tränen gruben Furchen in die etwas zu dick aufgetragene Schicht Puder. Also doch jemand, der ihn geliebt hatte, so richtig richtig. Mensch Kurti, na also!

Die Grube wurde nun gefüllt mit Erde. Dunkler, feuchter Erde. Mich schauderte, als ich das dumpfe Plopp hörte, mit dem der schwere Mutterboden nass auf dem Sarg aufschlug.

Nicht mal Blumen hatte ich. Was für Blumen hätten das auch sein können für Kurti, den Klassenclown? Eine bunte, lustige, die hätte wohl gepasst. Ein Papageienschnabel vielleicht. Daran jedoch hatte ich nicht gedacht. Also stand ich nur kurz an der Grube. Mochte dem dumpfen Plopp nicht noch ein weiteres hinzufügen. Ihn mit klumpiger, lehmiger Erde bewerfen. Nein. Erde auf Kurti werfen mochte ich nicht, Beerdigung hin, Beerdigung her.

Nun bring halt mit Anstand zu Ende, was du begonnen hast, Blauvogel! Ich seufzte und gab mir einen Ruck. Reihte mich ein in die Schlange der Kondolierenden, die an der kleinen Gruppe ernster, schwarz gewandeter Gestalten vorbeischritt. Die Schluchzende befand sich nicht darunter. Ich schüttelte Hände. Auch die der Blonden, Zarten, Jungen. Murmelte »Bin mit ihm zur Schule gegangen, war ein echt netter Kerl, der Kurti, hatte immer einen Scherz auf den Lippen«, und kam mir bescheuert vor, während ich das aussprach.

Ich hob den Kopf und begegnete seinem blaugrauen Blick, düster verhangen wie ein Novemberhimmel. Er hielt sich im Hintergrund schräg hinter der Blonden, als wollte er sie beschützen. Wie sollte denn das bloß gehen ohne seine Cordjacke?

»Hallo Volker«, sagte ich verlegen. »Lange nicht gesehen.«

»Toni.« Mehr nicht. Nur dieses »Toni.«

Ich zuckte mit den Schultern. Hielt für einen kurzen Augenblick dem Blaugrau seines Novemberhimmelblickes stand und ging dann zügig weiter.

Am schmiedeeisernen Tor holte mich Ines ein. »Kommst du nicht mit zum Essen?«, fragte sie.

Leichenschmaus? Igitt! Ablehnend schüttelte ich den Kopf.

»Schade«, sagte Ines. »Hier, meine Karte.« Sie drückte mir eine Visitenkarte in die Hand. Ines Trautwein, Accountmanagerin, stand darauf zu lesen.

Sie schien auf etwas zu warten. Auf einen Kommentar? Accountmanagerin bist du also? Respekt! Hast es ja ganz schön weit gebracht. Oder darauf, dass ich im Gegenzug meine Karte zücken würde? Accountmanagerin? Ha! Hier. Nimm dies: Dr. Dr. Dipl. Ing. von und zu ... Touché! Karte gegen Karte, so läuft das doch heutzutage. Ohne Karte bist du nichts. Auf dieses blöde Spiel mochte ich mich aber nicht einlassen.

»Hab keine«, sagte ich also und grinste spöttisch. »Bin einfach nicht so wichtig.«

Ines lief rot an. »Du hast dich überhaupt nicht verändert«, sagte sie leise. Leise auch der Vorwurf in der Stimme. Und die Unsicherheit.

War das wirklich so? Hatte ich mich nicht verändert? Ich will es nicht hoffen. Jung und dumm, das war ich damals.

»Keine Ahnung«, sagte ich nur und zuckte mit den Schultern. Schweigen breitete sich zwischen uns aus. Eines der bedrückenden Art.

»Melde dich doch mal.« Ines lächelte schüchtern. »Warum sind bloß so viele von uns hier?«

»Keine Ahnung«, sagte ich nun schon zum zweiten Mal innerhalb kürzester Zeit. »Ich weiß es nicht«, versuchte ich zu variieren und dachte: Und warum bist du hier? Doch ich fragte nicht. Schwieg stattdessen erneut.

»Es ist ein so seltsam merkwürdiges Ende für Kurti ...« Ines zupfte die Jacke über ihrer drallen Figur in Form. Sie schien zu frieren.

»Ja«, antwortete ich schroff. »Das stimmt.« Und dachte, dass sie verdammt recht hatte. Damit ließ ich sie stehen.

Wenn ich Raucher gewesen wäre, hätte ich mir jetzt eine Zigarette angezündet. Aber ich rauchte schon lange nicht mehr. Also setzte ich mich ins Auto, lehnte den Kopf an die Kopfstütze und versuchte, durchzuatmen.

Die Szenen der Beerdigung saßen mir schwer in den Knochen. Ich dachte daran, dass da keine richtige Leiche in diesem Sarg gelegen hatte, jedenfalls keine mit erkennbaren Kurti-Zügen. Nur ein völlig verkohltes Etwas, kaum identifizierbar. Ich dachte an den Tod und malte mir aus, was Kurt gefühlt haben mochte in seinen letzten Minuten. Das konnte ich mir vorstellen und auch wieder nicht. Das nackte Grauen. Mir wurde übel. Ich öffnete das Fenster und saugte in gierigen Zügen die feuchte, kalte Luft ein. Dankbar spürte ich, wie die Übelkeit nachließ.

Dann überlagerten novembergraue Augen die morbiden Gedanken. Eine Hand, die sich unter den Ellenbogen der kleinen Blonden schob, der zarten, zerbrechlichen.

»Toni«, hörte ich ihn wieder sagen. Mehr nicht. Einfach nur dieses »Toni«.

Arschloch, dachte ich wütend und drehte den Zündschlüssel.

Anstatt auf die A40 zu fahren und den direkten Weg nach Hause einzuschlagen, steuerte ich die A3 an, wechselte am Breitscheider Kreuz auf die A52 und fuhr zu den Feldern südlich des Mülheimer Flughafens. Zwei Stunden lang lief ich durch die Gegend und versuchte, die Bilder von schwarz verkohlten Leichenteilen, von Trauer und Tod loszuwerden. Und von novembergrauen Augen. Ich spürte Zorn in mir brodeln und wusste gar nicht mal genau, warum ich so zornig war, und auf wen. Nur, dass die Wut auch mir selbst galt, das wusste ich sehr genau.

Schließlich hatte ich mich abreagiert. Da ich schon mal in der Ecke war, beschloss ich, noch einen Blick in Schley's Gartencenter zu werfen und mich mit der Gestaltung der Beete um meine Terrasse herum zu beschäftigen.

Eine Zeit lang schlenderte ich durch die langen Reihen der Büsche, Bäumchen und Sträucher. Viel Grünes gab es nicht um diese Jahreszeit. Noch keine Sommerstauden. Noch nichts, was blüht. Aber die Auswahl reichte immerhin, mich auf angenehmere Gedanken zu bringen.

Ich wählte einen Ranunkelstrauch, einen winterharten Riesenbambus, eine Kletterrose und eine Hanfpalme, ebenfalls winterhart, hievte schwere Säcke mit Gartenerde auf den Einkaufswagen und liebäugelte mit dem Gedanken, einen Teich in dem kleinen Hinterhof-Garten anzulegen, passend zur Weide, die dort stand. Dann ging ich noch mal zurück und packte Schmetterlingsflieder, Rosmarin und Lavendel zu den übrigen Pflanzen.

Bei den Gartenmöbeln blieb ich erneut stehen. Ich dachte an den hässlichen weißen Plastiktisch, den ich von meiner Vormieterin übernommen hatte. Vier einfache Klappstühle aus Holz hatte ich mir bereits vor einem Jahr gekauft. Aber sie waren unbequem, wenn man länger darauf saß, und taugten zwar zum Essen am Tisch, nicht aber zum gemütlichen Herumlungern im Garten. Also wanderte ich zwischen Bänken, Stühlen, Liegen und Tischen aus Massivholz herum, befühlte passende, farbenfrohe Auflagen und verglich die Bequemlichkeit. Als ich mich auf einer Liege ausstreckte und Beine und Einkaufswagen an mir vorbeiziehen sah, hatte ich plötzlich Loriot und seinen Bettenkauf-Sketch im Kopf. Grinsend schloss ich die Augen, wippte probeweise auf der Liege herum und ließ die Szene genüsslich Revue passieren.

Ich entschied mich für eine wellenförmig geschwungene Teakholzliege, wie man sie auch in einer guten Sauna finden kann. Eine leicht bogenförmige Gartenbank hatte es mir ebenfalls angetan. Sie war lang genug, um sich darauf auszustrecken, und die abgerundeten Ecken passten sich ganz wunderbar dem Rücken an. Auch ein Tisch, den man mit mehreren Anbauelementen von klein auf groß umbauen konnte, lachte mich an. Der hässliche, große Plastikfuß für den Sonnenschirm tauchte vor meinem inneren Auge auf, ebenfalls ein Relikt meiner Vormieterin. Man musste ihn mit Wasser befüllen, und wenn man das nicht regelmäßig tat, flog einem der Schirm um die Ohren und trieb den Trumm lautstark über die Terrasse. Viel schöner waren doch diese riesigen Stoffschirme mit dem geschwungenen, stabilen Holzarm und einem massivem Granitfuß. Gelb? Oder orangerot? Ich entschied mich für den leuchtend Roten. Auf den Preis achtete ich schon gar nicht mehr.

Den Markt verließ ich schließlich voll bepackt und mit einer stattlichen Rechnung von weit mehr als einem Monatseinkommen in der Hand, bei der ich vor einem Jahr noch dankend abgewinkt hätte. Jetzt war es mir egal. Ich hatte die Probezeit überstanden und wieder ein regelmäßiges Einkommen, zwar nicht mehr ganz so üppig wie früher, dafür jedoch war meine jetzige Wohnung Tür an Tür mit Max preiswerter als mein ehemaliges Domizil am Isenbergplatz. Auch Max' Selbstständigkeit trug mittlerweile erstaunlich gute Früchte und stabilisierte in den letzten Monaten unsere bis dahin eher bescheidene finanzielle Situation. Geldsorgen hatte ich also keine. Aber ich hatte Frust.

Ich machte einen Liefertermin für die kommende Woche aus und freute mich darauf, mit einem bepelzten Hausfreund zur Linken und einem zur Rechten auf meiner neuen Bank zu sitzen, während Max es sich auf der wellenförmigen Saunaliege gemütlich machte. Falls er denn Zeit dazu finden würde.

Es dämmerte bereits, als ich endlich nach Hause kam. Die Pflanzaktion verschob ich auf den kommenden Tag, wärmte mir die Reste des Spitzkohls auf und machte es mir mit einem Glas Rioja, ein paar mundgerechten Stückchen alten Goudas und dem Psychothriller auf meinem roten Sofa bequem.

Aber Kurti geisterte nach wie vor durch meine Gedanken und gab einfach keine Ruhe. Als sich dann auch noch ein novemberregenverhangener Blick in die spannende Geschichte einmischte, gab ich es auf.

✳✳✳

Schließlich rief ich doch an. »Hallo Ines, ich habe gerade in Duisburg zu tun und ...«

»Sollen wir uns treffen?«, fragte sie schnell. Begierig fast.

Ich war froh, dass sie es war, die fragte. Denn ich hätte nicht so recht gewusst, wie ich es ihr hätte vorschlagen sollen. Diese merkwürdige Beklemmung, die mich mit der Erinnerung an die letzten Jahre meiner Schulzeit befallen hatte, war schon seltsam. »Gern, wenn du Zeit hast«, antwortete ich langsam.

Wir trafen uns am späten Nachmittag am Duisburger Innenhafen in einem der neuen, schicken In-Läden. Ines hatte einen Platz direkt hinter der gläsernen Fensterfront ergattert.

»Hat sich ganz schön verändert hier«, stellte ich fest. Nicht, weil mir die Entwicklung neu war – schließlich arbeitete ich seit einem Dreivierteljahr nur einen knappen Kilometer von der Gastronomie-Meile am Innenhafen entfernt in dem neuen Gebäude der LZPD – sondern eher, um überhaupt etwas zu sagen.

»Ja, nicht war? «, sagte Ines stolz. Sie hatte meine Bemerkung als Anerkennung interpretiert.

War es das gewesen? Anerkennung? Ich wusste es nicht so recht.

»Früher gab es hier Kais und Schiffe und Hebekräne und altes Gerümpel «, sagte ich langsam. »Als ich klein war, bin ich öfter zum Spielen hergekommen.«

»Echt?«, hauchte Ines. »Das hätte ich nie gedurft.«

»Durfte ich auch nicht.« Ich lachte. »Bin aber trotzdem gerne hergekommen.«

Eine Möwe ließ sich auf einem der alten Kräne nieder, die man dankenswerterweise stehen gelassen hatte.

»Ich weiß nicht, ob ich diese Veränderung wirklich gut finde.« Ich sah aus dem Fenster. Ein Kind warf ein Stück Brot in hohem Bogen in Richtung des Kranes. Die Möwe stieß sich von ihrem luftigen Platz ab und schwebte zu Boden. Ich beobachtete, wie sie das Brotstück aufpickte und gleichzeitig ungeniert einen grünlichweißen Haufen auf die Steine der Uferpromenade fallen ließ. Unwillkürlich musste ich grinsen. »Es wirkt einfach so wie ›Möchte gern Hamburg sein, aber kann nicht so recht‹«, sagte ich, ein Zwinkern in der Stimme.

»Was?«, protestierte Ines, die das Zwinkern offensichtlich nicht bemerkt hatte. »Also das Schmuddelloch früher war ja wohl kaum besser!«

Auweia. Da war ich wohl auf eine lokalpatriotische Landmiene getreten.

»Auf jeden Fall gab es damals keinen so leckeren Pinot Gris hier.« Versöhnlich lächelte ich sie an und prostete ihr zu. »Auf die alten Zeiten!«

»Auf die alten Zeiten.« Sie prostete zurück.

Ich sah zu, wie sich der Himmel am gegenüberliegenden Ufer rosig verfärbte, direkt über den alten Speichern, in denen sich mittlerweile Museen und teure Lofts befanden.

»Warum bist du eigentlich nicht mehr zu unseren Treffen gekommen? «, fragte Ines schließlich leise. »So weit weg wohnst du doch gar nicht.«

»Stimmt. Essen ist nicht gerade das andere Ende der Welt«, gab ich zu. Dann zuckte ich mit den Schultern. »Tja, warum? Ich weiß es nicht genau, wenn ich ehrlich bin. Wahrscheinlich waren andere Sachen im konkreten Moment immer irgendwie wichtiger als ein Treffen mit alten Schulfreunden ...« Nachdenklich betrachtete ich sie.

Sie errötete unter meinem Blick und biss sich auf die Lippen.

»Bitte nimm's nicht persönlich«, schob ich hinterher. »Es war keine Entscheidung gegen euch, sondern für etwas anderes.« Stimmte das wirklich? Ich würde mich damit auseinandersetzen müssen, irgendwann, denn es war meinen ehemaligen Freunden gegenüber unerklärlich schroff und ungerecht, so viel wurde mir langsam klar.

»Ist schon gut.« Ines blinzelte mich an. »Du konntest ja nicht wissen, dass Volker auch nur ganz selten gekommen ist.«

Touché. »Wie kommst du denn auf die Idee, es hätte was mit Volker zu tun gehabt?« Ich warf ihr einen bösen Blick zu.

»Ist ja egal«, sagte Ines schnell. »Auf jeden Fall habe ich mich gefreut, dich wiederzusehen.«

»Das mit Kurti ist mir ganz schön nahe gegangen«, bekannte ich. »Habt ihr in den letzten Jahren eigentlich auch noch Kontakt gehabt?«

Ines strich sich ihre blonden Locken aus dem runden Gesicht. »Nicht richtig oft, aber doch regelmäßig. Gerda, Matthes, Kurti und ich. Und später dann auch Barbara, als sie nach ihrer Scheidung aus den USA zurückgekommen ist, da hatte sie doch hingeheiratet. Also, wir haben uns so alle paar Monate mal getroffen. Sind Essen gegangen oder einen Trinken, haben ein bisschen geklönt. Öfter habe ich die anderen aber auch nicht gesehen.«

Immerhin erheblich öfter als ich, dachte ich. Aber ich sprach es nicht aus.»War der Kurti nicht bei der Post?«, fragte ich stattdessen. Ich erinnerte mich dunkel, dass er diese Laufbahn nach dem Abitur hatte einschlagen wollen.

»War der nicht bei der Post?« Ines lachte.»Wie das klingt!« Sie glättete eine Falte auf dem Tischtuch.»Nein, er war nicht bei der Post. Er ist zur Bank gegangen.«

Ein Banker? Unser Kurti? Das passt doch gar nicht! Auch diesen Gedanken behielt ich für mich.

»Außerdem war er schon lange nicht mehr Kurti«, fuhr Ines fort.

»Nein?« Ich war überrascht.»Warum denn nicht? Ich bin doch auch immer noch Toni.«

»Ja, *du*.« Der Blick, mit dem Ines mich bedachte, war nicht gerade freundlich.»Kurti wollte irgendwann einfach nicht mehr Kurti genannt werden. Wenn du so willst, ist er doch noch erwachsen geworden.«

Irritiert versuchte ich, die unterschwelligen Töne zu sondieren. *Ja, du. Und? Erwachsen geworden ...* Was sollte das denn jetzt, nach fast dreißig Jahren? Erwachsen wurden wir doch schließlich alle!

»Du warst immer schon so verdammt selbstsicher«, platzte es aus Ines heraus.»Erwachsen werden war für dich gar nicht schwer.«

»Mensch Ines, das ist absoluter Blödsinn«, eiferte ich mich.»Ich hatte genau so damit zu kämpfen wie jeder von uns. Mit dem Erwachsenwerden, meine ich.«

»Mir kam es nicht so vor«, sagte Ines kläglich.»Auf jeden Fall wollte er einfach nur noch Kurt genannt werden, das ist alles.«

»Wer war denn die junge Blonde auf der Beerdigung?« Die, die von Volker so intensiv betüddelt wurde ... Das konnte ich mir gerade noch verkneifen. Gott sei Dank!

»Das war Kurts Tochter.«

Aha. Eine Tochter also.

»Und woher kennt Volker sie, wenn er doch auch nichts mehr mit Kurti zu tun hatte?«

»Das habe ich nicht gesagt.« Ines lächelte mich an. »Ich habe nur gesagt, dass Volker auch nicht zu unseren Treffen kam. Mit Kurt hatte er noch guten Kontakt, zumindest, als er noch in Duisburg wohnte. Soweit ich weiß, ist Volker erst vor acht Jahren oder so nach Hamburg gezogen. Ich glaube, er lebt dort mit seiner Freundin zusammen.«

»Wo es eine Tochter gibt, muss es auch eine Frau geben«, kam ich auf Kurts familiäre Verhältnisse zurück. Gleichzeitig war mir klar, dass das nicht unbedingt stimmen musste, sondern ein Trugschluss sein konnte und vermutlich auch war. Schließlich wurde jede zweite Ehe in Deutschland geschieden. Oder war es jede vierte? Auf jeden Fall beklagte die Kirche einen mangelnden Zusammenhalt dieser heiligen Institution. Dem Staat war es egal, solange der eine für den anderen aufkam, auch nach der Ehe.

»Die lebt schon lange in England«, stellte Ines nun auch prompt richtig. »Ist vier Jahre nach der Geburt der Tochter einfach abgehauen.«

Also doch nicht richtig geliebt, der Kurti? So richtig richtig? Bei diesem Gedanken fiel mir die Schluchzende wieder ein.

»Und wer war dann diese Frau auf der Beerdingung? Die mit dem Bogart-Hut und der Sonnenbrille? Sie schien ernsthaft betroffen zu sein, so, wie sie geweint hat.«

»Die habe ich noch nie gesehen. Das heißt aber nichts. Wie schon gesagt, so richtig engen Kontakt hatte ich nicht mit Kurt. Nur zwei, drei Treffen im Jahr. Obwohl – eigentlich hat er dann immer alles brühwarm erzählt. Also seine Frauengeschichten und so ...«

»Und da war nichts in letzter Zeit? «, bohrte ich nach.

»Nicht dass ich wüsste. Eine Zeit lang war er in eine Kollegin verliebt, so eine Brünette. Typ Anne Will. Ein weiterer unerreichbarer Stern an seinem Frauenhimmel. Landen konnte er nicht bei ihr. Sie war sowieso viel zu jung für ihn.«

»Das ist eindeutig dein Urteil.« Ich grinse anzüglich. »Kurt fand das sicher nicht.«

»Männer halt.« Ines verdrehte vielsagend die Augen und seufzte. »Je jünger, desto besser. Und je oller, je doller.« Das klang giftig.

Ich mochte mir nicht ihre Leidensgeschichte in Sachen Männer anhören. Streng genommen wollte ich mir gar keine Leidensgeschichte von ihr anhören, egal, ob mit oder ohne Mann.

»Und du bist jetzt also Accountmanagerin«, wechselte ich schnell das Thema. »Ist doch toll, da kommst du bestimmt viel herum.« Dass das für mich absolut nichts wäre, sagte ich lieber nicht. Ich wollte abends nach Hause kommen und nicht dauernd berufsmäßig durch die Weltgeschichte tingeln müssen.

»Ja, ich bin wirklich viel auf Achse«, sagte sie mit leisem Stolz in der Stimme. Dann seufzte sie. »Manchmal ist es mir allerdings ein bisschen zu viel. Aber ich will mich nicht beklagen. Ich verdiene ganz gut dabei. Und du?«

»Immer noch in der IT-Branche«, sagte ich knapp. Ich hatte keine Lust, über meinen Job zu reden. Also sah ich auf die Uhr. »So spät schon? Du, ich muss jetzt mal.« Ich winkte dem Kellner zu. »War wirklich nett, dich mal wieder zu sehen.«

Sie wirkte enttäuscht.

»Kannst mich ja mal anrufen, wenn was ist. Oder wenn ihr euch mal wieder trefft.« Ich kritzelte meine Telefonnummer auf einen Bierdeckel.

***

Es wunderte mich nicht, dass ich ihn plötzlich an der Strippe hatte. Nicht richtig jedenfalls. Irgendwie hatte ich sogar damit gerechnet, so, wie man mit etwas Unausweichlichem rechnet.

»Woher hast du meine Nummer?«, fragte ich trotzdem schroff.

»Nun reg dich nicht gleich auf. Ines hat sie mir gegeben«, antwortete Volker lakonisch.

»Und was willst du?«

»Ich hab so einiges über dich gelesen in den letzten drei Jahren«, sagte er. »Toni Blauvogel mit der guten Spürnase ...«

»Alles Quatsch«, konterte ich trocken. »Viel Lärm um nichts.«

»Zwei aufgeklärte Morde, eine schwere Körperverletzung mit Todesfolge, ein vermisstes Mädchen«, zählte er auf.

Ich verzichtete auf einen Kommentar.

»Es hat mich überrascht, dich auf Kurts Beerdigung zu sehen.«

Dito, mein Lieber. Und so intim mit der Tochter. »Du hast dich nach dem Abi auch nicht gerade um den Zusammenhalt der alten Clique bemüht, habe ich gehört.«

»Stimmt.« Leises Lachen. »Aber mit Kurt hatte ich weiterhin Kontakt. Nicht richtig eng, aber er kam immer zu mir, wenn er Probleme hatte. Vor allem in den ersten Jahren, nachdem seine Frau ihn verlassen hatte. War alles ein bisschen zu viel für ihn. Manchmal habe ich ihm Bettina abgenommen. Ich war mit ihr Tretboot fahren, im Zoo oder im Zirkus. Ich kam ganz gut an Freikarten ran.«

Also eine Art Leih-Onkel.

»In den letzten zehn Jahren haben wir uns dann auch ein wenig aus den Augen verloren. Bettina kam ab und zu noch bei mir vorbei, hat mich ein paarmal auch in Hamburg besucht, aber mit Kurt lief es irgendwie nicht mehr so. Ich war nicht bös drum, er ging mir zunehmend auf die Nerven.«

»Warum?«, fragte ich.

»Weil sich einfach nichts änderte bei ihm. Man konnte sich den Mund fusselig reden, aber er hat nie dazugelernt. Immer die gleichen Probleme, immer die gleichen Enttäuschungen. Als ich umgezogen bin, war die Luft dann endgültig raus.«

»Hm«, brummte ich zustimmend. »Und dann?«

»Kurt hat sich vor einiger Zeit bei mir gemeldet. Er wollte mich wegen einer wichtigen Angelegenheit sprechen. Ich dachte, das würde dich interessieren. Können wir uns sehen?«

Ich unterdrückte mühsam das Räuspern, das mir in der plötzlich seltsam trockenen Kehle saß. »Wann?«, fragte ich. Und räusperte mich doch noch.

»Spricht was gegen jetzt gleich?«

»Jetzt sofort?« Ich suchte flüchtig nach Ausreden. Dann musste ich lachen. »Nichts spricht dagegen. Kommt nur ein bisschen plötzlich.«

Wir verabredeten uns in einer mir unbekannten Kneipe am Dellplatz.

***

Ich fand eine Parklücke in der Realschulstraße und ging zu Fuß zum Dellplatz. Das Dellviertel hatte sich gemausert seit meiner Schulzeit. Es schien eine Art Szeneviertel geworden zu sein, denn rund um den Platz tummelten sich Kneipen, Cafés und Restaurants, von denen es die meisten früher nicht gegeben hatte. Lediglich das Filmforum und eine Pizzeria kamen mir noch bekannt vor. Hübsch war es hier, und ich konnte mir vorstellen, dass im Sommer ein reges Leben auf dem Platz herrschte, denn mit Sicherheit hatten die meisten Lokale in der Saison auch draußen ein paar Tische stehen.

Das »Webster« war ein gemütliches Brauhaus, das jetzt um die Mittagszeit nur mäßig besucht war. Ich betrat es mit gemischten Gefühlen und entdeckte ihn augenblicklich auf einem der Barhocker an der Theke. Himmel, Arsch und Zwirn, dachte ich, straffte mich innerlich und gesellte mich zu ihm.

»Hi Toni.« Volker schob seine Hand wie selbstverständlich unter meine halblangen, asymmetrisch gestuften Haare und fuhr mit gespreizten Fingern hindurch, leicht gegen den Strich. So wie früher. Die feinen Härchen in meinem Nacken richteten sich auf unter der Berührung. Sofort zog er die Hand zurück. Als habe er eine Grenze überschritten, die er lieber doch nicht übertreten wollte. Wie früher.

»Hallo Volker.« Ich ärgerte mich, dass mein Herz so heftig schlug. Drehte mich abrupt ab und wollte einen Barhocker heranziehen.

»Lass uns dort an den Fenstertisch gehen, da können wir ungestört reden.« Volkers Tonfall ließ keinen Widerspruch zu.

Ich klaubte also meinen Rucksack vom Boden auf und folgte ihm zu dem kleinen Tisch unter dem Fenster. Gehorsam irgendwie, dachte ich und spürte eine leise Wut in mir aufsteigen.

»Habt ihr Milchkaffee?«, rief ich mit ungewohnt lauter Stimme zum Wirt hinüber. Nur so zum Trotz. Um lässig zu wirken?

Er nickte bestätigend.

»Dann Milchkaffee und ein Wasser bitte.« Damit setzte ich mich.

Volker betrachtete mich schweigend.

Ich musterte zurück. Ebenfalls schweigend.

»Gut siehst du aus, Toni.«

Unwirsch schüttelte ich den Kopf. Das war zu viel. Zu viel nach dieser intimen Geste. Zu viel bei diesem Blick.

»Lass das«, raunzte ich ihn an und gab so der Wut einen Kanal.

»Okay, ich lasse es. Aber es stimmt«, sagte er, leise zwar, aber mit diesem leicht spöttischen Unterton in der Stimme, der mich schon früher so kirre gemacht hatte. Ich hatte nie gewusst, wann er etwas ernst meinte und wann nicht. Ein Hauch von Blues hing plötzlich in seinen Augen, eine leise Melancholie. Und ich merkte, dass es ihm gar nicht am Arsch vorbeiging. Es? Die Situation? Nein. Nicht die Situation und auch nicht es. Ich. Ich ging ihm nicht am Arsch vorbei. Trotz der Ironie in seiner Stimme. So ist es früher vermutlich auch gewesen. Nur dass ich damals zu jung gewesen war, das zu erkennen.

»Du wolltest mir was erzählen«, lenkte ich ihn auf das Thema, wegen dem ich eigentlich gekommen war. »Du hast gesagt, dass Kurt kurz vor seinem Tod mit dir geredet hat.«

»Ja«, bestätigte Volker. Er nahm einen Schluck Bier und wischte sich beiläufig den Schaum von der Oberlippe. Die Geste hatte etwas verdammt Sinnliches. Er schien meinen Blick falsch zu deuten. »Alkoholfrei«, beeilte er sich zu sagen. »Ich weiß nicht, ob du davon gehört hast, aber ich mache Reportagen. Beruflich, meine ich.«

Ich schüttelte den Kopf. Das hatte ich tatsächlich nicht gewusst.

»Ich arbeite als freier Redakteur, das heißt, ich bin nicht fest angestellt. Wenn ich eine interessante Story habe, biete ich sie den einschlägigen Blättern an. Wochenmagazinen, Tageszeitschriften. Manchmal bekomme ich auch Auftragsarbeiten.«

»Und das funktioniert?«, fragte ich überrascht. »Ich meine, davon kann man leben?«

»Ja, es funktioniert. Und ja. Ich kann davon leben. Ganz gut sogar. Allerdings auch nur, weil ich schon lange im Geschäft bin. Ein Neueinsteiger hat da heute kaum eine Chance, es sei denn, er hätte Beziehungen.«

»Das berühmte Vitamin B«, sagte ich sarkastisch. »Ohne das ist es heutzutage ja schon schwer, überhaupt nur ein Vorstellungsgespräch zu bekommen. Und da rümpft man die Nase über die italienische Vetternwirtschaft.«

Volker lachte. Dabei warf er den Kopf leicht in den Nacken und ließ seine Zähne blitzen. Genau so wie früher. Nur dass da heute Gold zu sehen war, viel Gold anstelle von weißem Zahnschmelz.

»Ich erzähle das auch nur, weil Kurt deswegen wieder Kontakt zu mir aufgenommen hat. Wegen meinem Beruf, meine ich. Das ist jetzt vier Wochen her. Er rief mich in Hamburg an und sagte, er hätte vielleicht eine heiße Story für mich. Ob ich interessiert wäre.«

»Und? Warst du interessiert?« Ich nippte an meinem Milchkaffee.

»Ich war vorsichtig«, sagte Volker langsam. »Vermutlich zu vorsichtig. Kurt ließ durchblicken, er sei einer großen Geschichte auf der Spur. Und ich Depp hab gesagt, die Sache müsse gut belegt sein und er müsse verwertbare Fakten haben, dann könnten wir uns gerne treffen. Für blanke Vermutungen sei mir meine Zeit zu schade.«

»Worum ging es denn?«, drängelte ich.

»Um eine Sauerei im Rahmen der Strukturmaßnahmen am Duisburger Innenhafen. Mehr hat er nicht gesagt. Ich habe ihn ja auch gleich abgewürgt.«

Ich pfiff leise durch die Zähne. »Und?«

»Nichts weiter. Er sagte, er würde sich wieder melden und mir Beweise bringen, und legte auf. Nun, drei Wochen später, ist er tot.«

»Hm«, Nachdenklich sah ich ihn an. »Klingt nicht unbedingt nach Zufall.«

»Nein, finde ich auch. Klingt schwer danach, als sei an seiner Geschichte was dran gewesen.«

»Was meint denn die Polizei dazu?«

»Komm mir bloß nicht mit denen.« Volker wedelte abwehrend mit den Händen.

»Oho.« Spöttisch hob ich eine Augenbraue. »Höre ich da so was wie Angst heraus?«

»Nicht Angst. Zorn trifft es besser.« Volker lachte unbefangen. »Nein, jetzt mal im Ernst. Das letzte Mal, als ich freiwillig zu den Bullen gegangen bin, erlebte ich ein Fiasko.«

»Wieso das denn? Hattest du was ausgefressen? «, fragte ich mit neckendem Unterton.

»Ich? Gar nichts. Ich habe bloß für einen Artikel über Korruption im Rahmen einer Kartellbildung recherchiert. Dabei bin ich über einen hohen Herrn in der Politik gestolpert und mit meinem Wissen beim LKA aufgeschlagen.«

»Und?«, fragte ich interessiert.

»Zwei Tage später hatte ich eine einstweilige Verfügung am Hals. Die Reportage durfte nicht erscheinen. Irgendjemand muss gepetzt haben.«

»Jemand vom LKA?«

»Von was denn sonst? Andere waren nicht eingeweiht.«

»Hier geht's doch aber um Mord«, wandte ich ein.

»Schon. Aber der Mord ist nur der Endpunkt einer Geschichte, an der Kurt dran war. Und die lasse ich mir dieses Mal nicht versauen.«

»Hm.« Ich kratzte die Reste des Milchschaums aus meiner Tasse und leckte den Löffel ab. »Was hast du jetzt vor?«

»Ich dachte an eine kleine Spritztour zu zweit.«

»Wohin? «, fragte ich irritiert.

»Na, zum Innenhafen natürlich.«

Zwanzig Minuten später schlenderten wir durch die Speichergracht.

»Hier hat sich aber verdammt viel getan.« Neugierig sah Volker sich um. »Sieht nach schöner Wohnen aus.«

»Schöner Wohnen, das ist gut.« Ich grinste anerkennend. Denn seine Bemerkung traf es auf den Punkt. Mit einer entsprechenden Kamera hätte man hier gut Fotos für die gleichnamige Zeitschrift machen können.

»Irgendwo in der Nähe muss doch auch unser autonomes Jugendzentrum gewesen sein.« Er sah sich suchend um. »Wie hieß das noch gleich?«

»Das Eschhaus. Ich glaube, das war weiter in Richtung Schwanentor. Aber das gibt's schon lange nicht mehr. Zumindest musste es irgendwann mal umziehen, glaube ich. Und außerdem war da ja wohl mehr die Off-Szene angesagt, nicht Schickimicki.«

»Eschhaus, richtig. Mensch, das waren noch Zeiten.« Er lächelte mich an, leichte Wehmut im Blick. »War schön damals.«

»Jaja. Unsere wilden Jahre«, sagte ich spöttisch. Trotzdem wurde mir heiß unter seinem Blick. »Wie sah das hier eigentlich früher aus?«, lenkte ich schnell ab.

»Keine Ahnung. Aber so auf jeden Fall nicht. Weder Gracht mit Seerosen, Goldfischen und Holzbrücken noch diese Edelschuppen hier.«

Ich ließ meinen Blick über die Häuserfronten schweifen. Die Gebäude waren parallel zur Gracht gebaut. Viel Glas, viel Stahl, etwas Holz, große Balkone, sachlich schick irgendwie. Kein Auto weit und breit. Vermutlich Tiefgaragen. »Muss schön ruhig sein«, sagte ich schließlich. »Keine schlechte Wohngegend auf jeden Fall. Et voilà«, mit der Hand beschrieb ich einen Halbkreis, als wir das Ende der Gracht erreichten, »der Innenhafen.«

»Ja, ich weiß. Ich war nach der Beerdigung schon hier. Nur bin ich da vom Schwanentor gekommen.«

»Warum wolltest du denn noch mal herkommen, wenn du das alles schon kennst?«, fragte ich etwas grantig.

»Das war ganz kurz, nur ein erster Eindruck«, sagte er. »Ich musste dringend wieder nach Hamburg. Ein wichtiger Termin. Bin vorhin erst zurückgekommen.«

»Und was sollen wir deiner Meinung nach jetzt tun?«

»Lass uns einmal ganz rumgehen. Vier Augen sehen bekanntlich mehr als zwei. Was könnte Kurt gemeint haben mit seiner Sauerei am Innenhafen?«

»Wenn ich das wüsste, wären wir nicht hier.«

»Komm, wir spinnen einfach drauflos. Sag mir, was du siehst, was dir auffällt, was dir einfällt ...«

»Hm«, knurrte ich. »Also eine Art Brainstorming. Warum nicht.« Ich setzte mich in Bewegung. »Legoland. Ein Museum für Groß und Klein.«

»Warst du schon mal drin?«

»Nein. Mir fehlt das passende Kleine dafür«, sagte ich spöttisch. »So allein fehlt mir als Große die notwendige Begeisterung.«

»Nichts für Junggebliebene? «, neckte Volker mich.

»Ganz so jung nun auch nicht.«

Wir schlenderten weiter.

»Küppersmühle, historisch, mit Kran. Jetzt Museum, glaube ich.«

Volker sah zu dem roten Backsteingebäude aus der Jahrhundertwende hoch. »Komisch. Eine Mühle hatte ich mir immer anders vorgestellt«, nörgelte er.

»Das ist ja auch der zugehörige Kornspeicher, glaube ich wenigstens. Auf jeden Fall heißt das Ding so. Und das Gebäude direkt neben dem Legoland heißt ebenfalls Mühle. So isses nun mal«, nuschelte ich in typischer Ruhrgebietsmanier.

»Ich mein ja nur… Komm, mach weiter.«

»Neubauten gegenüber. Keine Ahnung, was das für Gebäude sind Unten sind Restaurants drin, oder Cafés. Oder beides. Das Ding hier vorne scheint noch nicht bezogen zu sein. Komisches Teil, sieht aus wie eine Schlange oder ein Drache. Einer aus Glas. Nur dass der Kopf ein Turm ist.«

»Stimmt«, sagte Volker. »Etwas unproportioniert irgendwie.«

»Wirkt alles ziemlich grau und trist in diesem trüben Märzlicht, wenig imposant«, assoziierte ich weiter. »Vor allem, weil sich in unmittelbarer Nähe noch diese Einöde befindet.« Ich wies auf eine brachliegende Fläche am Ende des Hafenbeckens, die sich bis unter die auf uncharmante Betonstelzen hochgelegte A52 zog. Sie wurde offenbar als Parkplatz genutzt, denn ein paar Autos standen unter der Autobahn. Nieselregen setzte ein.

»Willst du etwa noch auf die andere Seite?«, fragte ich misstrauisch.

»Ja klar. Deswegen sind wir doch hier, oder?« Volker zog einen Knirps aus der Innentasche seiner Jacke und klappte ihn auf. »Komm, hak dich bei mir ein, dann wirst du nicht so nass.«

»Danke, geht schon«, sagte ich stur.

»Ganz rum muss ja auch nicht sein«, gab er nach. »Man kann die andere Seite von hier aus ganz gut sehen. Aber lass uns noch mal ein Stück in die andere Richtung gehen.«

Ich nickte und kehrte dem Brachland den Rücken zu.

Wir gingen jetzt zügig, zurück an Küppersmühle und Legoland vorbei und weiter in Richtung Schwanentor.

»Was ist das da für ein komischer Bogen?« Volker wies auf die Steintreppen, die halbkreisförmig die gesamte Biegung des gegenüberliegenden Hafenbeckens umfassten.

»Das ,Eurogate'«, wusste ich zu berichten. »War ein Flopp. Es wurde nicht gebaut, bislang jedenfalls. Zu mehr als diesen komischen Riesentreppen hat es nicht gereicht.«

»Warum?«

»Ich glaube, die Investoren sind abgesprungen. Daneben ist auf jeden Fall die Marina, der Jachthafen. Deshalb heißt der Gebäudetrakt dahinter auch ‚Five Boat'.«

»Eine Marina in Duisburg? Na, da kommt ja richtig Urlaubsstimmung auf«, spöttelte Volker. »Links daneben wird aber auch noch was hochgezogen.«

»Ja«, bestätigte ich lapidar. »Mein Arbeitgeber baut hier. LZPD2, so heißt das Ding. Das LZPD1 liegt weiter vorne, am Hafenzubringer gewissermaßen, in anderer Richtung vom Schwanentor aus.«

»LZPD?«, fragte er misstrauisch.

Ich warf ihm einen verschmitzten Blick zu. »Landeszentrale für Polizeidienste«, bestätigte ich ernst. Dann grinste ich ihn an. »Keine Panik. IT, nicht Bulle. Ich habe gerade Urlaub. Und petzen tue ich auch nicht. Konnte ich noch nie ausstehen.«

Wir erreichten das Schwanentor, eine Brücke mit zwei turmartigen Flanken am westlichen Innenhafen. Der leichte Nieselregen hatte sich zu einem steten Landregen ausgewachsen. Nur, dass wir nicht auf dem Land waren, sondern mitten in der Stadt. In Windeseile klebten mir die Haare am Kopf.

»Nun komm gefälligst unter den Schirm, ich beiß schon nicht.« Auffordernd hielt Volker mir den Ellenbogen hin.

Ich gab nach und hakte mich ein. Schweigend durchquerten wir die Innenstadt. Meine Jeans war durchweicht, als wir mein Auto erreichten.

»Was machen wir als Nächstes?«

»Nachdenken«, schlug ich vor. »Mit Bettina reden. Vielleicht weiß sie was.«

Volker nickte. »Und Kurts Wohnung unter die Lupe nehmen?«

»Ja. Aber alles nicht mehr heute. Ich will jetzt eine heiße Dusche und was Trockenes zum Anziehen. Soll ich dich irgendwo absetzen?«

»Nicht nötig, ich parke gleich um die Ecke.«

Wir verabredeten uns für den kommenden Vormittag, vor Bettinas Wohnung im Duisburger Wasserviertel. Dann stürzte ich mich in den beginnenden Feierabendverkehr auf der A40.

***

»Was ist mit diesem Volker?«

»Was meinst du, ist mit Kurti passiert?«

»Ich habe zuerst gefragt.« Max nahm einen Schluck Bier. Den Schaum auf seiner Oberlippe bemerkte er nicht.

Unwillkürlich dachte ich an die beiläufig sinnliche Geste, mit der Volker sich den Schaum abgewischt hatte. Und ärgerte mich, dass ich überhaupt daran denken musste.

»Und das mit dem Kurt kann ich dir ohnehin nicht beantworten«, fuhr Max fort.

»Aber ich?«, knurrte ich gereizt.

Wir saßen in meinem Wohnzimmer, ich in meinem bequemen Sessel, Max mir gegenüber auf der roten Couch. Die untergehende Märzsonne hatte sich durch die aufbrechende Wolkendecke gekämpft, tastete sich durch den Garten und tauchte die kahlen Ästen der kleinen Weide in zart orangerosiges Licht. Eine Amsel hüpfte über die Randsteine meiner Terrasse.

»Ich denke schon«, sagte Max gelassen. »Zumindest was es mit Volker auf sich hat, kannst du mir erzählen.«

Ich beobachtete, wie die Amsel zeternd davonflog.

»Nichts ist mit ihm.« Ich sah Max direkt in die klaren, blauen Augen. »Und es war auch nie was.«

»Aber es hätte was sein können?«

Kluger Max! Der seltsam wunderbare Cordjackenmuff schwebte in meiner Nase. »Ja«, antwortete ich und verstummte.

Max wartete. Geduldig, wie es schien. Zumindest sagte er nichts. Nippte nur an seinem Bier und sah mich an. Eine Aufforderung.

»Volker kam erst spät in unsere Klasse«, begann ich schließlich zögernd. »Ist irgendwann mal sitzen geblieben, und seine Eltern sind dann nach Duisburg gezogen von weiß der Teufel woher.« Ich knibbelte an der Hornhaut an meinem Fuß herum. »Er war halt ein bisschen älter als die anderen. Ich fand ihn ziemlich toll.«

»Aha.« Max lächelte versonnen in sich hinein und kraulte Clyde, der es sich neben ihm auf dem Sofa gemütlich gemacht hatte.

»Alle Mädels in der Klasse fanden ihn toll«, sagte ich grantig. Und wusste gar nicht, warum ich so kiebig war. Plötzlich schämte ich mich.

Max sah mich nach wie vor aufmerksam an.

»Weißt du, er hatte es sich angewöhnt, mich nach der Schule auf dem Heimweg zu begleiten«, versuchte ich zu erklären. »Mal zu Fuß, mal hat er mich mit seinem Roller gebracht. Obwohl er doch ganz nah bei der Schule wohnte.«

»Hm«, sagte Max aufmunternd.

»Es war so«, fuhr ich unbehaglich fort. »Er hat mich mal gefragt, ob ich mit ihm gehen möchte.«

»Also fand er dich auch toll«, stellte Max fest.

»Weiß ich nicht. Vielleicht. Irgendwie schon. Sonst hätte er ja nicht gefragt, vermutlich.« Ich dachte an die seltsame Ironie, die die meisten von Volkers Sätzen begleitete. Mit ihr war ich noch nie zurechtgekommen.

Die Amsel kam zurück und schimpfte lautstark von ihrem Ast im frisch gepflanzten Ranunkelstrauch. Dann tauchte Bonnie mit ihrem gestreiften Pelz unter dem Schmetterlingsflieder auf. Aha. Deshalb das Gezeter. Kurz darauf hörte ich das leise Klappen der Katzentür im Schlafzimmer.

»Und? Bist du mit ihm gegangen?«

»Ist das nicht ein saublöder Begriff? ,Miteinander gehen'«, beschwerte ich mich und grinste ihn an. »Nein. Ich bin nicht mit ihm gegangen.« Ich seufzte theatralisch. »Ich hab's vermasselt.«

»Ach was.« Fragend hob Max eine Augenbraue.

Plötzlich musste ich lachen. »Na ja. Er fragte mich, ob ich mit ihm gehen wollte. Die Antwort wollte er aber nicht sofort. Er gab mir Bedenkzeit bis zum nächsten Tag.«

»Bedenkzeit? Echt?« Max klang beeindruckt. »Wie cool.«

»Sehr cool«, sagte ich ironisch. »So cool, dass es klang, als wäre ihm die Antwort völlig egal. Ich dachte, wenn er wirklich interessiert ist, fragt er mich am nächsten Tag, was nun Sache ist, also ob Ja oder Nein. Aber er hat nicht noch mal gefragt.«

»Oh.« Max grinste. »Und dann?«

»Er hat halt nicht noch mal gefragt. Damit ist das Ganze im Sande verlaufen.« Ich hörte das leise Klacken von Krallen auf den Holzdielen. »Komm her, Süße«, lockte ich.

Bonnie schubberte sich kurz an meiner ausgestreckten Hand, um dann in Richtung Küche zu verschwinden.

»Was hättest du denn gesagt, wenn er noch mal gefragt hätte?«

»Na, Ja natürlich. Ich war ziemlich verknallt in den Kerl.« Ich verstummte angesichts dieser Untertreibung. Volker, Mann oh Mann! Völlig high war ich gewesen, als er mich gefragt hatte. Verwirrt, glücklich, wie bekifft, nein, viel besser als bekifft! Und irgendwie doch nicht ganz sicher, ob er es ernst meinte. So richtig richtig ernst.

Max beobachtete mich schon wieder. Forschend irgendwie. »Und du hast ihn natürlich nicht von selbst angesprochen?«

»Natürlich nicht! Ich dachte halt, er fragt noch mal und ich brauche ihm dann einfach nur zu antworten.«

»Dumm gelaufen«, sagte Max trocken.

»Stimmt. Er hat nicht noch mal gefragt. Und ich bin nicht zu ihm gegangen. Wie schon gesagt: Ich hab's vermasselt.« Ich musste lachen. Es klang irgendwie kläglich. »Kurz darauf hing er dauernd mit Barbara rum, obwohl die schon einen älteren Freund hatte.«

»Barbara?«

»Ja«, schnaubte ich. »Die ach so schöne, tolle, flippige Barbara.«

»Gebrochenes Herz?« Schon wieder dieser forschende Blick!

»Gebrochen? Quatsch. Dazu ist es viel zu lange her. So eine Leiche hat doch wohl jeder im Keller. Deine hieß Gabi, wenn ich mich recht entsinne.«

»Steffi.« Er schien in sich hineinzuschmunzeln. Seine Augen wurden ganz schmal dabei, und lauter Fältchen bildeten sich in den Augenwinkeln. »Und eine Vera gab es auch.«

»Ha!« Mit Daumen und Zeigefinger legte ich auf ihn an. »Gleich zwei auf einmal. Männer.« Dann pustete ich den imaginären Rauch eines imaginären Schusses von meinem Zeigefinger.

»Nicht gleichzeitig. Dazwischen lagen mehrere Jahre.«

Nachdenklich nippte ich an meinem Tee. Er war inzwischen kalt geworden. »Ich frage mich nur, was aus meinem Leben geworden wäre, wenn ich damals Ja gesagt hätte. Es ist so etwas wie eine ...« Ich zögerte.

»... verpasste Gelegenheit«, ergänzte Max.

»Ja ... Nein ... Vielleicht« Ich sah aus dem Fenster. »Wahrscheinlich habe ich damals einen Fehler gemacht«, gab ich schließlich zu. »Statt mit Volker habe ich mich wider besseres Wissen mit einem anderen eingelassen, einem steten Verehrer von der Schule an der Realschulstraße. Der blieb nämlich am Ball und fragte. In regelmäßigen Abständen.«

Max kraulte Clyde am Bauch, der sich unflätig auf dem Rücken wälzte.

»Ich denke einfach, es wäre für mich sehr viel schöner und eine bessere Zeit gewesen, wenn ich den Mut gehabt hätte, Volker Schlosser die Antwort zu geben, auf die er wartete, anstatt Friedrich Worschek anderthalb Jahre zu widmen und mich von ihm auch noch entjungfern zu lassen.« Plötzlich musste ich gähnen. »Na ja, das weiß ich natürlich nicht. Es ist einfach nur so eine Ahnung.« Ich nahm noch einen Schluck Tee. »Aber eines habe ich aus der ganzen Sache gelernt.«

»Was denn?«, fragte Max neugierig.

»Wenn du was willst, musst du es dir holen und bloß nicht warten ...« Ich lachte ihn an, stand auf und setzte mich auf seinen Schoß. »Eine Lektion, die ich Volker Schlosser zu verdanken habe.«

Max umarmte mich willig, während Clyde protestierte und beleidigt das Feld räumte.

Ich saß auf einem Roller, hinten auf der durchgehenden Bank, die mittelbraune Cordjacke direkt vor meiner Nase.

»Schling deine Arme fest um meinen Bauch«, hörte ich Max sagen. »Ganz dicht. Noch dichter. So ist es gut.«

Ich presste mich an seinen Rücken, die Wange an braunen Feincord geschmiegt, und atmete ihn ein, diesen unverkennbaren Geruch. »Halt nicht an«, murmelte ich. »Lass uns einfach so weiterfahren, ganz weit fort«.

Aber er fuhr trotzdem an den Rand.

»Ja, ich will«, sagte ich. »Ich will doch.«

»Echt, Toni? Das ist stark.« Kurti drehte sich zu mir um. Grinste sein Clownsgrinsen. »Weißt du, ich fand dich doch immer schon toll.«

»Du hast seine Jacke geklaut«, sagte ich böse. »Das hättest du nicht tun dürfen.«

»Sonst hättest du dich doch nie so an mich rangeschmissen.« Kurti grinste erneut. »Komm schon, Toni, lass uns Blues zusammen tanzen. Leg deine Arme um mich.«

»Nein, ich will nicht.«

Aber Kurt achtete nicht auf meinen Protest. Zog mich dichter an sich heran, versuchte, mich zu küssen.

Ich trommelte wild mit meinen Fäusten gegen seine Brust. »Lass mich sofort los, oder ich bring dich um!«, schrie ich.

»Schschschsch. Blauer Vogel, du träumst schlecht. Schschsch.« Max strich mir beruhigend über die Haare. »Komm her.« Er kuschelte sich in Löffelhaltung an meinen Rücken und küsste meinen Nacken. »Schlaf weiter, Toni. Schlaf. Ich schick die bösen Träume fort.«

DREI

Bereits früh am Morgen wälzte ich mich unruhig in meinem Bett hin und her. Bilder vom Vortag zogen durch meinen Kopf, Satzfetzen, Szenen. Die Sache ließ mir keine Ruhe. Neubauten.... alte, restaurierte Speichergebäude... Hebekräne, die nur noch der Kulisse dienten... Stadterneuerung... Sauereien... Duisburger Innenhafen... Strukturmaßnahmen... Was für Strukturmaßnahmen waren da genau gelaufen? Was war damit gemeint? Bezog sich das nur auf den sogenannten Innenhafen? Oder hatte Kurti damit den eigentlichen Duisburger Hafen gemeint, den Binnenhafen?

»Was bist du denn schon so wach?«, fragte Max verschlafen, leisen Vorwurf in der Stimme. »Es ist noch nicht mal sechs!«

Ich seufzte, rollte mich aus dem Bett und hauchte ihm einen Kuss auf die Wange. »Schlaf weiter. Ich geh an den Schreibtisch.«

Kurze Zeit später war ich im Netz, einen dampfenden Becher Kaffee neben mir, und fütterte die Suchmaschine mit dem Stichwort »Innenhafen Duisburg«. Ich blätterte mich durch eine Fülle von Informationen und fand einen Lageplan mit detaillierten Beschreibungen der einzelnen Gebäude, eine Website mit Namen Innenhafenportal, Artikel über Grundsteinlegungen, abgeschlossene und geplante Bauprojekte sowie Informationen zum Masterplan der Stadt Duisburg, den ein gewisser britischer Stararchitekt noch vor der Jahrtausendwende entwickelt hatte. Ich erfuhr, wie die einzelnen Gebäude hießen, wer Bauträger gewesen war und wer der Architekt,

»Hier ist verdammt viel Geld geflossen«, murmelte ich nachdenklich. Die ganzen Neubauten, die Restaurierung der alten Kornspeicher, die Grachten, die Wohnhäuser. Dieses Vorzeigeprojekt der Stadt musste Unsummen verschlungen haben. Wer hatte das alles bezahlt? Wie wurden solche gigantischen städtischen Strukturmaßnahmen finanziert? Die Stadt Duisburg war doch ziemlich pleite, so viel wusste ich aus den Nachrichten. Waren Land und Bund daran beteiligt? Wem gehörte das alles überhaupt?

Ich forschte weiter im Netz. Ein paar der Gebäude gehörten eindeutig konkreten Firmen oder hatten explizit mit ihnen zu tun. Alltours beispielsweise, ein Reisebüro, hatte seinen Hauptsitz in einen Neubau am Duisburger Innenhafen verlegt, ebenso Hitachi. Andere Gebäude gehörten mit Sicherheit dem Land – so auch die der Landeszentrale für Polizeidienste. Ich erfuhr, dass ich in einem Gebäude arbeitete, das nach neuesten ökologischen und energietechnischen Gesichtspunkten gebaut worden war. Solarfassade, regenerative Energieversorgung, keine Kunststoffe, sondern Naturmaterialien, Regenwassernutzung für die Toiletten. Wow. Und ich mittendrin als Nutznießer modernster Bürotechnik!

»Wer soll das bezahlen, wer hat so viel Geld?«, sang ich nachdenklich, reckte mich ausgiebig und ging in die Küche, um Frühstück zu machen.

»Also, ich bin dann mal weg.« Max drückte mir einen Kuss auf die Lippen und zog mich an sich. »Du kommst doch allein klar?«

»Sicher doch«, sagte ich verwundert.

»Nicht, dass ich dich wieder aus den Fängen irgendeines Köters retten muss«, sagte Max grinsend. »Pass auf dich auf, Toni, und ...«, er zögerte kurz, »spätestens zum Wochenende bin ich ja wieder da.« Es klang so, als habe er eigentlich etwas anderes sagen wollen, etwas wie »und mach keinen Unsinn.«

Max würde die Woche bei seinem Kumpel Wolfgang in Norddeutschland verbringen. Der war seit nunmehr anderthalb Jahren auch sein Geschäftspartner. Während Wolfgang für die System- und Softwareberatung zuständig war, bot Max Sicherheitsprüfungen der firmeneigenen Netzwerke und Software an. Und Wolfgang hatte mal wieder einen dicken Fisch für Max an der Angel. Das funktionierte besser als erwartet. Viel besser als erwartet. So gut, dass wir uns streckenweise kaum noch zu Gesicht bekamen.

»Mach dir mal keine Sorgen.« Ich versuchte, meiner Stimme einen lockeren Klang zu geben. Aber der Traum aus der vergangenen Nacht war plötzlich wieder unangenehm präsent. Ich räusperte mich. »Ich bin doch kein kleines Kind mehr. Ich pass schon auf mich auf.«

»Dann fahre ich mal«, brummelte Max. »Lass dich nicht von den beiden Catos tyrannisieren.«

Das Thema funktionierte immer. »Keine Bange, ich habe alles im Griff. Selbst die Katzen.« Lachend winkte ich ihm hinterher.

So ganz sicher war ich mir dabei allerdings nicht.

***

»Kurts Tochter Bettina.« Volker legte der jungen Frau locker den Arm um die Schultern, während er nun mich vorstellte. »Bettina, das hier ist Toni. Sie ist mit deinem Vater und mir in eine Klasse gegangen.«

Bettina nickte stumm. Englisches Blut, assoziierte ich, während ich sie neugierig betrachtete. Ganz zart. Ganz hell der Teint, fast durchscheinend.

»Toni ist so etwas wie eine Privatdetektivin. Sie hat bereits drei Morde aufgeklärt, bei denen die Polizei ziemlich im Dunkeln tappte. Außerdem hat sie ein junges Mädchen aufgespürt, das spurlos verschwunden war.«

»Echt?« Auch ihre Stimme war zart, ein Hauchen nur.

»Er übertreibt völlig«, wehrte ich ab. »Ich hatte einfach Glück.«

»Hm. Vielleicht hast du ja dieses Mal auch Glück. Toni hat ein paar Fragen an dich, Bettina.«

Nun also war ich an der Reihe. Definitiv. Ich betrachtete sie noch einmal nachdenklich. Wirklich verdammt zerbrechlich, das Mädchen. Eine, die Beschützerinstinkte weckte, selbst in mir. Es musste schwer für Kurt gewesen sein, sie allein großzuziehen.

»Ja, also, ich bin Toni.« Ich zögerte, wusste nicht so recht, wie ich weitermachen sollte. »Ich will nicht behaupten, dass ich deinen Vater gut gekannt habe. Nach dem Abitur haben wir uns relativ schnell aus den Augen verloren. Dennoch hat es mich ziemlich geschockt, was da passiert ist.« Ich räusperte mich. Suchte Volkers Blick. Der nickte aufmunternd. »Ich meine, ich mochte ihn immer gern, deinen Vater. Er war manchmal vielleicht ein bisschen albern, aber er«, ich räusperte mich erneut, »war ein echt netter Kerl.«

»Er hat mal von Ihnen erzählt.«

»Wirklich?« Damit hatte ich nicht gerechnet. »Aber ich fände es schön, wenn du mich Toni nennst. Ansonsten muss ich dich auch Siezen.«

Sie sah mich ernst an. Dann lächelte sie. »Gern. Also dann Toni.«

»Volker hat mir erzählt, dass dein Vater in letzter Zeit sehr … aufgeregt war. Er war wohl auf etwas gestoßen, was ihm absolut nicht in den Kram gepasst hat, hat von einer Sauerei gesprochen.«

Erneut huschte ein Lächeln über Bettinas Gesicht. »Ach ja«, sagte sie mit einer wegwerfenden Geste. »Eigentlich hat er sich ständig über irgendetwas aufgeregt. Ich habe irgendwann gar nicht mehr richtig hingehört.« Dann wurde sie wieder ernst. »Hätte ich besser zugehört, wäre er jetzt vielleicht nicht tot, oder?« Sie biss sich auf die Lippen.

»Das darfst du nicht denken«, sagte ich schnell. »Worüber hat er sich denn immer so geärgert?«

»Na ja.« Bettina zögerte kurz, schien zu überlegen. »Dass ihm seine jüngere Kollegin vor die Nase gesetzt wurde, beispielsweise. Oder dass sein Chef sich angeblich mit falschen Lorbeeren schmückt. Oder dass er mal wieder die Fehler ausbügeln musste, die sein Kollege gemacht hat. Eigentlich hatte er immer was zu meckern, um sich dann letztendlich doch nur über sich selbst lustig zu machen.«

Typisch Kurti. So war er früher auch schon gewesen. Immer dieser Ärger über andere, der sich ganz schnell gegen ihn selbst gewendet hatte.

»Und in letzter Zeit war da nichts anders?«, bohrte ich nach.

»Nein. Ja, doch. Er war …« Bettina zögerte schon wieder, so, als würde sie nach den richtigen Worten suchen. »Er wirkte irgendwie aufgedreht, also noch aufgedrehter als sonst, wenn er in einer himmelhochjauchzenden Phase war.«

Himmelhochjauchzend. Ich lächelte in mich hinein. Der Begriff passte nur zu gut zu Kurt. Zumindest zu dem, was ich von ihm in Erinnerung hatte.

»Und seltsam war, dass er kurzfristig Urlaub genommen hat, ohne mir das zu sagen«, erzählte Bettina weiter. »Die letzten drei Wochen vor seinem Tod hat er nicht gearbeitet, das hat mir gestern die Frau von der Kripo gesagt. Ich finde das komisch, weil er mir sonst immer Bescheid sagt, wenn er verreist. Und wenn er nicht wegfährt, kommt er zum Kaffeetrinken vorbei, lädt mich zum Essen ein oder macht Vorschläge, mal ein Museum zu besuchen oder so was. Ich dachte, er sei mal wieder auf Geschäftsreise.«

»Vielleicht hat er eine Frau kennengelernt und war deshalb so euphorisch?« Das würde doch passen, ein spontaner Urlaub mit einer Frau. Unwahrscheinlich war das jedenfalls nicht. Aber was hätte das dann mit seinem Tod zu tun?

»Bestimmt nicht. Davon hätte ich gewusst.« Das kam im Brustton der Überzeugung.

Ich ließ es erst mal dabei bewenden. »Hast du denn eine Idee, wo er stattdessen gesteckt haben könnte? «, fragte ich.

»Zu Hause war er auf jeden Fall nicht. Sein Briefkasten war schon länger nicht geleert worden.«

»Also keine Idee?« Fragend hob ich eine Augenbraue.

»Nein. Sorry.« Bettina hob die Hände zu einer bedauernden Geste. »Die Polizei hat mich das auch schon mehrmals gefragt, und ich habe mir den Kopf darüber zerbrochen. Aber mir fällt nichts ein.«

»Hast du einen Schlüssel zu seiner Wohnung?«, mischte Volker sich ein. »Wir würden uns dort gerne mal umsehen.«

Bettina nickte. »Könnt ihr haben. Die Wohnung wurde gerade wieder freigegeben, sie haben mich gestern Nachmittag angerufen. Ihr müsstet also problemlos reinkommen.« Ihre Augen füllten sich mit Tränen. »Ich war aber noch nicht da. Ich kann das im Moment nicht«, sagte sie mit zittriger Stimme. »Die Wohnung auflösen, in seinen Sachen herumstöbern …«

»Lass dir Zeit.« Volker nahm sie tröstend in die Arme. »Du bist nicht umsonst krankgeschrieben. Sieh zu, dass du erst mal wieder zu Kräften kommst.«

***

Die Wohnung lag an einer Einbahnstraße nahe dem Dellplatz, einer Wohnstraße mit dem für das Ruhrgebiet so typischen Gemisch aus Altbauten und schnell nach dem Krieg hochgezogenen, zweckmäßigen Fünfziger-Jahre-Kästen. Ganz wie Bea es gesagt hatte, war die Wohnung ebenso verwohnt wie der Altbau, in dem sie sich befand. Schön geschnitten, mit drei in etwa gleich großen, lichtdurchfluteten Räumen, die von einer großzügigen Diele aus erreichbar waren, sowie einer großen Wohnküche mit Balkon, der zu einem geschlossenen Hinterhof hinausging. Aber die hohen Fenster waren nur einfach verglast, der Lack an den Rahmen gelb und rissig und die schiefen Böden knarrten bei jedem Schritt.

Ich setzte mich an den schlichten, weißen Küchentisch, um den Raum auf mich wirken zu lassen und ein Gespür für den Menschen zu bekommen, der in dieser Wohnung gelebt hatte. Doch da war Volker, der unruhig hin und her streunte. Seine feingliedrigen Hände fielen mir auf, als er ein Buch vom Regalbrett über der Heizung in der Küche nahm und mit »Kochbuch für Männer – mit wenig Aufwand zum Erfolg« kommentierte. Und seine Jeans saß so, wie eine Jeans sitzen sollte. Sie war nicht ausgebeult, sondern betonte die Rundung eines ansehnlichen Pos. Auch als ich ihn nicht mehr im Blickfeld hatte, hörte ich, wie er Dinge in die Hand nahm, leise vor sich hin murmelte, raschelte, trocken auflachte, lautstark Kommentare von sich gab, kramte und rumorte. Und als ich endlich nichts mehr von ihm hörte, spüre ich trotzdem seine Gegenwart, die die Wohnung füllte und mich nicht mehr losließ.

Eine ganze Weile saß ich nun also an diesem Tisch, versuchte, mich zu konzentrieren und ärgerte mich, dass die Konzentration in Bahnen gelenkt wurde, wo ich sie nicht haben wollte.

»Du glaubst ja gar nicht, was da im dritten Zimmer steht.« Volker tauchte wieder in der Küchentür auf und lachte mich an.

»Stopp!« Ablehnend hob ich die Hände. »So geht das nicht«, rieb ich ihm vorwurfsvoll unter die Nase. »Du machst hier zu viel Wind.

Ich kann mich nicht konzentrieren, wenn du hier so herumkramst und alles sofort kommentierst.«

»Na hör mal!« Fast wirkte es so, als wäre er beleidigt. »Wir wollten uns doch einen Eindruck verschaffen. Deswegen sind wir hier. Und nichts anderes tue ich. Du hingegen tust gar nichts und lässt mich die ganze Arbeit machen.«

»Das hier ist Kurtis Wohnung«, sagte ich grantig. »Und du nimmst sie gerade irgendwie in Besitz und bewertest alles, bevor ich überhaupt mitbekommen habe, was du da in Händen hältst. Das lenkt mich ab.« Falsch, dachte ich. Nicht *das,* sondern *du* lenkst mich ab. Und genau das ist es, was mich wurmt. »Ich möchte mich einfach auf Kurts Leben hier konzentrieren können, verstehst du?« Ich lächelte, um die Worte zu entschärfen.

»Entschuldige, dass ich lebe.« Volkers Stimme hatte wieder diesen ironischen Unterton, der mich früher so verunsichert hatte. Jetzt erkannte ich, dass sich hinter der Ironie Unsicherheit versteckte.

»Pass auf«, schlug ich vor. »Du drehst jetzt einfach eine Runde um den Block und lässt mich hier in Ruhe, und dann räume ich das Feld und du kannst dich noch mal umsehen.«

Er sah mich an, eine Braue in die Höhe gezogen, verunsichert und leicht angespannt.

»Und hinterher tauschen wir unsere Eindrücke aus und sehen uns die Dinge noch mal an, die uns wichtig erscheinen. Gemeinsam«, schob ich nach, legte den Kopf schief und sah ihm auffordernd in die Augen. »Hmmm?«

Seine Miene entspannte sich. »In Ordnung«, sagte er und grinste.

Ich war erleichtert, als er die Wohnungstür endlich hinter sich zugezogen hatte. Aufatmend lehnte mich zurück, machte die Augen zu und atmete tief durch. Ein leichter Duft hing in der Luft. Ich schnupperte. Gut roch es, irgendwas Aromatisches mit Zedernholz, einer Nuance von Zitrus und – ich schnupperte noch mal – etwas raffiniert Undefinierbarem, das ich nicht erkannte. Weihrauch? Tabak? Intuitiv war mir klar, dass Volker diesen Duft hinterlassen hatte, nicht der Bewohner dieser Wohnung.

Träume sind Schäume, mischte sich eine innere Stimme ein. Die, die ich Großmutter zuschrieb. Na, du hast mir gerade noch gefehlt mit deinen Sprüchen! *Wildere nicht in Nachbars Garten,* warnte sie mich. Immerhin bemühte sie nicht noch die Bibel. Ich sollte dankbar sein. Energisch schickte ich sie weg, stand auf und öffnete die Balkontür. Die kühle, frische Luft verdrängte die Gedanken an feingliedrige Hände und perfekt sitzende Jeans aus meinem Kopf. Endlich!

Langsam schlenderte ich durch die Wohnung. Im Schlafzimmer ein Doppelbett mit schwarzen, hohen Metallstreben am Kopfteil. Das Bett ungemacht, beidseitig bezogen, Laken und Bettwäsche verblichen und leicht abgewetzt. Zwei Nachtschränkchen, passend zur Schrankwand. Naturholzimitat, aber ganz schick dabei, ein paar schwarze Elemente mit bauchig gewölbter Tür lockerten die Front auf. Ein Kleiderboy, auf dem zwei Anzughosen hingen, die Bügelfalten akkurat ausgerichtet. Arbeitskleidung vermutlich. Ein Spiegel mit schwarzem Metallrahmen. Ein Bügelbrett mit Ärmelbrettchen im gleichen Design, das senkrecht gestellte Eisen blitzte mich an und schien auf seinen Einsatz zu warten. Darüber ein groß gerahmter Schwarzweißdruck mit der Skyline von New York.

Hinter dem Schlafzimmer befand sich ein kleines Bad, nachträglich an das Haus angebaut. Es war in altväterlichen Brauntönen gehalten. Helle Fliesen und neue Keramik würden das Bad immens aufwerten. Der metallene Wäschekorb neben der Badezimmertür war randvoll gefüllt und verströmte einen muffigen Geruch.

Ich ging zurück in die geräumige, fast quadratische Diele und betrat den nächsten Raum. Wohnzimmer, konstatierte ich. Große Erkerfenster mit Blick auf die Krummacher Straße. Zweisitzer und Dreisitzer, über Eck gestellt, mit schwarzem Lederbezug. Ein passender Sessel, ebenfalls schwarz. Dazu ein großer Couchtisch aus Glas mit zwei schwenkbaren Elementen. Die Möbel waren zu wuchtig für den Raum.

Der Schreibtisch schien aus der gleichen Möbelserie zu stammen wie die Schrankwand im Schlafzimmer. Dahinter ein schwarzlederner Bürostuhl, Typ Chefsessel. Darauf ein Flachbildschirm, 17 Zoll. Eine Wand wurde von einem ebenfalls flachen und sehr großen

Fernsehmonitor beherrscht. Das Wohnzimmer-Schrankelement beherbergte ein paar Bücher und eine Stereoanlage und entstammte der gleichen Serie wie Schreibtisch und Schlafzimmerschrank.

Als ich den letzten Raum betrat, erkannte ich, was Volker vor einer Viertelstunde so zum Lachen gebracht hatte. Denn abgesehen von dem gigantisch großen Heimtrainer, einem Multifunktionsgerät, das Assoziationen an mittelalterliche Folterbänke in mir weckte, stand dort nur noch ein Fitness-Rad. Auch hier hing ein Flachbild-Fernseher an der Wand – vermutlich, damit es nicht so langweilig wurde beim Trainieren –, allerdings war dieser um einiges kleiner als der im Wohnzimmer. Ein Sideboard in Rosa bildete einen merkwürdigen Kontrast zu den monströsen Geräten. Ein Teddy, abgewetzt und einäugig, wies darauf hin, dass hier wohl einmal das Kinderzimmer gewesen sein musste.

Ich ging zurück in die Küche und warf einen Blick auf den Balkon. Ein begnadeter Gärtner schien Kurti nicht gerade gewesen zu sein, denn wo Platz für Kübel und Töpfe gewesen wäre, herrschte gähnende Leere. Nur eine weiße Plastikliege ohne Auflage, ein Plastiktisch mit zwei übereinandergestellten Plastikstühlen, ebenfalls weiß, und ein Stapel mit Getränkekästen: Bier, Lightbier, Wasser, Apfelschorle.

Ich nahm mir eine Flasche Mineralwasser und setzte mich wieder an den Küchentisch. Trank aus der Flasche in großen Schlucken, während ich nachdachte. Die Wohnung wirkte auf mich seltsam unpersönlich. Obwohl die Möbel sicher nicht billig gewesen waren und zueinander passten, hatte die Wohnung eine unbewohnte Ausstrahlung. Sie wirkte wie frisch aus dem Katalog, wären da nicht die schmutzige Wäsche und das ungemachte Bett.

Woran lag das? Erneut nahm ich meinen Rundgang auf. Dieses Mal richtete ich meine Aufmerksamkeit auf die Details. Ich begann mit dem Schreibtisch im Wohnzimmer. Er hatte keine Schublade, sondern im rechten Bereich nur offene Fächer, in denen sich Drucker, Druckpapier und der übliche Bürobedarf befanden. Ein weiteres Fach war leer. Den leichten Staubspuren nach zu urteilen hatten hier ein paar Aktenordner gestanden. Die befanden sich mit Sicherheit jetzt bei der Polizei. Das Kabel des Monitors schlängelte sich lose auf dem Schreibtisch. Ein PC war nicht zu sehen. Den hatte vermutlich ebenfalls die Polizei. Auf dem Schreibtisch lag ein sorgsam geordneter Stapel der Zeitschrift »Finanzmarkt und Immobilienwirtschaft«. Das wunderte mich nicht. Schließlich war es Kurts Beruf gewesen, sich mit diesen Dingen auseinanderzusetzen. Mehr hatte der Schreibtisch nicht zu bieten.

Ich setzte mich auf das kleinere der schwarzen Sofas. Kein Krümel wies darauf hin, dass hier zum Fernsehen auch mal krachend Chips gefuttert wurden. Oder Nüsse. Oder belegte Brote. Kein aufgeschlagenes Buch, keine Tageszeitung. Die befand sich in einem Zeitungsständer aus Plexiglas. Drei Ausgaben der »Süddeutschen«, ordentlich gefaltet. Die letzte war einen knappen Monat alt.

Die kleine Schrankwand im Wohnzimmer enthielt Kurtis CD-Sammlung. Ich überflog die Titel und lächelte belustigt. War wohl ein ewig Gestriger, dem Musikgeschmack nach zu urteilen. Rocksampler mit Stücken, die wir auf unseren ersten Feten gehört hatten. Überhaupt dominierten die Sampler. Nichts Modernes dazwischen, keine zurzeit aktuellen Bands, obwohl es auch heute gute, rockig-fetzige neue Stücke gab, fand ich zumindest. Nur eine CD fiel aus dem Rahmen. Sie war selbstgebrannt. »Für Kurt«, stand darauf geschrieben, in großen, rund geschwungenen Buchstaben. Ein zartes Herz auf weißem Papier, nicht in einer Linie gezogen, sondern schraffiert, als hätte jemand ein Schablone aus Holz oder Pappe unter das Papier gelegt und mit einem roten Buntstift durch eine zarte Schraffur über die Kanten das Herz auf das Papier gebannt. Ich schob die CD in den Player und startete sie. Während ich weiter durch die Wohnung wanderte, begleitete mich sanfte, schwermütige Folklore. Eine Frau mit einer wunderschönen Altstimme sang in einer Sprache, die ich nicht verstand. Polnisch oder Russisch, vermutete ich.

Im Schlafzimmerschrank, der erstaunlich überdimensioniert für die wenigen darin befindlichen Kleidungsstücke war, fand ich die Fotoalben, von denen Bea gesprochen hatte.

Ein Album war Bettina gewidmet. Es begleitete ihr Aufwachsen vom Säuglingsstadium bis hin zum Erwachsenenalter. Auf den ersten Seiten war häufig noch eine Frau mit auf den Fotos zu sehen. Sie tauchte später nicht mehr auf Ein anderes Album dokumentierte Kurts eigene Kindheit. Dort fand ich auch unser Klassenfoto, ordentlich eingeklebt. Volker war noch nicht darauf zu finden. Der war erst in der Oberstufe zu uns gestoßen. Und ein weiteres Klassenfoto. Der Abiturjahrgang, aber reichlich dezimiert. Ich war nicht drauf, ebenso wenig Gerda, Volker und Barbara. Ich erinnerte mich dunkel, dass ich nicht zur Abschluss-Feier an der Schule gegangen war. Zu spießig, fanden wir damals.

In einem Karton fand ich ein Bündel Briefe und Postkarten, mit einem blauen Seidenband liebevoll umwickelt, die Adresse mit rührend kindlichen Großbuchstaben geschrieben. Sie begannen alle mit »Lieber Paps. Urlaubsgrüße von Bettina«. Also doch jemand, der dich geliebt hat, so richtig richtig, dachte ich plötzlich. Auch wenn es nicht die Art von Liebe war, die du dir gewünscht hast. Traurigkeit schlich in meine Seele, begleitet von der wunderbaren Altstimme, die leise aus dem Wohnzimmer zu mir drang. Ich wollte weinen und tat es dann doch nicht.

Mehr fand ich nicht. Jedenfalls nichts, was mir irgendwie bedeutsam erschien. Eine Sammlung bunter, aufziehbarer Blechspielzeuge war in einer Kiste verstaut, und ich fragte mich, warum sie keinen sichtbaren Platz in dieser aufgeräumten Wohnung haben durfte, sondern ihr Dasein im Schlafzimmerschrank fristen musste. Eine Reihe zerlesener Kinder- und Mädchenbücher. Kurtis Videosammlung, säuberlich beschriftet. Viele James Bond Filme. Außerdem französische Krimis und die amerikanischen Filme der schwarzen Serie, alles Klassiker, viele in Schwarz-Weiß. Dazwischen Shrek, die Aristocats und das Dschungelbuch.

»Und? Dein Eindruck?« Volker schlenderte auf den Balkon und nahm sich eine Flasche Bier aus dem Kasten. »Willst du auch eins?«

»Ist das denn kalt genug?«

»Klar ist das kalt genug. Wir haben gerade mal zehn Grad oder so.« Er stellte zwei Flaschen vor uns auf den Tisch und öffnete sie mit dem Feuerzeug. »Prost.«

»Prost.« Ich hob die Flasche in seine Richtung, bevor ich einen großen Schluck nahm. »Sag mal, sah das hier schon immer so aus?«, fragte ich.

»Wie meinst du das?« Volker sah mich mit gerunzelter Stirn an.

»Na, das alles hier ist so … ich weiß auch nicht.« Mit der Hand beschrieb ich einen Kreis. »Diese Möbel …«

»Ach das meinst du. Früher hatte er andere. Zumindest als ich das letzte Mal bei Ihm war. Das ist allerdings bestimmt neun Jahre her. Ist doch gut, dass er sich mal von seiner Sperrmüllsammlung getrennt hat. Was stört dich daran?«

»Nichts, nur … das ist alles so aus einem Guss. Wie aus dem Katalog gekauft. Das meine ich nicht abwertend. Das Zeug ist nicht billig und auch nicht geschmacklos. Aber er hat es nicht geschafft, dem Ganzen eine persönliche, geschweige denn gemütliche Note zu geben. Ich schließe daraus, dass er nicht gerne allein mit sich war.«

»Aha«, machte Volker. Er sah nicht so aus, als würde er verstehen, was ich meinte.

»Musst du mal drauf achten«, sagte ich spöttisch. »Auf die Wohnungen von allein lebenden Männern. Sie sind häufig so – mit einem Flair von Katalog. Viele Männer markieren dann bloß noch ihr Revier.«

»Markieren? Willst du etwa behaupten, sie pinkeln an die Möbel?«

»Ganz so schlimm ist es nicht.« Ich grinste vergnügt. »Sie markieren, indem sie benutztes Geschirr und Klamotten, die eigentlich längst in die Wäsche gehören, Bierflaschen und Papierkram und so überall herumfliegen lassen. Das müssen sie auch, um dem Katalog ihren Stempel aufzudrücken.«

»Männer sind Schweine … «, sang Volker. Er wirkte so, als fühlte er sich ertappt.

»Genau. Eine Wohnung, in der ein Mann mit einer Frau zusammenlebt, sieht anders aus. Da müssen die armen Schweine nämlich aufräumen. Sie dürfen nicht mehr überall ihre Spuren hinterlassen, sonst hält es die Frau mit ihnen nicht aus.«

»Aber diese Wohnung hier ist kein Schweinestall.«

»Stimmt.« Erneut ließ ich meinen Blick durch die Küche schweifen. »Deshalb komme ich ja auch auf Einsamkeit. Es sieht so aus, als hätte er darauf gewartet, eine Frau heimführen zu können.«

»Boulevardpsychologie«, kommentierte Volker bissig. »Das meinst du doch nicht ernst. Hoffentlich …«

»Komm, komm, komm! Du hast eben ganz so ausgesehen, als würdest du dich ertappt fühlen.« Ich zwinkerte ihm zu. »Scheinst dich also irgendwie in der Beschreibung wiedergefunden zu haben.«

»So schlimm war ich nie.«

»Das behaupten sie alle. Aber es suhlen sich ja auch nicht ausnahmslos alle im Dreck. Es gibt da noch den Pingel unter den Männern. Den, der seine Wohnung penibel in Schuss hält. So ein Mann verströmt Einsamkeit. So meine ich das. Das ist dann einer, der nicht gerne allein mit sich ist. Einer, der wartet.«

»Hmmm.« Er warf mir einen zweifelnden Blick zu.

»Die Schweine sind mir lieber.« Ich grinste ihn an. »Die fühlen sich nämlich wohl in ihrer Haut. Lieber ein Schwein, das sich wohl fühlt, als eine bedürftige Haut. Die erdrückt einen mit ihren Erwartungen. Und nun Schluss mit der Boulevardpsychologie.« Ich lehnte mich auf meinem Stuhl zurück.

Volker nahm die Bierpulle und schlenderte durch die Wohnung.

»Jetzt verstehe ich, was du meinst. Eindeutig ein Wartender«, sagte er, als er nach ein paar Minuten wieder zurückkam. »Ein absoluter Pingel. Ein Ordnungsfanatiker. Da liegt einfach nichts herum. Ich meine, nichts Persönliches oder so. Das sieht wirklich schrecklich aufgeräumt aus.«

»Du weißt allerdings nicht, was die Polizei alles mitgenommen hat«, gab ich zu bedenken. »Der PC ist weg, ebenso die Ordner, die im Regal am Schreibtisch gestanden haben. Und ich vermute mal, dass das nicht das Einzige ist, was an persönlichen Dingen fehlt.«

Volker nickte. »Das stimmt natürlich. Aber«, jetzt grinste er, »hast du die Hosen auf dem Kleiderboy gesehen?«

»Ja, wirklich sehr ordentlich.« Ich lachte auch. »Mächtig akkurat, diese Bügelfalten!«

»Genau das meine ich. Also, was Mitnehmen ist ja eine Sache. Die Bullen haben aber bestimmt nicht hinterher die Spüle blank geputzt und Teller und Gläser in Reih und Glied aufmarschieren lassen.« Er wies auf die Küchenzeile.

»Echt? Das ist mir nicht aufgefallen. Also, das mit der blitzsauberen Spüle schon. Aber nicht, dass das Geschirr so ordentlich aufgereiht ist.« Ich stand auf und öffnete die Schranktür. Leise pfiff ich durch die Zähne. Hier herrschte soldatische Disziplin.

»Im Kleiderschrank geht es nicht so pedantisch zu«, berichtete Volker.

»Naja, da hat das Gspusi vermutlich auch ziemlich gründlich drin gewühlt. Und ich auch. Vielleicht war da vorher alles ganz akkurat geschichtet.«

»Gspusi?«

»Die Spurensicherung. Freunde von mir nennen die immer so. Schütte und Bea, sie sind beide bei der Kripo.«

»Da sitzt du ja geradezu an der Quelle.«

»Vergiss es. Bei Bea war ich schon. Die ist mal wieder ziemlich zugeknöpft. Und ihr Freund Schütte arbeitet in Bochum.«

»Oder jemand war nach seinem Tod in der Wohnung und hat aufgeräumt«, griff Volker den Faden wieder auf.

»Glaubst du? Wer sollte das wohl gewesen sein? Bettina vielleicht?«

»Wir werden sie fragen.«

»Wenn sie es war, dann ist sie die Pingelige, nicht ihr Vater«, überlegte ich. »Aber Bettina hat doch vorhin gesagt, dass sie es noch nicht fertiggebracht hat, in die Wohnung zu kommen«, fiel mir dann ein.

»Stimmt. Hat sie gesagt. Dennoch: Pingelig? Das würde nicht zu Kurti passen. Oder wenn, dann hätte er sich um hundertachtzig Grad gedreht in den letzten Jahren.« Volker lächelte. »Weißt du noch, der hatte doch immer verschiedene Socken an.«

»Stimmt!« Jetzt lachte ich auch. »Und wie oft hat er sich im Laufe eines Nachmittags irgendwas auf sein T-Shirt gekleckert. Hat ja auch immer rumgezappelt, der Kurt. Konnte einfach die Glieder nicht still halten. Deswegen hat er sich dauernd einen Eintrag ins Klassenbuch eingefangen von der Scheidler, der alten Zicke.«

»Ich mochte ihn gern«, sagte Volker. »Er war lustig, und er war ein feiner Kumpel.«

»Ja, das war er«, bestätigte ich. Ich dachte an den schlaksigen, zu schnell gewachsenen Jungen mit den vielen Sommersprossen und den immens abstehenden Ohren, die er unter seiner Prinz-Eisenherz-Frisur zu verstecken versucht hatte. Ich dachte an Gerda, Ines, Matthes,

Barbara, Volker und mich. In der Mittelstufe hatten wir viel zusammen unternommen. Bis Volker sich aus der Clique zurückzog und ich mich mit Friedrich Worscheck einließ. Der war so eifersüchtig gewesen, dass ich mich mit meinen früheren Freunden nicht mehr treffen durfte. Ich war ja selbst dran schuld. Ich hätte den Kerl einfach schnell wieder stehen lassen sollen.

»Weißt du noch, wie er den Reuter auf der Klassenfahrt abgelenkt hat, damit du mit deinem verstauchten Fuß unbemerkt zurück in die Jugendherberge konntest?«

Das hatte ich ganz vergessen. Aber jetzt war die Erinnerung wieder da. Wir hatten uns abends rausgeschlichen, um in Ruhe ein paar Bierchen zu zischen. Und dann kam der Reuter-Alarm. Wir rasten los wie die aufgescheuchten Hühner, viele von uns mit der Flasche in der Hand. Und ich knickte um. Matthes und Volker schleppten mich zurück zur Herberge, während Kurti den Reuter aufhielt, die angebrochenen Pullen von vier Leuten im Arm.

»Er hat einen Tadel dafür kassiert und eine Verwarnung bekommen, und trotzdem hat er uns nicht verraten«, sagte ich versonnen. »Überhaupt hat er dauernd Tadel für irgendwas kassiert und dazu den Kopf für andere hingehalten. ‚Da macht der eine den Kohl auch nicht mehr fett', so hat er das begründet. Er war wirklich ein netter Kerl. Und nun ist er tot.«

»Prost Kurti.« Volker prostete mit der Flasche einem imaginären Punkt an der Zimmerdecke zu und nahm einen kräftigen Schluck.

»Prost Kurti, alter Kumpel«, tat ich es ihm nach. »Ich habe mich übrigens heute früh in Sachen Innenhafen im Netz herumgetrieben.«

»Dito.« Volker grinste mich an. »Und? Fündig geworden in Sachen möglicher Sauereien?«

»Eigentlich nicht. Scheint aber eine ziemlich kostspielige Angelegenheit gewesen zu sein. Ich habe mich zumindest gefragt, wie das alles finanziert wurde. Das Land NRW hat mit Sicherheit einiges dazu beigesteuert. Aber auch da wundere ich mich, wie die das hinbekommen haben.«

»Wieso? Schulden sind doch nur des kleinen Mannes Tod«, sagte Volker sarkastisch. »Bund, Land und Kommunen leben doch gut mit ihrem immensen Schuldenbatzen, von den Unternehmen mal ganz zu schweigen.«

»Da hast du recht«, stimmte ich zu. »Nur bei den Armen sind Schulden ehrenrührig. Bei den Machern dieser Gesellschaft werden Schuldscheine sogar als Zahlungsmittel gehandelt.«

»Außerdem sind EU-Gelder geflossen. Da gibt es einen großen Topf bei der Europäischen Union, der in strukturschwache Gegenden fließt. EFRE heißt der.«

»Aha. Duisburg zählt also zu den strukturschwachen Gebieten? Aber daran ist ja wohl absolut nichts Illegales, oder?«

»Nein.« Volker seufzte. »Auf den ersten Blick kann ich da nichts erkennen. Und die Wohnung hier hilft uns im Augenblick auch nicht so richtig weiter. Oder hast du noch eine Idee?«

Ich trank den letzten Schluck Bier aus der Flasche und stand auf. »Nö. Mir fällt auch nichts mehr ein. Außer eben, dass es hier merkwürdig unpersönlich ist. Lass uns gehen, ja?«

Volker nickte, räumte die leeren Pullen in den Kasten auf dem Balkon und schloss sorgsam die Balkontür. Dann verließen wir gemeinsam die Wohnung.

Der Hausflur war ziemlich heruntergekommen und in einem wenig einnehmenden Kackbraun gestrichen. Schön hingegen waren die mit Ornamenten verzierten Kacheln, die den Boden bedeckten. Vor den Briefkästen, die sich hinter der Eingangstür an der Wand befanden, blieb ich stehen.

»Gib mal den Schlüsselbund.« Auffordernd hielt ich Volker die Hand hin. Dann schloss ich die ebenfalls kackbraun gestrichene, verbogene Tür des Briefkastens auf. »Türauf, wie passend«, kommentierte ich und zog mehrere Briefe heraus.

Der oberste Umschlag war hell, im Format DIN-A5. Ich sah auf den Absender. »Irgendein Notar. Was meinst du, sollen wir ihn öffnen?«

»Notar? Das klingt wichtig. Warte, ich klär das schnell«.

Ich ging die übrige Post durch, während Volker mit Bettina telefonierte. Nur noch Werbung. Dann signalisierte er mir, dass ich den Brief öffnen sollte.

Ich ratschte den Umschlag mit dem Zeigefinger auf, faltete den Brief auseinander und überflog den Text. »Er ist nicht zum vereinbarten Termin erschienen, mit dringender Bitte um Rückruf«, sagte ich überrascht. »Kurt scheint eine Wohnung gekauft zu haben.«

»Einen Moment«, sagte Volker zu Bettina, nahm mir das Schreiben aus der Hand und las es ebenfalls. »Naja, zumindest hatte er es vor.« Er nahm das Handy wieder ans Ohr. Weißt du was vom Kauf einer Wohnung, Bettina?«,

Ich wartete, bis er das Gespräch beendet hatte.

»Sie hatte keine Ahnung«, informierte er mich schließlich. »Aber so ganz ungewöhnlich ist das in unserem Alter doch nicht, oder? Eine Wohnung zu kaufen, meine ich.«

»Nein«, gab ich zu.

»Bettina meint, er könne sich das eigentlich gar nicht leisten. Aber als Bankangestellter wird er doch wohl an einen günstigen Kredit rankommen.«

Ja, dachte ich. Vermutlich. Trotzdem wollte ich mir die Sache noch mal genauer ansehen.

***

Zu Hause angekommen fütterte ich die Katzen, belegte mir selbst ein paar Brote und machte eine Kanne Tee. Den Teller mit den Schnittchen griffbereit neben mir, lümmelte ich mich auf mein rotes Sofa, verschränkte die Arme im Nacken und sortierte meine Gedanken.

Was wusste ich über Kurt?

Seine Frau hatte ihn sehr früh verlassen. War schon ziemlich ungewöhnlich, dass sie ihm einfach die Tochter überließ. So was hörte man selten. Ich überlegte, wen ich zu dem Thema befragen könnte. Volker natürlich. Und die alte Clique. Ines hatte schließlich erzählt, dass sie sich – wenn auch nicht oft, so doch trotzdem in regelmäßigen Abständen – über die letzten knapp dreißig Jahre hinweg getroffen hatten. Also nicht unwahrscheinlich, dass sie mir alle eine Menge über Kurt erzählen konnten. Zur Scheidung, und zum Thema Beruf wahrscheinlich auch. Ich zog ein Blatt Papier aus dem Schubfach mit Schmierpapier, angelte einen Stift vom Schreibtisch und notierte:

1.Ines anrufen wegen der Telefonnummern von Gerda und Matthes und in
Gottes Namen auch Barbara, wenn's denn unbedingt sein muss
2.Kontakt mit allen aufnehmen, am besten alle zusammen treffen

Kurti war in seinem Wagen umgekommen. Und da die Kripo mit im
Rennen war, handelte es sich nicht um einen einfachen Unfall. Ein
Tanklastzug war umgekippt und dann in Brand geraten. Wegen der
Explosion. Wie oft kam es überhaupt vor, dass ein Auto in Brand
geriet oder gar explodierte? Und wodurch? Die berühmte Frage nach
der Henne und dem Ei drängte sich mir auf.

Ich fuhr den Rechner hoch, gab nacheinander die Stichworte
»Autounfall«, »brennendes Auto«, »Manipulation am Auto«,
»Lenkung versagt«, »Bremsen versagen« in Google ein und arbeitete
mich durch Artikel, Dokumentationen und anderes Material.

Überrascht stellte ich fest, dass verhältnismäßig oft in
irgendwelchen Berichten von Feuerwehr oder Polizei, aber auch in der
Regenbogenpresse von Defekten an Autos, von brennenden
Fahrzeugen und Unfällen mit ungeklärten Ursachen die Rede war. Ich
fand Rückrufaktionen namhafter Autohersteller, weil Lenkungen
versagten, die Elektronik ausfiel oder die Geschwindigkeit nicht mehr
regulierbar war – unter bestimmten Voraussetzungen kam das vor.
»Wagen kam von der Straße ab, Ursache unbekannt«, »Auto brannte
aus bisher nicht geklärten Gründen aus«, »Fahrzeug raste mit voller
Geschwindigkeit in die Kurve ... Fahrerin kam mit dem Schrecken
davon« – wenn man das alles so las, fuhr man nicht mehr so gerne
Auto. Fand ich zumindest.

Einige Reportagen setzten sich mit dem merkwürdigen Unfall
auseinander, der den österreichischen Politiker Haider zu Tode
gebracht hatte. Unfall oder Mord. Unfall oder Mord. Unfall oder Mord
... Ich bräuchte jemanden, der was von Autos versteht, dachte ich. So
jemanden wie Kupfer-Mike. Seit der Sache mit Bertold und Jan hatte
ich nichts mehr von ihm gehört. Kein Wunder. Ich konnte es ihm nicht
verdenken. Dabei hatte ich Mike spontan sehr gemocht. Ich zog meine
Notizen heran und erweiterte die Liste.

3.Mike fragen nach dem Autothema

Was wusste ich noch über Kurt? Über den Kurt von heute? Er hatte eine Wohnung kaufen wollen. Merkwürdig, dass Bettina nichts davon wusste. Ich holte den Brief aus dem Rucksack, den ich kurz vorher in Kurts Briefkasten gefunden hatte, und studierte die Informationen im Briefkopf. In der Betreffzeile fand ich, was ich suchte. Schnell tippte ich die Objektnummer in die Suchmaschine ein. Die spuckte mir eine Immobilie mit dem Vermerk »verkauft« aus. Eine Wohnung am Duisburger Innenhafen, bevorzugte Wohnlage. Leise pfiff ich durch die Zähne. Schon wieder dieser Innenhafen. Bestimmt nicht gerade preiswert. Die Detailinformationen zum Objekt konnte ich leider nicht mehr öffnen, vermutlich, weil die Wohnung als verkauft gekennzeichnet war. Aber das zuständige Maklerbüro konnte ich abrufen. Ich schrieb mir die Telefonnummer auf. Oh Internet, was, zum Teufel, würde ich ohne dich tun? Ein Blick auf die Uhr sagte mir jedoch, dass es keinen Sinn machte, dort noch anzurufen. Auch dieses Thema sollte ich morgen genauer unter die Lupe nehmen.

4. Maklerbüro anrufen wegen Wohnungskauf

Warum verwunderte mich diese geplante Investition eigentlich? Kurt war doch Bankangestellter. Ging tagtäglich mit Geld um. Verdiente nicht schlecht. Stopp, nicht so schnell. Es gab mit Sicherheit sehr unterschiedliche Ausprägungen bei dieser Art von Beruf. Schalterbediensteter, Anlagenberater, Immobilienmakler, Börsenmakler... ich hatte keine Ahnung, womit Kurt bei der Bank seine Brötchen verdient hatte. EDV war ja schließlich auch nicht gleich EDV, jobmäßig betrachtet. Und verdienstmäßig ebenfalls nicht. Die Liste bekam zwei weitere Punkte.

5.Bettina nach Kurts genauer Tätigkeit bei der Bank fragen
6. Bank aufsuchen

Schluss für heute. Ich gähnte. Schließlich hatte ich Urlaub. Schön wär's, wenn Max jetzt hier wäre. Aber mit ihm war vor dem Wochenende nicht zu rechnen. Also streckte ich mich wieder auf dem Sofa aus und schaltete den Fernseher ein. Bonnie rollte sich auf meinem Bauch zusammen und leistete mir schnurrend Gesellschaft. Ich zappte so lange herum, bis ich an einem alten »Kottan ermittelt« hängen blieb und darüber einschlief.

VIER

Am nächsten Morgen wachte ich früh auf. Ich kaufte frische Brötchen beim Biobäcker auf der Gemarkenstraße, suchte mir im Käsefachgeschäft ein paar leckere Stücke aus, machte mir eine Kanne Presskaffee und aufgeschäumte Milch und ließ mich zu einem gemütlichen Frühstück an meinem Stehtisch nieder. Die Füße um die Beine des Barhockers gehakt und die Ellenbogen auf den Tisch gestützt las erst mal in aller Ruhe die Zeitung, während ich zwei Brötchen und ein Croissant vertilgte und zwei große Becher Milchkaffee dazu trank. Schließlich war ich auf der letzten Seite der Zeitung angelangt und faltete sie zusammen. Ich angelte mir den Block vom Schreibtisch, schnappte mir das Telefon und begann, die Liste vom Vorabend abzuarbeiten.

Ines freute sich, als ich mich meldete. Ich verabredete ein Treffen mit ihr für den Abend und sie versprach, die anderen anzurufen und zu fragen, ob sie eventuell Zeit und Lust hatten, ebenfalls zu kommen.

Da ich schon mal beim Telefonieren war, rief ich auch noch das Maklerbüro an. Einer Eingebung zufolge gab ich mich als Interessentin aus, die mit ihrem Mann nach einem Objekt am Duisburger Innenhafen sucht. Wie denn meine preislichen Vorstellungen seien, fragte die Maklerin. Sie war hocherfreut, als ich ihr mitteilte, dass der Preis eigentlich keine Rolle spielte.

»Vielleicht habe ich etwas Passendes für Sie«, zirpte sie mit seltsam dünn klingendem Stimmchen. »Ein Käufer scheint jetzt doch Abstand vom Kaufvertrag nehmen zu wollen. Er ist vorige Woche nicht zum Notartermin erschienen, hat auf eine schriftliche Anfrage wegen eines neuen Termins nicht reagiert und sich bis jetzt nicht gemeldet. Vielleicht wollen Sie sich dieses Objekt ja mal anschauen, bevor wir es wieder auf den Markt bringen? Beste moderne Citylage mit hohem Freizeitwert ...«

Wir vereinbarten einen Termin für den Nachmittag. »Ich muss aber noch schauen, ob mein Mann da auch wirklich Zeit hat.« Ich versuchte, eine Spur von kühler Arroganz in meine Stimme zu legen. »Wenn ich mich nicht mehr melde, klappt es.«

Volker hatte Zeit. Das hatte ich auch erwartet. Schließlich waren wir an einer Story dran, die ihn auch von Berufs wegen interessierte. Um gemeinsam bei der Maklerin auftauchen zu können, verabredeten wir einen Treffpunkt in der Nähe des Objektes am Duisburger Innenhafen. Anschließend machte ich mich auf den Weg nach Kupferdreh, um den dritten Punkt auf meiner Liste abzuhaken.

***

»Mensch Toni! Das glaub ich ja jetzt nicht.« Mike eilte mit ausgestreckten Armen auf mich zu und drückte mich an seinen ölverschmierten Blaumann. Dann packte er mich um die Taille und wirbelte mich durch die Luft. »Ist das schön, dass du dich mal wieder blicken lässt.«

Ich sah auf ihn herunter, gerührt über seinen herzlichen Empfang. Und sehr erleichtert. Schließlich hatte ich mich wirklich rar gemacht seit unserem Kennenlernen in diesem denkwürdigen Sommer vor fast zwei Jahren, in dem ich den Tod eines Insolvenzverwalters aufgeklärt hatte.

»Ich freu mich auch, dich zu sehen. Und jetzt lass mich runter«, rief ich lachend und zappelte demonstrativ mit den Beinen.

»Ich habe gerade eine Kanne Kaffee gekocht. Komm, du trinkst doch einen mit?« Mike griff meine Hand, zog mich mit sich die Verladerampe hinauf und öffnete die Tür zu Halle. Ich musste fast rennen, um mit ihm Schritt halten zu können.

»Wendest du immer noch die gleiche Technik an wie früher?« Mit Schaudern dachte ich an das mörderische Gebräu, das Mike mir damals ein paarmal angeboten hatte.

»Welche Technik?«, fragte er fröhlich, während er einen Kaffeebecher aus einem Wandregal über einer verbeulten Spüle holte und ihn prüfend ins Licht hielt. Er schien zufrieden und griff nach der Kaffeekanne.

»Die Pi-mal-Daumen-Technik«, sagte ich grinsend. »Filter einlegen, Kaffeebüchse auf und munter in die Filtertüte reinschütten.«

»Ach, die. Du wirst es nicht glauben, aber ich zähle die Löffel jetzt ab.«

»Du zählst sie ab? Nein! Es geschehen noch Zeichen und Wunder.« Ich nahm den dampfenden Becher entgegen und blies hinein.

»Heide hat mich vor die Wahl gestellt: Entweder ich zähle oder sie trinkt nie wieder Kaffee mit mir. Was gleichbedeutend mit einsamen Frühstücken und ebenso einsamen Nächten gewesen wäre ...« Er zwinkerte mir zu.

»Du hast dich erpressen lassen.« Ich schnalzte mit der Zunge. »Was für ein hartherziges Weib! Immer noch dieselbe? Diese Blonde, mit der du damals zusammen warst?«

»Ja. Ich bin auch ganz überrascht. Wir kommen wirklich gut miteinander aus. Und das, obwohl ich ihren Geburtstag vergessen habe. War aber nicht weiter schlimm. An meinen hat sie auch nicht gedacht.«

Wir ließen uns auf zwei Holzstühlen neben einer Werkbank nieder, auf der das Chaos herrschte. Mit gekonntem Schwung kippelte Mike den Stuhl gegen die Wand und überkreuzte die Füße, die wie früher in Schlangenlederstiefeln steckten, auf der Werkbank. Der Blick, mit dem er mich ansah, war freundlich und offen. »Wirklich schön, dich zu sehen«, sagte er schließlich.

Ich nickte und unterzog ihn ebenfalls einer freundlichen Begutachtung. Immer noch lang und dünn, die Haare wie graue Stahlwolle. Exorbitant große Nase. Aber er schien etwas fülliger geworden, sah nicht mehr ganz so hager aus, wie ich ihn in Erinnerung hatte. Ich lächelte still in mich hinein.

»Du trinkst ja gar nicht«, sagte er auffordernd.

»Na ja ...« Misstrauisch nippte ich an dem Gebräu in meinem Becher. Und war überrascht. »Oh! Echt lecker, der Kaffee.« Ich nahm einen weiteren Schluck. »Und da sag noch mal einer, im Alter sei man nicht mehr lernfähig.«

Mike grinste. »Wie geht es dir, Toni? Ich habe gehört, du bist umgezogen?«

»Stimmt. Vor einem Jahr schon, nach Holsterhausen. Ins Erdgeschoss mit einem kleinen, abgeschlossenen Garten im Hinterhof. Wir haben zwei Katzen. Also, Max und ich. Aber wir wohnen nicht zusammen. Zwei getrennte Wohnungen direkt nebeneinander.«

»Klingt gut. Und sonst?«

»Seit dem letzten Sommer arbeite ich wieder.«

»Hey, du bist ja richtig solide geworden! Ein fast gemeinsames Nest, zwei pelzige Mitbewohner und in Brot und Arbeit ...«

Ich musste lachen. »Es kommt noch schlimmer. Ich bin bei den Bullen.«

»Nee, komm! Willst du mich verarschen? Das kaufe ich dir nicht ab.«

»Doch. Im LZPD in Duisburg. Beste Innenhafenlage.« Ich grinste schon wieder. Hier neben Mike zu sitzen, Kaffee zu trinken und rumzuflachsen, tat verdammt gut. »Na ja, nicht an der eigentlichen Meile. Aber ich könnte mittags dorthin laufen, was ich gelegentlich auch tue. Die LZPD beherbergt die EDV-Schaltstelle der Bullerei. Ich mache da also eigentlich, was ich schon immer gemacht habe: Software-Einführungen, Konzeption, Organisation, Tests. Jetzt halt bei den Bullen ...« Ich schnaubte belustigt durch die Nase. »Klingt schlimmer, als es ist. Software braucht's halt überall. Und speziell die Polizei ist in dieser Hinsicht immer noch etwas – äh – rückständig, um es vorsichtig auszudrücken. Mein Job besteht unter anderem darin, eine Fahndungssoftware zu vereinheitlichen, zu vernetzen, zu schulen und mit Daten zu füttern. Jetzt allerdings habe ich Urlaub. Also Themenwechsel.«

»Fährst du nicht weg?«

Die Frage machte mich traurig, wie ich überrascht registrierte. Verlegen zuckte ich mit den Schultern. Mike bemerkte es sofort.

»Hey. Was ist los?« Er knuffe mich freundschaftlich in die Seite.

»Eigentlich nichts.« Ich pustete in meinen Kaffee. »Ich habe hart gearbeitet während der Probezeit. Zig neue Leute, denen man beweisen muss, dass man was kann – als Frau in einem technischen Beruf und sowieso. Das war anstrengend. Im Dezember dann, nachdem die Probezeit vorbei war, war ich mit Max auf Amrum. Ich hatte mir anderthalb Wochen Urlaub genommen. Vier Tage davon habe ich allein auf der Insel verbracht, weil Max sich nicht länger freischaufeln konnte. Über Sylvester sind wir dann noch nach Stockholm geflogen. Das war wirklich schön.«

»Aber?«

Ein Seufzer rutschte mir raus. »Nichts aber. Wir hatten uns vorgenommen, im April zwei Wochen gemeinsam Urlaub zu machen. Und nun musste ich meinen Resturlaub vom letzten Jahr schon jetzt nehmen, ganze elf Tage, was ich natürlich gemacht habe, bevor er verfällt. Aber Max hat jetzt absolut keine Zeit. Der arbeitet sowieso wie bescheuert.«

»Hey.« Mike knuffte mich wieder freundschaftlich. »Kopf hoch. Bis April ist es doch nicht mehr weit.«

»Schon richtig.« Ich trank den letzten Schluck Kaffee und starrte in den leeren Becher in meiner Hand. »Aber es ist leider noch nicht klar, ob ich nächsten Monat schon wieder Urlaub nehmen kann. Schließlich habe ich ja jetzt frei, und ich wurde nicht eingestellt, weil so wenig zu tun ist.«

»Willst du mit uns ein paar Tage nach Holland?«, fragte Mike spontan. »Wir wollten am kommenden Wochenende los. Heide hat bestimmt nichts gegen einen flotten Dreier.« Er sah mich treuherzig an.

Ich blinzelte verblüfft. »Danke für das Angebot. Aber erstens glaube ich nicht, dass deine Heide von dieser Idee wirklich so angetan wäre ...«

»Das war ganz ohne schmutzige Gedanken«, sagte Mike mit gespielter Empörung und legte die Hand auf die Brust. »Wirklich. Mein Herz ist rein ...« Er kräuselte seine Stirn in Dackelfalten und verdrehte die Augen nach oben.

Ich lachte los. »Komm mir jetzt bloß nicht noch mit Jesus. Verdammt, Mike, ich habe dich wirklich vermisst.«

»Ha, geschafft, sie lacht wieder. Nein, jetzt aber mal im Ernst. Wir haben dort ein Häuschen, da ist noch die Kinderstube frei. Ein sogenanntes Stockbett, also zwei Betten übereinander. Gehen würde das schon. Du und Heide, ihr würdet bestimmt gut miteinander klarkommen. Das passt schon, glaub mir.«

»Aber ich habe gar keine Zeit. Ich muss mich da um so eine Sache kümmern. Deswegen bin ich übrigens hier. Ich bräuchte mal deine Fachkenntnisse.«

»Willst du etwa wieder was über Motorräder wissen?«, fragte Mike begierig.

»Nein.« Ich musste grinsen, als ich an den detaillierten Sachunterricht dachte, den mir Mike damals bezüglich der Simson-Motorräder hatte zukommen lassen. »Keine Chance, Mike. Auch nichts Geschichtliches. Aber immerhin was Technisches.«

»Schieß los«, sagte Mike neugierig.

»Wie leicht kann es passieren, dass ein Auto explodiert? Kann man das vorbereiten? Also so manipulieren, dass das auch sicher eintritt?«

»Hoppla! Planst du etwa eine hübsche kleine Sabotage, oder was?«

»Ein alter Schulfreund von mir ist vor Kurzem bei einem Autounfall ums Leben gekommen. Der Wagen geriet ins Schleudern und prallte gegen einen Betonpfeiler, wo er schließlich explodierte. Dann stand alles lichterloh in Flammen. Ich will wissen, ob so was leicht passiert oder technisch manipuliert werden kann. Irgendetwas an dem Unfall muss faul gewesen sein. Die Polizei ermittelt nämlich in der Sache. Was mag da losgewesen sein?«

»Also, im Film sieht das immer sehr dramatisch aus.« Mike zögerte. »Da explodiert so eine Karre schon im Moment des Aufpralls und brennt augenblicklich. So funktioniert das aber in Wirklichkeit nicht, es sei denn, jemand hätte Benzin im Innenraum verteilt und würde im entscheidenden Moment ein Streichholz reinwerfen.«

»Aha«, sage ich. »Wie funktioniert es dann?«

»Der Tank muss leck sein, oder die Benzinleitung. Es muss also Benzin auslaufen. Und das muss dann erst mal in Brand geraten. Also durch Glut, Feuer, einen Funken oder so. Lichterloh und schnell sind Attribute, die darauf hinweisen, dass irgendein Brandbeschleuniger im

Spiel ist, oder auslaufendes Benzin. Und das müsste man vorher schon deutlich riechen.«

»Da war ein Tanklastwagen in den Unfall verwickelt«, verriet ich. »Er hat seine Ladung über die ganze Autobahn verteilt.«

»Hmmm.« Mike legte seine Stirn in dicke, gleichmäßige Wülste, wie die Falten eines Dackels. »Das erklärt das Benzin, aber noch lange nicht das Feuer.«

»Kann nicht die Elektrik in dem PKW den Brand verursacht haben?«

»Doch. Aber du hast doch gesagt, es sei eine Explosion erfolgt. Eine defekte Elektrik in einem Auto ist eine langsam schwelende Angelegenheit, sie brennt nicht lichterloh. Und ein Schwelbrand durch Unfall … Ich weiß ja nicht. Habe ich zumindest noch nie gehört. Das passt nicht.«

Eine Weile hingen wir schweigend unseren Gedanken nach. Ich versuchte, mir die Szene bildlich vorzustellen. Es gelang mir nicht. Was war Ursache, was war Wirkung? Henne oder Ei? Was passierte zuerst, was kam danach? Ich seufzte.

»In der Zeitung stand, der Pkw sei mit dem Truck kollidiert, vermutlich ist er ihm in die Spur gerauscht. Wodurch passiert so etwas? Hat die Lenkung versagt?«, fragte ich schließlich.

»Kann sein. Lenkstange ansägt? Oder der Fahrer bekam einfach nur Panik, weil die Bremsen nicht griffen.«

»Wie, warum sollten denn die Bremsen nicht greifen?«

»Wenn man schnell fährt und abrupt bremsen will, weil man zum Beispiel die nächste Ausfahrt nehmen möchte, können die Bremsen einfach ihren Dienst versagen«, erklärte Mike geduldig. »Ist so einer Situation ist man unter Umständen zu schnell, um noch gescheit lenken zu können, und kann auch erst mal nicht so einfach vom Gas runter. Das sieht dann im Nachhinein so aus, hätte die Lenkung versagt. Versagt haben aber eigentlich die Bremsen.«

»Kann man das manipulieren?«

»Als Laie nicht, möchte ich mal behaupten. Zumindest nicht ohne Grube. Dazu müsste man von unten an die Karre ran. Übrigens auch, wenn man die Lenkung manipulieren will.«

»Müsste, hätte, wäre, könnte … Nichts Genaues weiß man nicht.«
Ich überlegte. »Auf jeden Fall keine besonders sichere Methode, um jemanden gezielt um die Ecke zu bringen«, sagte ich schließlich langsam. »Mit Betonung auf gezielt. Zu viele unbekannte Faktoren. Wann genau fällt die Bremse aus? Wie schnell ist derjenige da gerade? Vielleicht kann er ja supergut lenken und es gelingt ihm, den Wagen langsam ausrollen zu lassen.«

»Deshalb vielleicht zusätzlich der Brand«, sagte Mike zögernd.

»Ja, aber wie ist es dazu gekommen? Du hast doch vorhin selbst gesagt, dass Autos nicht so einfach explodieren. Und wenn es ein Schwelbrand war, der schlussendlich durch Kontakt mit dem ausgelaufenen Benzin die Explosion ausgelöst hat, dann hätte Kurt doch Zeit genug gehabt auszusteigen, oder?«

»Vielleicht war er bewusstlos oder so schwer verletzt, dass er das nicht mehr konnte«, schlug Mike vor.

Ich nickte stumm. Das war alles irgendwie zu viel des Guten, noch dazu wenig plausibel. Vielleicht sollte ich mich erst mal um das Warum kümmern, wenn ich mit dem Wie nicht weiterkam. Ich seufzte, reckte mich und stand auf. »Danke für die Infos.«

»Überleg es dir noch mal mit Holland«, rief mir Mike nach, nachdem ich mich verabschiedet hatte. »Und warte nicht wieder anderthalb Jahre, bevor du dich mal wieder blicken lässt, ja?«

Ich lächelte, warf ihm eine Kusshand zu und schloss die Tür der Werkstatt hinter mir. Als ich mein Auto erreichte, lächelte ich immer noch. Aus meinem Rucksack fischte ich meinen kleinen Block und einen Stift und schrieb meine Adresse und Telefonnummer auf das Papier. »Kannst dich ja auch mal melden«, notierte ich, ging zurück in den Hinterhof und klemmte den Zettel unter den Scheibenwischer eines aufgebockten Kleinwagens, an dem Mike gerade zu werkeln schien.

***

»Heißa, wie siehst du denn aus!« Volker pfiff leise durch die Zähne, als er mich sah. »Respekt. Du überraschst mich immer wieder.« Er grinste mich an.

»Nur mein Berufsoutfit für schwierige Missionen«, sagte ich und machte eine wegwerfende Handbewegung. Ich wusste, dass mir das flaschengrüne, zeitlos geschnittene Kostüm von Gil Bret gut stand und immer wieder seinen Zweck erfüllte, wenn es um einen professionellen Auftritt ging. Dennoch fühlte ich mich in Jeans bedeutend wohler.

»Wie hast du das mit deinen Haaren angestellt?«

»Jede Menge Schaumfestiger«, klärte ich ihn auf. »Das Zeug betoniert alles gnadenlos in Form. Allerdings juckt mir schon jetzt die Kopfhaut davon.«

»Respekt«, sagte er wieder. »Du siehst richtig elegant aus.«

»Aber du bist auch nicht ohne.« Anerkennend musterte ich das dezente dunkelgraue Sakko und die hellgraue Hose. Ein Seidenschlips bot farbenfrohes Kontra. »Konfirmationsanzug?«

»Na hör mal!«, empörte er sich. »Auch ich muss ab und zu mal zu repräsentativen Anlässen. Komm jetzt, sonst ist sie wieder weg.«

»Die wartet«, sagte ich zynisch. »Das gehört zu ihrem Job.«

»Na dann mal los, Frau Schlosser.« Volker bot mir seinen Arm.

»Nix Schlosser.« Ich hakte mich bei ihm ein. »Du Blauvogel. Aber mach bloß nicht zu große Schritte. Mit diesen verdammten Pumps kann ich nicht mithalten.«

Ich war überrascht, als ich der Maklerin gegenüberstand. Denn an Melanie Riemke war alles ein wenig zu viel. Haare, Zähne, Nägel, Lachen, Bein und Push Up. Brrrr. Ich schüttelte mich innerlich. An ihrer Stimme jedoch war absolut nichts zu viel. Im Gegenteil. Sie war so piepsig und dünn wie am Telefon und wirkte, als wäre dafür nichts mehr übrig geblieben nach der üppigen Ausstattung der übrigen körperlichen Attribute.

»Ein wirklich schönes Objekt«, zirpte sie nun bereits zum dritten Mal. »Sie werden sehen.« Die Aufzugtür schloss sich mit einem dezenten Zischen hinter uns, während sie die schwere Eingangstür aus edlem Massivholz öffnete.

Nicht schlecht, dachte ich, als ich der Maklerin durch das sogenannte Entré folgte. Und Wow, als ich vom Dielenbereich in den Küchenbereich trat, der von Buche und gebürstetem Stahl geprägt war und von einer Kochinsel in der Größe meiner eigenen Küche dominiert wurde, über der sich eine ebenfalls stahlgebürstete trichterförmige Dunstabzugshaube befand. Eine halbhohe Theke bildete die optische Grenze zum Essbereich, der wiederum in den großzügigen Wohnbereich überging. Überall matt schimmernde, geölte Naturholzböden – englisches Parkett, ließ uns Frau Riemke wissen – und Fensterfronten, die bis zum Boden reichten.

»Die Fenster des Wintergartens kann man komplett zur Seite schieben«, informierte sie mich. »Aber oben ist ja ohnehin noch eine herrliche Dachterrasse.«

»Kneif mich mal«, flüsterte ich Volker zu, während wir die freitragende Treppe aus Chrom und Stahl ins obere Stockwerk hinaufstiegen.

»Darf ich das wirklich? «, flüsterte er zurück »Ich würde schrecklich gerne ...«

»Untersteh dich!«

Er grinste nur. »Was meinst du, Schatz«, sagte er laut, als wir in ein begehbares Ankleidezimmer traten. »Ob das wohl für deine Sachen reicht? Es kommt mir etwas wenig vor, was hier an Schränken zur Verfügung steht.«

»Ich glaube eher, dass es mit deinen Schuhen eng werden könnte, Herzilein«, säuselte ich und kam mir seltsam bescheuert dabei vor.

»Das sollte wirklich kein Problem sein«, mischte sich Melanie Riemke ein und zeigte ihr Zuviel an Zähnen. »Auf der Stirnseite des Flures ist eine weitere Schrankwand eingepasst. Das ist so geschickt gemacht, dass es gar nicht auffällt. Ich zeige es Ihnen, wenn wir wieder hinuntergehen.« Sie öffnete die Tür zu einem Schlafraum, der bestimmt fast so groß wie meine gesamte Wohnung war und von einer hohen Fensterfront dominiert wurde. »Natürlich haben die Fenster elektrische Jalousien mit Zeitschaltuhr«, lächelte sie. »Außerdem kann man die Räume an heißen Sommertagen mit Markisen beschatten, selbstverständlich ebenfalls elektrisch.« Mit einer schwungvollen Bewegung öffnete sie die Fensterflügel und trat auf die Dachterrasse.

Ich folgte ihr, etwas benommen von diesem Ambiente, in dem ich mich vermutlich niemals zu Hause fühlen könnte. Zu protzig, zu groß, zu ...

»Ist das nicht ein großartiger Ausblick?« Melanie Riemke heischte um Beifall.

Pflichtschuldig nickte ich.

»Ja, wirklich sehr nett«, tönte Volker hinter mir. Seine Stimme hätte ich beinahe nicht erkannt, so versnobt war sein Tonfall.

» Abends ist es besonders herrlich. Sie können bis zum ,Fife Boats' hinübersehen. Die Bauten dort sind alle wunderbar illuminiert in der Nacht.«

Ich blieb auf der Dachterrasse, während Volker sich die technischen Daten erklären ließ. Blickte hinunter auf die Hansegracht mit ihren Holzstegen, den Seerosen und den begrünten Kanalseiten. Ließ die offene untere Etage mit ihrer edlen, geschmackvollen Ausstattung vor meinem inneren Auge Revue passieren und geriet endgültig ins Grübeln. Die Stichworte »Fußbodenheizung«, »erneuerbare Energien«, »Garagenstellplätze« und »frei von Schadstoffen« drangen zu mir herüber.

»In was bist du da bloß hineingeraten, Kurti?«, murmelte ich. »Woher zum Teufel hattest du so viel Geld, um dir dieses Loft hier leisten zu können?« Oder hatte ich da etwas gründlich missverstanden? Vielleicht hatte Kurti sich ja einfach nur bei seiner Bank bedient und einen kräftigen Kredit aufgenommen. Seltsam war es aber so oder so. Umso mehr, als ich die Rolle des Maklerbüros nicht einschätzen konnte. Die prüften doch sonst jeden Furz, den ein potenzieller Kunde von sich gab. Das hätte ihnen doch ebenso spanisch vorkommen müssen.

»Nun mal Butter bei die Fische«, fuhr ich Melanie Riemke denn auch an, als sie mit Volker auf die Dachterrasse zurückkehrte. »Kurt Olaf Türauf ist ein Angestellter der Ruhrcity-Bank. Das haben Sie doch bestimmt geprüft, bevor Sie ihn als Kunden näher in Erwägung zogen. Was mich außerordentlich wundert, denn seine Kreditwürdigkeit für ein Objekt dieser Größenordnung ist doch vermutlich eher fraglich.«

Sie zuckte zusammen. »Woher wissen Sie ...«

»Kurt Türauf ist tot«, mischte Volker sich ein.

Melanie Riemke blickte verwirrt von mir zu Volker. »Ach, ist er deshalb nicht zum Notartermin erschienen?«

»Ja. Und wir untersuchen seinen Tod.«

»Mord?«, flüsterte sie und sah uns mit großen Augen an.

»Ja. Mord«, bestätigte Volker und senkte seinen blaugrauen Blick verschwörerisch in ihre aufgerissenen Augen.

»Oh!« Ihre Stimme war nur noch ein Hauchen.

Wie aufregend, ergänzte ich stumm und lenkte ihre Aufmerksamkeit wieder auf mich. »Also: Sie haben doch gewiss überprüft, ob es sich bei so jemandem wie Kurt Türauf überhaupt der Mühe lohnt? Kreditwürdigkeit und so weiter und so fort, SCHUFA-Eintrag, das ganze hübsche Programm.«

»Herr Türauf brauchte keinen Kredit aufzunehmen«, sagte Melanie Riemke. Es gelang ihr, so etwas wie Würde in ihr piepsendes Stimmchen zu legen.

»Er hatte das Geld?«

»Ja. Er sagte, er habe geerbt und wolle am liebsten bar bezahlen.« In ihrer Stimme schwang ein Hauch von Trotz.

»Wie viel kostet die Prachtbude denn?«

»Dreihundertsechzigtausend Euro.«

»Zuzüglich Maklergebühren?«

»Zuzüglich Maklergebühren«, bestätigte sie und zeigte ihre Zähne.

»Und es war wirklich schon alles in trockenen Tüchern?«

»Die Anzahlungen an den Notar hatte er bereits überwiesen, auch die an unser Maklerbüro. Und er war mit seiner Frau schon zweimal hier und hat ausgemessen.«

Frau? Welche Frau? Das wurde ja immer mysteriöser. »Ich wusste nicht, dass er verheiratet war«, sagte ich vorsichtig.

»Wenn ich die beiden richtig verstanden habe, war stand die Hochzeit kurz bevor. Eine Dame aus Osteuropa, nicht mehr ganz jung. Aber ihr Deutsch war sehr gut.« So, wie Sie das Wort Dame aussprach, hatte es einen Hauch von Unanständigkeit.

Ach, dachte ich interessiert. Das ist ja mal eine Neuigkeit.

»Sie haben nicht zufälligerweise Namen und Adresse der Frau?«

»Tut mir leid.« Mit bedauernder Geste breitete sie die Hände aus.

Na dann: *Cherchez la femme.* Wie aber sollte ich das anstellen? Ich würde meine alte Clique danach fragen.

***

Leider musste ich noch mal nach Essen zurück. Denn erstens hatte ich die Abendfütterung unserer domestizierten Raubtiere am Bein, zweitens würde ich mir in Pumps und flaschengrünem Gil-Bret-Kostüm völlig deplaziert bei meinen alten Kumpels vorkommen. Also stürzte ich mich notgedrungen in den Feierabendverkehr auf der A40 und quälte mich gut anderthalb Stunden später wieder zurück nach Duisburg, die Haare entkleistert und in Klamotten, in denen ich mich bedeutend wohler fühlte als im Designer-Kostümchen und hochhackigen Schuhen.

Wir trafen uns nicht am Innenhafen, sondern im guten alten »Finkenkrug« am Sternbuschweg nahe der Duisburger Uni. Mit diesem Wunsch hatte ich mich durchgesetzt.

»Hier war ich ja seit Ewigkeiten nicht mehr.« Ines sah sich interessiert um. »Ist irgendwie heller geworden. Obwohl Tische und Stühle so aussehen wie früher. Glaube ich jedenfalls.«

Ich zuckte die Schultern. »Komm«, forderte ich sie auf, »wir sitzen hinten im Raum in der Ecke.«

»Ach, sind die anderen schon da?«

Ich antwortete nicht, denn wir waren ohnehin schon auf der Zielgeraden.

»Ach so, Volker!«, plapperte Ines weiter. Ihr Blick schnellte zwischen uns hin und her, als würde sie die Lage sondieren. »Hallo Volker.« Eine leise Röte überzog plötzlich ihr rundes Gesicht, als sie ihn schüchtern anlächelte. Ich erkannte, was ich früher nicht gesehen hatte: Sie war in Volker verliebt, irgendwie. Eine stille Verehrerin. Und so war es früher vermutlich auch gewesen.

»Hallo Ines«, grüßte Volker lässig zurück.

»Volker, genau«, bestätigte ich trocken. »Überrascht dich das? Du selbst hast ihm doch meine Nummer gegeben.«

»Also, Gerda wollte auf jeden Fall kommen«, haspelte Ines verlegen. »Und Matthes meint, er käme gern, wenn seine Frau heute Abend zu Hause bleibt. Wegen der Kinder. Ist nämlich ihr kinderfreier Abend, einmal in der Woche.«

»Hmm«, machte ich zustimmend.

»Barbara wusste noch nicht, wie lange sie heute arbeiten würde. Sie ist gerade mal wieder in einer künstlerischen Produktivphase. Sie wollte es sich überlegen.«

»Künstlerische Produktivphase? Ich dachte, sie wäre Stewardess. Wegen der großen Freiheit, die man dadurch hat«, schob ich gehässig hinterher.

Volker warf mir einen irritierten Blick zu.

»So hat sie es damals selbst begründet.« Ich ärgerte mich, weil ich das Gefühl hatte, mich rechtfertigen zu müssen. »*Sie* wollte doch die Welt kennenlernen.«

»Stewardess ist sie schon lange nicht mehr. Das hat sie hingeschmissen, als sie sich von ihrem Mann getrennt hat«, erklärte Ines.

»Ach stimmt ja, da war doch was. Mister USA ...« sagte ich spöttisch.

»Toni!«

»Toni!«, äffte ich Volker nach. Und naschte an blaugrauem Blick. Verlockend. Aber ohne mich! »Was guckst du?«, herrschte ich ihn also an. »Meinen Namen kenne ich.«

Volker seufzte. »Sie hat sich scheiden lassen, ihren Beruf hingeschmissen, ist nach Deutschland zurückgekehrt und lebt jetzt in einer Künstlerkommune in Sprockhövel«, sagte er geduldig. In einem Tonfall, als würde er mit einem kleinen Kind sprechen.

»Kann ich doch nicht riechen«, motzte ich weiter. »Ich hab die ganze Saubande schließlich aus den Augen verloren.«

In der Ruhe liegt die Kraft. Großmütterliche Warnung. Jaja. Hast ja recht. Ich atmete tief durch.

»Hallo. Komme ich zu spät?« Matthes war am Tisch aufgetaucht und lächelte in die Runde.

»Hi, Matthes.« Ich sprang auf. »Mensch, dich hab ich ja seit Ewigkeiten nicht gesehen.« Ich wollte ihn spontan in die Arme nehmen und klopfte ihm dann doch nur auf die Schulter. »Blödsinn. Gerda ist auch noch nicht da. Schön, dass du es geschafft hast.«

»Gerda sucht einen Parkplatz«, berichtete Matthes. »Ich hab sie gesehen, als sie gerade in die Flurstraße einbog.«

»Ja, das leidige Parkplatzthema ...« Ich griff nach der Speisekarte und warf einen Blick hinein. »Das gibt's ja nicht«, rief ich. »Die stehen immer noch auf der Karte. Die habe ich verdammt lange nicht mehr gegessen!«

»Was denn?«, fragte Ines neugierig.

»Tintenfischringe.« Mir lief das Wasser im Mund zusammen. Die hatte ich hier früher öfter mal bestellt. Schierer Luxus, damals.

Die Bedienung traf zeitgleich mit Gerda am Tisch ein.

Kurze Zeit später standen die Getränke auf dem Tisch. Und noch etwas später kam ein großer Teller mit den frittierten, in Teig gehüllten Ringen und einer Schüssel kräftig nach Knoblauch duftenden Sauce.

Begeistert träufelte ich Zitrone über die fettigen Gebilde. Salzte kräftig. Nahm einen Tintenfischring mit den Fingern, tunkte ihn in die Sauce und führte ihn zum Mund. »Mmmm!« Ich kaute genüsslich. »Wunderbar!« Ich schlang sofort einen zweiten Ring des frittierten Tintenfischarmes in mich hinein und spülte mit einem großen Schluck von dem Pinot Grigio hinterher.

»Schmeckt's?« Volker hob belustigt eine Augenbraue in die Höhe.

»Ganz und gar wunderbar«, sagte ich wahrheitsgemäß, zog den nächsten frittierten Ring durch das Aioli und schlang ihn hinunter. »Absolut köstlich. Aber man muss schnell sein.«

»Aha.«

Hörte ich da etwa Spott in Volkers Stimme? Egal. Ich stand zu meinem Trip in die Vergangenheit.

»Schnell, ja«, beharrte ich. »Denn eigentlich schmecken sie gar nicht. Wie Gummi. Fettig. Hinterlassen ein schweres Gefühl im Magen. Man darf sie nicht kalt werden lassen, das ist der Witz. Dann ist es absolut köstlich. Und jetzt lasst mich in Ruhe genießen!« Ich stopfte und schlang weiter in mich hinein, bis der Teller leer war. Meine Catos hätten die schiere Freude an mir, da war ich mir sicher. So ähnlich saugte Clyde alles in sich auf, was auch nur in irgendeiner Form essbar zu sein schien. Wie ein Staubsauger. Von nix kam schließlich nix. Und Clyde hatte sich mittlerweile ein ordentlich rundes Bäuchlein angefressen.

Seltsamerweise störte mich keiner mehr beim Essen. Aber sie mussten mich alle genau beobachtet haben, denn ich sah ungläubige

Blicke, als ich den Teller beiseite schob, mir die Finger ableckte und einen leisen Rülpser von mir gab. Ich fühlte mich unglaublich zufrieden in diesem Moment.

»Und jetzt bräuchte ich wohl einen Schnaps«, sagte ich träge. »Aber geht nicht, ich muss noch fahren. Also einen Espresso.«

Barbara kam hereingeschneit. Bühnenreifer Auftritt. Eine Diva war nichts gegen sie. Sie blieb vor unserem Tisch stehen und schien auf etwas zu warten. Aufmerksamkeit? Euphorische Begrüßung? Beinahe hätte ich geklatscht.

Sei wie ein Veilchen im Moose, bescheiden, sittsam und rein, nicht wie die stolze Rose, die immer bewundert will sein, mischte sich meine Urahnin ein. *Mir* musst du das nicht sagen, Großmutter!

»Hallo Barbara.« Erneut entwich mir ein kleiner Rülpser. Das Zeug lag wirklich verdammt schwer um Magen.

»Puh!« Barbara kräuselte ihre Nase in lauter kleine Fältchen. »Hier hat aber einer mächtig geknoofelt. Hallo zusammen.« Sie klopfte dreimal auf den Tisch. Dann holte sie sich einen Stuhl vom Nachbartisch und quetschte sich zwischen Volker und Ines, die auch pflichtschuldig beiseite rückten. Neben Matthes wäre eigentlich noch genug Platz gewesen. So jedoch löste Barbaras Aktion eine muntere Kettenreaktion aus, bis die Stühle wieder halbwegs gleichmäßig um den Tisch verteilt waren.

»Hallo Volker.« Drei Bussis, links, rechts, links. Oder war es rechts, links, rechts? Auf jeden Fall französisch, ganz Dame von Welt. Ich machte es immer falsch, wenn ich mal mit diesem Begrüßungsritual konfrontiert wurde.

»Na dann können wir ja«, sagte Volker und blickte in die Runde. »Wie ihr vermutlich alle bereits wisst, wurde Kurt ermordet. Und Toni will rauskriegen, wer das war. Toni?«

Damit war das Wort an mich übergeben.

»Frau Detektivin«, witzelte Barbara in Volkers Ohr hinein. »Wie aufregend!«

»Und was sollen wir dabei?«, fragte Matthes. »Willst du eine *Task Force* gründen, oder was?«

»Quatsch.« Ich musste lachen. »Ich möchte, dass ihr mir von Kurt erzählt. Ihr habt ihn besser gekannt als ich, weil ihr euch regelmäßig getroffen habt. Ich möchte, dass ihr mir erzählt, wie er in den letzten Jahren war. Wie es ihm ergangen ist, was er gemacht hat, worüber ihr geredet habt, wenn ihr euch getroffen habt.«

»Tja, wärst du mal auch gekommen«, sagte Ines spitz. »Dann bräuchtest du jetzt nicht zu fragen.«

Ich seufzte. »Bin ich aber nicht. Also bin ich auf euch angewiesen.« Abwartend legte ich den Kopf schief.

»Was Kurt für ein Mensch war?« Barbara lachte nervös auf. »Du stellst vielleicht Fragen. Ich weiß ja nicht mal genau, was für ein Mensch ich bin!« Sie fuhr sich mit den Fingern durch ihre dunklen Stoppeln, so, als wollte sie die Aufmerksamkeit auf sich lenken. Früher war sie nicht so penetrant gewesen.

Darauf mochte ich nicht eingehen. »Ja. Was Kurt für ein Mensch war, genau«, beharrte ich. »Früher war er unser Klassenclown. Tollpatschig und immer für einen Witz zu haben, besonders für Scherze über sich selbst. Manchmal ein bisschen nervig in seiner Art. Dauernd gab es etwas, über das er gejammert hat. Aber er stand für einen gerade und war irgendwie ein liebenswerter Kerl, dem man nie böse sein konnte. Das war vor fast dreißig Jahren. Die sind nicht spurlos an uns vorübergegangen. Wie war Kurt heute?«

»Du hast dich auf jeden Fall nicht verändert«, sagte Gerda lachend.

»Nicht wesentlich jedenfalls.«

»Glaub mir, ich habe. Aber das ist jetzt nicht das Thema.«

»Sag ich doch. Ganz die alte.« Sie lachte mich wieder an. Ansteckend war das, dieses Lachen. »Und bei Kurt war das genauso. Im Großen und Ganzen ist er – na, eben Kurt geblieben.«

»Trotzdem haben wir uns alle verändert.« Matthes äußerte das so ernsthaft, als sei es ein unglaublich innovativer Gedanke. »Äußerlich sowieso. Wir gehen inzwischen streng auf die Fünfzig zu, das lässt sich nicht leugnen. Leider.«

Ich verkniff mir einen flapsigen Kommentar. Mit Matthes war die Metamorphose vom Teenager zum Fuffy am schonungslosesten umgegangen. Die Haare waren zwar noch dicht und relativ lang, aber von einem unschön verwaschenen Grauton. Weniger Haar wäre besser, dachte ich spontan. Kürzer müsste es auf jeden Fall sein.

Außerdem wirkte er seltsam aufgedunsen. Trank er zu viel? Und seine Stirn war von tiefen Falten zerfurcht. Sorgenfalten?

»Du hast ja recht«, stimmte ich zu. »Mein Damenbäuchlein nervt mich auch, und mein Busen wird schlapp. Davon rede ich aber nicht. Es geht mir ums … äh … innere Wesen.« Schon in dem Moment, in dem ich das aussprach, kam ich mir dämlich vor.

»Die inneren Werte.« Gerda kicherte prompt los, und auch Ines lachte mit. »Sag bloß!«

Ich stimmte in das Gelächter ein. » Ihr seid unmöglich!« Plötzlich fühlte ich mich wohl in dieser Runde. Geborgen. Ein Hauch von Früher hing in der Luft, von der Leichtigkeit, mit der wir uns damals begegnet waren. »Aber jetzt mal im Ernst. Ich spreche hier nicht von Bierbauch und Haarausfall. Und das wisst ihr verdammt noch mal genau. Haarspalter, das seid ihr!«

»Ich finde auch nicht, dass er sich sehr verändert hat. Kurt, meine ich«, meldete sich Barbara zu Wort. »Er hat immer noch dauernd Witze gerissen, am häufigsten über sich selbst. Und er hat immer noch versucht, bei den falschen Frauen zu landen.«

»Wen meinst du damit?«, fragte ich interessiert.

»Mich.« Barbara fuhr sich wieder mit der Hand durch die Stoppeln. Sie waren dunkel, ohne einen Hauch von Grau. Gefärbt wahrscheinlich.

»Er hat dich also angemacht«, sagte ich gelangweilt und verdrehte die Augen. »So, wie er Ines und Gerda und mich und Angela aus der 10d und die rothaarige Bademeisterin im Schwimmbad angemacht hat, ja? Mit dem sofortigen Rückzieher hinterher, dass ihm ja ohnehin klar ist, dass das niemals nie nichts werden kann, so richtig richtig, bei einer so tollen Frau wie Ines oder Gerda oder Angela ...«

Gerda stieß ein wieherndes Lachen aus. »Mensch Barbara, der war ja ein ganz schöner Draufgänger, der Kurt, was? Dass er es gewagt hat, sich ausgerechnet an dich ranzumachen!«

Barbara schien beleidigt. »Na, dann sage ich eben nichts mehr.«

»Ich will nicht über uns reden«, insistierte ich. »Und ich will nicht über früher reden. Ich will was über Kurt erfahren. Den Kurt von heute. Und so geht das nicht.«

»Wie geht es denn?« Volker wirkte amüsiert.

Man sieht den Wald vor lauter Bäumen nicht, mischte Großmutter sich erneut ein. Manchmal hielt sie sich wochenlang bedeckt. Und dann gab es plötzlich Tage, an denen sie dauernd was zu melden hatte. Aber wo sie recht hatte, hatte sie nun mal recht.

»Ich schlage Einzelgespräche vor«, sagte ich. »Ich setze mich da hinten an den kleinen Tisch unterm Fenster, und dann kommt ihr einzeln zu mir rüber und ich stelle euch ein paar Fragen.«

»Oh, ein Verhör, ein Verhör«, wieherte Gerda im Stil von »ein Klavier, ein Klavier« und klatschte in die Hände.

Loriot mit seinen wunderbar zeitlosen Sketchen. Ich lachte mit.

»Genau. Nur ohne Tante aus Amerika, also nicht in amerikanischem Stil. Wer will den Anfang machen?«

»Ich.« Matthes stand so schnell auf, dass er mit dem Knie heftig unter die Tischkante stieß. Sein Bierglas geriet mächtig ins Schwanken.

Ich hielt es gerade noch rechtzeitig fest, bevor sich das hellbraune Gebräu über den Tisch ergießen konnte.

»Oh, Mist!« Matthes rieb sich die schmerzende Kniescheibe. »Es ist doch nur, weil meine Frau heute eigentlich ihren kinderfreien Tag hat. Ich will nicht so lange wegbleiben«, erklärt er.

»Nix passiert. Hier.« Ich reichte ihm sein Glas, nahm meinen Milchkaffee, in dessen Unterteller nun eine Pfütze schwamm, und trug ihn hinüber zu dem kleinen Tisch unter dem Fenster.

»Also«, begann ich, als wir uns gegenüber saßen. »Hast du mit Kurt eigentlich auch außerhalb dieser Treffen mit der alten Clique Kontakt gehabt?«

»Ja. Er hat mich bei Geldanlagen beraten«, sagte Matthes nickend.

»Du meinst, du warst Kunde bei seiner Bank?«

»Das auch. Aber für Wertanlagen war er da nicht zuständig.«

»Und dennoch hast du dich an ihn gewandt? Warum?«

Matthes zögerte. »Na ja, er war doch mein Freund. Und er wollte immer gerne Anlageberatung machen und kannte sich auch gut aus. Aber da hat sich sein Chef quer gestellt. Obwohl Kurt sich richtig intensiv mit der Materie befasst hat.«

»Sind das so begehrte Stellen? Die Anlageberatung, meine ich?«

Matthes zuckte mit den Schultern. »Weiß ich nicht. Finde ich auch komisch. Ich meine, Kreditvergabe ist doch auch ein verantwortungsvoller Posten, oder?«

»Mich darfst du das nicht fragen. Ist es das, was Kurti da gemacht hat bei der Bank? Kreditvergaben?«

»Ja. In der Abteilung war er seit geraumer Zeit. Aber eigentlich wollte er gerne in die Anlagenberatung.«

Ich nahm einen Schluck Milchkaffee. Die frittierten Gummiringe lagen mir jetzt schwer im Magen. Ich musste wieder aufstoßen und hielt schnell die Hand vor den Mund. Doch ich konnte das Wölkchen von Knoblauch nicht stoppen, das sich den Weg aus meinem Magen heraus bahnte. »Entschuldigung!« Ich war verlegen. »Das ist mir wirklich unangenehm.«

»Ist doch menschlich.« Matthes lächelte mich an, und sein sorgenvolles Gesicht zeigte plötzlich deutlich die Züge von früher, spitzbübisch irgendwie, ansteckend fröhlich. »Meine Kinder sind noch klein. Da riecht es manchmal noch viel unangenehmer, das kannst du mir glauben. Und der Kleine pinkelt völlig ungeniert in hohem Bogen mitten auf dein Hemd, wenn du ihn gerade wickelst.«

»Zwei Kinder?«, fragte ich artig.

»Ja. Meine Tochter ist drei, der Kleine ein halbes Jahr alt.« Er kramte ein Foto aus seinem Portemonnaie und hielt es mir stolz unter die Nase. Auf seinem rechten Knie saß ein kleines Mädchen mit blonden Rattenschwänzen, schmiegte sich an ihn an und blickte neugierig zu dem properen Säugling hinüber, der, gehüllt in einen hellblauen Strampler, sicher in Papas linkem Arm lag.

Du hast sie spät bekommen, deine Kinder, dachte ich. Aber ich sagte es nicht. Denn aus Erfahrung wusste ich, dass es kein Halten mehr gab, wenn begeisterte Eltern anfingen, über ihre Blagen zu reden. Wie Hundebesitzer auch. Oder Katzenliebhaber. Oder Pferdenarren. Oder Motorradfreaks ...

»Süß«, sagte ich pflichtschuldig. »Aber zurück zu Kurt. Er wollte also gerne in die Anlagenberatung, durfte aber nicht. Weißt du, warum?«

»Keine Ahnung. Dazu hat er nichts erzählt. Aber wechseln wollte er spätestens dann, als ihm eine jüngere Kollegin vor die Nase gesetzt wurde. Das hat ihn ziemlich fuchtig gemacht.«

Eine Bemerkung von Ines fiel mir wieder ein. »War das die, in die er verliebt war? Typ Anne Will, um einiges jünger als er?«

»Mein Gott, ja. Du hast es vorhin doch selbst gesagt.« Matthes machte eine wegwerfende Handbewegung. »Er war doch immer irgendwie in eine verliebt, ohne es jemals ernsthaft zu versuchen. Ich habe da gar nicht mehr hingehört, wenn er mit seinen verpfuschten Frauengeschichten anfing. Die waren ohnehin zum Scheitern verurteilt.«

»Warum das?«, fragte ich.

Matthes sah mich nachdenklich an. Die tiefen Falten quer zum Haaransatz, die sich durch die Stirn pflügten, dominierten sein Gesicht. »Hättest du jemals ernsthaft in Betracht gezogen, dich mit Kurt einzulassen?«

»Himmel, nein!« Entsetzt schüttelte ich den Kopf. Mit dir allerdings auch nicht, dachte ich dann. Aber das musste ich ihm ja nicht unbedingt auf die Nase binden.

»Und woran liegt das?«

Ich zuckte mit den Schultern. Tja, woran lag das wohl? Irgendwas störte mich an der Fragestellung. Einen Moment lang dachte ich darüber nach. Dann fiel es mir auf. »Das ist die falsche Frage, finde ich«, sagte ich freundlich. »Es ist eher die Ausnahme, dass man sich in jemanden verliebt. Also sollte man überlegen, warum jemand dieses Gefühl der Verliebtheit in einem auslösen kann, nicht jedoch, warum jemand das nicht tut.« Ich grinste. »Aber bei Kurt? Zu viel Gejammere für meinen Geschmack, wenn du schon fragst.«

»Siehst du? Ein Jammerlappen. Seltsamerweise hat er sich immer in starke, geradlinige Frauen verguckt. Solche, die ohnehin nicht erreichbar waren für ihn. Das hatte Prinzip.«

Auf mich als Teenager traf diese Beschreibung nicht gerade zu. Mit Schaudern dachte ich daran, was ich mir von Friedrich Worschek alles hatte bieten lassen. So viel zum Thema stark und geradlinig. Obwohl: Ich hatte aus der Geschichte gelernt. Aus dem Friedrich-Desaster, meine ich. Und deshalb stimmte es vermutlich doch. Denn Kurt, fiel mir jetzt ein, hatte mich auf seine merkwürdige Kurti-Art erst umworben, als ich mich von Friedrich endlich losgeeist hatte. Irgendwann kurz vor oder kurz nach dem Abitur. Also nickte ich bestätigend.

Eine Weile schwiegen wir.

»Kennst du Kurts Frau?«, fragte ich schließlich.

»Die Mutter von Bettina?« Matthes verzog abschätzig das Gesicht. »Ähnlicher Fall, und doch noch mal anders. Warum die sich mit ihm eingelassen hat, weiß kein Mensch. Silke wollte eigentlich was Repräsentatives. Jemanden, der es zu was bringt, gesellschaftlich betrachtet. Da war sie mit Kurt ziemlich falsch bedient. Ich hab mal auf einem Fest mitbekommen, wie sie ihn wüst beschimpft hat. Loser, Versager, Schlappschwanz ... War keine schöne Szene, und soll kein Einzelfall gewesen sein.«

»Warum hat sie ihr Kind nicht mitgenommen, als sie gegangen ist?«

Matthes sah mich nachdenklich an. Augenblicklich vertieften sich die Falten auf seiner Stirn. »Nun, ich habe vorhin doch gesagt, dass wir uns alle verändert haben. Und auch, wenn sich diese Veränderung nur in Bezug auf eine bestimmte Sache vollzieht, kann sie doch gravierend sein.«

Fragend legte ich den Kopf schief und hob eine Augenbraue.

»Kurt hat damals das erste Mal so etwas wie Stärke gezeigt. Er hat um Bettina gekämpft vor Gericht. Und zwar erfolgreich. Dabei war es vor sechzehn Jahren noch sehr unüblich, dass ein Vater das Sorgerecht bekommt.«

»Es ist auch heute immer noch unüblich. Wie hat er es geschafft?«

»Seine Frau hatte schon lange eine Affäre mit diesem Engländer, wegen dem sie Kurt dann auch verlassen hat. Er spürte, dass da was lief, hat aber den Kopf in den Sand gesteckt. Als die Sache dann offiziell wurde, er also nicht mehr so tun konnte, als wüsste er nicht Bescheid, war Silke nur noch selten zu Hause. Sie hat oft bei ihrem neuen Freund übernachtet, ist manchmal ganze Wochenenden lang einfach weggeblieben. Sie hat sich darauf verlassen, dass Kurt sich um die Kleine kümmert. Was er ja auch getan hat. Das hat vor Gericht wohl den Ausschlag gegeben. Auf jeden Fall hat er Bettina bekommen.«

»Und in letzter Zeit?«, führte ich Matthes zur Gegenwart zurück.

»War er da irgendwie anders? Ich meine, immerhin hast du dich von ihm beraten lassen.«

»Das hatte zwei Gründe.« Matthes fuhr sich durch die Haare. »Wie gesagt: Er war mein Freund. Er hatte sich intensiv in das Thema Wertanlagen eingearbeitet. Und ich war vorher bei einer Kollegin zur Beratung.«

»Dem Will-Verschnitt?«

»Nein, bei der doch nicht. Auch wenn ich das gerne getan hätte, also, mich von ihr beraten lassen. Sehr schöne Frau. Sie sieht Anne Will wirklich verdammt ähnlich.« Er zwinkerte mir zu. »Spaß beiseite, Ich war natürlich bei einer Kollegin aus der Anlagenberatung. Deren Arbeit habe ich in gewisser Weise von Kurt überprüfen lassen.«

»Und? Was meinte Kurt, hat sie dich gut beraten?«

»Auf jeden Fall nicht schlecht, obwohl Kurt etwas mehr auf Nummer sicher gegangen wäre. Sie unterbreitete mir einen Vorschlag, der bei guter Entwicklung zwar sehr einnahmeträchtig wäre, aber auch riskant. Kurt sagte, das könne man machen, wenn man das Geld wirklich übrig hätte und einen eventuellen Verlust gut verschmerzen könne. Er als Freund würde mir davon allerdings abraten, auch wenn es vermutlich gutgehen würde. Die übrigen Vorschläge waren recht identisch.«

Ich trank den letzten Schluck meines Milchkaffees. »Sonst irgendwas Auffälliges in letzter Zeit?«, fragte ich schließlich.

»Da hat er sich rar gemacht. Bei mir jedenfalls.«

»Seit wann ging das so?«

Matthes überlegte, die Stirn wieder in Falten geworfen. »Seit Mitte vergangenen Jahres, schätzungsweise«, sagte er schließlich zögernd. »So genau kann ich das gar nicht sagen. Auf jeden Fall war er im Winter seltsam still, als wir uns mit der Clique auf dem Weihnachtsmarkt getroffen haben. Und er hat mich nicht angerufen, wie er es sonst manchmal gemacht hat. Ab und zu sind wir mal zu zweit ein Bier trinken gegangen, zuletzt im Sommer vergangenen Jahres, glaube ich. Zumindest haben wir draußen gesessen.«

»Dann weißt du also nicht, dass er heiraten wollte?«

»Kurt?«

»Ja. Eine Frau aus Osteuropa.«

»Das hätte er mir doch erzählt. Uns zur Hochzeit eingeladen. Bist du sicher?« Matthes wirkte verwirrt.

Nein. Wie sollte ich sicher da sein. Ich dachte an die leicht abschätzige Stimme, mit der die Maklerin von der »Dame« gesprochen hatte. Hatte Kurt einfach nur eine Wohnung mit seiner Freundin kaufen wollen? Aber das hätte er eigentlich nicht vor der Maklerin verbergen müssen. Das machte keinen Sinn. »Und vom Kauf einer Eigentumswohnung am Duisburger Innenhafen weißt du auch nichts?«, fragte ich, obwohl ich die Antwort bereits ahnte.

»Ausgerechnet am Innenhafen? Für das Geld hätte er bestimmt auch ein kleines Einfamilienhaus in Großenbaum oder so kaufen können. Und das hat er nie gewagt.« Matthes schüttelte energisch den Kopf. »Nein. Das kann ich mir echt nicht vorstellen. Er hat sich doch immer gewundert über die Leute, die sich für Eigentum so leichtfertig hoch verschulden. Fand, dass es Wahnsinn wäre, mit weniger als siebzig Prozent Eigenkapital eine Immobilie zu erwerben in den heutigen Zeiten. Innenhafen, sagst du? Woher sollte er denn plötzlich so viel Geld haben?«

»Hat er nicht gut verdient?«, fragte ich neugierig.

»Ganz gut schon. Aber so gut nun auch nicht. Soweit ich weiß, hat er viel Geld in die Ausbildung von Bettina gesteckt. Da blieb nicht allzu viel übrig, wovon er noch eine Eigentumswohnung hätte kaufen können. Darüber hat er sich auch immer wieder beklagt, also darüber, dass sein Verdienst kaum reicht, um ein Kind vernünftig großzuziehen und noch was auf die Kante zu legen.«

»Also war er zu vorsichtig, um einen großen Kredit aufzunehmen«, resümierte ich. Aber er hatte ja auch bar bezahlen wollen. »Vielleicht hat er ja geerbt«, schlug ich vor.

»Nicht, dass ich wüsste.«

»Hat Kurt irgendwann mal was von Sauereien im Zusammenhang mit dem Bau des Innenhafens erzählt?«

»Sauereien? Was denn für Sauereien?« Die Falten auf Matthes Stirn vertieften sich. »Nein. Von so was hat er nichts erzählt.«

Eine Weile schwiegen wir nachdenklich. Das Schweigen zauberte erneut die Sorgenfalten auf Matthes Stirn.

»Du, ich muss dann mal«; sagte er schließlich.

Er war bereits aufgestanden, als ich dann doch noch fragte. »Du bist relativ spät Vater geworden. Wie kommt's? Bei zwei Kindern gehe ich nicht von einem sogenannten Unfall aus.« Augenblicklich zog ein Leuchten über sein Gesicht und vertrieb die Sorgenfalten. »Nein, kein Unfall. Ich habe meine Frau eben erst spät kennengelernt. Und Kompromisse wollte ich nicht. Meine früheren Freundinnen ...« Er beendete den Satz mit einem Schulterzucken. »Das war okay und eine Zeit lang auch gut, aber mehr eben auch nicht. Ich war mir nie sicher.«

»Aber jetzt bist du dir sicher«, stellte ich fest. »Ist das nicht trotzdem schwer, in unserem Alter? Wie alt ist denn deine Frau?«

»Dreiundvierzig. Sie hatte den Gedanken an Kinder schon aufgegeben. Weil sie auch nie Kompromisse eingehen wollte, was das Thema betrifft. Schwer ist es schon. Nicht die Kinder, die sind eine absolute Bereicherung. Nein, schwer ist es, mit dem Bewusstsein zu leben, dass man diese Verantwortung noch mindestens zwanzig Jahre lang hat und eben nicht mehr der Jüngste ist.« Dieser Gedanke zauberte wieder die tiefen Furchen in seine Stirn. Dann lächelte er erneut. »Die Kinder sind das Beste, was mir in meinem Leben passiert ist. Das Glück ist mit die Doofen, wie man so schön sagt.«

»Stell dein Licht mal nicht so unter den Scheffel«, antwortete ich lächelnd. Ich stand ebenfalls auf und umarmte ihn herzlich. »Schön, dass wir uns mal wiedergesehen haben.«

Kurz darauf saß mir Gerda gegenüber.

»Drah di net um, oh oooh, schau, schau, der Kommissar geht um, oh oooh«, sang sie und grinste mich an. »Zu Ihrer Verfügung, gnä' Frau Kommissarin. Was wollen's denn wissen?«

Vergnügt wie eh und je, dachte ich amüsiert. Ihre gute Laune war ansteckend. Ich betrachtete sie offen. Stämmig war Gerda immer schon gewesen, und nicht nur deswegen alles andere als klassisch schön. Dennoch war sie so quicklebendig und fröhlich, dass sie immer im Mittelpunkt stand. Das hatte sich nicht geändert. *Eine Frau von Format*, tönte die innere Stimme, die heute einfach nicht zur Ruhe zu bringen war.

»Ihr habt euch im Dezember zum letzten Mal mit der Clique getroffen«, setzte ich an. »Auf dem Weihnachtsmarkt, hat Matthes erzählt.«

»Stimmt«, bestätigte Gerda.

»Hast du Kurt danach noch mal gesehen?«

»Ich war Anfang des Jahres bei ihm zu Hause. Ende Januar, glaube ich. Ich werde nämlich Großmutter.« Ein breites Grinsen zog über ihr Gesicht, und sie schüttelte ihren Pagenkopf.

»Echt? Hey, gratuliere!«

»Ja. Unglaublich ist das, ich kann es immer noch nicht fassen. Die Kindersachen meiner beiden hatte ich längst weitergegeben. Kurt aber hatte alles noch aufgehoben. Erstaunlich, nicht wahr?«

»Du warst also bei ihm, weil du alte Kindersachen von ihm abgeholt hast?«

»Genau. Meine Tochter war richtig froh darüber. Sie kann jede Unterstützung gebrauchen.«

»Warum hat denn Matthes die Sachen nicht genommen?«, fragte ich verwundert. »Der hat doch auch kleine Kinder.«

»Matthes ist nicht darauf angewiesen, seine Rotzigen in Sachen von anno Tobak zu stecken. Der verdient doch genug mit seiner Druckerei.«

»Druckerei , so so!«

»Sag mal, was soll denn das?« Gerdas Augenbrauen zogen sich zusammen wie eine schnell aufziehende Regenfront, während sie mich scharf beäugte.

»Was?«, fragte ich, überrascht über die plötzliche Attacke.

»Na, dieses abfällige So so. So, wie du das aussprichst, klingt das nach Klassenfeind.«

»Hä? Wie kommst du denn darauf? So ein Blödsinn.«

Doch Gerda ließ nicht locker. »Was ist so schlimm daran, wie jemand seine Brötchen verdient? Wie verdienst du sie denn?«

»Das tut hier doch absolut nichts zur Sache«, sagte ich hitzig.

»Eben. Tut es ja auch nicht.« Die Regenwolken waren so schnell aus Gerdas Gesicht verschwunden, wie sie aufgezogen waren. »Deshalb frage ich mich ja auch, warum du bei diesem Thema losgehst wie Schmitz' Katze. Ines hat mir da auch so was erzählt. Wenn ich dich nicht von früher her sehr anders in Erinnerung hätte, würde ich dich für maßlos arrogant halten.«

Ich? Arrogant? Für einen Moment verschlug es mir die Sprache. Denn wenn ich etwas nicht sein wollte, dann war das arrogant. Aufmerksam sah sie mich an.

Ich musste schlucken. »Ich mag die Frage nach dem Beruf nicht«, sagte ich schließlich leise.

»Warum?«

Ja, warum eigentlich? Bilder aus meiner Kindheit kamen hoch. Szenen einer Ehe, Szenen einer ganzen Familie...»Kannst du dich noch an meinen Vater erinnern?« Ich räusperte mich bedrückt.

»Ja, und?«

»Alles war immer so verdammt wichtig. Alles, was er machte, alles, was er sagte, alles um ihn herum und sein ganzer verdammter Beruf. Das war sein Heiligtum. Am allerwichtigsten war es, was andere von ihm dachten, Nachbarn, Kollegen, Freunde. Es war so schrecklich wichtig für ihn, dass er ...« Ich suchte nach Worten. »Dass er nicht nur sich selbst permanent diesem Kriterium unterwarf, sondern auch seine Frau und seine Kinder. Sag mir, was einer macht und vor allem, wie viel er verdient, und ich sage dir, was für ein Mensch er ist. Diese Selbstgefälligkeit, diese permanente Selbstdarstellung. Ich kann das auf den Tod nicht ausstehen.«

»Das war doch bei vielen so.« Gerda blinzelte mir zu. »Glaub mal ja nicht, dass mein Vater anders drauf war. Unsere Eltern und Großeltern hatten im Krieg alles verloren und waren nun stolz darauf, dass sie es wieder zu etwas gebracht hatten. Irgendwie kann ich das sogar verstehen.«

»Ja. Aber es war ein verdammt gnadenloser Maßstab. Nur das Geld und das Ansehen zählte«, sagte ich bitter, »Nicht etwa das, was jemand im Kopf hatte. Davor habe ich nämlich Respekt, nicht vor Titeln und der blöden Kohle, die jemand in der Tasche hat.«

»Sag mal«, Gerda blinzelte mir wieder zu. »Hat dein Vater euch nicht immer geweckt und das Frühstück für euch Kinder gemacht?«

»Ja, stimmt. Und?«

»Ich war so beeindruckt, als du mir davon erzählt hast. Meiner hätte das nie getan. Dafür war meine Mutter zuständig. Die Frau hatte dem

Mann im Haus und den Kindern das Frühstück zuzubereiten, in genau dieser Reihenfolge.«

»Meine Mutter war eine Nachteule. Sie hat immer lange geschlafen«, murmelte ich.

»Eben.«

»Was willst du damit sagen?«, fragte ich verwirrt.

Gerda bedachte mich mit einem Blick, der spöttisch und klug zugleich war. »Du hast deinen Vater doch öfter im Büro abgeholt. Und dann seid ihr zusammen losgezogen. Eisessen oder einkaufen, Klamotten und so. Du hattest diesen superschicken Cordmantel. Den hast du mit ihm zusammen gekauft.«

»Daran erinnerst du dich noch?«

»Klar. Ich fand, dass dein Vater echt klasse drauf ist. Meiner hätte das nie gemacht. Mit mir einkaufen gehen? Das wäre unter seiner Würde gewesen.« Gerda lachte. »Natürlich ist das anstrengend, dieses ewige Bemessen an dem, was man erreicht hat. Heute genauso wie eh und je. Nur ist verflixt noch mal nicht jeder ein machtgeiler, reicher Sack, der einem vernünftigen Beruf nachgeht. Freu dich doch lieber, dass es Matthes so gut ergangen ist. Oder Ines. Und vertrau ein bisschen auf deine alte Clique. Wir sind alle keine selbstgefälligen Angeber geworden. Du warst nicht umsonst mit uns befreundet.«

Touché. Ich schlug den Blick nieder. Kluge Gerda. Sie hatte verdammt recht.

Eine Weile schwieg ich.

»Hallo, jemand zu Hause?« Gerda wedelte mit ihrer Hand vor meinem Gesicht herum.

»Oh, sorry.« Ich lächelte sie an, griff nach ihrer Hand und drückte sie fest. »Und danke.« Dann versuchte ich, mich wieder auf das eigentliche Thema zu konzentrieren.

Kurti. Kindersachen. Gerda hatte Kindersachen bei ihm abgeholt. »Wie sah denn Kurts Wohnung aus?«, fragte ich. »Du warst doch drin, oder?«

»Wie meinst du das? So wie immer, würde ich sagen.« Dann schien ihr ein Gedanke zu kommen. »Nein. Etwas war doch anders«, schob sie prompt nach. »Neue Möbel im Wohnzimmer. Und alles war picobello, tipp topp. Offenbar hatte er irgendwelche

Heinzelmännchen, die ihm halfen. Früher war die Wohnung nicht so aufgeräumt.«

Also doch kein Pingel, der Kurt.»Vielleicht Bettina?«

»Glaube ich nicht. Wie gesagt, früher sah die Wohnung nicht so aus, Und da lebte Bettina noch bei ihm. Sie ist doch erst vor drei Jahren ausgezogen. Ich meine, es war nie dreckig oder so. Aber so ordentlich wie jetzt auch nicht. Ich tippe auf eine Putzfrau.«

»Oder eine neue Freundin?«, schlug ich vor.

»Mir hat er keine vorgestellt.«

»Aber du hast ihn zwei Monate nicht gesehen, da kann doch eine Menge passiert sein, oder?«

Gerda fegte meinen Einwand mit einer Handbewegung beiseite. »Nicht bei Kurt. Der brauchte allein drei Monate, um eine Frau überhaupt mal anzusprechen. Bis dahin waren wir längst informiert. Außerdem«, jetzt lachte sie, »hat er uns dann immer um Rat gefragt.«

Über eine geplante Heirat war sie eindeutig ebenfalls nicht informiert, so viel stand fest. »Weißt du was über Umzugspläne?«, wagte ich einen weiteren Vorstoß.

Gerda sah mich überrascht an.»Davon hat er nichts erzählt.«

»Eine Erbschaft vielleicht, oder der Tod eines Verwandten?«

»Ein Onkel von ihm ist vor einiger Zeit gestorben«, sagte Gerda. »Aber viel war da nicht zu holen, hat er erzählt. Warum fragst du?«

»Hat er mal was über Sauereien erzählt im Zusammenhang mit dem Innenhafen?«

»Sauereien? Meinst du etwa schmutzige Witze, oder was?« Sie grinste.»Nein. Witze hat er eigentlich nur über sich selbst gemacht. Über den Innenhafen haben wir nie geredet.«

Stille Wasser sind tief, hörte ich die Stimme in meinem Kopf sagen. Aber er war doch gar nicht still, Großmutter!

Ines war die Nächste, die an meinem Tisch Platz nahm. Und offensichtlich auch die Letzte, mit der ich heute sprechen würde, denn während sie sich setzte, registrierte ich, dass Volker und Barbara bereits bezahlten.

»Eine plötzliche Kopfschmerzattacke«, klärte Ines mich auf, die meinem Blick gefolgt war.»Das hat sie öfter mal.«

»Aha.«

»Wenn du sie noch brauchst, sollst du sie anrufen.« Ines schob mir einen Zettel mit einer Telefonnummer über den Tisch.

Tja, Blauvogel, selbst schuld. Eine Diva soll man eben nicht warten lassen. Ich beobachtete, wie Barbara sich von Volker in die Jacke helfen ließ. Im Gehen warf sie mir eine Kusshand zu und winkte. Dann verließen sie das Lokal. Zusammen. Alte Närrin, schalt ich mich leise.

Ines beobachtete mich, und ich merkte, dass ich meinen Mund abschätzig verzogen hatte. Schnell bemühte mich um einen neutralen Gesichtsausdruck.

»Was hast du eigentlich gegen Barbara?«, fragte sie prompt.

»Ich … äh … nichts. Warum fragst du?«

»Na, weil du sehr schnell mit deinen Urteilen bist.«

Ich sah sie betreten an. »Wie meinst du das?«

Ihr Gesicht überzog sich mit einer heftigen Röte, und sie biss sich auf die Lippen. Aber ihr Blick verriet, dass sie jetzt keinen Rückzieher machen würde. »Du weißt doch gar nichts über mein Leben. Oder über das von Gerda. Oder Barbaras. Du lässt dich jahrzehntelang nicht blicken und trampelst jetzt hier wie ein«, sie suchte nach Worten, »wie ein unsensibler Elefant auf uns herum.«

»Aber …« Ich schluckte eine hitzige Antwort herunter. Denn insgeheim wusste ich, dass sie recht hatte.

»Barbara hat einfach eine Menge Pech gehabt«, sagte Ines leise.

»Das wusste ich nicht. Was ist denn passiert?«

»Sag ich doch. Du weißt eine ganze Menge nicht.« Ines suchte meinen Blick und hielt ihn fest. Unnachgiebig, trotz ihrer Schüchternheit und der Röte in ihrem Gesicht. »Frag sie am besten selbst.«

Ich hielt ihrem Blick zunächst stand. Dann schlug ich die Augen nieder. »Tut mir leid. Das ist … das wollte ich wirklich nicht. Ich bin zurzeit nicht gut drauf, irgendwie.« Blöde Erklärung, dachte ich ärgerlich. Aber Ines schien sie zu schlucken. Zumindest akzeptierte sie meine Entschuldigung, wie ich an ihrem zaghaften Lächeln sah.

»Schon gut, Schwamm drüber. Was willst du denn jetzt über Kurt wissen?«

Ich stellte ihr meine Fragen. Aber auch Ines wusste weder von einer neuen Freundin noch von einer Erbschaft oder von einem geplanten Wohnungskauf, und auch nichts über irgendwelche Sauereien, denen Kurt auf der Spur gewesen war. So viel sie auch über ihn erzählte, Kurt blieb, was er immer gewesen war: Kurti, der Klassenclown, der immer ein bisschen zu kurz gekommen, allen etwas auf die Nerven gegangen und trotzdem ein feiner Kerl gewesen war.

Ich verließ den »Finkenkrug« mit einem leichten Gefühl der Beschämung.

FÜNF

Die Duisburger City hatte sich mächtig gemausert. Ich konnte mich zwar nicht mehr exakt daran erinnern, wie es hier während meiner Schulzeit ausgesehen hatte, aber ich hatte noch vage Bilder von viel Verkehr und von einer Straßenbahn im Kopf, die sich über die Haupteinkaufsstraße quälte, von schmuddeligen Gebäude und dem verrußten Dunst einer Stadt, die von der Stahlverarbeitung geprägt gewesen war. Die Kupferhütte in Hochfeld hatte in ebenso regelmäßigen Abständen rötliche Wolken in den Himmel geblasen wie die großen Thyssen-Werke in Hamborn und Meiderich. Heute blies nichts mehr. Die Königsstraße war zu einem breiten Boulevard nur für Fußgänger mutiert und präsentierte sich in modernem, urbanem Flair. Eine großzügige Shopping-Meile mit Bäumen, Brunnen, Straßencafés und Restaurants, auf der selbst an diesem relativ trüben Vormittag überraschend viele Leute flanierten. Ein paar Baukräne, die über den Dächern emporragten, zeugten davon, dass die Stadterneuerung noch nicht ganz abgeschlossen war.

Geld. Verdammt viel Geld war hier geflossen. Und floss vermutlich immer noch. Ich beschloss, mich noch intensiver mit dieser Stadtsanierung zu beschäftigen.

Die Ruhrcity-Bank befand sich in einer Straße namens Burgacker nahe der Königsstraße. Ein uncharmanter Bau aus den Siebzigern, nicht so modern, wie es sich für eine Bank von heute gehörte. Immerhin hatte sich irgendein Architekt darum bemüht, dem Gebäude mit Hilfe eines geschwungenen, gläsernen Vorbaus zu etwas mehr großstädtischem Flair und einem hellen, kundenfreundlichen Äußeren zu verhelfen. Über der großen Drehtür aus Sicherheitsglas lauerten jedoch sichtbar die Videokameras, und neben den gläsernen Türen, die das geschwungene Portal von der eigentlichen Schalterhalle abtrennten, zeugten schwere Gittertüren davon, dass sich hier viel Geld in einer Art Sicherheitsgewahrsam befand. Forsch trat ich an den Informationsschalter und verlangte nach dem Chef.

»In welcher Angelegenheit?«, erkundigte sich die Frau hinter dem Tresen höflich. Ihre Bluse unter dem altrosafarbenen Kostüm war in dem gleichen Hellrosa gehalten wie ihr Lippenstift. Trotz ihrer Höflichkeit fühlte ich mich seltsam unwohl unter ihrem Blick, irgendwie so, als würde sie mich gerade in bare Münze umrechnen. Welchen Umrechnungsfaktor ermittelte sie wohl zwischen Blauvogel und Euro?

Ich nahm eine meiner Visitenkarten aus dem Portemonnaie. »Toni Blauvogel. Private Ermittlungen im Rahmen des Vereins für Nachbarschaftshilfe Essen Süd«, stand darauf zu lesen. Auf die Rückseite kritzelte ich den Namen Kurt Olaf Türauf.

»Geben Sie ihm bitte die Karte«, forderte ich sie freundlich auf, »und richten sie ihm aus, dass ich mich nicht abwimmeln lasse. Ich werde hier so lange sitzen bleiben, bis er mich empfängt. Und wenn er das heute nicht tut, bin ich morgen wieder hier. Und übermorgen. Ich kann verdammt hartnäckig sein, wenn es drauf ankommt.«

Sie beäugte mich noch einmal abschätzend. Dann nickte sie langsam, als wollte sie meine Worte lieber nicht in Frage stellen, griff mit hellrosa lackierten Krallen geziert nach der Visitenkarte und stöckelte zu einem Schreibtisch schräg hinter dem Tresen. Dort flüsterte sie einem Jüngling in Anzughosen und akkurat gebügeltem Hemd etwas ins Ohr und verschwand hinter einer schweren Brandschutztür im Hintergrund der Eingangshalle.

Der Jüngling gesellte sich zu einer üppigen Hydrokultur neben dem Empfangstresen und behielt mich so argwöhnisch im Auge wie eine ihm unbekannte Spezies.

Ich unterdrückte ein Grinsen. »Psst!« Ich winkte ihn zu mir heran.

Er blickte sich kurz um, entschied dann, dass nur er gemeint sein konnte, und kam zu mir an den Tresen.

Ich winkte ihn noch näher heran. Als er sich zu mir herüberbeugte, richtete ich mit der rechten Hand eine imaginäre Pistole auf ihn. »*Las manos arriba*«, flüsterte ich in guter alter »Butch Cassidy and the Sundance Kid«-Manier. »*Arriba! This is a bank robbery!*« Er schüttelte abwehrend den Kopf. »Ha, ha! Verarschen kann ich mich auch selbst«, sagte er böse und zog sich wieder in den Schatten der Hydrokultur zurück. Zufrieden registrierte ich, dass er mich nun beäugte, als sei ich eine giftige Schlange. Wenn schon Exot, dann bitte gefährlich.

Die Kollegin mit dem Faible für Rosa erlöste ihn wenig später und bedeute mir, ihr zu folgen.

Ein Banker wie aus dem Hochglanz-Werbeprospekt: Dunkler Anzug, nicht schwarz, sondern anthrazitfarben. Schlips in dezenten Blautönen. Hellblaues Hemd, ordentlich gebügelt. Die Haare glatt nach hinten gekämmt. Fester Händedruck und joviales Lächeln.

»Was kann ich für Sie tun, Frau … äh …« Er warf einen Blick auf die Visitenkarte, die ich der Bankangestellten gegeben hatte.

»Blauvogel«, half ich nach.

»Privatdetektivin, soso.« Unschlüssig drehte er die Karte in seinen Händen. Der goldene Ring an seiner rechten Hand wies darauf hin, dass er verheiratet war. Schwer verheiratet, der Breite des Ringes nach zu urteilen.

»Ich untersuche den Tod von Herrn Türauf.« Ich ließ mich unaufgefordert auf dem Besucherstuhl schräg vor seinem Schreibtisch nieder. Ein Freischwinger, viel Stahl und Leder. Sehr schick, aber verdammt unbequem, stellte ich fest. *Außen hui, innen pfui*, mischte sich Großmutter mal wieder ein. Da hatte sie recht.

»In wessen Auftrag?« Die Stimme des Bankdirektors klang vorsichtig.

»Seine Tochter hat mich gebeten.«

»Bettina.« Er nickte bedächtig. »Die Polizei war bereits hier.«

»Das mag sein. Das eine schließt das andere jedoch nicht aus.« Ich suchte seinen Blick und lächelte ihn an. »Außerdem waren wir befreundet, also, Herr Türauf und ich.« Früher jedenfalls, berichtigte ich mich insgeheim, und eine seltsame Traurigkeit nahm von mir Besitz.

»Ich habe nicht viel Zeit.« Die Geste, die er machte, drückte gleichzeitig Abwehr und Resignation aus. »Womit kann ich Ihnen helfen?«

»Erst mal mit Ihrem Namen. Damit ich weiß, mit wem ich gesprochen habe.« Ich setzte ein charmantes Lächeln auf. »So viel Zeit muss sein.«

»Äh ... ja.« Er räusperte sich irritiert. »Dr. Behrends.«

»Danke. Herr Türauf hat schon lange bei Ihnen gearbeitet?«

»Ja, er ist seit knapp dreißig Jahren bei uns beschäftigt. Wir haben ihn nach der Ausbildung übernommen.«

»Welche Position hatte er hier inne?«

»Angefangen hat er als Schalterbediensteter, wie jeder Auszubildende. Er ist danach lange Zeit im Kundenservice gewesen. Kontoneröffnungen, Sparverträge ... Die letzten acht Jahre war er im Bereich der Kreditvergabe tätig.«

»Ist das eine typische Karriere?«

Er schüttelte den Kopf. »Herr Türauf war absolut kein Karrieretyp – leider.«

»Was soll das denn heißen?« Fragend hob ich eine Braue in die Höhe. »Wollte er nicht oder sollte er nicht?«

»Also bitte! Was soll denn diese Unterstellung?«

»Keine Unterstellung. Eine einfache Frage«, sagte ich sanft.

»Herr Türauf war ein guter Sachbearbeiter«, antwortete Dr. Behrends steif. »Aber für eine darüber hinausgehende Laufbahn war er ... äh ... nicht geeignet.«

»Wie meinen Sie das? Was für Qualitäten braucht es denn, um hier Karriere zu machen?«

»Nun – die Berufserfahrung für eine leitende Funktion hatte er natürlich. Aber es fehlte ihm einfach an Dynamik.«

»Aha.« Ich versuchte, eine bequemere Position auf dem Freischwinger zu finden. Es gelang mir nicht. »Hat er das denn auch so gesehen? Mir wurde erzählt, dass er ziemlich sauer war, als ihm eine jüngere Kollegin vor die Nase gesetzt wurde.«

Dr. Behrends breitete die Hände zu einer erklärenden Geste aus. »Die Kollegin, die sich ebenfalls um diese Position bemüht hat, war nun mal deutlich qualifizierter als Herr Türauf«, sagte er und lächelte entwaffnend.

»Jünger«, sagte ich trocken. »Deutlich jünger. Und ich habe immer gedacht, Erfahrung im Berufsleben würde auch eine Rolle spielen.«

»Wir … äh ...« Dr. Behrends räusperte sich umständlich. »Ich weiß, dass ... «, setzte er erneut an und unterbrach sich wieder.

Auffordernd sah ich ihn an.

»Ich will nicht lange um den heißen Brei herumreden«, sagte er schließlich ärgerlich. »Als Vorgesetzter hätte ihn einfach niemand ernst genommen.«

»Verstehe. Herrn Türauf wurde aber auch verwehrt, in einen anderen Bereich zu wechseln. Die Anlageberatung hat ihn interessiert, wenn ich richtig informiert bin. In diesem Fall ging es nicht um eine leitende Position. Oder doch?« Mit schräg gelegtem Kopf wartete ich auf Antwort.

»Wie schon gesagt ...« Er hüstelte. »Lassen Sie uns auch hier Klartext reden. Dynamik! Das fehlte ihm. Man kann das drehen und wenden, wie man will. Anlageberatung ist ein äußerst sensibler Bereich. Hochsensibel. Dazu fehlte es ihm einfach an Talent. An Gespür für die dramatische Dynamik dieses Geschäftszweiges. Ein Wechsel in die Anlageberatung wäre also ebenfalls nicht im Sinne der Bank gewesen. Ich habe hier ein Unternehmen zu leiten, keine Sozialstation.«

Der Kerl begann, Krallen zu zeigen. »Ach. So viel also zur ‚sozialen' Marktwirtschaft.« Ich lächelte sarkastisch. Mein Handy signalisierte mit einem leisen Klingelton einen eingehenden Anruf. »Sie entschuldigen bitte.« Ich holte das Mobiltelefon aus der Außentasche meines Rucksacks und schaltete das Gerät aus. »War das eigentlich ein Dienstwagen, mit dem Kurt Türauf verunglückt ist?«

»Äh – nein. In seiner Position hatte er keinen Anspruch auf einen Dienstwagen.«

»Also sein Privatwagen. Wissen Sie, ob er immer mit dem Auto zur Arbeit kam?«

»Tut mir leid. Das entzieht sich nun wirklich meiner Kenntnis. Aber wenn das so wichtig ist … einen Moment bitte.« Er griff zum Telefon.

Während er telefonierte, sah ich mir die gerahmten Fotografien an der Wand an. Allesamt zeigten sie Dr. Behrends. Dr. Behrends, wie er einem gewichtig aussehenden Mann mit breiten, ausgeprägten Wangenknochen die Hand schüttelte. Auf dem nächsten Foto überreichte derselbe Mann Dr. Behrends feierlich eine Bärenfellmütze. Bären und slawische Wangenknochen. Osteuropa, assoziierte ich. Ein anderes Bild kam mir in den Sinn. Ein Bogarthut. Rote Locken. Heftiges Schluchzen. Tränen, die sich durch eine dicke Puderschicht gruben. Und die Worte der Maklerin: »eine aus Osteuropa«. Dann registrierte ich, dass es seltsam still um mich herum geworden war.

Dr. Behrends hüstelte. Er schien auf etwas zu warten. Auf was?

»Ja?«, fragte ich vorsichtig.

»Ich sagte, Herr Türauf hatte keinen Stellplatz in der Tiefgarage«, wiederholte er streng. »Ob er mit dem Auto zur Arbeit kam, entzieht sich also meiner Kenntnis.« Er hievte sich aus seinem Chefsessel und deutete auffordernd zur Tür.

Den Gefallen, dieser Aufforderung zu folgen, tat ich ihm aber nicht. Denn eine Frage wollte ich noch loswerden. »Beschäftigen Sie hier eigentlich auch Osteuropäerinnen?« Lässig schlug ich die Beine übereinander, dem unbequemen Sitzmöbel zum Trotz.

»Frauen aus Osteuropa?« Verblüfft setzte Behrends sich wieder.

»Russland, Polen, Tschechoslowakei, Ukraine«, half ich nach.

Er hob eine Augenbraue. Sie war wuchtig und dunkel. Eine Weigel-Braue, dachte ich und grinste innerlich.

»Nicht im Servicebereich.« Die Art, wie er jetzt die Lippen schürzte, hatte etwas seltsam Abschätziges an sich.

»Vielleicht gibt es ja freie Mitarbeiter mit entsprechender Abstammung?« Gewinnend lächelte ich ihn an. »Oder externe Personaldienstleister, auf die Sie manchmal zurückgreifen?«

Er lächelte zurück. Mechanisch irgendwie. Die schweren Augenbrauen gaben ihm etwas seltsam Bedrohliches dabei. *Ein Wolf im Schafspelz,* warnte Großmutter mich.

»Manchmal nehmen wir die Hilfe von Übersetzungsbüros in Anspruch, falls Sie so etwas meinen.«

Ich nickte verstehend. »Haben Sie denn viele Kontakte nach Osteuropa?«

»Das kann ich so ad hoc nicht beantworten. Und wenn ich es könnte, würde ich es nicht tun.«

»Wer wäre denn ad hoc dazu in der Lage?«

»Ich sagte doch, dass wir Ihnen das nicht auf die Nase binden werden.« Sein Tonfall war plötzlich sehr unfreundlich. »Bankgeheimnis.«

»Aber, aber. Wir sind doch hier nicht in der Schweiz, oder?« Neckisch zwinkerte ich ihm zu. »Es geht mir doch auch gar nicht darum, Sie über mögliche Kunden in Osteuropa auszuquetschen. Ich wollte lediglich wissen, mit welchen Übersetzungsbüros Sie zusammenarbeiten.

Er nannte mir einen Namen. »Lebedev Übersetzungen«. Und damit war ich nun endgültig verabschiedet.

Nachdenklich öffnete ich die schwere Brandschutztür zum Treppenhaus. Viel klüger war ich jetzt nicht. Oder doch?

Ich setzte mich auf eine Stufe, stützte das Kinn in die Hand und dachte über das Gespräch nach. Kurts Chef hielt nicht allzu große Stücke auf ihn, das war offensichtlich. Kein Typ für eine Beförderung, kein Typ für die Dynamik einer Anlageberatung, kein Typ für gar nichts.

Eine steile Karriere in der Bank war jedenfalls nicht der Grund für Kurts Geldsegen, so viel stand fest. Geld … woher zum Teufel hatte er so viel Geld gehabt? Er saß hier doch an der Quelle. Eine Made im Speck, sozusagen. Hatte er sich etwa irgendwie daran bedient? Konten geplündert? Sich an Umbuchungen von weggerundeten Nachkommastellen bereichert? War das der Grund für die Antipathie, die sein Chef ihm entgegenbrachte? Quatsch. Unwillkürlich musste ich kichern. Dann wäre er schon längst geschasst worden. Also doch nur mangelnde Dynamik. Glaubte ich diesem Hochglanz-Boss mit den schrecklich dynamischen Weigel-Brauen? Ich wusste es nicht. Laut Bettina hatte Kurt behauptet, sein Chef würde sich mit fremden Lorbeeren schmücken. Wessen Lorbeeren? Solche, die eigentlich ihm, Kurt, hätten zustehen müssen? Auf jeden Fall konnte es nicht schaden, sich noch eine zweite Meinung zu Kurt und seinen Ambitionen hier in der Bank einzuholen.

Ich stand auf und sprang die Stufen zum Erdgeschoss hinunter.

Wieder zurück in der großen Halle suchte ich noch mal den Informationsschalter auf. Der Jüngling lief rot an und verdrückte sich schnell, als er mich auf den Tresen zusteuern sah. Er informierte die Frau mit dem rosafarbenen Outfit, die nicht erfreut wirkte, als sie mich erkannte. Mit kurzen, aggressiven Stakkato-Schritten trippelte sie auf mich zu.

»Ich möchte einen Termin wegen einer Kreditberatung«, warf ich ihr entgegen, bevor sie etwas sagen konnte.

Sie musterte mich unfreundlich.

»Bitte«, insistierte ich. »Das hatte ich schon lange vor, und wenn ich doch schon mal hier bin ...«

»Heute wird das wohl kaum noch gehen.« Ihr Tonfall war ungnädig.

»Das macht nichts«, versicherte ich und schenkte ihr mein strahlendstes Lächeln. »Ich komme morgen gerne wieder.«

Sie seufzte. »Ich werde sehen, was ich tun kann.«

Ich beobachtete, wie sie mit ihren rosa lackierten Fingernägeln auf der Tastatur ihres Telefons herumhackte. Zwei Minuten später hatte ich einen Termin für den kommenden Tag. Na also, ging doch!

***

Bei Risse kaufte ich einen Papageienschnabel. Ich weiß nicht, warum. Ich tat es einfach. Dann folgte ich der Düsseldorfer Straße bis zum Fliegenbusch, unterquerte die A59 und parkte am Seiteneingang des Friedhofs am Sternbuschweg. Wanderte die baumbestandenen Wege bis zur Friedhofskapelle entlang und setzte mich dort auf eine der Bänke in die blasse Frühlingssonne.

Die alte romanische Backsteinkirche sah seltsam unbenutzt aus. Auf den grauen Stufen, die hoch zum verschlossenen Portal führten, wuchsen vereinzelt Grasbüschel. Das war mir nicht aufgefallen, als ich zu Kurts Beerdigung hier gewesen war. Nicht gerade altengerecht, diese Treppe. Aber schön. Eine schöne Kirche mit einer schönen Treppe auf einem schönen alten Friedhof. Und nun lag Kurt hier begraben, keine dreißig Meter von dieser Kapelle entfernt.

Das Gezwitscher der vielen Vögel in den Büschen und Bäumen vermischte sich mit den steten Motorgeräuschen, die der Wind von der A59 herübertrug. War es einem einmal aufgefallen, verkehrte sich die Geräuschkulisse, und das Dröhnen der Motoren begann, sich zwischen die Vogelstimmen zu mischen, sie zu durchsetzen, zu stören und schließlich ganz zu überlagern.

Kurt würde es nicht mehr stören. Plötzlich war ich traurig. Und aufs Neue überrascht, wie seltsam nah mir der Tod des ehemaligen Klassenkameraden ging, den ich seit knapp dreißig Jahren nicht mehr gesehen hatte. War das etwa der Tatsache geschuldet, dass ich nun unerbittlich auf die Fünfzig zusteuerte und damit ein Alter erreichte, in dem ich nicht einfach nur älter, sondern alt wurde? Mit einer schnellen, energischen Kopfbewegung schüttelte ich diesen morbiden Gedanken ab.

Ich starrte auf den eingepackten langen Stengel auf meinen Knien. Entfernte das weiße Papier und drehte die Blume unschlüssig in meinen Händen. Ein bunter Papageienschnabel. Eine Clownsblume für Kurti, den Klassenclown.

Das Grab fand ich nicht auf Anhieb. Eine ganze Reihe von Toten war hier jüngst begraben worden, denn gleich auf mehreren Erdhügeln in der näheren Umgebung verwelkten Trauerkränze und Gestecke. Vermutlich wäre ich daran vorbeigelaufen, hätte da nicht diese Frau gestanden. Es war die Schluchzende von der Beerdigung. Die, die keiner kannte. Die, die so um Kurt geweint hatte, dort, unauffällig am Rande der Trauergemeinschaft. »La Femme, elle est trouvé«, murmelte ich und lächelte in mich hinein.

»Hallo.« Ich trat neben ihr ans Grab. Ging behutsam in die Hocke und legte den Papageienschnabel vor der marmornen Grabplatte nieder, ganz vorsichtig, um sie nur ja nicht zu vertreiben. »Ich habe Sie auf der Beerdigung gesehen«, fuhr ich fort, ohne sie anzusehen. »Haben Sie Kurt gut gekannt?«

Die leise Bewegung hinter mir spürte ich mehr, als dass ich sie hörte. Als ich mich langsam umdrehte, sah ich sie bereits leichtfüßig den Weg hinunterlaufen, den ich vor einer halben Stunde heraufgekommen war.

»Mist«, fluchte ich leise. »Kurti, ich muss dann mal ...«

Auf einem der Parallelwege eilte ich hinter der Fliehenden her, bemüht, mich so leise wie möglich zu bewegen, um das Ganze nicht zu sehr nach Verfolgung aussehen zu lassen.

Ich hatte Glück, denn sie parkte am Seiteneingang, auf dem gleichen sandigen Platz wie ich. Und ihr alter Polo war in einem auffällig grasfarbenen Grün lackiert, sodass ich Abstand halten konnte, ohne sie im dichten Verkehr aus den Augen zu verlieren. Dennoch war es nicht einfach, an ihr dranzubleiben.

Sie fuhr unsicher und nervös. Ich folgte ihr über den Sternbuschweg bis zur Mülheimer Straße, ließ den Duisburger Zoo linker Hand liegen, bog in Richtung Kaiserbergkreuz ab und fuhr schließlich auf die A40 auf. In der Essener Innenstadt verließ sie die Autobahn und wandte sich auf der B224 in Richtung Norden.

Der Weg über die A59 in Richtung Norden und dann über die A42 wäre einfacher gewesen, dachte ich, als sie schließlich in Altenessen in einer Straße namens Bausemshorst vor einer der typischen zweigeschossigen Genossenschaftsbauten parkte, die dort in großzügigem Abstand voneinander den Rasen bevölkerten. Im Schritt-Tempo rollte ich an dem Haus vorbei, dessen Eingangstür sie soeben mit einem Schlüssel öffnete. Ich fuhr ebenfalls an den Straßenrand und beobachtete durch die Fenster des Treppenhauses hindurch, wie sie in den ersten Stock hinaufstieg. Kurz darauf ging in der linken Wohnung das Licht an.

Sie öffnete die Tür nur einen Spalt weit, und ich erkannte eine Sicherheitskette, die von innen eingehängt war.

»Mein Name ist Toni Blauvogel«, sagte ich. »Ich bin mit Kurt zur Schule gegangen. Darf ich reinkommen?«

»Bitte, gehen Sie«, hörte ich sie durch den Türspalt sagen. Ein leicht harter Akzent lag in ihrer Stimme, wie ihn Polen oder Tschechen haben.

»Normalerweise ist es nicht meine Art, Menschen zu verfolgen. Aber ich muss unbedingt mit Ihnen reden.«

»Warum?«, fragte sie.

»Ich versuche, herauszubekommen, was mit Kurt passiert ist. Warum er umgekommen ist. Deshalb möchte ich mit Ihnen sprechen.«

»Ich kenne keinen Kurt«, klang es müde hinter der Tür.

»Doch. Sie kannten ihn. Sie waren auf seiner Beerdigung. Ich habe Sie gesehen. Sie kannten ihn so gut, dass Sie ganz bitterlich geweint haben. Lassen Sie mich doch bitte herein.«

»Nein. Sie verwechseln mich. Und ich rede mit niemandem.« Ihre Stimme klang, als hätte sie Angst.

»Das ist sehr schade«, sagte ich leise. Aber ich konnte nicht verhindern, dass sie die Tür schloss.

Eine Zeit lang saß ich im Auto, ohne den Wagen zu starten. Es hatte angefangen zu regnen, und ich beobachtete die dicken Tropfen, die über die Frontscheibe perlten.

Die Frau hatte eindeutig einen osteuropäischen Akzent gehabt. Osteuropäisch wie die, mit der Kurt in eine Wohnung am Innenhafen hatte ziehen wollen. Ja. Da war ich mir sicher. Osteuropäisch wie eine Übersetzerin? Eine, die bei »Lebedev Übersetzungen« arbeitete? Vielleicht. Und warum wollte sie nicht mit mir sprechen?

Einige der Tropfen verbündeten sich zu Rinnsalen. Sie zogen schlierige Spuren durch das Gemisch aus Staub und Abgasablagerungen, das sich auf der Scheibe gebildet hatte.

Bettina wusste nicht, wo sich Kurt in der Zeit vor seinem Tod aufgehalten hatte. Wusste diese Frau hier mehr? War er vielleicht hier bei ihr gewesen? Und vor seinem Tod in Schwierigkeiten geraten? Hatte sie deshalb Angst?

Schließlich kramte ich einen Stift und einen Haushaltsblock aus dem Handschuhfach. »Sie haben Angst«, schrieb ich. »Und als alte Freundin von Kurt würde ich gerne wissen, warum. Ich bin Privatdetektivin und würde sehr gerne mit Ihnen sprechen. Sie kannten Kurt gut. Ich glaube sogar, dass Sie ihn geliebt haben. Sie wollten heiraten, nicht wahr? Und ich weiß, dass er eine Wohnung kaufen wollte, für Sie und für sich. Bitte rufen Sie mich doch an.«

Ich kritzelte meine Telefonnummer auf das Blatt, faltete es mittig und schob es in ihren Briefkasten.

***

Erst zu Hause fiel mir ein, dass mein Handy immer noch ausgeschaltet war, seit ich Behrends auf den Zahn gefühlt hatte. Zwei Nachrichten auf der Mailbox, drei SMS. Alle von Volker. Flüchtig dachte ich daran, wie er sich am Vorabend mit Barbara ohne ein Wort davongemacht hatte. Und damit war ich bei Barbara. Mit der hatte ich mich noch nicht unterhalten.

Ich griff zum Festnetz-Apparat und vereinbarte einen Besuch bei ihr am nächsten Tag. Dann erst meldete ich mich bei Volker.

»Na endlich«, sagte er gereizt. »Warum drückst du mich einfach weg, wenn ich anrufe? Was soll das denn?«

Und warum verkrümelst du dich einfach ohne ein Wort aus dem Finkenkrug?, wollte ich kontern, ließ es dann aber doch bleiben.

»Ich war gerade selbst im Gespräch«, sagte ich ruhig.

»Und warum rufst du dann nicht zurück?«

Der Kerl war tatsächlich beleidigt. »Ich habe vergessen, das Handy wieder einzuschalten«, lenkte ich belustigt ein. »Außerdem melde ich mich ja jetzt. Hätte ich ohnehin gleich gemacht. Was gibt's?«

»Ich wollte bloß unser weiteres Vorgehen abstimmen. Ich musste heute noch eine Auftragsarbeit fertig machen. Das ist aber jetzt erledigt. Und bei dir? Was hast du heute so getrieben?«

»Och, eigentlich nichts.«

»Du willst mir doch nicht etwa sagen, dass du den ganzen Tag nur faul auf der Couch herumgelungert hast?«

»Nicht direkt. Erst habe ich mit Kurts Chef geplaudert. Also dem Herrn und Meister der Ruhrcity-Bank. Einem Herrn Dr. Behrends. Auf den hatte Kurt einen ziemlichen Brass. Aber die Antipathie beruhte wohl auf Gegenseitigkeit.«

»Das klingt nicht gerade hilfreich.«

»Ja und nein. Behrends kommt mir nicht ganz koscher vor. Aber da ist noch was.«

»Ja?«

»Ich habe die Frau gefunden«, sagte ich stolz. »Kurts Frau. Ich weiß, wie sie heißt, und ich weiß, wo sie wohnt. Leider wollte sie nicht mit mir reden«, schob ich kleinlaut hinterher.

SECHS

Während ich den Wagen über die A45 in Richtung Wuppertal lenkte, dachte ich über Barbara nach. Was hatte ich eigentlich gegen sie, von ihrem seltsam divenhaften Auftritt mal abgesehen? Und seit wann war das so? Musste neu sein, schließlich hatte ich sie lange nicht gesehen. Und früher waren wir immerhin mal befreundet gewesen. Gut befreundet. Ich wusste keine richtige Antwort auf diese Frage. Zumindest keine, die ich für mich akzeptieren mochte. Denn ich hasse Konkurrenz. Dieses ewige Gerangel um erfolgreicher, besser, schöner und die damit verbundenen Ellenbogen, das Durchsetzungsvermögen, das nur zu gerne mit Rücksichtslosigkeit verwechselt wird ... Und dennoch war mir klar, dass ich Barbara seit dem Ende unserer Schulzeit nicht mehr ausstehen konnte, und dass das mit Volker zusammenhing.

»Das ist albern, banal und außerdem Schnee von gestern«, brummelte ich vor mich hin, während ich den Anweisungen des Navis folgte und die Autobahn hinter dem Kemnader Stausee verließ. Das Navi leitete mich durch den alten Ortskern von Sprockhövel hindurch und dann über schmale Wege zu einem Gebäude aus Natursteinen, das schwer nach Dorfschule aussah. Auf dem Vorhof standen ein paar große Plastiken aus bunt zusammengewürfeltem Schrott, die wie groteske Lebewesen menschlichen oder tierischen Ursprungs wirkten, mitten in der Bewegung zum Stillstand verdonnert wie Orpheus in der

Unterwelt. Sie hatten etwas rührend Menschliches und extrem Dynamisches an sich.

Ich stellte mein Auto neben einem Motorrad ab und betrachtete die Plastiken in Ruhe. Dann nahm ich aus dem Augenwinkel eine Bewegung wahr. Barbara stand in der großen Eingangstür des Backsteingebäudes. Aus dieser Entfernung sah sie aus wie ein junges Mädchen, denn sie trug ein weißes Männerhemd, das ihr viel zu groß war. Es war von Farbspritzern übersät, und weitere farbige Sprenkel zierten ihr Gesicht wie Sommersprossen.

»Interessante Skulpturen.« Ich ging zu ihr hinüber. »Sind die von dir?«

»Nein. Die sind von einem Künstler, der hier ein Atelier gemietet hat. Hinten im Garten sind noch mehr davon.« Barbara strich sich über die kurzen, dunklen Haarstoppel. Auch ihre Hand war von Farbklecksen gesprenkelt.

»Rosten die nicht, wenn die hier draußen so rumstehen?«, fragte ich neugierig.

»Das sollen sie ja gerade. Gerd holt sie erst rein, wenn sie schon eine gewisse morbide Patina haben. Dann erst stoppt er den Witterungsprozess.«

Aha«, sagte ich zweifelnd. Ich fand es schade, die Figuren verrotten zu lassen. »Und du? Was machst du?«

»Ich male.« Sie wies auf ihr Hemd. »Schrott ist mir zu ...«, sie schien nach dem passenden Wort zu suchen, »zu unübersichtlich irgendwie. Solche Figuren könnte ich nicht machen. Da fehlt mir der Blick für. Willst du nicht reinkommen?«

Ich folgte ihr durch das große Treppenhaus hinauf ins obere Stockwerk.

»Unten und im ersten Stock sind nur Ateliers«, erklärte sie. »Die sind größtenteils vermietet. Hier oben wohnen wir. Zumindest ein paar von uns.«

»Eine WG«, staunte ich. »In unserem Alter? Und so was klappt? «

»Nicht ganz.« Sie lächelte spöttisch. »Die Besitzverhältnisse sind eindeutig. Wer hier wohnen kann, entscheide ich allein.«

»Dir gehört das Gebäude?«

»Ja«, bestätigte sie. »Es war früher eine Schule, ich habe es entsprechend umbauen lassen. Wohnen tun wir hier oben nur zu dritt, und das klappt sehr gut. Nur Frauen, das war mir wichtig. Jede hat zwei zusammenhängende Zimmer. Außerdem gibt es ein großes Badezimmer, das wir gemeinsam nutzen, und eine große Küche. Mehr nicht. Wir gehen hier oben getrennte Wege, außer dass wir wechselweise kochen und einkaufen. Unten im Erdgeschoss, im ehemaligen Lehrerzimmer, ist noch eine richtig große Wohnküche für die Künstler. Da ist immer was los. Manchmal gehe ich einfach runter, wenn mir nach Gesellschaft ist.«

Ich dachte mit sehr gemischten Gefühlen an meine WG-Zeiten während des Studiums zurück. Viel Chaos, was die Organisation eines gemeinsamen Haushaltes betraf, und sehr unterschiedliche Ansprüche in Sachen Ordnung und Sauberkeit. Und deshalb schwierig. »Und das Putzen?«

»Kein Thema. Ich lasse putzen. Dafür gibt es professionelle Reinigungsfirmen. Treppenhaus, Küche, die sanitären Anlagen. Also alles, was gemeinsam genutzt wird. Und zweimal im Jahr kommen die Fensterputzer. Das ist in den Nebenkosten für die Miete enthalten. Hier wohne ich.« Sie öffnete eine Tür am Ende des Flurs.

Ich trat in einen gemütlichen Wohnraum, dessen rechteckigem Grundriss man anmerkte, dass er mal einen Haufen Schüler beherbergt hatte. Die hohe Fensterfront ließ viel Licht ein. Sie wurde um eine Balkontür erweitert, die fast in der Ecke des Raumes seltsam asymmetrisch eingelassen war. Das war irgendwie logisch, denn sonst hätte man eines der großen Fenster umarbeiten müssen. Neben der Eingangstür ließ ein breiter Durchbruch den Blick auf einen weiteren, ebenso großen Raum frei, an dessen hinterer Wand ein breites Doppelbett stand, eine Art Himmelbett, das man offensichtlich komplett mit schweren Vorhängen zuziehen konnte.

»Antik?«, fragte ich und wies auf das Bett.

»Nein. Ikea, Baumarkt und ein bisschen Phantasie.« Sie lachte und fuhr sich wieder durch die stoppelige Frisur. »Das Gerüst für die Vorhänge habe ich selbst gebaut. War gar nicht so schwer. Ich habe hier so viel Fensterfläche, da schien es mir sinnvoll, das Bett abzudunkeln, nicht den ganzen Raum.«

Ich setzte mich auf das geblümte Ecksofa. Es war verschlissen und abgegriffen, und an ein paar Stellen waren Fäden aus dem dunklen Wollstoff gezogen, ganz so, als würde hier öfter eine Katze ihre Krallen in das Polster schlagen. Wie zur Bestätigung tauchte vor der Balkontür ein Kopf mit spitzen Ohren auf, und gleich darauf hörte ich das leise Klappern einer Katzentür.

»Hallo Micky.« Barbara strich dem Kater über den Rücken, der daraufhin einen Buckel machte und seinen Kopf ungestüm an ihren Beinen schubberte. »Ich habe ihm eine Leiter zum Balkon hoch gebaut. Eindeutig das kleinere Übel.«

»Ich weiß, wovon du sprichst.« Ich grinste. »Auch ich habe eine Katzenklappe zum Garten raus. Alles andere wäre der blanke Terror.«

»Ja, ja, geschlossene Türen ... schon aus Prinzip verhasst.« Barbara lachte jetzt auch.

Der Kater inspizierte mich neugierig, schnüffelte ausgiebig an Schuhen und Hose, befand mich offensichtlich für annehmbar und sprang zu mir auf die Couch, wo er sich neben mir zusammenringelte.

»Er mag dich«, stellte Barbara fest. »Also, was möchtest du wissen?«

»Seit wann wohnst du hier?«

»Seit sechs Jahren.«

»Du warst vorher in den USA?«

»Ja«, sagte sie knapp. »Nach der Scheidung bin ich zurück nach Deutschland gekommen.« Ihre Stimme klang nach »Bis hierhin und nicht weiter«.

»Volker hat erzählt, dass du deinen Job hingeschmissen hast?«

»Ich konnte das Fliegen nicht mehr ertragen. Es hat mich ganz krank gemacht. Und all die aufgeblasenen Uniformen ebenfalls«, sagte sie. Es klang etwas bitter. »Aber deshalb bist du doch nicht hier. Du wolltest mit mir über Kurt reden.«

»Ja. Über Kurt. Hast du ihn immer nur zusammen mit den anderen getroffen? Oder auch mal allein?«

Sie lachte belustigt auf. »Du meinst, weil ich gesagt habe, dass er mich angebaggert hat?«

»Zum Beispiel ...«

»Er hat mir angeboten, sich um meine Erbschaft zu kümmern«, sagte sie.»Und es letztendlich auch getan.« Die Geste, die sie machte, umfasste den Raum um sie herum.

Aha, eine Erbschaft also, die sie in das Gebäude hier gesteckt hatte. Ich erinnerte mich, dass ihr Vater ziemlich betucht gewesen war. Das erklärte natürlich, warum sie ihren Job einfach so hatte sausen lassen können.

»War nicht so viel, wie du denkst.« Ihr Tonfall war spöttisch. »Aber es hat gereicht, die alte Schule hier zu kaufen und umzubauen. Ganz ohne Kredit ging das allerdings auch wieder nicht. Aber den kann ich durch die Mieteinnahmen abbezahlen. Wenn ich mich einschränke, reicht es auch zum Leben, sodass ich mich ganz der Malerei widmen kann. Ab und zu verkaufe ich ein Bild. Dann ist auch mal wieder ein Urlaub drin. Und das war's.«

Nicht schlecht, dachte ich. Das hat sie gut gemacht. Vorausgesetzt, sie kann wirklich immer alle Ateliers vermieten. Ich kraulte den Kater, der augenblicklich anfing, zu schnurren.

»Und Kurt?«

»Er hat mich gut beraten. Ich wollte das Haus kaufen und einen Kredit für Renovierung und Umbau aufnehmen. Er hat mir dazu geraten, es umgekehrt zu machen, also einen Kredit für den Hauskauf aufzunehmen und die Umbaumaßnahmen bar zu bezahlen. Das bedeutete damals niedrigere Zinsen, die über einen langen Zeitraum fortgeschrieben wurden. Sondertilgungsgraten und das ganze Pipapo. Rauf und runter hat er mir das alles gerechnet, da war ich wirklich total froh. So was liegt mir nämlich nicht besonders. Leider hat er in dieser Zeit auch so etwas wie Besitzinstinkt entwickelt.« Sie lachte unbefangen.»Nachdem alles in trockenen Tüchern war, ist er hier immer wieder aufgekreuzt, abends oder am Wochenende. Ich mochte erst mal nichts sagen, schließlich war ich ihm ja dankbar. Aber recht war mir das nicht. Erstens arbeite ich oft abends, da werde ich nicht gerne gestört. Das bringt mich raus. Und zweitens mag ich es sowieso nicht, wenn mich Leute einfach so besuchen, ohne Vorankündigung.«

»Kann ich verstehen. Das hasse ich auch.« Nachdenklich sah ich sie an. Wir hatten eine ganze Menge gemein, das wurde mir plötzlich bewusst. Und damit wusste ich auch wieder, warum ich damals mit ihr befreundet gewesen war. »Warum machst du das eigentlich?«, fragte ich spontan.

»Was?« Sie runzelte die Stirn.

»Deine Auftritte haben was Bühnenreifes«, versuchte ich zu erklären. »Das ist ein bisschen ... äh ... störend irgendwie.«

Sie sah mich überrascht an. »Welche Auftritte? Ich weiß nicht, was du meinst.«

»Na, zu spät kommen und dann erwarten, dass sich alle begeistert und voller Enthusiasmus auf dich stürzen zum Beispiel ...«

»Hä?«, fragte sie entgeistert. »Das mache ich doch gar nicht!«

»Doch. Das machst du wohl. Das hast du übrigens auch früher schon draufgehabt. Immer zu spät, immer erst dann da, wenn die anderen schon wieder an Aufbruch denken, und immer mit der Erwartungshaltung, dass alle begeistert sind, weil du doch noch kommst. Das hat mich schon früher total genervt.«

Sie starrte mich an aus Augen, die mich an Sinéad O'Connor erinnerten, was natürlich auch an den kurz geschorenen Haaren lag. Sie machten ihr Gesicht noch ausdrucksstärker, betonten die klassisch schöne Form. *Nothing compares, nothing compares to you,* tönte es in meinem Kopf.

»Ich krieg das einfach nicht geregelt, pünktlich zu sein«, flüsterte Barbara. »Ich sitze da und zögere, soll ich, oder soll ich nicht? Tue dieses und jenes, oft unwichtiges Zeug ... Und wenn ich mich dann endlich aufraffe, bin ich viel zu spät. So ist das immer. Ich kriege das einfach nicht gebacken.«

Aha. Also doch keine Diva, sondern eine, die einfach Probleme mit der Organisation ihrer Zeit hat? »Aber im Beruf musstest du doch auch pünktlich sein«, sagte ich skeptisch. Dann sah ich es von der komischen Seite. »Ich meine, sonst wärst du besser Bodenstewardess geworden. Einen Flieger einzuholen ist schon verdammt schwer.«

Barbara lachte los. »Ja. Das ist wirklich verdammt schwer. Und es war ein permanenter Druck, das kannst du mir glauben. Hat mich immense Kraft gekostet. Es gab immer wieder absoluten Stress mit meinem Mann deswegen. Ein Pilot. Und ein ganz Überpünktlicher ...«

Klein und verloren sah sie jetzt aus. Sie griff sich an die rechte Schläfe und massierte sie.

»Wieder Kopfschmerzen?«, fragte ich.

»Geht schon.«

»Was ist denn los? Ines hat so komische Andeutungen gemacht.«

»Ich will nicht darüber sprechen«, sagte sie schroff und bewegte den Kopf mit einem ablehnenden Ruck zur Seite. Unterdrückter Zorn? Dann umschlang sie ihre Knie und lehnte die Stirn dagegen. Das weckte auf seltsame Art meinen Beschützerinstinkt.

»Okay. Dann zurück zu Kurt. Er hat dir also beim Kauf der Immobilie und der Beratung und Vermittlung des Kredits für den Umbau unter die Arme gegriffen, und ist danach immer mal wieder unaufgefordert hier aufgekreuzt. Richtig?«

»Richtig«, kam es dumpf zwischen den hochgezogenen Knien hervor.

»Und dann hat er dich angemacht?«

»Nein.« Sie hob den Kopf wieder und sah mich an. »Nicht richtig jedenfalls. Er hat geschmachtet. Mir gesagt, dass er mich toll findet, dass er immer für mich da ist, aber natürlich weiß, dass er keine Chance hat bei mir ...«

»Das stimmte ja vermutlich auch.«

»Ja, schon.« Sie lachte auf. »Das lag aber primär daran, dass es wie eine Masche rüberkam. Es war irgendwie so ... unterwürfig. Und damit gleichzeitig schrecklich vereinnahmend. Außerdem habe ich von Männern, die sich in mein Leben einmischen wollen, die Nase gestrichen voll.«

»Hmm.« Ich nickte zustimmend. Sie hatte Kurts Anmache ganz treffend charakterisiert, so viel stand fest. »Wie oft kam er denn her?«

»Warte ...« Sie fuhr sich über die Stoppeln. während sie überlegte. »Anfangs bestimmt einmal in der Woche. Dann reduzierte sich das auf alle zwei bis drei Wochen. Und dann ...« Sie zögerte. »Er war zuletzt bestimmt fünf Monate nicht mehr hier gewesen«, sagte sie schließlich erstaunt. »Das ist mir gar nicht aufgefallen!«

»Na, positiv hätte dir das doch schon auffallen können, oder?«

»Du weißt doch, wie das ist. Vermissen tut man nur die Dinge, die einem gefallen.«

Ja, ja. Aus den Augen, aus dem Sinn, meldete sich die alte Dame zu Wort. Hast recht, Großmutter. Ich schmunzelte.»Und sonst? Hat er was über seine Arbeit erzählt?«

»Und ob. Da hatte er viel zu erzählen. So viel, dass ich gar nicht mehr so richtig zugehört habe.«

»Hat er mal was über Unregelmäßigkeiten gesagt?«

»Über seinen Chef hat er mächtig hergezogen. Hat behauptet, dass der keine reine Weste hätte. Dass er betrügen würde und in dunkle Machenschaften verstrickt wäre ... Dummes Geschwätz halt.«

Ich wunderte mich. Was machte sie da so sicher?

***

Die Abteilung für Kreditberatung der Ruhrcity-Bank befand sich im ersten Stockwerk des Siebziger-Jahre-Kastens. Ich betrat ein Großraumbüro mit mehreren Schreibtischen, die in lockerer Anordnung im Raum verteilt waren. Hohe, breit verästelte Ficus Benjamini in dem für Geschäftsräume so typischen braunen Granulat sorgten für Atmosphäre, dichte Teppichböden schluckten den Schall. An zwei Tischen schienen gerade Kundengespräche stattzufinden.

Im hinteren Teil des Raumes war ein großzügiger Bereich mit Glas abgetrennt. Offensichtlich hauste dort die Abteilungsleitung, vor Geräuschen geschützt und dennoch alles gut im Blick. Eine weitere Hydrokultur lenkte den Betrachter ab von dem Schreibtisch im Separee, der trotz seiner Größe ohnehin kaum auffiel, denn er bestand komplett aus Glas und gab den Blick auf wohlgeformte Beine in schwarz glänzendem Nylon frei. Mein Blick wanderte die Beine hinauf, vorbei an einem schmal geschnittenen tomatenroten Rock und einer ebenso roten Kostümjacke. Eine zierliche Brünette, die aufgeblickt hatte, als ich den Raum betrat, und nun das Geschehen zu beobachten schien, sofern man denn von einem Geschehen sprechen konnte, denn in dem Großraumbüro kümmerte sich niemand um mich.

Sie hatte ausdrucksstarke braune Augen und ein schönes, ovales Gesicht, das eindeutig an die ehemalige Tagesthemensprecherin erinnerte. Ein weiterer unerreichbarer Stern an Kurts Frauenhimmel.

Ehemaliger Stern, korrigierte ich mich. Einer, bei dem er nicht hatte landen können. Mal wieder.

Anne Will ließ ihren Blick noch einmal durch das Großraumbüro wandern, runzelte unwillig die Stirn und beugte sich über den Schreibtisch. Ich zuckte zusammen, als ihre Stimme zwar wohltönend, aber dennoch sehr gebieterisch über Lautsprecher durch den Raum schallte: »Frau Wolfe, Sie haben Besuch. Frau Wolfe bitte!«

Neben mir raschelte es. Eine rundliche Frau mit Stupsnase hastete mit hochrotem Kopf aus einem angrenzenden Flur auf mich zu. »Frau Blauvogel?«, fragte sie etwas atemlos.

Ich nickte und verkniff mir das Grinsen.

»Entschuldigen Sie bitte, ich musste gerade mal ... Kommen Sie bitte mit.«

Anne Will schien ihre Mitarbeiterin sehr gut im Griff zu haben. Vielleicht ein bisschen zu gut?

»Ist doch kein Problem«, beschwichtigte ich. »Ich bin auch etwas früh dran.« Ich ließ mich auf einem der beiden Besucherstühle vor ihrem Schreibtisch nieder. Nicht ganz so schick wie der des Chefs, dafür aber eindeutig bequemer.

»Sie möchten also einen Kredit aufnehmen«, eröffnete Frau Wolfe immer noch ein wenig atemlos das Gespräch. »Um welchen Betrag soll es denn dabei gehen?«

»Ich weiß es noch gar nicht so recht«, sagte ich wahrheitsgemäß. »Eigentlich möchte ich mich erst mal nach den Konditionen erkundigen.«

»Selbstverständlich.« Sie lächelte mich beruhigend an. »Aber die Bedingungen hängen auch ein wenig von der beantragten Kredithöhe und der Laufzeit ab. Und natürlich davon, was Sie finanzieren möchten.«

»Wie habe ich das zu verstehen?«, fragte ich überrascht. »Es kann der Bank doch egal sein, für was ich das Geld brauche.« In dem Augenblick, in dem ich das aussprach, ahnte ich bereits, wie naiv dieser Gedanke war.

»Nicht ganz«, erwiderte nun auch prompt Frau Wolfe. »Die Bank interessiert es natürlich, was im Falle der«, sie hüstelte dezent,

»Zahlungsunfähigkeit – wovon wir natürlich nicht ausgehen möchten – an Gegenwert vorhanden ist.« Abwartend sah sie mich an.

Ich nahm den Gehalt dieser Information in mich auf, schob ihn in mein kleines Rechenzentrum und ließ es arbeiten. In Windeseile tauchten die Stichworte Sofaecke, Weltreise, Auto, Eigenheim und Renovierung vor meinem inneren Auge auf, all die Dinge, für die man als arbeitender Mensch grundsätzlich immer zu wenig Kohle auf der Kante hatte. Und ich stellte mir vor, wie, stellvertretend für die Bank, der Star der Abteilung im hübschen tomatenroten Kostüm die Nase über meine neue Küche rümpfte, so als wollte sie damit sagen, dass sie sich speziell diese Ausführung niemals nie nicht jemals anschaffen würde. Berechnung beendet, Botschaft verstanden.

»Sie wollen also damit sagen, dass die Bank die Höhe des Kredits daran bemisst, wie der Wiederverkaufswert der Sache ist, die damit bezahlt werden soll?«

»Exakt.« Sie schickte mir ein strahlendes Lächeln.

»Es geht um eine Eigenheimfinanzierung«, log ich. »Ich habe zwar noch kein konkretes Objekt im Auge, aber ich habe eine neue Stelle in Duisburg, und die Fahrerei ...«

»Von wo kommen Sie denn?«, fragte Frau Wolfe.

»Aus Essen. Aber ich fahre nicht gerne Auto.«

»Ja, der Verkehr heutzutage ... wirklich unangenehm. Und das, was Sie dann an Benzin sparen, könnten Sie natürlich gleich mit einbeziehen in die Kalkulation. Bringen Sie Eigenkapital mit?«

»Knapp fünfunddreißigtausend.« Bescheiden sah ich auf meine Hände hinunter.

»Und was verdienen Sie, wenn ich fragen darf?«

»Tausendneunhundertneunundachtzig Euro netto.«

»Sie sind fest angestellt?«

»Die Probezeit habe ich natürlich schon überstanden.« Ich lächelte sie an.

»Also: An welche Kredithöhe haben Sie denn gedacht?«, versuchte sie es noch mal. »Ungefähr. Nur so als Größenordnung?«

»Auf keinen Fall mehr als sechzigtausend«, sagte ich schüchtern. »Schließlich bin ich ja nicht mehr die Jüngste und möchte das schon noch vor der Rente abbezahlen können.«

»Bei Ihrem Gehalt sollte das kein Problem darstellen.« Ich sah es förmlich in ihrem Kopf rattern. Dann tippte sie ein paar Zahlen in den PC. »Eigentlich ist das die Aufgabe unserer Immobilienberater«, sagte sie freundlich. »Aber ich kann Ihnen natürlich auch einen Finanzierungsplan für eine Immobilie aufstellen. Sie haben ja noch gar kein konkretes Objekt im Auge, wenn ich Sie richtig verstanden habe.«

»Ich weiß einfach nicht, wie herum ich anfangen soll. Erst suchen und dann erst den Kredit anfragen kam mir ein bisschen komisch vor. Ich muss doch vorab schon wissen, ob ich überhaupt Kredit bekommen würde.«

»Vorsicht ist die Mutter der Porzellankiste.« Frau Wolfe lächelte mich beruhigend an. »Ich drucke Ihnen das gleich mal aus. Dann können Sie die Zinstilgung genau kalkulieren und sehen, in wie vielen Jahren der Kredit abbezahlt ist. Natürlich brauchen wir dann auch noch eine Bankauskunft, um Ihre Angaben zu überprüfen.«

»Äh … ja, natürlich.« Ich nahm die Blätter in Empfang, die sie mir reichte, und stand auf. »Sagen Sie, arbeitet Kurt Türauf nicht auch hier?«

Ihr Gesicht schien sich zu verdunkeln. »Das hat er«, sagte sie traurig. »Herr Türauf ist vor Kurzem gestorben.«

»Ach! Der Kurt?«

»Sie kannten ihn?«

»Ich bin mit ihm zur Schule gegangen. Woran ist er denn gestorben?« Mein Tonfall ließ keinen Zweifel daran aufkommen, dass ich neugierig war.

»Der Ärmste ist verbrannt. In seinem Auto. Grässlich!«

»Wie furchtbar.« Ich schlug die Hand vor den Mund und ließ mich wieder auf den Stuhl zurücksinken. »Sind Sie gut mit ihm ausgekommen?«

»Ja, schon. Der Kurt war keiner, mit dem man sich ernsthaft anlegen konnte. Ein netter Kollege. Manchmal etwas … nein, das sage ich jetzt lieber nicht.«

Ich zwinkerte ihr verschwörerisch zu. »… albern vielleicht?«

»Ja, das trifft es ganz gut.« Sie lächelte.

»War er beliebt hier im Kollegenkreis?«

»Er war kein schlechter Kerl.« Sie zögerte.»Wirklich nicht. Ein bisschen anstrengend vielleicht, weil er ständig gemeint hat, man würde ihn übergehen.«

»Und? Hat man ihn übergangen?«

Sie zuckte mit den Schultern.»Schon. Ganz fair war das nicht, ihm Lydia Herzkamp vor die Nase zu setzen. Eigentlich wäre er dran gewesen mit der Beförderung.«

Ah. Die schöne Anne Will hatte also auch noch einen wohlklingenden Namen. Lydia Herzkamp. Wie passend.»Das bessere Know-how?«, schlug ich vor.

»Lydia? Nicht unbedingt. Fachlich konnte sie ihm kaum das Wasser reichen. Sie ist einfach straighter, zielstrebiger als er. Äh … als er war.« Sie verstummte.

»Und hübscher«, tastete ich mich vor.

»Tja.« Das klang bitter.»Die Männer sind verrückt nach ihr. Der Chef, alle irgendwie. Auch Kurt. Eine Zeit lang hat er sie richtig angebetet. Das war schon etwas …«

»Wenn ich mich recht entsinne, hat Kurt immer irgendeine Frau angebetet. Manchmal sogar mehrere gleichzeitig.« Ich lächelte traurig.»Aber erhört hat ihn wohl nie eine, oder?« Gespannt neigte ich mich nach vorne. Aber über die geplante Hochzeit schien sie nicht informiert zu sein.

»Er war ein feiner Kerl«, sagte sie wieder. Es schimmerte feucht in ihren Augen.»Und dass Dr. Behrends ihn nicht mochte, dafür konnte er nun wirklich nichts.«

»Diese Chefs.« Ich verdrehte die Augen.»Denen kann man es einfach nicht recht machen. Ist Ihrer denn so schwierig?«

»Ich komme ganz gut mit ihm aus. Aber Kurt, der hatte wirklich dauernd Theater mit ihm. In letzter Zeit allerdings …«

Ich sah sie auffordernd an, aber es kam nichts weiter.

»In letzter Zeit allerdings … «, half ich schließlich nach.

Sie schwieg. Schien nachzudenken. Gedämpfte Gespräche drangen von links und von rechts zu uns herüber.

»Seit Monaten hat der Chef nicht mehr auf Kurt rumgehackt. Das ist merkwürdig«, sagte sie schließlich langsam.»Wirklich merkwürdig. Vielleicht …« Sie schrak zusammen und verstummte erneut.

Ich spürte eine Bewegung neben mir und blickte auf. Lydia Herzkamp eilte an mir vorbei, das Handy am Ohr. Leises Lachen, leicht rauchig. »Vielleicht ... wenn du meinst ...« Erneutes Lachen. Perlend. »Nach der Arbeit wie immer auf einen Drink um die Ecke im ,Giorgio' ... Das weißt du doch ...« Die Stimme wurde leiser, und Lydia Herzkamp verschwand durch den Flur, aus dem Frau Wolfe vorhin gekommen war. Zurück blieb ein Duft nach Zimt und Cardamon.

Eine Zeit lang versuchte ich noch, Frau Wolfe Informationen über Kurt zu entlocken. Aber sie konnte weder zu einer Erbschaft etwas sagen, noch hatte sie eine Idee, wo er sich vor seinem Tod aufgehalten haben könnte. Schließlich gab ich es auf und verließ das Gebäude.

***

Ich fand das »Giorgio« nahe der Bank in einem der gläsernen Einkaufsparadiese auf der Königsstraße. Es war eine typische Cocktail-Bar, wie sie seit einigen Jahren so modern sind. Viel rotes Leder, viele kleine Tische, viel gedämpftes Licht. Eine Bar mit schwarzen Hockern davor. Der Spiegel hinter dem Tresen vervielfältigte eine Armada unterschiedlichster Flaschen, die auf schmalen Regalbrettern hoch über dem Tresen vor dem Spiegel schwebten.

Ich hievte mich auf einen der Barhocker. Eine leichte Übung für mich. Dank des Spiegels hatte ich das Geschehen in meinem Rücken gut im Blick. Lydia Herzkamp war noch nicht aufgetaucht. Dafür saß jede Menge Jungvolk an den kleinen Tischchen.

Der Barkeeper schob mir wortlos eine Karte zu. Ich fand die Rubrik »Alkoholfreies« und überflog die wohlklingenden Namen. Schließlich entschied ich mich für einen »Monin Bitter Orange«, der als alkoholfreier Campari beschrieben wurde. Darunter konnte ich mir wenigstens etwas vorstellen. Das Zeug schmeckte tatsächlich verblüffend nach Campari Orange.

»Sie haben sich nicht in der Flasche vergriffen?«, fragte ich überrascht. »Ich muss nämlich noch fahren.«

»Nein.« Der Barkeeper lächelte. »Keine Sorge. Sie sind neu hier«, stellte er fest.

Aufmerksames Kerlchen.

»Nur auf der Durchreise.« Ich lächelte zurück. »Kommt Frau Herzkamp wirklich jeden Tag hierher?«

Er runzelte die Stirn. »Wer?«

»Frau Herzkamp. Typ Anne Will.«

»Ach, Lydia.« Er lächelte erneut. »Jeden verdammten Tag. Nur nicht am Wochenende. Eigentlich müsste sie gleich auftauchen.«

»Immer allein?«

»Soll das ein Verhör werden?«

»Genau.« Ich zwinkerte ihm zu.

»Mit Bullen rede ich nicht«, sagte er missmutig.

»Müssen Sie auch nicht.« Ich schob ihm meine Karte über den Tresen. »Wie heißen Sie eigentlich?«

»Na, Giorgio natürlich!« Er wies auf den großen Schriftzug in Leuchtbuchstaben, der an der Stirnseite des Raumes angebracht war. Darunter befanden sich zwei rosa Flamingos unter einer Palme. Ebenfalls leuchtend. »Wie alle männlichen Angestellten hier.«

Ich grinste. »Also, Giorgio: Mir ist bewusst, dass Sie eigentlich nicht über Ihre Gäste reden. Das ist auch richtig so. Aber hier geht es um Mord. Und unser Gespräch ist natürlich streng vertraulich.«

Giorgio sah mich aufmerksam an. Dann nahm er ein Glas und begann, es mit einem Handtuch zu polieren.

»Einer der Banker aus dem kleinen Geldtresor dort hinten um die Ecke ist ermordet worden«, fuhr ich fort. »Die schöne Lydia ist Bankerin. Das wussten Sie doch, oder?«

Er konzentrierte sich völlig auf seine Tätigkeit. Stellte das eine Glas in die lange Reihe der Gläser neben der Spüle und nahm sich das nächste vor. Aber er nickte. Immerhin.

»Kommen hier viele Mitarbeiter der Ruhrcity-Bank her?«, versuchte ich es noch mal. »Außer Lydia, meine ich? Kommt sie allein?«

Giorgio polierte. Hielt das Glas prüfend gegen das Licht über dem Tresen und stellte es hin, die Öffnung nach unten. Nahm sich das nächste Glas vor. Dann räusperte er sich. »Mal so, mal so«, bequemte er sich zu einer Antwort. »Mal mit Kollegen, mal allein. Aber sie bleibt auch dann nie lange allein, falls Sie verstehen, was ich damit meine.«

Ich schüttelte den Kopf. »Nicht ganz«, schob ich hinterher, denn er sah mich nicht an.

»Sie ist eine schöne Frau. So eine kriegt leicht Gesellschaft.«

»Sie wird also oft angesprochen?«

»Ja. Oder sie ist mit jemandem verabredet. Auf jeden Fall ist es selten, dass sie ohne Begleitung geht.«

»Sind es immer die gleichen Kollegen, mit denen sie herkommt? Kennen Sie Namen? War vielleicht mal ein Kurt dabei?«

»Dieser tollpatschige Spaßvogel? Der war schon länger nicht mehr hier. Sie war ziemlich genervt von ihm. Hat ihn einmal sogar angeraunzt, er solle sie endlich in Ruhe lassen.«

»Und so ein älterer Graumelierter mit buschigen, dunklen Augenbrauen? Wie der Weigel?«

»Dr. Behrends? Der Direktor? Mit dem war sie ein paarmal hier. Der ist aber meistens im »Cubar« unten am Innenhafen. Mein Bruder arbeitet dort«, fügte Giorgio erklärend hinzu. »Da kommt sie übrigens gerade reingeschneit.«

Ich sah eine rote Gestalt im Spiegel auftauchen. Sie setzte sich an einen der kleinen Tische vor den rosa Flamingos.

Giorgio begann, den Cocktailshaker zu befüllen. Viel Eis. Eine quietschblaue Flüssigkeit. Curacao, vermutete ich. Zitronensaft. Irgendwas Klares aus einer Flasche, in der malerisch ein paar Grashalme schwebten. Wodka. Mit Büffelgras. Aus Polen.

»Blauer Engel«, informierte mich Giorgio. »Sie trinkt immer das Gleiche.«

»Ich bringe es rüber«, sagte ich schnell und stand auf. »Ich will ohnehin mit ihr reden.«

»Oh, eine neue Kellnerin?« Lydia Herzkamp musterte mich überrascht. Du passt doch gar nicht zum Stil des Ladens hier, sagte ihr Blick.

»Nein. Keine neue Bedienung.« Ich stellte das Glas vor sie auf den Tisch und legte meine Karte dazu. »Ich bin ...«

Sie würdigte die Karte mit keinem Blick. Denn sie schien mich jetzt wiederzuerkennen.

»Frau Blauvogel«, sagte sie mit gerunzelter Stirn. »Sie hatten vorhin einen Termin bei Frau Wolfe. Stimmt etwas nicht? War die Beratung nicht in Ordnung?« Ihr Blick bekam etwas Strenges, irgendwie Lauerndes. So, als würde sie nur auf Fehler ihrer Angestellten warten, um sich dann wie ein Habicht draufstürzen zu können. Das wäre eine Erklärung, warum Frau Wolfe so unsicher gewirkt hatte.

»Doch, alles bestens«, sagte ich schnell. »Völlig in Ordnung. Ich bin wegen einer anderen Sache hier.« Ich nahm die Karte vom Tisch und hielt sie ihr auffordernd vor die Nase.

»Private Ermittlungen?« Schon wieder runzelte sie die Stirn. Wenn sie so weitermachte, würde das bald unwiderrufliche Spuren hinterlassen. Es sei denn, sie ließe sich Botox spritzen. Flüchtig überlegte ich, ob sie wohl bescheuert genug war, das zu tun.

»Es geht um Kurt Türauf.« Ich nahm ihr gegenüber Platz. »Seine Tochter hat mich beauftragt, herauszufinden, was passiert ist.«

»Was soll schon passiert sein?«, fragte sie schnippisch. »Ein tragischer Unfall mit Todesfolge. Davon kann man alle Nase lang in der Zeitung lesen.«

»Kein tragischer Unfall. Mord. Die Polizei hat doch bestimmt mit Ihnen gesprochen, oder etwa nicht?«

»Doch. Es waren zwei Beamte da, die haben mit mir ...« Sie verstummte, schien das erst mal verdauen zu müssen. »Die haben gesagt, es sei ein Unfall mit Todesfolge gewesen.« Ihr Tonfall war störrisch, so, als wollte sie sich an dem Gedanken festhalten. Dann sah sie mich an. Sie hatte kluge Augen, und ich erkannte, dass Stirnfalten sie nur noch interessanter machen würden. »Wieso Mord?«, fragte sie sachlich.

»Wenn die Polizei das nicht erklärt hat, werde ich das gewiss nicht verraten. Dafür bitte ich um Verständnis.«

Ich sah ihr direkt in die Augen und hielt ihren Blick fest. So lange, bis sie mit dem Schließen der Augenlider Akzeptanz signalisierte.

»Also ermordet«, stellte sie fest. »Und was möchten Sie von mir wissen?«

»Auf was konnte Kurt in der Bank alles zugreifen? Also, EDV-technisch betrachtet.«

»Sie vermuten, dass sein Tod mit seinem Job zu tun hat?« Die Bestürzung in ihrer Stimme wirkte echt.

»Ich bin nicht sicher, aber ich weiß, dass er kürzlich zu viel Geld gekommen ist«, sagte ich langsam. »Hat er vielleicht mal was von einer Erbschaft erzählt?«

»Nicht dass ich wüsste. Allerdings habe ich ihm vor einem halben Jahr deutlich zu verstehen gegeben, dass ich seine Aufmerksamkeit nicht schätze. Sie artete in Belästigung aus.«

Noch eine, die er vergrault hatte. »Wurde er etwa handgreiflich?«

»Nein.« Lydia strich sie die Haare aus dem Gesicht. »Dazu hatte er nicht den Mumm. Aber seine stille Verehrung war aufdringlich und unangenehm.«

Wenn er den Mumm gehabt hätte, wäre es dir doch auch nicht recht gewesen, fügte ich still hinzu und ärgerte mich. Blödes Kriterium, nicht den Mumm zu tatkräftiger Aufdringlichkeit zu haben,

»Er ist also zu Geld gekommen. Glauben Sie etwa, er hat Konten geplündert?«

Ich lächelte in mich hinein, froh darüber, dass sie von selbst auf dieses heikle Thema zu sprechen kam, das mir seit dem Vortag im Kopf herumspukte.

»Manipulation von Konten? Geht das denn so problemlos?«

»Eben nicht. Wir alle haben schließlich unsere eindeutigen Benutzerlogins. Und jede Transaktion wird mit diesem Login gekennzeichnet und mit Datum und Uhrzeit versehen. Das wäre aufgefallen, zumal Kurt schon lange nichts mehr mit der Kontenverwaltung der Kunden zu tun hatte.«

»Er vergab Kredite, richtig?«

»Ja. Aber jeder größere Kredit muss abgesegnet werden.«

»Von wem?«

»Von mir zum Beispiel. Bei richtig großen Beträgen auch von Dr. Behrends.«

»Was sind richtig große Beträge?« Ich lächelte sie an. »Sie hantieren täglich mit diesen Zahlen. Und mein Konto ist nicht gerade üppig bestückt. Ich vermute mal, dass der Begriff ,große Beträge‘ bei uns beiden recht unterschiedlich ausgelegt wird. Also: Ab welcher Höhe mussten Kredite über Sie abgesegnet werden und wann zusätzlich durch Dr. Behrends?«

Sie sah mich nachdenklich an. »Reicht es, wenn ich Ihnen sage, dass Kredite im vierstelligen Bereich für mich uninteressant waren und Dr. Behrends erst ab einer Größenordnung von sieben Stellen vor dem Komma mit im Boot sein wollte?«

»Also, über Kleinkredite durfte er selbst entscheiden. Wenn es ums Häuslebauen ging, waren Sie gefragt, und bei Unternehmenskrediten ging das Ganze zusätzlich noch über Dr. Behrends Schreibtisch«, fasste ich zusammen.

»So in etwa. Ausnahmen bestätigen die Regel. Außerdem werden Verhandlungen um richtig große Kredite nicht von den einfachen Angestellten geführt. Da bin ich respektive Dr. Behrends von vorneherein federführend.«

Ich runzelte die Stirn. »Ist der Sachbearbeiter bei solchen Verhandlungen denn mit dabei?«

»Mal ja, mal nein.« Lydia saugte einen großen Schluck des Blauen Engels in sich hinein. »Spätestens, wenn es um den ganzen Formularkram geht, kommt aber immer ein Sachbearbeiter mit ins Spiel.«

»Ein Vorteil, wenn man die Erfolgsleiter hinaufgeklettert ist«, sagte ich süffisant. »Man muss sich um den ganzen Kleinkram nicht mehr kümmern.«

»Jetzt kommen Sie mir bloß nicht mit der Leier.« Sie machte eine wegwerfende Bewegung mit dem Kopf.

Ich sparte mir weitere Kommentare in dieser Richtung.

»Was muss denn ein Sachbearbeiter alles prüfen, um einen Kreditantrag abzuwickeln?«

»Bankauskunft, Sicherheiten, Einkommensnachweise, polizeiliches Führungszeugnis, Wohnsitz ... «, zählte Lydia Herzkamp unter Zuhilfenahme ihrer Finger auf. »Außerdem kommt es noch auf das Alter an. Einem Achtzigjährigen würden wir kaum einen Kredit gewähren, es sei denn, er hätte gewisse Sicherheiten.«

»Ein Eigenheim beispielsweise?«

»Zum Beispiel«, bestätigte sie. »Giorgio, bitte noch mal das Gleiche für uns beide«, rief sie zur Theke hinüber.

»Also bleibt wenig Spielraum für Mauscheleien«, stellte ich fest. »Sie haben mir noch nicht gesagt, auf was Kurt alles zugreifen konnte. Nur dass es aufgefallen wäre, wenn er sich mit seinem Userlogin in Pfründe begeben hätte, die ihn nichts angehen. Wie wäre es denn aufgefallen?«

»Es gibt regelmäßige Sicherheitskontrollen«, sagte Lydia Herzkamp. »Auswertungsroutinen, die die Aktivitäten der Mitarbeiter überprüfen. Außerdem sind die Logins natürlich mit Zugriffsrechten versehen.«

Also ein Rechtesystem und Auswertungen über die Zugriffe, notierte ich mir in Gedanken.

»Demnach wäre es vermutlich nicht aufgefallen, wenn er in seinem eigenen Bereich geschnüffelt hätte. Ich meine, wenn er zum Beispiel in fremde Vorgänge geschaut hätte, ohne was zu verändern?«

»Wenn er nichts ändert, fällt es nicht auf«, bestätigte Lydia Herzkamp.

»Er hatte also theoretisch Einsicht in sämtliche laufenden Kreditvergaben?«, bohrte ich nach.

»Das hatte er.«

Nachdenklich widmete ich mich dem zweiten alkoholfreien Campari Orange. Auch Lydia saugte abwesend an ihrem Plastikhalm. Er war so türkis wie das Getränk in ihrem Glas. Es sah giftig aus.

»Sammeln Sie eigentlich alle Informationen über Ihre Kunden in elektronischer Form?«, fragte ich schließlich. »In Form eines Dokumentenarchivs beispielsweise?«

»Natürlich. Das Zeitalter der Aktenordner ist vorbei. Wir scannen alles ein, Personalausweise, Führungszeugnisse, die Unterschrift des Kunden, einfach alles.«

»Sie haben also über jeden Kunden eine elektronische Akte«, fasste ich zusammen. Mich schauderte bei dieser Vorstellung. Der gute alte Geldstrumpf meiner Großmutter erschien mir plötzlich sehr verlockend.

***

Ich war froh, dass ich vergessen hatte, Bettina den Schlüssel zurückzugeben. Den zu Kurts Wohnung. Denn die wollte ich mir gerne noch mal ansehen. Noch mal die Witterung aufnehmen, eine Nase voll Kurt, ihn wahrnehmen, sofern er sich überhaupt noch wahrnehmen ließ.

Zum zweiten Mal in dieser Woche betrat ich die Räume, in denen Kurt gelebt hatte. Holte mir ein Bier vom Balkon, öffnete es, setzte mich an den Küchentisch und trank direkt aus der Flasche. Einen Toten kann man nicht bestehlen. Ich nahm noch einen großen Schluck. Das tat gut. Verdammt gut. Erst jetzt merkte ich, dass ich den ganzen Tag über viel zu wenig getrunken hatte, von den beiden alkoholfreien Bitter Orange im »Giorgio« mal abgesehen.

Hier also hast du gelebt, Kurt. Geliebt und eine Tochter gezeugt. Die musstest du dann allein großziehen. Bettina, dieses elfenhafte , irgendwie durchscheinende Geschöpf. Du hast sie geliebt, da waren sich alle einig, mit denen ich gesprochen habe. Geliebt, gehätschelt und durch die Schulzeit manövriert. Wie war das, als sie zum ersten Mal ihre Tage bekam? Wie hast du sie sicher durch die Pubertät gebracht und sie dann sogar noch loslassen können? Wie oft hast du nachts wach gelegen und darauf gewartet, dass sie endlich heimkommt? Oder darauf gewartet, dass sie endlich anruft, damit du sie abholen kommst? Weil das so abgemacht war, damit sie sicher nach Hause kommt? So ein zerbrechliches Wesen. Du hast sie bestimmt nicht allein durch die Gegend ziehen lassen. Oder doch? Weil sie dir sonst eine Szene gemacht hätte? *Ich bin doch kein Kind mehr, Paps, also bitte!*

Bettina. Nach wie vor war sie seine Vertraute gewesen, wenn man ihr Glauben schenken durfte. Und trotzdem war sie nicht auf dem Laufenden.

Alleinerziehend. Für viele Frauen war das ganz normal. So stinknormal wie das Amen in der Kirche. Warum also spürte ich so etwas wie Bedauern, wenn ich über Kurts Situation nachdachte? Weil er damit einem Makel ausgesetzt war, dem Makel des Verlassenen? Weil es bei einem Mann eben nicht normal war? Ihn zum Gespött machte im Kollegenkreis? Ihm bei der Karriere im Weg stand? Er musste doch nur das aushalten, was jede zweite Frau aushalten muss. Warum also konnte ich nicht einfach denken, dass es für ihn lediglich höchste Zeit gewesen war, sich von der Rolle des Klassenclowns loszueisen und Verantwortung zu übernehmen?

Doch dieser Vorwurf war ungerecht. Denn Verantwortung hatte er früher auch schon übernommen, der Kurti. Auch in seinen Zeiten als Klassenclown. Wieder dachte ich daran, wie oft er einen von uns rausgehauen hatte, wenn wir Bockmist gebaut hatten.

Mit der Bierpulle in der Hand wanderte ich durch die Räume. Vor dem monströsen Fitness-Allrounder blieb ich stehen. Auch das Gerät sah neu aus. So, als sei es noch nicht allzu oft benutzt worden.

Versuchsweise legte ich mich auf die Bank. Griff mit beiden Händen die Gewichtsstange und versuchte, sie hochzustemmen. Es gelang mir zweimal. Dann gab ich auf. Griff stattdessen nach der Gebrauchsanleitung, die an einer Kordel von der Seitenstange baumelte, und studierte die verschiedenen Übungen, die man machen konnte. Gewichte stemmen – das hatten wir ja schon. Mit den Füßen Gewichte treten. Aha. Sich umgekehrt auf die Bank legen, den Kopf nach unten, die Füße dort oben eingehakt, und Sit-ups machen. Das sollte gesund sein? Ich wagte es zu bezweifeln. Was hat dich bloß dazu veranlasst, dir ein solches Folterinstrument zuzulegen, Kurti? Meinst du, mit einem Waschbrettbauch wärest du gegen die Unbill der Konkurrenz im Berufsleben gefeit? Wärest erfolgreicher? Dynamischer? Aufsteigender? Oder war es wegen der Frau, die du dann ja wohl doch noch gefunden hattest? Der großen Liebe? Wie konnte es die große Liebe sein, wenn sie nach einem straffen Bauch gierte?

Ich ging in den nächsten Raum. Das Schlafzimmer. Wie aus dem Katalog, so neu. Nur die Bettwäsche war verwaschen. Vorsichtig ließ ich mich auf der Bettkante nieder. Die Bettwäsche fühlte sich weich an. Weichspüler, assoziierte ich. War ziemlich umstritten, das Zeug. Ich wippte, und die Matratze gab federnd nach. Nachgiebig und hart zugleich. Wirkte sehr bequem.

Also, Kurt, was weiß ich jetzt von dir? Weiß ich mehr als vor dem Betreten der Wohnung? Sehe ich dich besser, deutlicher?

Neue Möbel hast du dir gekauft. Alles neu. So, als wolltest du dir ein neues Leben aufbauen. Eine Wohnung wolltest du auch kaufen. Aber macht man das nicht umgekehrt? Erst die Wohnung, dann die

Möbel? Ich verstehe das nicht. Nicht das Anliegen, und schon gar nicht die Reihenfolge. Hast du zunächst etwa nicht geglaubt, so viel vom großen Kuchen abzubekommen, dass es für beides reicht? Für neue Möbel und eine neue Wohnung? Hast du dir die Möbel gekauft, weil du hier wohnen bleiben wolltest? Und dann gemerkt, dass du noch viel mehr haben konntest von der Kohle? Welcher Kohle überhaupt? Bist du übermütig geworden? Größenwahnsinnig?

Geld. Immer wieder dieses Geld. Keine Erbschaft. Kein Kredit. Keine Bereicherung an fremden Konten. Woher also stammte dieses verdammte Geld?

Ich wusste es nicht. Was wusste ich dann? Was zum Teufel wusste ich überhaupt von Kurt Türauf?

Noch mal von vorne: Ich wusste, dass er sich um eine athletische Figur bemüht hatte. Um Muskeln und Kraft. War es wirklich wegen irgendwelcher Schönheitsideale? Oder ging es ihm dabei um was anderes? Vielleicht um Wehrhaftigkeit? Um sich besser schützen zu können? Aber wovor? Oder besser noch: Vor wem?

War er deshalb in den letzten Wochen vor seinem Tod verschwunden? Weil auch er Angst gehabt hatte? Angst wie die Frau, die er heiraten wollte?

So viele Fragen und keine einzige Antwort. Frustriert leerte ich die Flasche in meiner Hand und verließ die Wohnung.

Der Mann stand in der Tür zum Hinterhof und sah aus, als hätte er auf mich gewartet. Stand da und sah mich an, einfach so, ohne was zu sagen.

Ich schwieg, völlig verblüfft, und wartete erst mal ab. Denn ich wusste absolut nicht, wie ich mit der Situation umgehen sollte.

»Gut«, sagte er schließlich. »Genug geguckt. Nur eine blöde Laune der Natur.«

Verlegen lächelte ich ihn an. Er hatte recht. Alles an ihm war eine Laune der Natur. Unproportioniert. Die Arme seltsam verkürzt, die Beine ebenfalls sehr kurz geraten, die Füße im Verhältnis dazu wahrhaft riesig. Und wäre da nicht der seltsam quadratisch wirkende, sehr lang geratene Oberkörper gewesen, hätte man ihn kleinwüchsig genannt. Die untere Hälfte des Gesichtes war von grauen, struppigen

Stoppeln bewuchert, die das Stadium eines Dreitagebartes schon ein paar Tage hinter sich gelassen hatten und so aussahen, als würden sie immens kratzen.

»Sie wollen mit mir sprechen?«, fragte ich vorsichtig. »Herr ...«

»Schiller«, sagte er. »Einfach nur Schiller, ganz ohne Herr. So werde ich von allen genannt. Und ich weiß, ich sehe verboten aus.« Seine Stimme war verblüffend schön. Eine richtige Schauspielerstimme, volltönend und viel zu tief für einen solchen Mann.

Am schwierigsten waren die Augen. Sie waren irgendwie nicht parallel, sondern schienen auf verschiedene Dinge ausgerichtet zu sein, sodass man sich entscheiden musste, ob man ins linke oder ins rechte Auge sehen sollte. Außerdem war das eine blau und das andere braun.

»Halt dich einfach an eines von beiden, dann klappt es schon.« Er lächelte mich an. Und dieses Lächeln hatte es in sich. In dem Augenblick wusste ich, dass er so schnell nicht wieder aus meinem Leben verschwinden würde.

»Gut. Schiller also. Was wollen Sie ... willst du von mir?«, griff ich sein Duzen auf.

»Du warst oben bei meinem Freund Kurt in der Wohnung, ich habe dich vorhin am erleuchteten Fenster stehen gesehen.« Auffordernd sah er mich an.

»Ich bin eine alte Freundin von Kurt. Wart ihr befreundet?«

»Wieso wart?«, fragte er überrascht. »Wir sind es. Ich wohne da hinten.« Er deutete vage in Richtung des Hinterhofes. »Stimmt was nicht?«

»Nichts, was sich gut in einem Hausflur besprechen ließe. Können wir zu dir gehen?«

Er musterte mich gründlich, so, als wollte er einschätzen, ob er mich gefahrlos in seine Wohnung lassen könne. »Wir gehen außen rum«, entschied er schließlich, schob sich an mir vorbei und hielt mir auffordernd die Haustür auf.

Er führte mich um den halben Häuserblock zum Dellplatz, wo er in eine offene Toreinfahrt einbog. Ich folgte ihm, vorbei an den obligatorischen grauen, gelben und braunen Tonnen und einem Unterstand für Fahrräder, bis hin zu einem kleinen Hinterhofgebäude, das so aussah, als würde es eine Werkstatt beherbergen.»Wingert«, stand auf dem Klingelschild zu lesen.

»Auf eigene Gefahr.« Schiller schloss die Tür auf und bedeutete mir, stehen zu bleiben. »Warte besser, bis ich das Licht angemacht habe.« Kurz darauf tauchte eine uncharmante Neonbeleuchtung den Raum in gnadenlose Helligkeit.

Eilig trat ich über die Schwelle, um augenblicklich wieder stehen zu bleiben. »Jui!«, entfuhr es mir. »Sagtest du nicht, du wohnst hier?«

»Das tue ich auch«, bestätigte Schiller würdevoll.

Interessiert sah ich mich um. Der gesamte Raum, der vermutlich wirklich mal als Werkstatt gedient hatte, war mit robusten Lagerregalen voll gestellt, die von den Seitenwänden quer in den Raum hineinragten und nur einen schmalen Gang zur Tür am anderen Ende des Raumes frei ließen. Sie waren bis zur Decke angefüllt mit Schubkästen, Kartons und Kisten, die alle sorgsam beschriftet waren.

»Zwischenhändler?« Neugierig betrat ich den Gang zwischen zwei Regalblöcken. In dem Regal zur Rechten waren Werkzeuge gelagert.

»Nein. Kein Gewerbe«, sagte Schiller schlicht.

Ich zählte drei Industriestaubsauger, mindestens sechs Bohrmaschinen, fünf große Wasserwaagen des gleichen Typs aus Metall, noch originalverpackt, vier Handschleifgeräte, zehn sehr große Hammer ... etwa Vorschlaghammer? Ich drehte mich um und sah sechs Plattenspieler neben einem alten Atari, einem Commodore und drei Röhrenmonitoren.

Schiller beobachtete mich schweigend.

»Wozu brauchst du das denn alles?«, fragte ich schließlich staunend. »Wenn du nicht offiziell mit dem Zeug handelst? Oder verkaufst du das auf Flohmärkten? Oder über Ebay? Ich bin nicht von der Gewerbeaufsicht, falls du das befürchtest.«

»Nix da. Ich gehe auf Flohmärkte, um zu kaufen.«

»Aber ...« Ich schüttelte den Kopf. Dazu fiel mir nichts mehr ein.

»Ich sammele einfach gerne«, sagte er. »Es macht mich rasend, wenn die Leute Sachen wegwerfen, die man noch gebrauchen kann.« Er schickte mir wieder dieses unglaubliche Lächeln. »Wenn du einen Plattenspieler brauchst, kannst du dir gerne einen nehmen.«

»Ich habe gar keine Schallplatten mehr«, wehrte ich ab.

Wir betraten einen weiteren Raum, etwas kleiner als der vorherige. Vermutlich ehemals ein Büro. Oder ein Aufenthaltsraum, denn an der Stirnseite befand sich eine schrömmelige Küchenzeile. Ansonsten das gleiche Chaos. Die Inhalte der Regale schienen thematisch geordnet zu sein. Leere Glasaquarien neben mehreren Stapeln von Neonröhren, nach Länge sortiert, mindestens fünf Mikrowellen bei einer Armada von Kaffeemaschinen, Fleischwölfen und flachen Zweiplattenherden. Eine Wendeltreppe in der Ecke des Raumes führte nach oben.

»Nun komm schon«, sagte er ungeduldig. »Gleich wird es wohnlicher. Ich bin schließlich kein Messi.«

Ach so. Ein Sammler also, kein Messi. Woran er diesen feinen Unterschied festmachte, war mir allerdings nicht so recht klar.

Er stieg die Treppe hinauf. Auch hier oben Regal neben Regal, vollgestopft mit Zeugs. Durch eine geöffnete Tür erkannte ich die schemenhaften Umrisse einer Badewanne im Dunkeln.

Wir betraten ein weiteres Zimmer, das in der Tat sehr viel wohnlicher war. An den Wänden Bücherregale, bis unter die Decke hinauf dicht gefüllt mit nichts anderem als Büchern. Ein Regal als Raumteiler, ebenfalls von beiden Seiten mit Büchern bestückt. Hinter dem Regal lugte das Fußende eines breiten Bettes hervor. Davor zwei rote Ohrensessel, einer mit Fußhocker, und ein Schachtisch, auf dem leicht abgegriffene, aber sehr schön geschnitzte Figuren standen. Jugendstil, das ganze Ensemble, tippte ich. Sicher eine Menge wert. Ein kleiner, runder Esstisch und drei ebenfalls rot gepolsterte Stühle befanden sich in der Ecke unter dem Fenster. Dort führte er mich hin.

»Also, was ist mit Kurt?«, fragte er.

»Er ist tot.«

Seine Augen drifteten auseinander.

Ich wartete. Wusste nicht, was ich sagen sollte. Und schon gar nicht, wo ich hingucken sollte.

»Deshalb also ... «, sagte er schließlich erschüttert. Seine Stimme war zittrig. »Ich habe mich schon gewundert, warum er nicht wie üblich zum Schachspielen kam. Ohne abzusagen. So was macht er normalerweise nicht. Ich habe ein paarmal bei ihm geklingelt, aber er hat nicht aufgemacht. Außerdem hat abends nie Licht bei ihm gebrannt. Das kann ich nämlich von hier aus ganz gut sehen.« Er wies zum Fenster.

Mein Blick folgte seiner Hand. ich sah auf die Rückfront von Kurts Haus, in dem einige Fenster hell erleuchtet waren.

»Erst habe ich gedacht, dass er in Urlaub gefahren ist und einfach vergessen hat, mir Bescheid zu geben. Zumindest habe ich das gehofft. Aber er hätte mir eine Karte geschickt. Hat er immer gemacht.«

»Er war also zuverlässig?«

»Ja. Deshalb hatte ich ja auch kein gutes Gefühl. Als ich vorhin das Licht ins seiner Wohnung gesehen habe, bin ich ganz schnell rüber. Einfach hinten über die Mauer, so eilig hatte ich es. Das mache ich sonst nie. Dann hab ich dich im Fenster gesehen. Ich hab noch überlegt, ob ich hochgehen soll, von wegen Damenbesuch und so, aber ich hab Kurts Wohnungstür gehört, die hat dieses ganz spezifische Knarzen, und dann bist du auch schon die Treppe runtergekommen. Wie ist er denn gestorben?«

Ich schluckte. Wusste nicht, wie ich es sagen sollte, und sagte es dann doch.

Sein rechtes Auge fixierte mich fassungslos. Dann drehte er sich weg und sah aus dem Fenster. »Er wusste nur vom Tod, was alle wissen: dass er uns nimmt und in das Stumme stößt.«

Ich horchte dem Klang der Worte nach. »Das ist schön«, sagte ich schließlich leise. »Von wem ist das?«

Schiller drehte sich wieder zu mir und wischte sich mit dem Handrücken über die Augen. »Rainer Maria Rilke«, sagte er, schniefte und zog die Nase hoch. »,Der Tod der Geliebten'.« Sein Blick war trostlos. In seinen Augen schimmerte es feucht.

In meinem Kopf ratterte es los. »Wart ihr ... äh ...«

»Ich wollte damit nicht andeuten, dass wir ein Paar waren«, kam er meiner Frage zuvor. »Er war mein Freund. Lange schon. Nicht mehr und nicht weniger.«

»Und wenn es so wäre, wäre es mir piepegal«, sagte ich schnodderig. Dann lächelte ich. »Jedem Topf sein Deckel, würde Großmutter jetzt sagen.«

Schiller lächelte zurück. »Ja. Aber der Deckel gehörte nicht zu diesem Topf. Die Zeilen sind mir halt grade in den Sinn gekommen.

Ich lese viel. Auch Gedichte. Seit meiner Kindheit schon. Und was ich lese, bleibt hängen.«

Jetzt verstand ich, wie er zu seinem Spitznamen gekommen war.

»Wann hast du Kurt zum letzten Mal gesehen?«, fragte ich, froh, dass er sich wieder gefasst hatte.

»Vor etwas über vier Wochen. Er hat mir geholfen, das Zechenhaus meines Großvaters zu entrümpeln. Alte Bergbaufamilie, schon seit mehreren Generationen. Dass ich diese Tradition gebrochen habe, hat sie alle sehr gekränkt. Egal. Auf jeden Fall hat Kurt kräftig mit angepackt. Es hatte sich eine ganze Menge Zeug angehäuft. Auf ihn war echt Verlass.«

»Ist dir irgendwas aufgefallen an ihm? War er anders als sonst?«

»Schon.« Schiller wischte sich eine Träne aus seinem Augenwinkel. »Ein paar Wochen lang war er ungewöhnlich still. Und beim letzten Mal war er völlig aufgedreht. Ich meine, er hat ja sonst auch viel gequasselt, also bevor er so merkwürdig still wurde. Das letzte Mal war's aber was Besonderes. Er war ganz zappelig, völlig überdreht ...«

»Drogen?«

»Glaube ich nicht. Aber ein Kokser hätte nicht aufgekratzter sein können.«

»Hat er gesagt, warum?«

Schiller schüttelte den Kopf. »Wo schnöder Mammon schäbig hoch sein Haupt erstreckt, da lassen hohe Herren gierig ihre Beutel klingeln.«

»Du meinst, es ging um Geld?«

»Geht es nicht immer um das leidige Geld? Er sagte nur, er wäre einer heißen Sache auf der Spur, die er jetzt zum Abschluss bringen würde.«

»Nichts Konkretes?«

»Nein. Nur, dass er *die* nicht ungeschoren davonkommen lassen wollte. Und dabei hat er diese Geste gemacht.« Schiller streckte mir die Hand entgegen und rieb Daumen und Mittelfinger gegeneinander. Die klassische Geste für Zaster. Penunzen. Kohle.

»Aha. Verstehe. Und wen meinte er mit ‚die‘?«

»Ich weiß es nicht. Ich glaube aber, dass es mit seinem Chef zusammenhing. Auf den war er gar nicht gut zu sprechen. Hat ihn oft ein geldgeiles altes Arschloch genannt.«

»Hm. Hat er dir erzählt, dass er heiraten wollte?«

»Nicht direkt. Ich wusste aber, dass da seit einer Weile eine Frau im Spiel war. Nicht die übliche Schwärmerei, sondern was Festes.«

»Woher wusstest du das?«

»Er hat es mir erzählt.« Schiller lächelte traurig. »Und die Art, wie er es erzählt hat, war meilenweit von dem üblichen Chaos in seinem Liebesleben entfernt. Er sagte, dass sie ihn liebt und bei ihm einziehen will. Und dass er sie beschützen würde.«

»Bei ihm einziehen? Also in seine Wohnung, nicht zusammen in eine neue?«, erkundigte ich mich.

»Sie wollte bei ihm einziehen. Zumindest ist das mein letzter Stand. Der ist allerdings schon einige Wochen alt.«

Deswegen also die neuen Möbel. »Aber kennengelernt hast du sie nicht?«

»Nein. Wir haben auch nie viel über solche Sachen gesprochen. Uns tat es einfach gut, Schach miteinander zu spielen, ein paar Bierchen zu zischen und Musik zu hören. Ich gehe nicht sehr häufig unter Menschen, also, privat, meine ich.«

Ich nickte und blicke in sein linkes Auge, während das rechte beiseite glitt und sich meinem Blick entzog.

»Ich bin traurig«, sagte Schiller. Erneut wischte er sich eine Träne aus dem Augenwinkel. »Sehr traurig. Wer spielt nun Schach mit mir?«

»Wie wäre es mit mir? Ich habe früher immer mit meinem Vater gespielt. Ich arbeite hier in Duisburg, da kann ich abends ab und an gut mal vorbeikommen.« Ich war selbst überrascht, dass ich das vorschlug. Aber irgendetwas an Schiller hatte mich angerührt. Er interessierte mich, dieser seltsame Mann mit dem völlig verqueren Aussehen, und ich hatte das dringende Bedürfnis, seine Trauer ein wenig zu lindern.

***

Bettina trug schwarz. Es stand ihr nicht, ließ sie älter wirken, als sie tatsächlich war. Sie schien noch dünner als bei unserer letzten Begegnung. Bläuliche Schatten unter ihren Augen zeugten davon, dass sie nicht viel geschlafen hatte in letzter Zeit. Oder sie hatte viel geweint. Oder beides. Die blonden Locken waren hochgesteckt. Mit ihrer durchscheinend hellen Haut erinnerte sie an eine Porzellanpuppe. Oder an eine Geisha. Nur dass die im Regelfall nicht blond waren, sondern dunkel, die Geishas.

»Ich bringe dir den Wohnungsschlüssel wieder«, begann ich behutsam. »Außerdem wollte ich dich fragen, ob dir vielleicht noch was eingefallen ist?«

Sie schüttelte stumm den Kopf. »Ich grübele dauernd darüber nach«, sagte sie schließlich leise. »Aber mir fällt nichts ein.«

»Kennst du einen gewissen Schiller?«

»Den alten Messi? Ach je, den habe ich ja total vergessen!« Bettina wirkte erschüttert. »Ich habe eine Liste für die Beerdigung gemacht, eine Liste von Leuten, die informiert werden mussten, damit sie von meinem Vater Abschied nehmen konnten. Dabei habe ich gemerkt, dass ich eigentlich gar nicht so viel über ihn weiß, wie ich dachte.«

»Wie meinst du das?«

»Naja, ich sah in sein Adressbuch. Da stand nicht viel drin. Weniger als bei mir. Erschreckend wenig irgendwie.« Sie sah mich traurig an. »Da waren Gerda und Ines und Volker und Barbara und Matthes, die alten Adressen durchgestrichen, aber keine neuen eingetragen. Nur bei Barbara stand eine neue Adresse. Dann ein paar Telefonnummern, viele davon schon wieder durchgestrichen. Außerdem die Telefonnummern von irgendwelchen Frauen. Gerlinde, Sonja, Hedwig ... Aber da konnte ich doch nicht einfach anrufen und fragen, ob sie zu seiner Beerdigung kommen wollen.«

Sie lächelte gequält. »Ich meine, er schien einsam gewesen zu sein. Das ist mir früher nie aufgefallen. War er etwa wegen mir so einsam?« Ihre Augen füllten sich mit Tränen.

»Bestimmt nicht«, beeilte ich mich zu sagen. »Er hat dich geliebt. Aber du wirkst selbst etwas einsam. Hast du jemanden, der dich etwas ablenken kann? Der sich um dich kümmert?«

Sie schniefte. »Ich komm schon klar. Ich habe ein paar gute Freundinnen, da kann ich immer hin. Mein Freund ist momentan leider beruflich unterwegs. Der kann da jetzt nicht weg.«

»Was macht er denn?«

»Er arbeitet auf einem Forschungsschiff. Meeresbiologie«, sagte sie mit leisem Stolz in der Stimme. »Er war so froh, als er die Stelle dort bekommen hat. Er will noch seinen Doktor machen. Auf jeden Fall kann er da zurzeit nicht weg. Nur mit dem Hubschrauber, aber das wäre viel zu teuer.«

»Zurück zu Schiller«, sagte ich, um sie abzulenken. »Hast du ihn mal kennengelernt?«

»Nicht persönlich. Paps hat einige Male von ihm erzählt. Er hat gesagt, wenn ich mal jemanden suchen würde für eine Haushaltsentrümpelung oder so, dann wäre Schiller der richtige Mann. So was würde er machen, zu einem guten Preis.«

Da hatte Schiller wohl sein Hobby zum Beruf gemacht »Ich habe mit ihm geredet. Er sagte, dass dein Vater irgendeiner großen Sache auf der Spur gewesen sei, und dass vermutlich sein Chef darin verwickelt war.«

»Der Behrends? Davon weiß ich nichts«, sagte sie. »Ich weiß nur, dass Paps ihn nicht ausstehen konnte. Und dass sich das in letzter Zeit noch einmal richtig gesteigert hat, diese Aversion. Aber warum, weiß ich nicht.«

»Wann hat er sich eigentlich die Wohnung neu eingerichtet? Es sieht so aus, als habe er alles komplett neu gekauft.«

»Ja, das stimmt. Das war vor etwa drei Monaten. Ich war ganz schön geschockt, als ich ihn besucht habe. Ich meine ...« Sie strich mit dem Finger gedankenverloren über den Ärmel ihrer schwarzen Bluse. »Er hätte doch wenigstens fragen können, ob ich davon was behalten möchte«, sagte sie schließlich. »Ich war ziemlich sauer auf ihn. Schließlich bin ich mit den Sachen aufgewachsen.«

»Und was hat er dazu gesagt?«

»Er sagte, dass er sich verflixt noch mal nach einem halben Leben neu einrichten dürfe, ohne seine Tochter um Erlaubnis fragen zu müssen. Er wurde richtig fuchtig.«

»Hast du nicht gefragt, warum er das überhaupt wollte? Ich meine, es ist doch ungewöhnlich, sich gleich von allem auf einmal zu verabschieden, oder?«

Bettina sah mich hilflos an. »So habe ich das noch gar nicht gesehen«, gestand sie dann. »Ich fand nur, dass er zu viel Geld ausgegeben hat. Das hat mir Sorgen gemacht. Und ich fand, dass er mich wenigstens hätte fragen sollen, ob ich von den Sachen noch was gebrauchen kann. Und sei es nur zur Erinnerung.«

Ich nahm das erst mal so hin, obwohl es mich wunderte, dass Bettina nicht nach dem Grund gefragt hatte. Aber vielleicht fehlte es ihr noch an Lebenserfahrung, hielt ich ihr zugute. Ihr großäugiges Bambigehabe fing jedoch an, mir auf den Keks zu gehen. Es grenzte hart an Blauäugigkeit oder aber zeugte von einer ziemlichen Egozentrik. Der Egozentrik der Jugend. Nichts sehen, nichts hören ... nichts jedenfalls, was über den eigenen Tellerrand hinausging.

»Vielleicht hat er dir deshalb nichts von seinem Wohnungskauf erzählt«, sagte ich spöttisch. »Weil du ja schon wegen der Möbel so ein Theater gemacht hast.«

»Ich habe kein Theater gemacht.« Der Blick, den sie mir zuwarf, war weidwund. »Ich war einfach nur verletzt.«

Ich hatte keine Lust mehr auf weitere Rehblicke, auf Elfen und Porzellanteint. »Und Irina? Sagt dir der Name Irina etwas?«

»Nein. Wer soll das sein?«

»Das ist die Frau, mit der er in die neue Wohnung einziehen wollte. Er wollte sie heiraten«, sagte ich grob.

»Ja, aber ... Das hätte er mir doch erzählt!«

»Bist du dir da so sicher? Er scheint eine Menge Geheimnisse gehabt zu haben, von denen du nichts weißt. Aber vielleicht warst du auch zu sehr mit dir selbst beschäftigt?«

»Das ist nicht fair«, stammelte sie.

Ich hatte sie verletzt. Wollte ich ja auch, gestand ich mir ein. Den Ritter weckte sie nicht in mir. Aber sie hatte recht. Fair war es nicht.

»Das ist doch normal in deinem Alter.« Ich versuchte, meiner Stimme einen versöhnlichen Klang zu geben. »Dass man sehr mit sich selbst beschäftigt ist. Und viele Erwachsene legen das nie ab.«

Sie brauchte einen Moment, um das zu verdauen.

»Das mit der Wohnung kann ich wirklich nicht glauben«, sagte sie schließlich. »Er war doch immer so knapp bei Kasse.«

»Er wollte sie sogar bar bezahlen«, sagte ich sanft.

»Was?« Diese Information schockte sie nun wirklich. »Das ist doch Unsinn!«

»Nein. Ist es nicht. Er ist nur nicht beim Notartermin erschienen, weil er da schon tot war. Ich habe mit der Maklerin geredet. Bei dem Objekt handelte es sich um eine Wohnung am Duisburger Innenhafen.« Ich ließ ihr Zeit, auch diese Information zu verdauen.

»Bar bezahlen… aber… er … woher hat er denn um Himmels willen das Geld gehabt?«

Das genau war die Frage.

»Mal angenommen«, begann ich leise, »rein hypothetisch natürlich, dein Vater wusste etwas über diesen Dr. Behrends und hat ihn erpresst.«

»Aber doch nicht Paps!«

»Warum nicht? Er war der ewige Verlierer. Das hast du selbst gesagt. Vielleicht wollte er auch mal gewinnen.«

»Und du meinst, dass er dabei zu weit gegangen ist?«

»Vielleicht. Wie gesagt, nur eine Vermutung.«

Sie sah mich mit ihren riesigen Augen an und drehte sich dann zum Fenster. »Wenn das stimmt, ist er vielleicht untergetaucht vor seinem Tod und hat sich deshalb nicht bei mir gemeldet.«

»Ja, daran habe ich auch schon gedacht«, stimmte ich zu, »Denn niemand scheint zu wissen, wo er in den letzten Wochen vor seinem Tod gesteckt hat. Du nicht, sein Freund Schiller nicht, die alte Clique nicht, und auch nicht die Kollegen von der Arbeit. Hast du vielleicht eine Idee, wo er sich versteckt haben könnte – falls er das wirklich wollte?«

Sie hob verneinend die Schultern und ließ sie wieder fallen. Eine Weile betrachtete ich ihren schmalen Rücken und wartete, ob sie noch etwas sagen würde. Aber es kam nichts mehr.

»Schade.« Ich seufzte. Gerade wollte ich meinen Rucksack greifen und gehen, als sie sich räusperte.

»Vielleicht ist er ja in Onkel Gerhards Jagdhütte gewesen«, sagte sie nachdenklich.

»Onkel Gerhard?«, fragte ich.

Bettina drehte sich wieder zu mir um. Sie hatte sich gefasst. »Onkel Gerhard ist eigentlich kein Onkel von mir«, erklärte sie. »Ein Cousin zweiten Grades von meinem Vater, irgendwie so was. Er ist erheblich älter als Paps. Und er hat eine Jagdhütte. Als ich noch klein war, sind wir manchmal für ein Wochenende dorthin gefahren. Die Hütte liegt mitten im Wald, oben auf einem Berg. Morgens haben die Rehe vor der Hütte gestanden. Ich fand das total klasse. Durfte dort am Bach spielen und allein im Wald umherstreifen. Hier in der Stadt hat er mich nie so allein gehen lassen. Später, als ich älter wurde, haben wir das nicht mehr gemacht. Diese Wochenenden dort, meine ich. Paps fand die Hütte nur noch unpraktisch und sehr karg.«

»Und wieso meinst du dann, dass er dort war?«

Bettina zuckte erneut mit den Schultern. »Das ist nur so eine Idee. Denn was eignet sich besser zum Untertauchen als eine Hütte mitten im Wald?«

Da war was dran. »Wo liegt denn diese Hütte?«

»Irgendwo im Märchenwald gaaaanz hoch oben.« Bettinas Stimme klang plötzlich anders. Seltsam hoch. Eine Kleinmädchenstimme. »Die Hütte wird bewacht vom Adalbert. Der Adalbert, das ist ein guuuuter Geist, der im Körper eines weißen Hirschs wohnt.« Sie lächelte süß.

»Adalbert?« Befremdet sah ich sie an. Dieses Kleinmädchengehabe hatte etwas seltsam Irritierendes an sich.

Sie schien meine Reaktion zu bemerken, denn sie fuhr mit normaler Stimme fort. »Über der Tür der Hütte hing ein ausgestopfter Hirschkopf. Ein weißer Hirsch. Ich fand das ziemlich gruselig, denn den Kopf musste man abnehmen, um in die Hütte hineinzukommen. Hinter der Platte, auf der der Kopf befestigt war, war ein Brett lose: Dahinter war der Schlüssel versteckt. Und weil ich mich vor dem Hirschkopf so fürchtete, hat Paps für mich das Märchen vom guten Geist Adalbert erfunden.«

»Ach so. Und wo liegt nun diese Hütte?«

»Tut mir leid, ich weiß nicht, wo die liegt. Da müsstest du schon Onkel Gerhard fragen. Ich weiß nur, dass wir freitags nach der Schule losgefahren sind und sonntagabends wieder zurück. Die letzten Kilometer ging es über einen holprigen Weg mitten durch den

Märchenwald. Da wusste ich immer, dass wir bald ankommen würden.«

»Wie kann man diesen Gerhard erreichen? Kannst du ihn anrufen?« Sie schüttelte den Kopf. »Ich habe weder seine Adresse noch seine Telefonnummer. Ich weiß nur, dass er krank ist und in einem betreuten Wohnen lebt. Irgendwo Richtung Düsseldorf, glaube ich.«

»Hast du ihn dort nie besucht?«

»Nein. Ich hatte keinen besonders guten Draht zu ihm.« Sie schickte mir ein zaghaftes Lächeln. »Er ging mir einfach gewaltig auf die Nerven mit seinem Jagd- und Waffentick. War früher bei der Armee und hat immer wieder davon erzählt. Das war echt nicht zum Aushalten. Aber Paps hat ihn ab und an dort besucht. Er hat ihm auch geholfen, seine Wohnung aufzulösen.«

»Weißt du wenigstens seinen Nachnamen?« Ich war enttäuscht, denn der Gedanke, den Bettina da gerade entwickelt hatte, klang wirklich vielversprechend.

»Schröder«, kam es wie aus der Pistole geschossen. »Wie der Bundeskanzler«, schnarrte sie.

»Gerhard Schröder? Echt?« Ich musste lachen.

Bettina stimmte in das Lachen ein. Dann schlug sie sich die Hand vor den Mund und wurde augenblicklich wieder ernst. »Der zweite, dem ich keine Trauerkarte geschickt habe. Er stand nicht in Paps Adressbuch, deshalb habe ich auch nicht an ihn gedacht. Vermutlich weiß er noch gar nichts vom Tod meines Vaters, sonst hätte er sich ja bei mir gemeldet, oder?«

Naiv, dachte ich, als ich ging. Erschreckend naiv, das ist sie.

***

Als ich nach Hause kam, stand Max' Wagen vor dem Haus. Aber er schien schon zu schlafen, denn als ich bei ihm anklopfte, rührte sich nichts. Ich schloss seine Wohnungstür auf und merkte, dass bereits alles dunkel bei ihm war. Leises Schuldbewusstsein machte sich in mir breit, während ich die Tür behutsam wieder schloss und in meine eigene Wohnung ging. Denn er hatte bei seiner Rückkehr nur einen Zettel mit einer kurzen Nachricht auf seinem Küchentisch vorgefunden: *Bitte Katzen füttern, bei mir wird es später ... Toni.* Zu mehr hatte es nicht gereicht, und das, obwohl wir uns mehrere Tage nicht gesehen hatten. Dass es *so* spät werden würde, hatte ich allerdings nicht erwartet. Aber angerufen hatte ich auch nicht. Nicht mal eine SMS hatte ich geschickt.

Auf meinem Stehtisch lag ein Zettel. *Lieferung von Schleys steht auf der Terrasse, sollen Gartenmöbel sein. Ich hoffe, es war richtig, dass ich das angenommen habe. Schlaf gut, Max.*

Die Möbel? Stimmt ja. Heute war Donnerstag. So ein Mist. Das hatte ich komplett vergessen. Ich fluchte leise. Gut, dass Max die Lieferung entgegengenommen hatte. Er musste früh zu Hause gewesen sein. Armer Kerl. Kaum angekommen, musste er auch schon schwere Kartons schleppen.

Donnerstag? Dann würden morgen Abend Bea und Schütte zum Essen kommen. Auch nichts, worauf Max sich ernsthaft freuen dürfte nach der langen Arbeitswoche außer Haus. Würde ich unter den Umständen auch nicht, gestand ich mir ein. Schon gar nicht, wenn ich Sonntag schon wieder losmüsste, so wie er. Aber ich hatte Urlaub. Und ein bisschen nett wollte ich es mir da schon machen. Leiser Trotz machte sich in mir breit. Außerdem musste er ja nicht dabei sein, wenn er keine Lust dazu hatte! Zwei Wohnungen waren doch ungemein praktisch. Zum Trotz gesellte sich eine Prise Frustration. Plötzlich war ich nur noch traurig.

SIEBEN

»Ich hab was zu tun für dich«, informierte ich Volker knapp. »Kannst du rauskriegen, in welchem Altenheim ein gewisser Gerhard Schröder wohnt?«

»Machst du Witze?«, fragte er prompt.

»Nein.« Ich lachte in mich hinein, erfreut darüber, wie vorhersehbar manche Reaktionen doch sind. »Ich war gestern noch mal bei Bettina«, schob ich nach und erzählte ihm von meinem Besuch bei ihr. Von ihrer Vermutung, dass Kurt in Onkel Gerhards Jagdhütte untergekrochen sein könnte. Und davon, dass Bettina nicht wusste, wo genau die sich befand.

»Sag mal, weißt du, wie viele Altenheime es in Deutschland gibt?«, fragte Volker entsetzt.

»Eigentlich nicht. Laut Bettina soll es aber eines in Richtung Düsseldorf sein.«

»Tja dann«, sagte Volker sarkastisch. »Trotzdem. Wie stellst du dir das vor?«

»Anrufen und fragen, ob Gerhard Schröder dort wohnt.« Ich grinste.

»Die halten mich doch für bekloppt!«

»Genau. Wenn sie dich aber nicht für bekloppt halten, weißt du, dass du richtig bist.«

»Und was machst du derweil?«

»Ich koche.«

»Aber jetzt machst du Witze!«

»Du könntest dir ruhig mal ein breiteres sprachliches Repertoire zulegen, so als Journalist«, sagte ich spöttisch. »Ich habe meine Kripo-Freunde Bea und Schütte für heute Abend zum Essen eingeladen. Eine gute Gelegenheit, um Bea noch mal beiläufig auf den Zahn zu fühlen, findest du nicht?«

Volker sagte nichts. Er schien zu warten. Vielleicht darauf, dass ich ihn ebenfalls einladen würde? Für einen flüchtigen Moment liebäugelte ich mit dem Gedanken. Dann verwarf ich ihn wieder. Bea, Schütte, eventuell Max, und dann Volker. In meiner Wohnung. Das war mir irgendwie zu intim.

»Okay«, sagte Volker schließlich. Ich hörte leise Resignation in seiner Stimme. »Dann hänge ich mich mal ans Telefon. Gutes Gelingen.«

***

Es war das erste Mal, dass ich Bea und Schütte so aufwändig bei mir zu Hause bewirtete. Sie kannten meine alte Wohnung, wir waren auch ab und an mal zusammen essen gegangen, und bei Bea hatten wir manchmal nach einem gemeinsamen Spaziergang eine Kaffee-Kuchen-Schlacht veranstaltet, die sogar einmal mit einigen Gläsern Wein endete. Aber in meine neue Wohnung, die so neu nun auch nicht mehr war, hatte ich die beiden noch nie eingeladen. Höchste Zeit also, das nachzuholen.

Es gab Lachscarpaccio auf Feldsalat, ein Kartoffel-Kresse-Süppchen mit angebratenen Krabben, und die gefüllte Kalbsbrust, wie versprochen. Für das Fleisch war ich extra zu dem Biometzger Burchhard auf der Rellinghauser gefahren. Auch bei den Weinen ließ ich mich nicht lumpen. Der kräftige Weißburgunder mit der leichten Honignote passte hervorragend zu der Kalbsbrust und dem Rübchengemüse. Alles in Allem hatte ich mich mal wieder selbst übertroffen.

»Keinen Bissen mehr«, stöhnte Schütte schließlich. Er sah unglaublich zufrieden aus dabei.

»Mousse au Chocolat«, lockte ich. »Muss ja nicht sofort sein.«

Wider Erwarten hatte Max sich nicht nur anstandslos dazugesellt, sondern er schien geradezu froh über die Gäste zu sein. Der Abend wurde feuchtfröhlich, was viel mit dem Alkohol zu tun hatte, aber nicht nur. Max erzählte lustige Geschichten aus seinem Leben als Hacker, Bea und Schütte trumpften mit skurrilen Einsätzen aus ihrem Polizeialltag auf, und wir hatten so viel zu lachen, dass ich völlig vergaß, das Gespräch auf das Thema Kurt zu lenken.

Es war Bea, die die Sache schließlich ansprach. Das heißt, von ordentlichem Sprechen konnte eigentlich keine Rede mehr sein. Zumindest hatte die Artikulation schwer nachgelassen. Das war vermutlich bei uns allen der Fall, aber Bea hatte es eindeutig am schlimmsten erwischt. So hatte ich sie noch nicht erlebt.

»Also, was willst du wissen?«, fragte sie mit schwerer Zunge. Dabei hielt sie den Kopf betont schräg – eine Anspielung auf mich, ich erkannte es genau – und blinzelte mich schelmisch durch die runden Brillengläser hindurch an. »Du warst jetzt den ganzen Abend wirklich brav«, versicherte sie mir. »Aber so ein gutes Essen will ja auch bezahlt werden. Was also willst du wissen?«

»Bea, du bist betrunken«, warf Schütte ein.

»Klar bin ich das«, gab sie zu. »Wie wir alle hier im Raum. Bis auf die Katzen natürlich. Der Schwarze ist zu dick«, verkündete sie und wies anklagend mit dem Finger auf den Kater. »Und er steht schon wieder an seinem Napf. Habe ich schon gesagt, dass er zu dick ist?«

»Mehrfach«, sagten Schütte und Max unisono.

Ich lachte. »Mehrfach«, bestätigte auch ich.

»Na los. Komm schon.« Bea ließ nicht locker. »Du willst doch was von mir wissen. Wegen dem Tür ...« Sie hickste. »Dem Tür ...«

»Türauf meinst du«, half ich ihr weiter.

»Genau. Sag ich doch.«

»Hast du Espresso?«, fragte Schütte. »Das hilft bei ihr.«

»Nein, ich will keinen Espresso. Ich will Wein«, protestierte Bea. »Den guten Wein soll man doch nicht mit Kaffee verdünnen.«

»Gute Idee, Schütte. Ich könnte jetzt auch gut einen vertragen. Und du kannst dann ja wieder mit Wein auffüllen, Bea.« Ich machte mich an die Arbeit. Stieg auf den Stuhl und holte das italienische Kännchen vom oberen Schrankbrett ganz hinten, wo die Sachen standen, die ich nur selten brauche. Füllte Wasser in den Bauch aus Aluminium, häufte Espressopulver in den Siebeinsatz in der Mitte der Kanne und schraubte den oberen Teil auf. Setzte die Kanne auf die kleine Herdplatte und schaltete sie ein.

»Also los, nun frag schon endlich«, röhrte Bea hinter mir. »So ein Angebot bekommst du nie wieder von mir.« Sie brach in ein hexenhaftes Kichern aus.

»Das nehme ich gerne an, wenn du nüchtern bist«, sagte ich lachend und drehte mich wieder zum Tisch zurück. »Ich nutze doch keine hilflosen Menschen aus.«

»Das ist gemein«, beschwerte sie sich. Ihr Kopf wackelte bedenklich.

»Schütte, hilf mir mal schnell, sie zum Sofa zu bugsieren«, rief Max. »Die kippt uns hier gleich vom Barhocker.«

Wo er recht hatte, hatte er recht. Ich sah, dass Bea schwankte und sich an meinem Stehtisch festklammerte, und griff ihr schnell unter den Ellenbogen. Da half wohl auch kein Espresso mehr.

Eine halbe Stunde später hievten wir Bea ins wartende Taxi. Sie wehrte sich, forderte Wein als Wegzehrung und kicherte die ganze Zeit über wie ein Schulmädchen.

»So habe ich sie echt noch nie erlebt«, sagte Schütte staunend, als er sich von uns verabschiedete. »Das letzte Glas muss wohl schlecht gewesen sein.«

Fröhlich winkten wir dem Taxi hinterher.

»Absacker!«, verlangte Max.

Wir ließen meine Küche Küche sein, tranken noch ein Glas auf der Couch und fielen schließlich ins Bett, wo wir eng aneinandergeschmiegt einschliefen.

***

Wir nahmen gerade ein spätes Frühstück zu uns, als mein Handy klingelte. Ich ließ es läuten. Telefonieren wollte ich jetzt nicht. Ich brauchte erst noch mehr Kaffee. Und noch ein Brötchen. Und Aspirin. Am besten zwei. Wenn es mir schon so geht, wird sich Bea mehr als bescheiden fühlen, dachte ich. Und lachte, weil ich es lustig fand.

Nicht, weil Bea so betrunken gewesen war, sondern weil der Abend insgesamt mir verdammt gutgetan hatte, und Max ebenfalls.

»Die Sünden wiegen schwer, doch begehen kann man nie genug ...« Ich massierte mir die pochenden Schläfen.

»... egal, wer oben liegt«, beendete Max das Zitat aus dem Song von Element of Crime. »Apropos.« Er grinste mich mit jungenhaftem Charme an. »Noch ein bisschen kuscheln?«

Mittags hörte ich die Mailbox ab. Und staunte nicht schlecht, als ich hörte, wer der Anrufer vom Vormittag gewesen war.

»Ich muss noch mal weg, es ist wichtig«, informierte ich Max, der bereits wieder an seinem Schreibtisch saß. »Es geht um Kurt. Du bist ja sowieso schon wieder am arbeiten.«

»Es tut mir leid«, sagte Max resigniert. »Aber ich muss wirklich ...«

»... für morgen was fertig machen, bevor du dann wieder in den Norden entschwindest«, beendete ich den Satz. »Ich weiß noch nicht, wie lange es dauert.« Ich drückte ihm einen Kuss in den Nacken und ging wieder zurück in meine Wohnung.

Ich nahm das Telefon und wählte.

»Hol mich ab«, fiel ich mit der Tür ins Haus, als ich Volker an der Strippe hatte. »Ich bin noch nicht fahrtüchtig.«

»Dein Wunsch ist mir Befehl!« Sein Tonfall triefte vor Ironie. Eine Dreiviertelstunde später war er da.

»Oha«, sagte er, als ich zu ihm in den Wagen stieg. »Scheint eine lange, fröhliche Nacht gewesen zu sein.«

»Und ich habe es noch ganz gut getroffen, glaube ich. Ich möchte nicht wissen, wie es unserer Kommissarin heute früh ergangen ist. Und jetzt fahr los.«

»Dein Wunsch ist mir ...«

»Befehl!«, schnitt ich ihm das Wort ab. »Du wiederholst dich.«

***

Irina Kruzsca hatte breite, slawische Backenknochen, dunkle, mandelförmige Augen und üppige Lippen. Einen kräftigen Knochenbau, wie ihn Landarbeiterinnen häufig haben. Sie war nicht mehr ganz jung. Eine Frau in den besten Jahren. Sie wäre sicherlich schön gewesen, zumindest sehr hübsch. Eine lange Wunde zog sich jedoch quer über ihre rechte Backe. Es sah so aus, als sei der Schnitt noch frisch und, wenn überhaupt, dann nur sehr schlampig genäht worden, denn die Wundränder waren entzündet und aufgeworfen, und von den Stichen war so gut wie nichts mehr zu sehen.

»Du liebe Güte!«, entrutschte es mir. »Wer hat Ihnen das denn angetan?«

Sie fuhr mit der Hand zu ihrem Gesicht und bedeckte die Narbe. »Es ist nichts«, wehrte sie ab.

»Nichts sieht anders aus«, sagte Volker trocken.

»Es ist nicht wichtig. Wirklich nicht.«

»Sie kannten Kurt«, wechselte ich das Thema. »Sonst hätten Sie sich nicht doch noch bei mir gemeldet. Wie haben Sie ihn kennengelernt?«

»Ich wurde von der Ruhrcity-Bank öfter mal mit Übersetzungsarbeiten beauftragt«, begann sie. »Und dann auch zum Dolmetschen zu Kundengesprächen hinzugezogen. Russisch. Ich komme aus der Ukraine. Zurzeit ist Russisch sehr gefragt. Ebenso wie Chinesisch.«

»Sie sprechen sehr gut Deutsch. Seit wann sind Sie hier?«, mischte sich Volker wieder ein.

Sie lächelte flüchtig. »Ich bin vor drei Jahren nach Deutschland gekommen. Deutsch konnte ich aber schon vorher sehr gut. Ich habe nach dem Studium ein paar Jahre lang in der DDR gearbeitet.«

Ich versuchte, ihr Alter zu schätzen. Nach dem Studium ein paar Jahre DDR? Sie musste die Vierzig weit überschritten haben. So wie ich.

»Also Übersetzungsarbeiten für die Ruhrcity-Bank«, griff ich den Faden wieder auf. »Und da haben Sie dann Kurt kennengelernt?«

»Ja, das habe ich.« Sie lächelte. »Es ging um eine Vertragsübersetzung, lauter juristische Klauseln. Europäisches Recht und deutsches Recht. Die hat er in Auftrag gegeben.«

»Hm«, stimmte ich zu und fragte mich, was sie uns eigentlich erzählen wollte. Schweigend betrachtete ich sie.

»Und dann?«, fragte Volker. »Was ist dann passiert?«

Sie zögerte, doch schließlich gab sie sich einen Ruck. »Ein paar Papiere hat Kurt sich von mir unter der Hand übersetzen lassen. Das war, als wir uns auch schon privat trafen.«

»Ja?«

»Es handelte sich um Korrespondenzen mit einer russischen Firma. Also, zumindest die Sprache war russisch«, korrigierte sie sich. »Auf jeden Fall keine Arbeit von uns. Ein anderes Übersetzungsbüro, Sie verstehen?«

»Und Kurt wollte wissen, was in diesen Korrespondenzen stand.«

»Genau. Sie waren von seinem Chef unterzeichnet.«

»Von Behrends?«

»Ja, von Dr. Behrends.«

Ich runzelte die Stirn. »Kam es öfter vor, dass Behrends auf ein anderes Übersetzungsbüro zurückgriff?«

»Nein. Zumindest war das Kurt nicht bekannt. Deshalb ist er ja auch misstrauisch geworden.«

»Und worum ging es in diesen Korrespondenzen?«

»Um Firmengründungen und um Kredite. Um Subventionen. Und um stille Teilhaberschaften.«

Ich runzelte wieder die Stirn. Subventionen und stille Teilhaberschaften bei Firmengründungen. Das sagte mir wenig.»Können Sie sich noch an die Namen dieser Firmen erinnern?«, fragte Volker ruhig. »Also an die Namen, um die es bei den Firmengründungen ging?«

»Eine Firma in Lettland, Riga, wenn ich mich richtig erinnere.« Irina zuckte mit den Schultern. »Irgendeine Investmentfirma, glaube ich.«

»Und weiter?«

»Eine Firma in Holland. Venlo war das. Davon habe ich aber wirklich nichts mehr behalten.«

»Schade«, sagte Volker.

Ich hatte Irina beobachtet, während sie sprach. Und hatte den Eindruck, dass sie jetzt mauerte.

»Und was sagte Kurt dazu?«, wollte ich wissen.

»Er sagte, er sei einer ziemlichen Sauerei auf der Spur. Es ginge um sehr viel Geld.«

»Aber er hat nicht genau gesagt, was los war?«

»Nein. Vor zwei Monaten wurde er plötzlich so komisch. Er sprach von Heirat und davon, dass er uns ein schönes Zuhause kaufen würde. Woher hast du denn so viel Geld?, habe ich ihn gefragt.«

»Und? Hat er es erklärt?«

In ihren Augen schimmerte es feucht. »Er wollte nicht. Er hat gesagt, es sei besser für mich, wenn ich nicht zu viel wüsste. Und dann hat er mir diese wunderbare Wohnung gezeigt«, sagte sie leise.

»Die am Innenhafen, ja?«

Sie wischte sich eine Träne aus dem Augenwinkel. »Der dumme Kerl. Woher er das ganze Geld hatte, wollte ich wissen. Aber er wollte mir immer noch nichts verraten. Und jetzt ist er tot.«

»Und Sie haben eine frische Narbe im Gesicht. Sie sollten damit zu einem Arzt gehen. Was ist passiert?«

Irinas Finger tasteten über den roten, aufgeworfenen Wulst auf ihrer Wange. Dann schüttelte sie ablehnend den Kopf.

»Wir würden Ihnen gerne helfen.« Volker sah sie eindringlich an. »Aber das können wir nur, wenn wir wissen, was passiert ist.«

»Nicht der Rede wert«, sagte sie wieder und sah weg. Ihre Stimme klang schroff. Schroff wie der Schorf auf ihrer Wange.

Volker warf mir einen ratlosen Blick zu. Ich zuckte mit den Schultern.

»Haben Sie die Übersetzungen noch?«, fragte Volker schließlich.

Sie stand auf und sah aus dem Fenster. Betastete den wulstigen Schnitt in ihrem Gesicht. Zog mit der anderen Hand die Spuren nach, die ein Regentropfen auf der Scheibe hinterlassen hatte.

Volker warf mir erneut einen Blick zu. Übernimm du mal wieder, signalisierte er.

Ich betrachtete den geraden Rücken von Irina. Sie wirkte unnahbar, ablehnend, und dennoch absolut hilfsbedürftig. Schon wieder eine Frau, die schutzbedürftig wirkte. An den Beschützerinstinkt im Mann appellierte, rehäugig und zart. So langsam hatte ich die Schnauze voll von davon. Falsch, korrigierte ich mich augenblicklich. Diese hier war weder rehäugig noch zart. Und den Goldritter zauberte sie bei Volker auch nicht hervor. Zu alt? Oder zu hässlich? Und wieder korrigierte ich mich. Augenblicklich. Denn älter als Barbara war sie nicht. Nicht zart. Slawischer Knochenbau eben. Aber keinesfalls hässlich. Ihre

Schönheit war von wilder, zigeunerhafter Art. Und da war dieser Schnitt in der Wange. Sie hatte Angst, das spürte ich. So einfach war es also nicht, das mit der Erklärung des Goldrittertums. Warum lockten manche Frauen das in einem Mann hervor und andere nicht? Warum eine Bettina und eine Barbara, nicht jedoch eine Irina?

Ich sah Volker an. Suchte seinen Blick. Hielt ihn fest und erkannte plötzlich, dass er sich absolut hilflos fühlte. Denn diese Frau hier suchte keine Unterstützung, obwohl sie sie doch so dringend brauchte. Und genau damit konnte er nicht umgehen. Er wusste absolut nicht, was er tun sollte und überhaupt tun konnte. Das war ihm verhasst.

Ich trat neben Irina. Den Arm um ihre Schultern zu legen, traute ich mich nicht.»Erzählen Sie mir von Kurt«, forderte ich sie stattdessen auf.

Sie sah weiter aus dem Fenster. Keine sichtbare Reaktion. Nun wagte ich es trotzdem, sie anzufassen. Die Hand auf ihren Arm zu legen.»Bitte«, sagte ich sanft.

»Er war so lustig«, sagte sie mit tonloser Stimme.»Was haben wir immer zusammen gelacht!« Schon wieder verstummte sie. Aber sie schien nicht auf eine Antwort zu warten. Sie wirkte abwesend. Mit ihren Gedanken woanders. In einer anderen Zeit.»Er hat mich immer geneckt. ‚Meine kleine russische Schwermut‘, so hat er mich genannt. Warum bist du denn bloß so traurig, Irina?, hat er mich gefragt. Immer hörst du diese melancholischen russischen Lieder. Als wäre es ständig Winter bei dir im Herzen.« Sie lächelte traurig.»Was hast du gegen den Winter?, habe ich ihn gefragt. Der Winter ist doch schön! Und dann hat er so lange gescherzt, bis ich lachen musste.«

Na, ob dir das nicht irgendwann mal auf den Keks gegangen wäre?, dachte ich. Aber ich sagte nichts.

»Ganz fürsorglich war er. Und so zärtlich. Und großzügig. Er hat sich gekümmert um mich. Sich kümmern, das konnte er wirklich gut. Er hat seine Tochter allein großgezogen.«

»Sie kennen Bettina?«

»Nein. Er wollte, dass wir uns bald kennenlernen. Aber da wurde dann ja nichts mehr draus.« Eine Träne löste sich aus ihrem Augenwinkel und folgte dem Wulst auf der Wange. Ich wunderte mich, dass ihr die salzige Flüssigkeit nicht wehtat. Aber vermutlich war ihr das egal. Dass es schmerzte. Dass es wehtat. Alles kein Vergleich zu dem Schmerz, der ihr die Brust zudrückte.

»Hatten Sie schon einen Termin für die Hochzeit?« Das war mir spontan eingefallen, und augenblicklich bereute ich die Frage.

»Gestern. Gestern hätten wir heiraten sollen ...« Sie schluchzte auf. »Und nun ist er tot! Verstehen Sie? Er ist tot! «, brach es aus ihr heraus. »Ich habe ihn geliebt, wir wollten heiraten, und jetzt ist er tot!«

Ich nahm sie in die Arme und ließ sie weinen.

***

»Puh«, stöhnte Volker, nachdem er den Wagen aus der Parklücke manövriert hatte. »Was hältst du davon?«

»Na, ein bisschen seltsam finde ich das schon. Erst will sie nicht mit mir sprechen. Warum?«

»Weil sie Angst hat«, tippte Volker. »Hätte ich auch, wenn mir jemand einen solchen Schnitt zugefügt hätte.«

»Danke. So clever bin ich auch«, sagte ich böse. »Aber dann überlegt sie es sich anders, lässt mich kommen und sagt trotzdem nicht, was passiert ist. Nicht so richtig jedenfalls, nicht alles, was sie weiß. Da bin ich mir sicher.«

»Ja, den Eindruck hatte ich auch«, bestätigte Volker.

»Warum?«

Volker schwieg.

»He, ich hab dich was gefragt!«

Volker seufzte. »Weil sie immer noch Angst hat. Oder wieder.«

»Hm«, knurrte ich zweifelnd. »Erklären tut das verdammt wenig. He, pass auf!« Ich trat auf eine imaginäre Bremse, als ein Fahrradfahrer vor uns vom Bürgersteig auf die Straße schoss.

»Schon gesehen«, sagte Volker und überholte den Radfahrer lässig. »Alles im Griff.« Er lachte leise. »Eine gute Beifahrerin bist du nicht gerade.«

»Sie sollte unbedingt zu einem Arzt gehen.« Meine Hand fuhr an meine Wange, während ich das sagte. »Warum macht sie das nicht?«

»Weil sie Angst hat, natürlich.«

»Kannst du auch mal was anderes sagen?«, fragte ich bissig.

»Warum sollte sie denn Angst haben, zum Arzt zu gehen?«

»Weil der das vielleicht der Polizei melden würde?«

»Quatsch. Das darf ein Arzt nicht. Schweigepflicht heißt das. Ich glaube eher, dass sie das Haus nicht verlassen will. Davor hat sie Angst.«

»Da könnte was dran sein«, gab Volker widerwillig zu. »Aber eine Sache verstehe ich nicht. Wenn sie doch solche Angst hat, warum war sie dann plötzlich bereit, mit uns zu reden?«

Ich runzelte die Stirn und dachte nach. »Weil sie gestern heiraten wollten«, sagte ich schließlich langsam. »Und jetzt kommt neben der Angst und der Trauer auch Wut hervorgekrochen. Deswegen hat sie angerufen.«

»Klingt logisch. Auf jeden Fall tut sie mir leid. Ich weiß nur nicht, wie man ihr helfen kann.«

Ich musste grinsen. Ein verhinderter Goldritter, der arme Kerl. Plötzlich sah ich Barbara vor mir, mit ihrem geschorenen Kopf und den großen Sinéad-O'Connor-Augen.

»Sag mal, was ist eigentlich mit Barbara los?«, wechselte ich das Thema. »Ines hat so komische Andeutungen gemacht.«

Volker warf mir einen kurzen Blick zu, prüfend irgendwie. Dann konzentrierte er sich wieder auf den Verkehr. »Sie hat sehr häufig heftige Kopfschmerzattacken«, sagte er ruhig.

»Wechseljahre?«, schlug ich ironisch vor. »Da müssen wir alle durch.«

»Nein, es sind nicht die Wechseljahre. Geht's vielleicht auch mal ohne bissige Bemerkungen?«, fuhr er mich an.

»Hä? Wie meinst du das?«

»Na, jedes Mal, wenn es um Barbara geht, muss ich mir irgendwelche dummen Sprüche von dir anhören.« Er warf mir einen bösen Blick zu.

Ich schluckte. »Was ist es dann?«

»Barbaras Mann war ein Schläger. Zuletzt hat er sie so zugerichtet, dass sie nur knapp einer Querschnittlähmung entgangen ist. Seitdem ist sie berufsunfähig.«

»Oh…« Ich schwieg betreten.

Auch Volker schwieg.

»Aber sie ist doch eine starke Frau«, wandte ich schließlich ein. »Warum hat sie das denn mitgemacht?«

Volker sah mich an. »Na, aus Angst natürlich. Er hat ihr gedroht, dass er sie überall finden würde.« Er konzentrierte sich wieder auf die Fahrbahn. »Außerdem trügt der Schein. Barbara ist alles andere als stark. Sie hat nur inzwischen einen Weg gefunden, auf dem sie halbwegs sicher gehen kann.«

Ich wusste nichts darauf zu sagen.

Die Ampel am Polizeipräsidium sprang gerade auf Rot, als wir den Haumannplatz erreichten, »Lass mich hier raus«, bat ich. »Ich möchte noch ein paar Meter zu Fuß gehen.« Ohne eine Antwort abzuwarten, sprang ich aus dem Auto und steuerte auf den Park zu, der hinter dem Präsidium liegt. Ich brauchte Bewegung, frische Luft und einen klaren Kopf. Nicht zuletzt, um das Gefühl der Beschämung loszuwerden, das sich schon wieder in mir breit machte.

***

Nachdem Max endlich vom Schreibtisch aufgestanden war, packte er schon wieder seine Reisetasche für den nächsten Tag.

»Warum musst du eigentlich schon am Sonntag los?« Mein Tonfall war seltsam quengelig, und ich biss mir erschrocken auf die Lippen. Denn quengeln wollte ich nun wirklich nicht.

Max seufzte. »Ich muss an dem System einiges umkonfigurieren, um die Sicherheitslücken zu schließen. Dabei würde ich wochentags die Anwender stören. Und in der Woche laufen abends etliche Nachtverarbeitungen. Also bleibt nur das Wochenende.«

Ich weiß, dachte ich resigniert. So ist das nun mal in unserer verdammten Branche.

»Nur zwei Nächte diesmal.« Max nahm mich in die Arme. »Dann ist das Projekt abgeschlossen und erst mal Ruhe mit der Fahrerei.«

»Das ist gut«, sage ich. Und merkte gleichzeitig, dass ich keine Freude spüre, nur eine seltsame Gleichgültigkeit, so, als sei es mir egal. Das bedrückte mich.

Den Abend verbrachten wir mit den Resten des Festessens vom Vortag. Wir tranken ein Gläschen, aber nur eines, und wurden dadurch endlich die Kopfschmerzen los, die uns den ganzen Tag begleitet hatten. Wir spielten mit den Katzen, vermieden die Themen Arbeit, Schreibtisch, Urlaub und Kurti, sahen fern und entspannten uns weitestgehend.

Nur richtig miteinander reden über das, was in uns vorging, was uns bedrückte, das taten wir nicht.

ACHT

Die ganze Fahrt über herrschte Schweigen. Jeder hing seinen Gedanken nach. Woran Volker dachte, wusste ich natürlich nicht. Ich jedenfalls dachte an Max. Dachte daran, dass er schon wieder unterwegs zu einem Kunden war, mehrere hundert Kilometer weit weg, und dass er ganz schön geschafft sein musste nach diesem Wochenende, das ja noch nicht mal ein komplettes Wochenende gewesen war. Schließlich hatte er am Vortag noch von zu Hause aus gearbeitet, und der feuchtfröhliche Freitagabend war auch keine Erholung gewesen. Wir müssen reden, dachte ich zum wiederholten Male. Aber je mehr ich das Gefühl hatte, dass wir das tun sollten, desto weniger wusste ich, was genau ich eigentlich besprechen wollte. Und wie. Und warum. Denn dass Max' Selbstständigkeit erst einmal mächtig Arbeit mit sich brachte, war doch von vorneherein klar gewesen. Das konnte und wollte ich ihm nicht zum Vorwurf machen.

Volkers Anruf war gekommen, als ich mich gerade von Max verabschiedet hatte. Nun waren wir unterwegs nach Rathingen Lintorf, zum »Haus Bethesda«, wo Volker Onkel Gerhard ausfindig gemacht hatte. Gerhard Schröder, wie der Bundeskanzler. Hahaha.

Das »Haus Bethesda« bestand aus einem Altbau aus rotem Backstein und einem kubusförmigen Neubau. »Wohngemeinschaften für Menschen mit Demenz«, las ich auf einem dezenten Schild an der Eingangstür. Ich betrat das Haus mit einem klammen Gefühl im

Magen. Alte Menschen, die zusammen wohnten und den Lebensabend miteinander ausklingen ließen. Das war gut und auch wieder nicht, dachte ich. Denn es hatte den unangenehmen Beigeschmack von Abschieben, von aus dem Weg räumen, von aus den Augen, aus dem Sinn. Ich wusste, dass es für die meisten berufstätigen Menschen kaum möglich war, sich um die alten Menschen so zu kümmern, wie es nötig wäre. Ich könnte es selbst nicht. Und schon gar nicht hätte ich mit meinen Eltern auf engem Raum zusammenleben können oder wollen, wie es früher im Rahmen der Großfamilien einfach üblich war. Da hatte das niemand infrage gestellt. Es war einfach so, und Alternativen gab es nicht. Basta. Gemischte Gefühle, ich sag es ja.

Alles in allem machte das Haus einen freundlichen Eindruck, mal davon abgesehen, dass wir auf Anhieb niemanden finden konnten, der uns zu Onkel Gerhard bringen konnte. Endlich wies uns ein junger, gehetzt aussehender Pfleger den Weg zum Neubau. »Wohngemeinschaft Picasso«, rief er uns hinterher. »Zimmer 511. Aber versprechen Sie sich nicht zu viel.«

Gerhard Schröder bewohnte ein Zimmer mit Blick ins Grüne, in das er offensichtlich ein paar persönliche Sachen hatte mitnehmen können, die Sitzgarnitur und das alte Buffet beispielsweise, und auch der flauschige Orient-Teppich sah nicht so aus, als wäre er Bestandteil des gemieteten Interieurs. Ein paar großformatige Fotografien bevölkerten die weiß gestrichenen Wände, allesamt zeigten sie dichte Wälder. Auf einem war eine Hütte zu sehen, vor der sich ein Jäger, das Jagdgewehr geschultert und den Hund zu Füßen, mit ernstem Stolz vor der Kamera präsentierte.

Die Vorhänge waren in warmen Orangetönen gehalten, und eine Stehlampe mit gelbbraunem Pergamentschirm warf ein anheimelndes Licht in den Raum. Es könnte schlimmer sein, dachte ich, als ich neben Volker auf dem Sofa gegenüber von Gerhard Schröder Platz nahm. Augenblicklich begann er zu reden. Und sofort fiel mir die Warnung des Pflegers wieder ein.

»Haben Sie meinen Hund gesehen?«, fragte der alte Herr mit zittriger Stimme. »Meinen Julius?« Er zog ein zerknittertes Foto aus der Brusttasche seines Morgenmantels. Darauf war ein rotbrauner

Setter zu sehen. »Julius«, sagte der alte Mann drängend. »Haben Sie ihn gesehen? Er ist weg.«

»Nein. Tut mir leid.« Volkers Stimme war erstaunlich sanft. »Wir sind gekommen, weil wir Ihnen eine schlimme Mitteilung machen müssen. Ihr Cousin Kurt Türauf ist tot.«

»Kurt? Ich kenne keinen Kurt. Meinen Hund haben Sie nicht gesehen?« Wieder hielt er uns das Foto unter die Nase. Seine Hand zitterte. Sie war von braunen Altersflecken übersäht und dicke Adern wölbten sich knotig unter der pergamenten wirkenden Haut.

»Der Kurti«, versuchte ich es. »Sie kennen doch den Kurti?«

»Hat der Kurti etwa meinen Hund?«, fragte der alte Herr misstrauisch. »Aber der Kurti hat doch Angst vor Hunden!«

»Sie kennen also Kurt Türauf«, stellte Volker fest.

»Nein. Wieso? Ich kenne keinen Kurt. Was ist denn das für einer, dass der meinen Julius einfach mitnimmt!«

Volker verdrehte die Augen.

»War der Kurti in letzter Zeit mal hier?«, versuchte ich es erneut. »Sie haben ihn doch früher immer in Ihre Jagdhütte gelassen. Ihn und seine Tochter Bettina.«

»Betti, jajaja.« Der Alte klatschte vergnügt in die Hände. »Die kleine Betti. Sie hat also meinen Julius mitgenommen?«

»Nein, Herr Schröder. Keiner hat Ihren Julius mitgenommen. Wir wollen wissen, ob der Kurti wieder in Ihrer Jagdhütte war in letzter Zeit. So wie früher mit der kleinen Betti.«

»Was für eine Jagdhütte?« Herr Schröder fixierte Volker unter buschigen Augenbrauen, und plötzlich strahlte er Autorität aus, und Würde. »Junger Mann. Ich glaube, Sie wollen mich auf den Arm nehmen!«

»Gewiss nicht, Herr Schröder. Aber vielleicht ist Ihr Julius ja bei dieser Jagdhütte.«

Der Trick ging nach hinten los. »Haben Sie meinen Julius gesehen?«, brabbelte der alte Herr wieder. Dieses Mal hielt er mir das Foto unter die Nase. Ich nahm es an mich und betrachte es pflichtschuldig.

»Sehr hübsch, Ihr Julius«, sagte ich freundlich und gab ihm das Foto wieder.

Volker zupfte mich am Ärmel. »Vergebene Liebesmüh«, flüsterte er mir ins Ohr und wies mit den Augen zur Tür.

»Tja, Herr Schröder, wir müssen dann mal ...« Ich stand auf und reichte dem Alten die Hand. Während Volker bereits den Raum verließ, glitt mein Blick erneut über die gerahmten Fotos an der Wand und blieb an dem Bild von der Hütte hängen. Ich ging hinüber und betrachte es. Die Hütte war aus Holz. Dahinter Wald. Ein Mann mit geschultertem Gewehr davor. Grüne Filzjoppe, Hut mit Gamsbart. Bei genauerem Hinsehen erkannte ich, dass der Jäger Gerhard Schröder in jüngeren Jahren sein musste. Zu seinen Füßen ein Hund. Ein Setter. »Ist das hier Ihr Julius?« Ich nahm das Bild von der Wand und reichte es dem alten Herrn.

»Der Julius, jaja. Haben Sie ihn gesehen?«, fragte er aufgeregt.

»Nein, leider.« Ein letzter Versuch. »Wo ist denn die Aufnahme entstanden? Vielleicht ist Ihr Julius ja dort bei der Hütte?«

»Eine Hütte? Wieso soll denn der Julius in einer fremden Hütte sein?« Der Alte sah mich verwirrt an.

»Es ist doch Ihre Hütte, nicht wahr? Wo steht sie denn, die Hütte?«

Ratlos zuckte er mit den Schultern. Sein Blick wurde seltsam leer, kehrte sich nach innen und verlor sich. Behutsam nahm ich ihm die gerahmte Fotografie aus den Händen, um sie wieder an ihren Platz zu hängen. Auf der Pappe der Rückwand stand etwas. Es fiel mir schwer, die blasse, krakelige Schrift zu entziffern. Aber es gelang. »Julius und ich vor der Jagdhütte Olef, Hellenthal 1986«, las ich. Olef. Das sagte mir was. Es gab eine gleichnamige Talsperre inmitten der dichten Wälder nahe der belgischen Grenze.

»Vielen Dank, Herr Schröder.« Ich ging neben ihm in die Hocke, nahm seine kalte Hand in beide Hände und hielt sie einen Moment. Er schien die Berührung zu genießen, denn er schloss die Augen. »Sie haben uns wirklich sehr geholfen.« Eine Weile blieb ich so neben ihm hocken und strich zart mit dem Daumen über die altersgefleckte Haut. Plötzlich hatte ich einen dicken Kloß in der Kehle und merkte, wie mir die Tränen in die Augen traten.

»Haben Sie meinen Hund gesehen, den Julius?«, fragte er bittend. Bedrückt verließ ich das Zimmer.

Volker wartete in dem großen Wohnraum auf mich, der zu dieser Wohngruppe gehörte. Der Raum machte einen freundlichen Eindruck. Mehrere Sitzgruppen aus Rattan, große Fensterfronten und ein Küchenblock im hinteren Bereich des Raumes. Ein großer Esstisch aus Holz, an dem ein paar alte Menschen unter Anleitung einer Pflegerin Mensch ärgere dich nicht spielten. Im Hintergrund dudelte Musik. Ein paar Pflanzen sorgten für Grün.

»Na, das war ja mal ein Schuss in den Ofen.« Volker warf mir einen zornigen Blick zu.

»Du bist einfach zu ungeduldig«, sagte ich leise und wischte die Träne fort, die mir über die Wange lief. Ich schnäuzte mich kräftig. Langsam wich die Beklemmung aus meiner Brust, die die Begegnung mit dem senilen alten Mann in mir ausgelöst hatte.

»Was heißt hier ungeduldig? Bei dem ist nichts mehr zu holen.«

»Ich weiß aber trotzdem, wo wir hinmüssen.« Ich schnäuzte mich noch einmal kräftig und räusperte den letzten Rest des Kloßes aus meiner Kehle fort, der sich dort eingenistet hatte. Dann grinste ich Volker an. »Lust auf einen Ausflug in die Hocheifel?«

***

Die Hütte war tatsächlich sehr karg eingerichtet. Ein einziger Raum nur. Eine Spüle mit einem klapprigen Regal darüber. In der Spüle stand benutztes Geschirr. Auf der Ablage ein zweiflammiger Gaskocher, daneben eine angebrochene Flasche Rotwein und ein noch eingeschweißtes Stück Gouda. Eine Eckbank, davor ein kleiner Tisch. Eine Kolonie von Ameisen schlängelte sich zum Küchentisch hoch und werkelte an einem Kanten schimmeligen Brotes und ein paar welligen, angetrocknete Käserinde herum, um dann bepackt mit Krümeln den gleichen Weg wieder zurückzukehren.

»Haben saubere Arbeit geleistet, die Kerlchen.« Ich packte Brot und Käserinden mit spitzen Fingern und warf sie in die Tonne vor der Hütte, von der ich annahm, dass sie für den Müll da war. Augenblicklich brach Panik in der so sorgsam organisierten Kolonie aus. Kurzerhand fegte ich die Tiere vom Tisch. Dann sah ich mich weiter um.

Ein Stuhl, in dessen Lehne ein großes Herz gestanzt war. Auf dem Stuhl lagen Jeans, T-Shirt und Sweatshirt in verwaschenen Grautönen. Eindeutig Männerklamotten. Und eindeutig nicht mehr ganz taufrisch. Ein gusseiserner Ofen mit einem Korb voller Brennholz daneben. Eine Pritsche, gerade mal einen Meter breit, mit klamm wirkendem Bettzeug darauf. Die Garderobe war dreibeinig. Ein Jägerhut mit Gamsbart und eine dicke Filzjacke hingen daran. Außerdem eine piekfeine Lederjacke. Bestes, weich gegerbtes Büffelleder. Alles hier sah aus, als hätte derjenige, der in der Hütte hauste, bald zurückkehren wollen.

Volker zog eine kleine Reisetasche unter der Pritsche hervor und machte sich daran zu schaffen. »Guck doch mal in den Jacken an der Garderobe nach, ob du was findest«, schlug er vor.

Mit spitzen Fingern griff ich in die Innentasche der Lederjacke. Zog ein Notizbuch heraus, das mit enger Schrift in kleinen, unleserlichen Buchstaben beschmiert war, die ich nicht entziffern konnte bei dem nunmehr nur noch schwachen Tageslicht, das durch das Fenster fiel. In der einen Jackentasche fand ich eine Digitalkamera, in der anderen ein Handy. Schweigend legte ich die Fundstücke auf den Tisch, auf den Volker kurz zuvor einen Schnellhefter mit Fotokopien gelegt hatte.

»Der war in der Tasche«, sagte er und wandte sich wieder der Pritsche zu, auf der die Reisetasche lag. Dann pfiff er leise durch die Zähne. Als er sich wieder zu mir umdrehte, hatte er einen kleinen Bilderrahmen in der Hand. »Womit wohl bewiesen wäre, dass das hier Kurtis Zeug ist.«

Aus dem mattierten Bilderrahmen lächelte ein junges Mädchen scheu und großäugig in die Kamera. Bettina.

Es war schon fast dunkel, als wir die Hütte wieder verließen. Zwar hatten wir das Häuschen systematisch nach Verstecken durchsucht und zum Schluss sogar Fußbodendielen und die hölzerne Wandverkleidung auf eventuelle Hohlräume hin abgeklopft, aber nichts weiter von Interesse gefunden.

Der stete Landregen, der uns schon den ganzen Tag über begleitet hatte, war in einen kräftigen Wolkenbruch übergegangen. Wir rannten zum Auto, den Kopf zwischen die hochgezogenen Schultern geduckt.

Erleichtert ließ ich mich auf den trockenen Sitz plumpsen.»Ich hoffe, deine Heizung geht«, sagte ich zähneklappernd.»Mir war in der Hütte schon so furchtbar kalt.«

»Keine Bange, wird gleich warm.« Volker startete den Motor. Langsam holperten wir den Waldweg hinunter, den wir vor zwei Stunden hinaufgefahren waren. Die Scheibenwischer liefen auf höchster Stufe, die Scheinwerfer bahnten sich tastend durch den immer dunkler werdenden Wald.

»Man sieht ja gar nichts bei diesem Drecksregen«, schimpfte Volker aufgebracht.

Ich konnte nur zustimmen, froh, den Wagen nicht selbst steuern zu müssen. Dann sah ich es. Das heißt, ich sah nichts, wo ich etwas hätte sehen müssen. Kein Weg mehr vor uns. Alles weggespült.

»Vorsicht!«, schrie ich, aber es war zu spät. Der schwere Wagen rutschte durch den Matsch und dann langsam seitwärts den Hang hinunter. Wie in Zeitlupe. Mein Herz raste wie bescheuert, während ich mich mit beiden Händen am Haltegriff über der Beifahrertür festkrallte. Die Scheinwerfer warfen torkelnde Lichtkreise in den dunklen Wald. Schließlich kam der Wagen in ziemlicher Schräglage zum Hang zum Stehen. Ich spähte durch das Fenster und erkannte die helle Borke eines Baumes. Eines dünnen Baumes, keineswegs stabil.

»Verdammt!«, stieß Volker zwischen den Zähnen hervor und stellte den Motor ab.»Wir sollten zusehen, dass wir hier rauskommen. Ich weiß nicht, wie lange die Tanne das aushält.«

Fichte, dachte ich. Wir sind in einem Fichtenwald. Doch ich korrigierte ihn nicht.

»Ich kann hier nicht raus, die Tür ist vom Baum blockiert«, teilte ich ihm Sekunden später mit. Ich hoffte inständig, dass wir uns nur an einem der sanften Gefälle befanden, nicht an der tiefen Schlucht, die mir auf dem Hinweg aufgefallen war.

Volker schien Ähnliches durch den Kopf zu gehen.»Pass auf«, sagte er.»Ich mache meine Tür auf und schwinge die Beine aus dem Wagen, bleibe aber noch drin. Du rutschst zu mir auf die Fahrerseite rüber, ganz vorsichtig. Vor allem die Füße solltest du schon bei mir drüben haben. Wenn ich aussteige, hältst du dich an mir fest und kommst sofort hinterher.«

Ich nickte. »Warte noch kurz«, sagte ich dann. »Hier, verstau mal Kamera und Handy von Kurt bei dir in der Jacke. Der Schnellhefter ist noch in meinem Rucksack.«

»Na, du hast vielleicht Nerven«, knurrte er, nahm die Sachen dann aber doch an sich. Ich zwängte mich in die Träger des Rucksacks, krallte mich an Volkers Jacke fest und schob die Beine über den Schaltknüppel. »Alles klar, und los«, flüsterte ich, als ich schließlich mit einer Pobacke halb auf dem Fahrersitz saß.

Kurz darauf kletterten wir den Abhang hinauf. Der Wagen war nur ungefähr drei Meter tief gerutscht und der Abhang nicht so steil wie befürchtet. Aber es regnete immer noch wie aus Kübeln. Und wir befanden uns in einem Funkloch, wie wir beide fluchend feststellen mussten.

Ich strebte den Weg hinunter.

»Wo willst du denn hin?« Volker hielt mich am Arm fest.

»Na, zur Straße natürlich.«

»Ohne Licht? Bei diesem Sauwetter? Vergiss es. Der nächste Ort ist mindestens fünf Kilometer weit weg, und ohne Navi finden wir die Straße nicht. Wir müssen zurück zur Hütte.«

Er hatte natürlich recht. Das Wegenetz in diesem Wald war ziemlich verzweigt, wie wir auf der Hinfahrt festgestellt hatten. Und selbst wenn auf der Straße das Handynetz wieder zur Verfügung stünde, wie sollten wir beschreiben, wo genau wir uns befanden? Und wie lange sollten wir dort bei diesem Wetter ungeschützt auf Hilfe warten?

Wir mussten zurück zur Hütte, um abzuwarten, bis es wieder hell war.

***

»Hast du ein Feuerzeug dabei?«

»Du hast vielleicht Sorgen«, motzte Volker. »Das einzige, woran ein Raucher denken kann ist, wie er an die nächste Fluppe kommt. Nee, hab ich nicht. Ich bin immer noch Nichtraucher.«

»Blödmann! Hast du mich heute etwa schon quarzen sehen? Ich rauche schon lange nicht mehr«, raunzte ich zurück. »Aber neben der Tür hängt eine Petroleumlampe.«

»Ach so. Streichhölzer waren, glaube ich, auf dem Regal über der Spüle.«

Ich tastete mich an der Wand entlang, bis ich die Spüle gefunden hatte. Fand schließlich die Streichhölzer und verriss eines mit zitternden Fingern. Volker nahm mir die Schachtel aus der klammen Hand, und kurz darauf flackerte die Petroleumlampe auf und warf gespenstische Schatten an die Wände.

»Scheiße, ist das kalt!« Meine Zähne klapperten Stakkato. Unter mir bildet sich eine Pfütze.

»Runter mit den Klamotten«, kommandierte Volker, während er sich bereits aus seiner Jeans pellte.

»Was?«, fragte ich überrascht.

»Wir müssen die nassen Kleider ausziehen, sonst werden wir nicht warm«, erklärte er geduldig. »Da liegt doch noch was zum Anziehen von Kurt rum. Ich versuche, den Ofen anzumachen.«

Er hatte recht. Mal wieder. Ich pellte mir die triefenden Sachen vom Körper und sah mich suchend in der Hütte um.

»Da, auf dem Stuhl«, sagte Volker. »Nicht ganz deine Kragenweite, aber was Besseres gibt's nicht.

»Und du?«, fragte ich zaghaft.

»Auf der Pritsche liegt sein Schlafanzug, und in seiner Tasche sind Socken und ein Pullover. Wickel dich in die Bettdecke, dann wird dir schneller warm.«

Mir war nicht wohl bei dem Gedanken, in das Bett zu steigen, in dem Kurti kurz vor seinem Tod noch genächtigt hatte. Aber mir war so verdammt kalt, dass ich es doch tat. Warm wurde mir trotzdem nicht.

Ich beobachtete Volker, wie er mit flatternden Händen versuchte, den Ofen in Gang zu bekommen. Die Haare klebten nass an seinem Kopf, und vor seinem Mund stiegen feuchte Wölkchen auf. Atemwölkchen.

Endlich fing ein größeres Holzscheit richtig Feuer und Volker konnte weitere Scheite nachlegen. Er zitterte am ganzen Leib, als er zu mir auf die Pritsche unter die Decke kroch.

Eigentlich war es folgerichtig, was in dieser Nacht passierte. Vollkommen folgerichtig. Volker roch fremd, anders, als ich es in Erinnerung hatte. Kein Wunder. War ja auch Kurtis Schlafanzug, in dem er da steckte. Und Kurtis Pullover. Wir hielten uns eng umschlungen und versuchten, uns gegenseitig vor dem Auskühlen zu schützen. Ab und zu kroch Volker hinaus und legte ein paar Holzscheite nach. Kroch zurück zu mir unter die Decke und schlang die Arme um mich. Langsam, ganz langsam nur wurde es wärmer. Schließlich fiel ich in einen unruhigen Schlaf.

Als ich aufwachte, war es dunkel. Die Petroleumlampe erloschen, das Feuer nur noch ein rötliches Glühen. Aber mir war endlich warm.

Für einen kurzen Moment wusste ich nicht, wo ich war. Spürte dann den fremden Körper. Den schnellen Schlag eines Herzens. Volkers Herzschlag. Volker, den ich von hinten umschlungen hielt, wie ein Löffel an seinen Körper angeschmiegt. So wie früher auf seinem Roller. Nur noch viel, viel dichter.

Er war ebenfalls wach, ich spürte es. Zu schnell der Herzschlag, zu leicht der Atem für einen Schlafenden. Er drehte sich mühsam zu mir herum auf der engen Pritsche. Volker, verdammt ... Auch mein Herz begann, schneller zu schlagen.

Folgerichtig, wie schon gesagt. Eine logische Konsequenz. Nicht selbstverständlich. Nur logisch.

Fast ehrfürchtig bahnten sich unsere Hände den Weg unter die Kleidung, schüchtern und seltsam keusch.

»Das hatte ich damals schon tun wollen«, flüsterte ich. Und küsste ihn, nicht mehr ganz so keusch, nicht mehr ganz so zögerlich, die Hände zielgerichteter.

Ich will die Situation nicht romantischer machen, als sie war. Viel zu kalt, um sich vollständig auszuziehen, viel zu wenig Platz, um erfinderisch zu sein. Aber genau das machte vielleicht die besondere Intensität der Situation aus. Und intensiv, das war es.

»Warum hast du nicht noch mal gefragt?«, fragte ich später leise.

»Warum bist du nicht zu mir gekommen?«, gab er ebenso leise zurück.

»Ich dachte, du fragst noch mal. Dann wäre es einfacher gewesen zu antworten«, sagte ich wahrheitsgemäß. »Aber du hast dich ja sehr schnell mit Barbara getröstet«, rutschte es mir heraus.

»Quatsch«, sagte er nur. Schob seine Hand unter mein Haar und fuhr mir sachte gegen den Strich. »Barbara war einfach eine gute Freundin. Ist sie bis heute. Nicht mehr, aber auch nicht weniger.«

Ich lächelte still in mich hinein und zog ihn wieder an mich. Dicht, dichter, Haut an Haut, wie ein Rausch.

***

Der Rausch verschwand mit der Morgendämmerung. Stöhnend reckten wir unsere schmerzenden Glieder.

»Und da sagt man immer, so eine Nacht in der Natur sei ein wahrer Jungbrunnen«, sagte ich seufzend.

Wir fingen an zu lachen. Beide gleichzeitig. Als hätte jemand in einer Comedy-Show das Schild »Jetzt lachen« hochgehalten.

Volker musterte mich unbefangen. »Interessante Frisur«, sagte er anzüglich.

Ich konnte mir vorstellen, wie ich aussah. »Die *Haut Couture* nennt das Vogelnest«, witzelte ich.

»Ach was. Ich hatte an Wischmopp gedacht.«

Ich kicherte. »Du siehst aber auch nicht nach Laufsteg aus«, sagte ich, nicht minder anzüglich. »Vogel in der Mauser, würde ich meinen. Aber nicht gerade ein Jungvogel.«

Er griff mir ins Genick und schüttelte mich zart. »Kleine Zecke.«

Schon wieder musste ich kichern. Konnte gar nicht mehr aufhören. »Verdammt, mir ist alles eingeschlafen. Das tut weh.«

»Und k-k-k-kalt ist es«, sagte Volker mit klappernden Zähnen.

Auch mir kroch die Kälte erneut in die Glieder. »Lass uns hier abhauen«, schlug ich vor. »Es ist hell genug und ich glaube, es regnet nicht mehr. Wir sollten zusehen, dass wir aus dem Funkloch rauskommen und Hilfe holen.«

***

So schlimm, wie befürchtet, saß der Wagen nicht fest. Im nächsten Dorf, das wir nach knapp anderthalb Stunden Fußmarsch erreichten, trieben wir einen Bauern auf, der ihn mit einem Trecker wieder auf den matschigen Weg zurückzog. Die Beifahrertür hatte eine ordentliche Delle abbekommen und ließ sich nicht mehr öffnen, ansonsten schien der Wagen jedoch intakt. Ich kletterte von der Fahrerseite über die Kupplung auf den Beifahrersitz.

Wir fanden eine Werkstatt, die sich den Wagen von unten ansah, bevor wir weiterfuhren. Besser war das. Drei Stunden später waren wir endlich auf der Autobahn.

Dieses Mal war es ein befangenes Schweigen. Eines, das verriet, dass keiner von uns beiden wusste, wie er mit der Situation umgehen sollte.

Ich sah auf seine Hände am Lenkrad. Feingliedrige Hände, die wunderbar sensibel gewesen waren. Musterte verstohlen sein Profil und war ... verwundert. Dachte an die Intensität der vergangenen Nacht und versuchte, sie mit dem Mann dort neben mir in Einklang zu bringen. Ich war verwirrt, denn es gelang mir nicht richtig.

»Mensch Volker«, sagte ich schließlich. Meine Stimme klang genau so hilflos, wie ich mich fühlte.

Er wandte mir den Kopf zu, und ich musste schlucken.

»Ich habe das heute Nacht genauso gebraucht wie du offensichtlich auch«, sagte ich dann. »Wäre das vor dreißig Jahren passiert, ich wäre dir hoffnungslos verfallen. Es war wunderschön, bizarr, ziemlich verrückt und sehr, sehr intensiv. Ich werde das gewiss nie vergessen, und ich bereue es nicht.«

Volker räusperte sich und holte Luft, als wolle er etwas sagen.

»Lass mich ausreden«, bat ich. »Ich habe damit etwas nachgeholt, was ich früher gerne getan hätte. Gestern Abend, da war es plötzlich wie früher, verstehst du? Ich war damals so schrecklich verliebt in dich. Aber das ist dreißig Jahre her ...« Ich sah aus dem Fenster, unsicher, wie ich weitermachen sollte. Und bemerkte verwundert, dass er mir plötzlich wieder seltsam fremd war, trotz dieser unwahrscheinlich intensiven Nacht. Das erleichterte mich ungemein.

Volker versuchte nicht mehr, mich zu unterbrechen.

Ich legte die Hand auf seinen Arm. »Ich will mich nicht wieder in dich verlieben. Ich weiß auch gar nicht, ob das noch ginge. Auf jeden Fall werde ich jetzt keine Affäre mir dir beginnen, nur weil ich damals zu blöd war, Ja zu sagen. Es ist der verdammt falsche Zeitpunkt dafür.« Max tauchte vor meinem inneren Auge auf. »Wirklich der verdammt falsche Zeitpunkt«, bekräftigte ich.

»Falscher Zeitpunkt, stimmt genau.« Volker klang spöttisch. Für einen Moment versank ich im Novemberblues. »Irgendwie stimmt wohl das Timing zwischen uns nicht.« Er grinste mich an, offen und ohne Groll. Dann konzentrierte er sich wieder auf die Autobahn.

»Na, dann wäre das ja geklärt.« Erleichtert lehnte ich mich zurück.

Ohne den Blick von der Straße abzuwenden, legte er seine Hand in meinen Nacken. »Ja, das wäre also geklärt. Und wie machen wir jetzt mit der Kurti-Sache weiter?«

»Na, indem wir das Material sichten, was wir eingesteckt haben.«

***

Wochenbeginn. Kölner Ring. Baustellen, etliche Staus, und wir mittendrin. Ich sehnte mich nach einer Dusche. Zumindest nach frischen Klamotten, denn die Jeans, die ich anhatte, war immer noch klamm.

Wir fuhren zu mir nach Holsterhausen. Weil ich die Katzen versorgen musste. Dringend. Und weil klar war, dass keiner von uns bereit war, die Sichtung des Materials dem anderen zu überlassen. Am Spätnachmittag waren wir endlich da. Die Katzen ignorierten mich und stolzierten an mir vorbei, als sei ich Luft.

»Habt euch nicht so«, schimpfte ich schuldbewusst, während ich die Näpfe mit frischem Dosenfutter auffüllte. »Ihr hattet genug Wasser, und Trockenfutter ist auch noch im Napf.« Sie fielen über das Futter her, als hätten sie eine Woche nichts zu fressen bekommen.

»Ich wollte euch nicht so lange alleine lassen«, verteidigte ich mich. »Aber mein Tag war auch kein Zuckerschlecken.« Kaum hatte ich das gesagt, fing mein Magen jämmerlich an zu knurren.

»Redest du immer mit ihnen?«, erkundigte sich Volker mit amüsiertem Blick.

»Sie haben das gern. Wie wäre es mit Pizzataxi?«, schlug ich vor. »Du kannst ja schon mal duschen, ich setze derweil Kaffee auf. Handtücher sind in dem Rattanregal im Bad. Im Schrank müsste auch noch eine unbenutzte Zahnbürste sein, glaube ich.«

»Schon besser, was?« Volker brachte einen Schwall feuchtwarmer Luft aus dem Bad mit. Sein Oberkörper war nackt, und er duftete eindeutig nach Gaultier, nach dem in dem Männertorso, das ich selbst gerne benutzte. »Wenn du jetzt noch ein frisches T-Shirt für mich auftreiben könntest, wäre ich vollends zufrieden.«

Wortlos holte ich ein schwarzes, relativ weites Schlabbershirt aus meinem Schrank und warf es ihm zu. Es saß spack an ihm, und erst jetzt fiel mir auf, wie muskulös er war. Der runde, halsferne Ausschnitt wirkte seltsam deplaziert an seinem Körper.

Ich mochte nicht unter die Dusche. Nicht, solange Volker hier in meiner Wohnung war. Lieber eine Katzenwäsche am Waschbecken. Den Zähnen hingegen gönnte ich eine intensive Reinigung. Wegen dem pelzigen Geschmack auf der Zunge, den ich seit dem Morgen mit mir herumtrug. Ich angelte mir ein getragenes T-Shirt aus dem Wäschekorb und stieg in die Jeans, die in meinem Schlafzimmer lag. Flüchtig fragte ich mich, was ich mit dieser Demonstration von Gleichgültigkeit eigentlich beweisen wollte. Und wem überhaupt.

Die Pizzakartons lagen bereits auf dem Stehtisch, der meinen Wohnraum von der L-förmig an ihn angebauten kleinen Küche trennte. Gierig fielen wir darüber her und aßen die Pizza mit den Fingern direkt aus dem Karton. Dann mussten die Pizzabrötchen dran glauben. Und die Kräuterbutter. Dazu hatte Volker den Rest des Rotweins eingegossen, der noch in meiner Küche auf der Anrichte gestanden hatte. In Wassergläser. Offensichtlich hatte er im falschen Schrank gesucht.

»Das tat gut.« Ich leckte mir die Finger ab. »Höchste Zeit war das! Und jetzt an die Arbeit. Willst du auch einen Kaffee?«

Der Schnellhefter, den wir in der Hütte gefunden hatten, enthielt einen Haufen Material. Artikel aus Tageszeitungen und dem Internet. Sie alle beschäftigten sich mit den Strukturmaßnahmen am Duisburger Innenhafen. Ein Plan des Hafenbeckens zeigte, welche Neubauten im Laufe der letzten zehn Jahre dort entstanden waren. Am hinteren Teil des Hafenbeckens war eine Fläche rot eingekringelt. Es schien sich um eine noch brachliegende Fläche zu handeln. Dann ein paar Fotokopien von Dokumenten, wie es schien: Eine Firmengründung der Investment Trust Novum GmbH mit Firmensitz in Riga. Als Geschäftsführer war ein Pietr Matzek eingetragen. Eine Firma in Venlo namens G.A.K.A GmbH. Und ein Architekturbüro New Look Facility, ebenfalls in Riga. Inhaber war ein gewisser Miroslaw Zirkow.

»Sagt dir das was?«

»Auf Anhieb nicht«, murmelte Volker, während er ein weiteres Dokument überflog. Dann pfiff er leise durch die Zähne. »Aber das hier sagt mir was. Ein Vertrag über eine stille Teilhaberschaft. Dr. Behrends ist Teilhaber an dem Laden in Riga, der Investment Trust Novum GmbH. Und hier ist ein weiterer Vertrag über eine weitere stille Teilhaberschaft an der Investment Trust Novum. Ein gewisser Holger Schönlein.«

»Holger Schönlein?« Ich runzelte die Stirn. Den Namen hatte ich schon mal gehört. Aber wo und in welchem Zusammenhang fiel mir nicht ein.

»Da klickt rein gar nichts bei mir«, sagte Volker auf meine Frage hin. »Aber man kann sich ja schlau machen.«

»Mit stillen Teilhaberschaften kenne ich mich leider nicht aus. Du?«

»Das ist etwas durchaus Übliches. Letztendlich ist es nichts weiter als eine finanzielle Beteiligung an einem Unternehmen.«

»Also eine Kapitaleinlage, vermutlich für sehr hohe Zinsen.«

»Ja. Aber ohne dass man in irgendwelchen Geschäftspapieren auftaucht, denn man hat kein Mitspracherecht. Das ist wichtig.«

Ich lächelte amüsiert. »Dass man nirgendwo auftaucht, oder dass man kein Mitspracherecht hat?«

»Beides. Denn das Mitspracherecht ist eine juristische Klausel, die nur schwer zu prüfen ist.« Auch Volker lächelte.

»Du meinst also, ob man sich an diese Klausel tatsächlich hält, weiß letztlich kein Mensch. Man könnte theoretisch auch stiller Teilhaber eines Unternehmens sein, in dem man sehr wohl intensiv mitmischt.«

»Genau. Das wiederum würde die Grenzen des gesetzlich tolerierten Rahmens jedoch sprengen. Auf jeden Fall werde ich das mal genauer unter die Lupe nehmen.«

»Warum beteiligt sich Behrends ausgerechnet an einer Firma in Riga?«, fragte ich.

»Global Playing«, sagte Volker düster. »Globalisierung. Immer hübsch da vertreten sein, wo man die besten Geschäfte machen kann.«

»Mit so einer Klitsche?«

»Du weißt doch gar nicht, ob das eine Klitsche ist. Vielleicht ist das ja ein ganz dickes Ding da in Lettland.« Volker grinste mich an. »Aber vielleicht ist es auch bloß eine Briefkastenfirma.«

»Briefkastenfirma?« Ich runzelte die Stirn. »Wie kommst du denn jetzt darauf?«

»Ach, nur so als Gegenteil zum dicken Fisch. Kleiner geht's halt nicht.«

»Irgendwie kann ich dir gerade nicht ganz folgen.«

»Weil das nur eine Postadresse ist, deshalb. Und eine Telefonnummer. Dennoch ist es ein gemeldetes Unternehmen.«

»Wo eine Firma ist, muss es einen Inhaber geben. Einen Geschäftsführer. Einen, der steuerpflichtig ist«, wandte ich ein.

»Stimmt. Den gibt es ja auch. Das ist der, der seinen Namen für das Unternehmen hergibt, also rechtlich dafür geradesteht.«

»Und wo ist der Witz dabei?«

»Och, da gibt es verschiedene Konstrukte«, sagte Volker lapidar. »Wenn man eine GmbH gründen möchte, haftet man in Deutschland mit seinem Privatvermögen. Im Ausland ist das nicht so. Ein lohnender Grund, seinen Hauptfirmensitz ins Ausland zu verfrachten – beispielsweise mit einer Briefkastenadresse.«

»Das ist Steuerhinterziehung, oder?«

»Schon. Nur ist es schwer, das nachzuweisen. Ich habe vor ein paar Jahren mal eine Reportage darüber geschrieben. Es gibt aber noch andere Gründe für eine solche Briefkastenadresse. Stell dir zum Beispiel mal vor, da sind ein paar Freunde.«

»Ja?« Fragend legte ich den Kopf schief. »Ein paar Freunde. Und weiter?«

»Jeder von ihnen hat eine eigene Firma. Das muss nicht unbedingt eine Briefkastenfirma sein. Einer von ihnen darf beispielsweise Gutachten ausstellen.«

»Was für Gutachten?«

»Das ist jetzt reine Theorie, ein Beispiel nur. Ein Gutachten über einen Sachverhalt, für den der andere ein positives Gutachten braucht.«

Ich runzelte die Stirn. »Das ist zunächst einfach nur Lobbyismus, oder? Ist doch gang und gäbe.«

»Aber dennoch juristisch anfechtbar. Stell dir des Weiteren vor, der Gutachter wäre stiller Teilhaber an dem Unternehmen, das oder dessen Geschäft er begutachtet.«

»Dann wäre neben der Seilschaft auch noch ein handfestes Eigeninteresse mit im Spiel.«

»Ein Interesse, mit dem er nicht offiziell nach außen hin auftritt. Es ist verschleiert, bleibt im Dunkeln.«

»Stille Teilhaber ...« Ich kratzte mich nachdenklich am Kopf. »So still, dass es einem Außenstehenden, der einen das Unternehmen betreffenden Sachverhalt prüfen soll, gar nicht auffällt, dass dort keine neutrale Bewertung vorliegt. Das meinst du doch?«

»Genau. Daran denke ich.«

Ich dachte an die vielen Skandale, die in den letzten Jahren in dieser Hinsicht aufgedeckt worden waren. Lobbyismus, Bestechlichkeit, Steuerhinterziehung, Übervorteilung. Wie häufig hatte da einer die Hand aufgehalten. Ich war es leid, die ewig gleichen Geschichten ernsthaft in der Zeitung zu verfolgen. Jetzt aber spann ich den Faden weiter. »Was wäre, wenn beispielsweise ein Politiker stiller Teilhaber an einem Unternehmen wäre, für das er bestimmte Genehmigungen erteilen muss? Genehmigungen für Bauvorhaben, Subventionen oder irgendwelche Zuschüssen von Stadt oder Land?«

»Dann würde der betreffende Politiker sich strafbar machen. Und das machen sie ja auch alle Nase lang, die Damen und Herren aus der Politik.«

»Und was hat das alles mit dem Innenhafen zu tun?« Ich tippte auf den Lageplan des Hafenbeckens vor mir auf dem Tisch. »Worum geht es in unserem Fall genau?«

»Das weiß ich noch nicht.« Volker gähnte. »Ich denke, man muss die Firmen mal alle näher durchleuchten. Vielleicht sitzt ja eine von ihnen am Innenhafen.«

»Könnte sein. Und Dr. Behrends sollten wir auch näher unter die Lupe nehmen.«

»Ja. Den auch. Den eigentlich zuallererst.«

»Und wie?«

»Ich werde mir was einfallen lassen.«

»Ich auch. Das interessiert mich schon aus Prinzip. Erst recht aber, weil Kurt damit zu tun hatte. Ob er deswegen sterben musste?«

»Vielleicht.« Volker ordnete die Papiere erst sequentiell, dann kreisförmig an und starrte auf das Gebilde. Seine Finger trommelten einen nachdenklichen Rhythmus auf die Tischkante. »Sehr wahrscheinlich sogar, sagt meine Nase. Was auch immer da im Gange ist, es hat Sprengkraft.«

Ich schloss die Augen. Dachte an ein brennendes Auto, an eine Explosion und zerfetzte, verbrannte Körperteile. Dann sah ich Irinas zerschnittenes Gesicht vor mir. Irina, die Frau, die Kurt geliebt hatte,

»Außerdem mag ich es nicht, wenn man Frauen mit einem Messer attackiert«, sagte Volker unvermittelt. Seine Gedanken schienen in ähnliche Richtung gewandert zu sein wie meine.

Ich funkelte ihn spöttisch an. Eigentlich passte der Begriff Goldritter gar nicht so gut zu ihm. Ich hatte da eine noch viel bessere Assoziation. »Dass dir das ein Ansporn sein würde, war mir klar. Eine schöne Frau in Not, und schon galoppiert der Schimmelreiter los.«

»Wieso Schimmelreiter?«, fragte Volker verblüfft.

»Wegen dem Nebel in seinen Augen«, sagte ich nebulös.

Die Digitalkamera hatte keinen Saft mehr. Ich suchte in Max' Wohnung ein Übertragungskabel mit USB-Anschluss und hatte Glück. Kurz darauf konnten wir die Fotos von der Kamera auf meinen PC überspielen.

Es waren vier. Immer die gleichen Personen an unterschiedlichen Orten, mal zusammen, mal zu zweit, mal zu dritt. Sie schienen gut miteinander bekannt zu sein. Es überraschte mich nicht im Geringsten, dass es sich bei einem davon um Dr. Behrends handelte. Ein zweiter kam mir ebenfalls bekannt vor. Das Gesicht begegnete einem ab und an in den regionalen Tageszeitungen und Nachrichtensendungen. Volker ging es ebenso, aber wir kamen nicht darauf, wer das war. Die beiden anderen waren uns unbekannt.

»Wir sollten diesem Dr. Behrends dringend noch mal auf den Zahn fühlen. Lass uns jetzt hinfahren.«

»Wir haben noch zu wenig in der Hand, Toni.«

»Vielleicht macht er ja einen Fehler, wenn wir ihn ausquetschen.«

»Vielleicht auch nicht, dann scheuchen wir ihn damit nur unnötig auf. Wenn er wirklich Dreck am Stecken hat, was wir ja gar nicht mit Bestimmtheit sagen können. Außerdem solltest du dir vorher eine Dusche gönnen.« Er grinste, während er mich musterte. »Dein Wischmopp in Ehren, aber so richtig gesellschaftstauglich ist das nicht.«

»Schon gut, schon gut. Also weiter mit dem Material.«

Während ich noch einmal langsam durch die Fotos blätterte, versuchte sich Volker an der unleserlichen Schrift in der Kladde.

»Es sieht fast so aus, als hätte er sie beschattet«, sagte er schließlich langsam. »Und zwar seit dem Telefonat mit mir vor ein paar Monaten. Gibt es ein Datum auf den Fotos?« Er stützte sich dicht neben mir auf den Schreibtisch, und ein Hauch von Gaultier schwebte in meine Nase.

»Hier, schau her. Zu dem Datum von jedem Foto findet man auch einen Eintrag im Notizbuch.« Er hatte recht. Entziffern konnten wir die Schrift trotzdem nicht.

»So eine Sauklaue«, meckerte Volker aufgebracht. »Zwei Sachen tauchen aber immer wieder auf. ‚Mallick' oder so was in der Art, und etwas, was mit einem ‚Zi' beginnt. Glaube ich jedenfalls. Ich vermute mal, das sind Namen.«

»Zirkow und Matzek vermutlich«, assoziierte ich. »Das würde auf jeden Fall Sinn machen.«

»Ja. Das würde Sinn machen.«

»Ich scanne das alles mal ein«, schlug ich vor. »Vielleicht kann man die Schrift in einer Vergrößerung besser lesen. Außerdem kann ich dir die Sachen dann schicken. Gib mir mal deine Mailadresse.«

»Guter Vorschlag.«

Ich scannte Seite für Seite ein, während Volker noch einmal aufmerksam die Fotokopien und Artikel aus der schwarzen Mappe durchlas.

»Kopiere das Zeug hier bitte auch«, bat er und wartete wieder.

Schweigend lauschten wir dem schrillen Hin und Her des Scanners.

»Fertig«, sagte ich schließlich. Aufmerksam studierte ich die PDFs auf dem Bildschirm. »Aber viel weiter hat uns das nicht gebracht. Die Kladde bleibt Kauderwelsch. Nur bin ich mir jetzt sicher, dass es wirklich Zirkow und Matzek sind, die er hier so fleißig beschreibt.«

»Und nun? Wie geht es weiter?«

»Wir müssen die Sachen der Polizei bringen«, sagte ich. »Morgen. Da führt kein Weg dran vorbei. Wenn alle Stricke reißen, kann Bettina vielleicht die Schrift entziffern. Sie wird sie ja besser kennen. Das kannst du übernehmen.«

Volker warf mir einen störrischen Blick zu. »Zu den Bullen? Muss das wirklich sein?«

»Ja. Das muss sein, und das weißt du auch genau.«

»Wehe, die pfuschen mir wieder dazwischen.«

»Bea ist gewiss keine, die petzt. Dafür lege ich meine Hand ins Feuer.« Ich sah ihm in die Augen.

»Na dann.« Er nickte langsam. »Du wirst dich ohnehin nicht davon abhalten lassen. Außerdem haben wir ja noch nichts wirklich Brisantes in der Hand. Ich geh dann mal.«

»Wo wohnst du überhaupt? Ich denke, du lebst in Hamburg?«

»Tue ich auch. Zurzeit habe ich mich jedoch bei meiner Schwester in Duisburg eingenistet.« Er schrieb seine Mailadresse auf einen Zettel.

»Und deine Freundin?«

»Sandra. Sie ist gerade auf Tournee in Russland. Konzertpianistin, zwar nicht Weltspitze, aber international durchaus auch kein No Name mehr. Wir sind beide viel auf Reisen. Wir haben eine schöne Wohnung in Hamburg zusammen, aber manchmal sehen wir uns wochenlang nicht.«

Ich nickte. »Wir hören voneinander.«

In der offenen Wohnungstür drückte er mich noch mal flüchtig und streichelte meinen Nacken. Der Kuss auf die Lippen war neu. Lächelnd sah ich ihm nach, bis die Haustür hinter ihm ins Schloss fiel.

Ich ließ mir ein Bad ein, eines mit viel duftendem Schaum. Entkorkte eine Flasche Rotwein und stellte mir das Glas griffbereit auf den Wannenrand. Zündete Kerzen an, die ich im Bad verteilte, legte eine CD auf. Und seufzte wohlig, als ich mich endlich in das heiße Wasser gleiten ließ.

Zu den Klängen von Pink Floyd versuchte ich, meine Gedanken zu ordnen. Dachte an den vergangenen Tag. Machte Halt vor der vergangenen Nacht und schickte mich stattdessen weiter zurück. Zurück zum Tag der Beerdigung. Zurück zu der Frage, warum ich, keine dreißig Kilometer weit weg wohnend, den Kontakt nicht gehalten hatte. Zu Ines. Zu Gerda. Zu Kurti. Zu Matthes. Warum ich nicht zu den beiden Klassentreffen gegangen war und erst recht nicht zu den regelmäßigen Treffen meiner alten Freunde, zu denen ich zumindest anfänglich immer eingeladen worden war, die ersten fünf Jahre oder so. Bis ihnen wohl klar geworden war, dass ich nicht mehr kommen würde.

Die Schwerpunkte ändern sich halt, dachte ich. Die Interessen. Neue Menschen, die bleiben. Alte Freundschaften, die Platz für die neuen Beziehungen schaffen müssen. So hatte ich mir das bislang immer erklärt. Jetzt erkannte ich, dass das falsch war.

Und damit landete ich wieder bei Volker. Bei der seltsamen Unruhe, die mich umtrieb, seit ich mich wieder auf die alten Zeiten eingelassen hatte. Und bei der letzten Nacht. Sie umhüllte mich wie Balsam. Wundbalsam. Heilend. Nur dass ich gar nicht gewusst hatte, dass da eine Verletzung gewesen war. Ich lächelte versonnen. Nahm einen Schluck Wein, rot und körperreich.

Schließlich verließ ich die alten Geschichten und ging im Geiste das Gespräch durch, das ich mit Max würde führen müssen.

»Schatz, ich muss dir was sagen ...«

Schatz? Wie blöd. So nannte ich ihn sonst doch nie. Und was genau sollte ich ihm sagen?

»Ich habe mit Volker geschlafen ...«

Was sollte das denn heißen? Was hatte das mit dem zu tun, was da letzte Nacht passiert war? Ein absolut dehnbarer Begriff, der nichts, wirklich rein gar nichts erklärte. Alles falsch machte, weil er ohnehin nichts richtig machen konnte. Nicht die kalte Hütte berücksichtigte und nicht die harte, enge Pritsche, auf der wir lagen. Nicht die tastenden, vorsichtig zarten Berührungen unter Schichten von Kleidern, die dennoch tief, tief unter die Haut gegangen waren. Nicht die süße Intensität klar machen konnte, die an die Liebe von Jugendlichen erinnerte. Nicht die Vergangenheit erklärte und die damit verbundene Sehnsucht.

Also wie dann?

»Es wird keine Wiederholung geben. Weil ich keine Wiederholung will – und er übrigens auch nicht. Wenn du so willst, habe ich nicht mit dem Volker von heute geschlafen, sondern mit dem Volker von früher.«

Hä? Das stimmte, irgendwie, und irgendwie auch wieder nicht. Und es klang verdammt blöd. Wirklich verdammt blöd! Ich würde mir verarscht vorkommen, wenn mir ein Mann so was auf die Nase binden würde. Klang nach billiger Entschuldigung. Nach »Es ist nicht so, wie du denkst«, nach »Ich habe das eigentlich gar nicht gewollt.«

Aber das war falsch. Denn ich hatte es gewollt. Hatte es gewollt von dem Moment an, an dem der verdammte Cordjackenmuff unaufhaltsam in meine Nase gestiegen war, imaginär und dennoch plötzlich wieder so quälend gegenwärtig. Hatte es gewollt, als ich in blaugrauen Novemberhimmel sah und die leise, ironische Stimme wieder hörte, nach so vielen Jahren. Ja, ich hatte es gewollt! Und empfand weder Bestürzung noch Reue.

»Es lag an der Situation, Max ...«

Liegt es nicht immer an der Situation?, dachte ich ironisch. Scheiße, das ist mir zu blöd. Plötzlich war ich sauer. Sauer auf mich. Sauer auf Max. Sauer auf Volker. Sauer darauf, dass ich die gleichen dummen, abgedroschenen Worte benutzen würde, die Tausende von Menschen in dieser Situation bereits benutzt hatten. »Es hat nichts mit dir zu tun

...«, »Es war die Situation ...«, »Eigentlich konnte ich nichts dafür ...« Das hatte Max nicht verdient. Und ich, ich wollte das nicht nötig haben.

»Ich will dich nicht verarschen«, sagte ich leise. »Natürlich war ich das, ich, Toni Blauvogel, im zarten Alter von knapp achtundvierzig Jahren. Und ich wollte es, ja, in genau dieser Situation. Warum war das so? Weil ich es früher so sehr gewollt habe. Weil die Situation so völlig bar jeder Normalität war. Weil uns so gotterbärmlich kalt war und wir uns deshalb so nahe gekommen sind, wie wir uns am gleichen Abend in einer anderen Situation nie nahe gekommen wären, körperlich, meine ich. Weil es so dunkel war und das die Situation noch mal ... verändert hat. Die Sache von früher war plötzlich wieder präsent, absolut und vollkommen gegenwärtig. Du Max, du warst gestern nicht gegenwärtig. Nicht greifbar, physisch nicht und auch nicht in meinem Kopf. Es war wirklich ein bisschen wie eine Zeitrückung. Eine Reise in die Vergangenheit. Und deshalb war es auch vollkommen folgerichtig. Folgerichtig, Max! Es war richtig in dieser Situation, ich wollte es, ich bereue es nicht und dazu stehe ich auch. Damit ist es aber auch vorbei, mein Herz. Es ist vorbei ...«

Hugh, ich habe gesprochen, dachte ich traurig. Und wusste, dass ich das so nicht würde sagen können. Was ich meinte, würde in verletzten Blicken und verletzenden Worten ertrinken.

Ich hielt mein Weinglas gegen das flackernde Licht einer Kerze. Wunderschön, dachte ich. Dieses Rubinrot eines schweren Weines, durch den das Licht schimmerte. Und ich fasste einen Entschluss. Ich würde Max nichts erzählen. Später vielleicht. Aber nicht jetzt.

NEUN

»Moment mal.« Bea warf mir einen skeptischen Blick zu.

Störrisch schob ich mein Kinn nach vorne.

»Du willst mir also erzählen, dass diese Sachen hier alle Kurt Türauf gehören. Notizbuch, Fotokopien, Digitalkamera.«

Ich nickte.

»Du sagst außerdem, dass dir sein letzter Aufenthaltsort bekannt war. Aber anstatt mir davon zu berichten, hast du es vorgezogen, selber dorthin zu fahren mit« – sie warf einen Blick auf die Notizen, die sie sich gemacht hatte – »mit Volker Schlosser.«

»Es war nur ein Verdacht. Wir waren doch gar nicht sicher«, murmelte ich.

Bea schnippte sich einen Krümel vom Ärmel. »Als ihr festgestellt habt, dass die Hütte tatsächlich vor Kurzem bewohnt war, seid ihr aber auch nicht sofort wieder zurückgefahren, um uns einzuschalten.«

»Wir konnten doch erst mit Sicherheit sagen, dass Kurt derjenige war, der sich dort aufgehalten hatte, als wir seine Sachen durchsucht hatten«, wandte ich ein.

»Gut. Ihr habt also seine Sachen durchsucht.« Bea seufzte. »Und dabei habt ihr all die hübschen Dinge gefunden, die du mir hier jetzt angeschleppt hast. Richtig?«

Ich nickte stumm.

»Aber anstatt sich danach schnell wieder zu verkrümeln«, fuhr Bea sarkastisch fort. »erklärst du mir des Weiteren, dass ihr dort Spuren hinterlassen habt, die weit über das normale Maß einer ... äh ... unprofessionell durchgeführten Durchsuchung hinausgehen. Ihr habt nicht nur Kleidungsstücke angezogen, die dort herumlagen, sondern auch noch in dem bezogenen Bett genächtigt.«

»Pritsche«, sagte ich böse. »Es war nur eine verdammte Pritsche. Und uns war kalt. Wir waren nämlich nass bis auf die Knochen.«

»Darüber hinaus«, ignorierte Bea meinen Einwand, »kann ich deiner Meinung nach davon ausgehen, dass neben Hautschuppen und Fingerabdrücken noch etwas anderes zu finden sein wird. Du willst mich darauf hinweisen, dass nicht nur das Bett ...«

»Pritsche«, fauchte ich dazwischen, »es war nur eine gottverdammte Pritsche!«

»... sondern auch der Schlafanzug, von dem ihr annehmt, dass er Kurt Türauf gehört hat, Spuren von Sperma aufweisen wird, welche nicht Kurt Türauf, sondern deiner Begleitung zuzuschreiben sind.«

»Ja«, sagte ich. »Da ist nun mal nicht dran zu rütteln.«

»Auch diverse Sekrete von dir, vermutest du«, fuhr Bea mit zuckersüßer Stimme fort, »werden sich in diesem Bett finden, unter Umständen sogar ein wenig Blut, weil deine Regel zwar nicht mehr stark, aber doch noch ein wenig ...«

»Völlig auf dem absteigenden Ast«, unterbrach ich sie grimmig. »So gut wie nicht mehr vorhanden. Mal davon abgesehen, dass sie mittlerweile alles andere als regelmäßig ist.«

Auf den zugeworfenen Wechseljahresbrocken stieg Bea nicht ein.

»Aber vermischt mit dem Sperma dann offenbar doch noch gut erkennbar ... «, ritt sie stattdessen auf dem ursprünglichen Thema herum.

»Du weißt doch, wie das ist, wenn man vögelt«, giftete ich. »Das Zeug läuft irgendwann nun mal raus, Gesetz der Schwerkraft, schon mal was davon gehört? Ich kann doch nichts dafür, dass damit noch ein bisschen Blut auf dem Laken gelandet ist, das kann doch wohl jedem passieren!« Ich hielt ihrem Blick stand, trotzig und insgeheim schrecklich verlegen.

Erstaunlicherweise fing Bea schallend an zu lachen. »Das ist die blödeste Geschichte, die mir seit Langem aufgetischt wurde«, gibbelte sie. »Die Jungs vom G'spusi werden ihre helle Freude daran haben.«

»Muss das wirklich sein?«, fragte ich kleinlaut. »Dass du die Spurensicherung dorthin schickst?« Mir war überhaupt nicht zum Lachen zumute.

»Klar muss das sein.« Bea wirkte plötzlich kühl. »Ich muss sicher sein, dass Kurt Türauf sich vor seinem Tod in der Hütte aufgehalten hat. Und da sie dort jede Menge falsche Spuren vorfinden werden, bleibt mir gar nichts anderes übrig, als ihnen von deinem kleinen Techtelmechtel zu berichten, und zwar vorher! Außerdem brauche ich deine Fingerabdrücke und deine DNA, Madame. Und richte doch bitte deinem Volker aus, dass ich seine ebenfalls brauche. Außerdem seine Aussage. Und zwar rapido.«

»Er ist nicht ‚mein Volker‘.«

»Sieht mir aber ganz danach aus.« Bea kicherte ihr hexenhaftes Kichern. Dann wurde sie wieder ernst. »Weiß Max davon?«

»Nein. Er ist nicht zu Hause.« Ich sah aus dem Fenster. Das Thema war mir unangenehm. »Ich will es ihm auch nicht sagen. Nicht jetzt jedenfalls. Ich würde ihm wehtun mit etwas, was eigentlich nichts zu bedeuten hat. Volker ist nicht ‚mein Volker‘ und soll es auch nicht werden. Das war alles nur wegen früher ... irgendwie. Wir haben dadurch endgültig miteinander abgeschlossen.«

»Komische Art, mit jemandem abzuschließen«, kommentierte Bea trocken. »Aber du musst wissen, was du tust. Und nun komm mit. Ich brauche deine DNA.«

Artig stand ich auf und folgte ihr in einen Raum im Erdgeschoss, wo sie mir in Gegenwart eines weiteren Beamten die geforderte Probe abnahm. Zehn Minuten später war ich draußen.

Komische Art, ja. Ich seufzte. Wo Bea recht hatte, hatte sie recht. Aber es hatte funktioniert, komisch hin, komisch her. Ich hatte zwar nicht mit dem Menschen Volker, dafür aber mit meiner seltsamen Jugendsehnsucht nach ihm abgeschlossen. Glaubte ich jedenfalls. Doch das Bea zu erklären, war mir entschieden zu kompliziert.

***

Kaum war ich zu Hause, rief ich Volker an.

»Und? Wie geht's?«, fragte er.

»Ich war bei der Polizei. Sie wollen eine Speichelprobe und Fingerabdrücke von dir haben. Wegen der Spuren in der Hütte«, sagte ich böse.

»Aha. Na, da kann man wohl nichts machen.« Seine Stimme klang gelassen, mit einem leisen Hauch von Spott darin. »Dann werde ich mich da schleunigst blicken lassen müssen. Soll ich danach bei dir vorbeikommen? Oder was hast du für heute geplant?«

»Ich wollte wegen dieser Firmenneugründungen recherchieren. Und das mache ich lieber allein.«

»Das habe ich heute früh schon getan.«

»Und warum sagst du dann nichts?«, fragte ich grantig.

Volker seufzte. »Mache ich doch gerade. Sehr ergiebig war es außerdem leider nicht. Bei der Investment Trust Novum GmbH in Riga geht es um Geldverleih, zu Neudeutsch Investitionen, wie der Name aber eigentlich schon verrät. Über die Venloer Firma konnte ich nichts rausbekommen, lediglich das Gründungsdatum. 2003 war das. Und auch in den gängigen Pressearchiven habe ich nichts weiter gefunden, keine Artikel, die näheren Aufschluss darüber geben könnten, womit genau sich diese Firmen beschäftigt haben, und Hinweise auf eine Briefkastenfirma schon gar nicht.«

»Hm. Also eine tote Spur?«

»Das kann man so noch nicht sagen. Ich habe ein paar Dinge angeleiert. Erstens habe ich einen Kumpel bei Heise.«

»Bei der Nachrichtenagentur?«

»Ja. Genau der. Dem habe ich die Rohdaten durchgegeben und ihn gebeten, mal zu gucken, ob er was findet. Vielleicht etwas, was nicht veröffentlicht wurde.«

»Und das macht er?«

»Klar. Wenn er Zeit hat, macht er das. Kostet ihn doch nur ein paar Suchanfragen im System. Außerdem gibt es da noch Minnie. Sie arbeitet mir manchmal zu. Eine Art freie Mitarbeiterin ...«

Schon wieder hörte ich Spott in seiner Stimme.

»Harz IV, wenn du es genau wissen willst, mit einem gerüttelten Maß an freier Zeit. Ich setzte sie manchmal auf Recherchen an, da ist sie verdammt gut drin. Sie soll mal versuchen, an das lettische und das niederländische Handelsregister dranzukommen und dort auch im

Netz zu recherchieren. Beiden habe ich außerdem ein Foto unseres Quartetts geschickt. Vielleicht kriegen sie ja raus, wer der unbekannte Vierte ist. Außerdem hätte ich gerne eine Bestätigung, dass es sich bei den beiden anderen wirklich um Zirkow und Matzek handelt. Aber wie gesagt: Gerade erst angeleiert. Hier können wir nur abwarten.«

Ich legte mich auf mein rotes Sofa. Verschränkte die Arme im Nacken und dachte nach. Zwei Firmen in Riga. Eine, die Investitionen tätigte, sprich: Geld verlieh und dafür mehr zurückbekam, als sie reingesteckt hatte. Eine andere, die ihr Geld mit Architektur machte. Ein Artikel über ein Bauvorhaben am Duisburger Innenhafen sowie ein Lageplan des Hafenbeckens mit einem roten Kreis an einer bestimmten Stelle, einer der wenigen noch brachliegenden Flächen dort. Vier Personen. Behrends, Matzek, Zirkow und ein Unbekannter, von dem ich mir sicher war, ihn schon mal irgendwo zu Gesicht bekommen zu haben. Sie alle hatten was damit zu tun. Und eine Firma in Venlo, über die wir nichts wussten. Warum hatte Kurt sich mit ihr beschäftigt?

Bonnie machte es sich auf meinem Bauch bequem und fing an zu schnurren. Ich streichelte sie, während ich weitergrübelte.

Worum ging es hier? Um Geld, das konnte ich riechen. Das zog sich wie ein roter Faden durch die ganze verdammte Geschichte. Kurt hatte Geld gehabt. Viel Geld. Deutlich mehr, als ein kleiner Bankangestellter in einem ganzen Leben ansparen konnte. Seinem Freund Schiller hatte Kurt erzählt, dass er eine Sache zum Abschluss bringen und dass er Irina beschützen wollte. Die Frau, die jetzt einen Schnitt in der rechten Wange hatte, während Kurt, ihr Beschützer, tot und begraben auf dem Friedhof am Duisburger Sternbuschweg lag. Das alles stank zum Himmel. Und neben Eifersucht war der schnöde Mammon immer noch das stärkste Motiv, jemanden umzubringen.

Wie hing das alles miteinander zusammen? Wer hatte in dieser Angelegenheit den Durchblick? Mit dieser Frage landete ich wieder bei Kurts Chef, Dr. Dr. von und zu Behrends. Ich beschloss, ihn noch einmal aufzusuchen. Volker informierte ich wohlweislich nicht von meinem Vorhaben. Schließlich hatte er sich strikt dagegen ausgesprochen, Behrends noch einmal heimzusuchen. Mangelnde

Beweise. Das stimmte. Aber gerade deshalb hielt ich diesen Besuch für dringend erforderlich.

Ich stand auf und nahm meine Lederjacke von der Garderobe. Steif und klamm, das Ding. Der Eifelregen hatte massive Schäden hinterlassen. Vermutlich irreparabel. Ich seufzte. Da fiel mein Blick auf Max' dunkelgraue, herrlich weich gegerbte Lederjacke mit der dicken Fleece-Kapuze. Über den dunklen Rücken tanzte ein Sprühregen kleiner roter Sternchen. Ich hatte das auffällige Stück an Silvester in einem Second-Hand-Laden in Stockholm entdeckt und Max aufgeschwatzt. Nun lag sie hier im Flur auf dem Hocker. Der Kerl ließ dauernd etwas bei mir liegen. Merkwürdig nur, dass er sie nicht mit in den Norden genommen hatte. Ich warf sie mir über. Etwas zu groß, aber egal. Ich hatte keine Lust auf einen Mantel.

**

Die Zicke am Informationstresen trug heute einen Hosenanzug in Hellblau und wollte mich nicht anmelden. »Keine Besuche. Strikte Anweisung vom Chef«, sagte sie und versuchte nicht mal, einen Hauch von Bedauern in ihre Stimme zu legen. Im Gegenteil. Ich hörte Schadenfreude heraus. So leicht wollte ich mich jedoch nicht abwimmeln lassen.

»Danke, ich finde schon selbst hinauf«, säuselte ich und fegte an ihr vorbei zu der Tür, hinter der sich Treppenhaus und Fahrstühle befanden.

»He, Sie können doch nicht einfach ...«, hörte ich sie rufen. Der Rest des Satzes – wenn sie ihn überhaupt zu Ende geführt hatte – wurde vom schweren Metall der zufallenden Tür verschluckt.

Behrends erwartete mich bereits vor seinem Büro. Grob packte er mich am Arm und dirigierte mich zurück in die Richtung, aus der ich gekommen war. »Sie sind ganz schön dreist.« Seine Stimme klang verärgert. »Wenn man Ihnen sagt, dass ich beschäftigt bin, dann bin ich beschäftigt! Ich erwarte wichtigen Besuch.«

»Ich denke, ich habe etwas dabei, was Sie interessieren wird.« Ich sprach lauter, als nötig gewesen wäre. »Wenn Sie wollen, können wir das auch gern hier auf dem Flur besprechen.« Freundlich nickte ich einem der geschäftigen Anzugträger zu, die vorbeiflitzten.

Behrends machte kehrt, marschierte vor mir her in sein Büro und knallte die Tür hinter uns zu.»Fünf Minuten. Mehr nicht. Sie sind wirklich eine Nervensäge.« Dann setzte er sich hinter seinen Schreibtisch, so, als wolle er möglichst viel Abstand zwischen ihn und mich bringen.

Wortlos schob ich Ausdrucke der Fotos, die wir auf Kurts Digitalkamera gefunden hatten, über die Tischplatte. Ich beobachtete ihn, während er die Fotos durchblätterte. Mir schien, dass er blass wurde. Aber vielleicht bildete ich mir das auch nur ein, weil ich es mir wünschte. Bei dem trüben Tageslicht ließ sich das schwer sagen. Wenn ihn die Bilder aufregten, hatte er sich jedenfalls gut in der Gewalt. Nicht mal mit der Wimper zuckte er, als er die Ausdrucke sorgfältig wieder auf den Tisch legt.

»Ja und?«, fragte er höflich. Eine seiner dichten Weigel-Brauen war diabolisch in die Höhe gezogen.

Ich betrachtete ihn schweigend.

Auch er sagte nichts.

Schließlich blickte er ungeduldig auf die Uhr an seinem Handgelenk.»Frau Blauvogel, Sie müssen schon sagen, was Sie von mir wollen.« Er verschränkte die Finger ineinander und sah mich unverwandt an, das dichte Buschwerk über den Augen merkwürdig gegeneinander versetzt.»Ansonsten stehlen Sie meine Zeit.«

»Die Fotos habe ich unter Kurt Türaufs Sachen gefunden.« Ich nahm die Ausdrucke vom Tisch und blätterte sie durch, schnell, wie bei einem Daumenkino.

»Ja? Und was bitte ist so schlimm daran? Das sind alles gute Freunde von mir. Wir spielen Doppelkopf zusammen, wenn unsere Zeit es zulässt.«

»Aha. Beim Doppelkopf lässt es sich sicher gut über Geschäfte plaudern, oder? Über Geschäfte dieser Art beispielsweise.« Ich holte Kurts schwarze Mappe aus meinem Rucksack und schob ihm die Fotokopien über den Tisch. Die über die Firmengründungen und die stillen Teilhaberschaften.

Dieses Mal war ich mir sicher, dass er weiß um die Nasenspitze wurde.

»Interessant, dass Sie stiller Teilhaber bei einer lettischen Investmentfirma sind. Oder?«

»Das ist nicht verboten.« Er hüstelte. »Eine Geldinvestition, mehr nicht.«

»Immerhin fand Kurt Türauf die Sache so spannend, dass er Informationen darüber gesammelt hat.« Ich lächelte ihn spöttisch an. »Er hat Sie erpresst, nicht wahr? Hat er womöglich mehr von Ihren Geschäften mitbekommen, als gut für Sie ist?«

»Ich muss schon sehr bitten!« Behrends Augenbrauen bildeten nun einen graden, dicken Balken, der sein Gesicht in zwei Hälften teilte. Empört funkelte er mich an.

Ich ließ mich davon nicht beirren. »Ich frage mich die ganze Zeit, warum Kurt Türauf diese Firmen näher unter die Lupe genommen hat. Zum Beispiel diese in Venlo hier.« Ich hob die entsprechende Fotokopie hoch und wedelte damit vor seinen Augen herum. »Etwa auch eine Geldinvestition?«, stichelte ich weiter und feuerte einen letzten Schuss ins Blaue: »Oder ist das etwa eine Briefkastenfirma?«

Behrends sprang so heftig auf, dass sein Chefsessel schwungvoll gegen die Wand hinter ihm rollte. Drohend kam er um den Schreibtisch herum, packte mich am Arm und zerrte mich in die Höhe. Er war groß. Verdammt groß, wie er sich da so vor mir aufbaute, ganz wütendes Gorillamännchen, massig und schwer. »Raus jetzt«, tönte er. »Das ist wirklich unerhört!«

Mit einem Ruck befreite ich meinen Arm aus seinem Griff. »Danke, ich finde allein hinaus«, sagte ich betont freundlich. »Sie können die Unterlagen behalten. Der Polizei liegen sie bereits vor. Die werden sich bestimmt bald mit Ihnen in Verbindung setzen.«

Auf einer Bank gegenüber dem gläsernen Eingang des Kreditinstituts machte ich es mir bequem. Ich musste nicht lange warten. Die Visage über dem dunklen Trench, der da so eilig auf die Glastür zuwehte, war auf mehreren der Fotos deutlich erkennbar. Ich schoss hinter ihm her.

»Gehen Sie ruhig hoch, Herr Matzek«, hörte ich die Frau mit dem Hang zu Pastelltönen am Banktresen flöten.

Aha. Da hatte einer der Namen nun also ein Gesicht bekommen. So viel zum Thema Doppelkopf. Ich hatte herausbekommen, was ich wissen wollte. Zufrieden verließ ich die Bank und schlenderte über den breiten Boulevard, mit dem sich Duisburg schmückte, seitdem ein amerikanischer Stararchitekt die Stadt der modernen Urbanität hatte zuführen wollen, zurück in Richtung Auto.

Viel Fußvolk war allerdings nicht unterwegs an diesem kühlen Märztag, an dem ein nasskalter Wind Plastikbecher und Papier vor sich her trieb. Die Königsstraße lag heute erschreckend unbevölkert vor mir. Lediglich das mindestens vier Meter hohe stilisierte Fabelwesen, das, obwohl mit einem Vogelkopf versehen, schwer an eine Nana erinnerte und damit die eindeutige Handschrift von Niki de Saint Phalle trug, drehte sich wasserspeiend inmitten eines großen Brunnens und brachte etwas Farbe in die triste Szenerie.

Wie neuerdings überall im Ruhrgebiet waren auch hier auf der Königsstraße viele Fahrradwegweiser zu sehen. Kleine Schilder mit roter Schrift, die den Weg zu den zahlreichen Sehenswürdigkeiten des Reviers wiesen. Das Ruhrgebiet hatte mächtig an seinem Image rumpoliert und ein weit verzweigtes Netz an gut befahrbaren Radwanderwegen eingerichtet. Innenhafen 0,8 km, las ich. Ich dachte an den Lageplan, den wir unter Kurts Sachen gefunden hatten, und an den Kreis, mit dem er das Gelände am Ende des Hafenbeckens markiert hatte. Und wo ich doch schon mal hier war...

Ich erreichte das Hafenbecken am Kultur- und Stadthistorischen Museum Duisburg. Direkt gegenüber befand sich die Baustelle des LZPD2. So weit, so gut. Ich wandte mich ostwärts und folgte dem Hafenbecken, bis ich die beiden wenig mühlenhaften Mühlen erreichte. Vor mir lag nun dieses seltsam unproportioniert wirkende Gebäude mit dem gläsernen Turm an dem den Mühlen zugewandten Ende. Es schien noch unbewohnt zu sein. Eine Art gläserner Drache. Der Korpus wölbte sich nicht seitwärts, sondern in die Höhe, wie bei einem chinesischen Drachen. An zwei Stellen bäumte sich das Glasgebilde zu breiten Durchgängen hoch, die den Weg auf das dahinter liegende Gelände freigaben, Man hatte begonnen, Lärmschutzwände gegen den steten Lärm hochzuziehen, der von der A59 heruntergetragen wurde. Wenn ich mich recht erinnerte, hatte

Kurt ungefähr hier seinen Kreis auf der Lageskizze des Innenhafens gemacht. Aber auf der Skizze war an dieser Stelle aber noch Brachland gewesen. Ich ging weiter bis zu dem Baustellenzaun, der das Gelände abschirmte. Ein Schild gab Aufschluss darüber, dass sich die Bürger hier auf ein Logistik- und Dienstleistungs-Begegnungszentrum sowie das Logport-Museum freuen durften.

Begegnungszentrum? Logport-Museum? Hm …

***

Bettina trug helle Farben, als sie mir die Tür öffnete. Und so durchscheinend, wie ich sie von der letzten Begegnung her in Erinnerung hatte, war sie auch nicht mehr.

»Darf ich kurz reinkommen?«

»Ja, aber ich muss bald weg. Ich bin mit einer Freundin verabredet.« Sie sah irgendwie schuldbewusst aus, trat jedoch beiseite und ließ mich ein. Dann blieb sie im Flur stehen, so, als wollte sie mir erst gar keine Gelegenheit geben, mich zu setzen.

»Warum auch nicht? Das Leben geht weiter. Und man selber bewegt sich mit. Diese Farben stehen dir übrigens wesentlich besser als Schwarz.«

»Danke.« Sie lächelte flüchtig. »Was wolltest du wissen?«

»Sagt dir der Name Pietr Matzek was?«

»Nein. Nicht, dass ich wüsste.«

»Und Holger Schönlein?«

»Der Kerl vom Stadtentwicklungsdezernat? Über den hat sich Paps immer sehr aufgeregt.«

Dezernat für Stadtentwicklung! Das war's, woher ich den Namen und das eine Gesicht auf den Fotos kannte. Schönlein war Stadtrat und zierte als solcher öfter mal die Lokalseiten der »NRZ«, die mein Kollege immer mit ins Büro brachte. »Warum hat er sich aufgeregt?«, fragte ich interessiert.

»Er hat geschimpft, dass man hierzulande nur durch Beziehungen weiterkommt. Durch Filz und Klüngel, schlimmer als in Osteuropa.«

»Das Stichwort Innenhafen ist dabei nicht zufälligerweise mal gefallen?«

Bettina schüttelte den Kopf. »Ich glaube nicht. Allerdings habe ich wirklich meistens abgeschaltet, wenn er so losgelegt hat.«

»Aber dass er sich über Schönlein beschwert hat, das weißt du sicher?«

»Ja. Er hatte sich ziemlich eingeschossen auf ihn. Von Vetternwirtschaft geredet und davon, dass die in der Stadtverwaltung alle Dreck am Stecken haben. Stammtischgerede halt.«

Oder auch nicht, dachte ich. »Sonst fällt dir nichts zu Schönlein ein? Und Matzek kennst du nicht«, bohrte ich noch mal nach. »Miroslaw Zirkow vielleicht?«

»Leider nein.« Sie zuckte bedauernd mit den Schultern.

Ich öffnete meinen Rucksack und zog Ausdrucke der eingescannten Kladde heraus. »Das ist die Schrift deines Vaters. Kannst du sie vielleicht entziffern?«

Sie nahm sie, warf einen flüchtigen Blick darauf und reichte sie mir zurück. »Volker war deswegen schon hier. Aber tut mir leid. Mir musste Paps immer alles in Druckbuchstaben aufschreiben. Seine Schrift ist auch für mich absolut unleserlich.«

»Das ist schade.«

»Hör mal, ich wollte dich eigentlich schon anrufen ...«

»Weswegen?«, fragte ich überrascht.

»Du hast es eben selbst gesagt.« Bettina lächelte mich schüchtern an. »Das Leben geht weiter. Ich meine ...« Sie biss sich auf die Lippen. »Er ... also Paps hatte ja nun offensichtlich auch irgendwie Dreck am Stecken. Woher hatte er denn sonst das Geld für eine Eigentumswohnung am Innenhafen? Ehrlich gesagt möchte ich es gar nicht mehr so genau wissen.«

»Was? Woher Kurt das Geld hatte? Worin er verstrickt war? Oder warum er sterben musste?«

»Ich ... das ist mir alles zu viel, verstehst du das nicht?«

»Du willst, dass ich aufhöre?«, fragte ich entgeistert.

Bettina nickte betreten. Dann sah sie auf die Uhr an ihrem Handgelenk. »Du, sei mir nicht bös, aber ...« Mit einer Körperhaltung, die keinen Widerspruch duldete und in seltsamem Kontrast zu ihrer bisherigen schüchternen Kleinmädchenmasche stand, dirigierte sie mich aus der Tür hinaus. Ich folgte ihr durch das Treppenhaus. Vor der Haustür reichte sie mir die Hand. »Danke für alles«, murmelte sie. Dann stieg sie in einen hellblauen Micra und fuhr los.

Die ganze Rückfahrt nach Essen über ging mir Bettina nicht mehr aus dem Kopf. Wann hatte ich sie das letzte Mal gesehen? War gar nicht so lange her, Donnerstag oder Freitag. Da war sie noch von Schock und Trauer übermannt gewesen, hatte abgekämpft und völlig kraftlos gewirkt. Dass sie nur wenige Tage später vom Leben sprach, welches weitergelebt werden musste, und nicht mehr wissen wollte, wer ihren Vater um die Ecke gebracht hatte, fand ich äußerst merkwürdig.

Freu dich doch für sie, dachte ich. Ist doch gut, wenn sie wieder auflebt. Zwar ein bisschen komisch, aber was soll's. Ich würde auf jeden Fall weitermachen, ob Bettina das nun wollte oder nicht.

***

Den Abend verbrachte ich allein in meiner Wohnung. Max war zwar zurück, saß aber bereits wieder am Schreibtisch. Bös war ich nicht darüber. Ein Abend mit Max auf der Couch wäre mir heute nicht angenehm gewesen. Ich brauchte noch etwas Abstand.

Stattdessen notierte ich in gewohnter Manier Stichpunkte auf kleine Zettelchen und schnitt sie aus. Schob sie hin und her, verband die losen Elemente miteinander und notierte dabei gedanklich, was ich wusste.

Mittlerweile war das eine ganze Menge: Ich wusste, wo Kurt sich kurz vor seinem Tod aufgehalten hatte. Ich wusste, dass er heiraten und sich ein neues Nest bauen wollte, ein sündhaft teures. Ich wusste, dass er das bar bezahlen wollte, ganz ohne irgendeinen Kredit. Und dass er ein paar Leute beobachtet hatte, darunter auch seinen Chef. Ich wusste, halt, nein, ich vermutete, dass diese Männer in irgendwelche dubiosen Geschäfte verstrickt waren. Dass sie mit stillen Teilhaberschaften eine Firma unterhielten. Aber warum?

Ich war mir inzwischen ziemlich sicher, dass Kurt die honorigen Herren mit seinem Wissen erpresst haben musste. Oder zumindest einen von ihnen, den Behrends zum Beispiel. Hatten sie ihn deshalb umgebracht?

Erpressung. Aber womit? Ich fuhr den PC hoch und rief die Seite der Duisburger Stadtverwaltung auf. Holger Schönlein – so stand es dort im Who is Who zu lesen – machte sich seit mehr als zehn Jahren als Leiter des Dezernats für Stadtentwicklung verdient, wie Bettina es gesagt hatte. Er war Parteimitglied der CDU und von Haus aus Architekt.

Ich öffnete die eingescannte Lageskizze, die wir unter Kurts Papieren gefunden hatten. Der rote Kreis markierte tatsächlich das östliche Ende des Innenhafens. Auf der Skizze war es noch ein Stück Brachland, inzwischen stand darauf ein Neubau, der in Kürze ein Logistik- und Dienstleistungs-Besucherzentrum sowie ein neues Museum beherbergen würde. Das Logport-Museum. Noch nie davon gehört.

Kurt musste diese spezielle Bautätigkeit am Duisburger Innenhafen näher ins Visier genommen haben. Sein Kringel auf dem Lageplan umfasste allerdings das gesamte Ende des Hafenbeckens. Der Neubau, den ich heute bewundert hatte, endete ungefähr in der Mitte. Und jetzt?

Ich suchte im Netz nach verschiedenen Stichworten: »Innenhafen Duisburg«, »Hafen Duisburg«, »Strukturwandel Duisburg« und »Bauprojekte am Innenhafen Duisburg«. Was ich fand, waren etliche sehr informative Internet-Plattformen. Zwei Stunden später hatte ich eine Menge gelesen und versuchte, die Fakten zu sortieren und auf die wichtigen inhaltlichen Punkte zu reduzieren.

Der Duisburger Hafen, heute als größter Binnenhafen Europas bekannt, bestand eigentlich aus ehemals zwei Hafenanlagen: dem Ruhrorter Hafen, den man erst zu Beginn des 18. Jahrhunderts gebaut hatte, und dem Duisburger Hafen, der heute Innenhafen heißt. Der allerdings war bereits im 12. Jahrhundert bedeutungslos geworden, als der Rhein nach einer Hochwasserkatastrophe sein Bett von der Stadt weg verlegt hatte. Erst im 19. Jahrhundert hatte man den Innenhafen mithilfe eines langen Kanals wieder mit dem Rhein verbunden. Irgendwann war Ruhrort, und damit auch der Ruhrorter Hafen, eingemeindet worden. Allerdings trat Duisburg die Hafenanlagen an die eigens zu diesem Zweck gegründete Duisburg-Ruhrorter Hafenverwaltung ab. Ich runzelte die Stirn. Eine Art von Privatisierung? Hm. Also weiter.

Erst Freihafen im Rahmen der Montanunion, dann Umschlagplatz für Holzkohle und Getreide, und schließlich der Strukturwandel im Ruhrgebiet. Stückgut wurde zunehmend über die Straße transportiert. Der Duisburg-Ruhrorter Hafen musste sich also für den Umschlag von Containergut fitmachen, wenn er im Rennen bleiben wollte – was ihm auch bestens gelang. Damit war der Innenhafen jedoch endgültig raus. Als Anlaufstelle für Containerschiffe war er definitiv nicht geeignet. Mitte der neunziger Jahre wurde er darum Bestandteil eines IBA-Projektes. IBA? Internationale Bauausstellung. Arbeiten, Wohnen, Kultur und Freizeit, darum ging es. Ein Architekturwettbewerb für die Neugestaltung der Duisburger City wurde ausgeschrieben, Preisträger waren das Architektenbüro Norman Foster & Partners, die Landesentwicklungsgesellschaft, die Treuhandstelle GmbH und die Kaiser Bautechnik. Zur Planung, Durchführung und Kontrolle dieses Projektes wurde eigens eine Entwicklungsgesellschaft gegründet.

Neben Foster hatte sich im Laufe der letzten Jahre eine Reihe weiterer Architekten und Bauträger am Innenhafen ausgetobt. Ein Projekt, das sogenannte Eurogate, konnte mangels Investoren bis heute nicht umgesetzt werden. Und als das vorläufige Ende der langen Kette krönte nun dieses merkwürdig unproportionale Drachengebilde, kurz LogPort-Zentrum genannt, das östliche Hafegebiet. Das EuroLogistik-Begegnungszentrum sollte in den LogPort-Tower einziehen, im unteren Teil würde der Drachenkorpus die LogPort-Mall beherbergen, im ersten Stock das LogPort-Museum. Wenn das Gebäude denn mal bezogen wurde.

War ich damit schlauer? Kaum. Ich wusste immer noch nicht, worum es hier ging. Alles noch viel zu schwammig. Wischiwaschi. Zornig klemmte ich mich ans Telefon.

»Natürlich machen wir weiter«, empörte Volker sich, nachdem ich ihm von meinen Recherchen in Sachen Innenhafen und dem Besuch bei Bettina berichtet hatte. Den bei Behrends ließ ich dezent außen vor. »Wo wir doch schon ein gutes Stück vorangekommen sind. Da können wir doch jetzt nicht einfach so aufhören«, tönte er weiter.

»Stimmt. Drei … äh … zwei Männer des Quartetts«, korrigierte ich mich schnell, »können wir jetzt eindeutig zuordnen. Behrends und Stadtrat Schönlein. Auf beide war Kurt nicht gut zu sprechen. Schönlein hat er laut Bettina Vetternwirtschaft und Klüngel vorgeworfen, schlimmer als in Osteuropa.«

»Womit wir wieder bei den Firmen in Lettland sind, und damit bei den Namen Zirkow und Matzek.«

Wovon ich Letzteren ebenfalls einem Gesicht auf den Bildern zuordnen kann, dachte ich still. Was Zirkow mit allergrößter Wahrscheinlichkeit zum Vierten der sogenannten Doppelkopfbrüder macht. Damit hätten wir alle identifiziert. Mein Gewissen regte sich leise, weil ich Volker diese Information vorenthielt.

»Wir sollten morgen noch mal diese Irina besuchen«, schlug er vor. »Vielleicht kann sie uns ja was zu den Personen auf den Fotos sagen.«

Die Idee gefiel mir. Wenn Irina Matzek oder Zirkow identifizierte, brauchte ich meinen Besuch bei Behrends nicht ins Spiel zu bringen. Schnell stimmte ich zu. Wir verabredeten uns für den kommenden Vormittag um zehn Uhr in Altenessen.

Ich legte auf, streckte mich auf meinem Sofa aus und schloss die Augen. Szenenbruchstücke der vergangenen Tage drängten in wirrer Abfolge in mein Bewusstsein. Die Baukulisse am Duisburger Innenhafen, Behrends bedrohliche Weigel-Brauen, der Wasser speiende Nana-Vogel, rostende Skulpturen vor einer alten Schule in Sprockhövel. Barbaras riesige Sinéad-O'Connor-Augen, die kurz geschorenen Haare, ein Mann, schemenhaft und groß, hart auf sie einprügelnd … Und dann hatte ich plötzlich das Bild von Onkel Gerhard vor Augen. Sah ihn vor mir, den alten Mann, wie er mir mit zittriger Hand ein zerknittertes Foto seines geliebten Hundes vor die Nase hielt. Eines Hundes, der schon lange tot sein musste. Ich versuchte mir vorzustellen, wie es war, in so einer Anstalt zu leben. Und die, in der Onkel Gerhard untergebracht war, schien noch eine der besseren zu sein. Mein Gefühl sagte mir, dass ich einen Aufenthalt im ‚Haus Bethesda' niemals würde bezahlen können. Wie alt mochte Gerhard Schröder wohl sein? Achtzig? Älter bestimmt nicht. Und wie lange schon kreisten seine Gedanken nur noch um diesen Hund, der schon seit Ewigkeiten tot war? Plötzlich hatte ich entsetzliche Angst vor dem Alter.

ZEHN

»Kann ich dein Auto haben?«, fragte Max. »Ich muss leider überraschend nach Köln, habe meinen Wagen aber vorhin in die Inspektion gegeben. Oder wolltest du noch weg?«

Ich überlegte kurz. »Nimm ruhig«, sagte ich dann. »Wir wollen zwar noch mal zu Irina, aber Volker kann mich bestimmt abholen.«

Für einen flüchtigen Moment sah ich etwas in Max' Augen aufblitzen. Etwas Undefinierbares.

»Lass dich mal drücken«, sagte ich spontan und machte einen Schritt auf ihn zu.

Aber er drehte sich zur Seite und griff nach dem Wagenschlüssel an meinem Schlüsselbrett. »Ich bin etwas in Eile«, murmelte er und zog die Tür hinter sich zu. Es hatte etwas von Flucht an sich.

***

Erneut saßen wir in dem kleinen Wohnzimmer von Irina Kruzsca. Die lange Wunde in ihrem Gesicht sah nach wie vor schlimm aus, wulstig und entzündet. Und sie schien Schmerzen zu haben, denn beim Sprechen verzog sie ihr Gesicht. Dennoch wirkte sie wesentlich gefasster, stabiler als bei unserer letzten Begegnung.

Papiere lagen auf ihrem Wohnzimmertisch verstreut, auf dem auch ein Notebook lautstark vor sich hin ventilierte. »Entschuldigen Sie bitte«, sagte sie. »Ich arbeite von zu Hause aus. Was kann ich für Sie tun?«

Ich zeigte ihr die Fotos, die wir von Kurts Digitalkamera heruntergeladen hatten. Behrends identifizierte sie sogleich als Kurts Chef. Das wunderte mich nicht. Schließlich hatte sie als Übersetzerin für die Ruhrcity-Bank gearbeitet. Als ich ihr Holger Schönlein unter die Nase hielt, zögerte sie. »Irgendein Politiker, glaube ich«, sagte sie. »So einer von der Stadt. Auf jeden Fall hat er mit Dr. Behrends zu tun gehabt, mehrfach.« Ich zeigte ihr ein weiteres Foto, auf dem der Mann zu sehen war, den ich nach Ausschluss von Behrends, Schönlein und Matzek, dessen Gesicht ich ja inzwischen ebenfalls kannte, für Zirkow hielt. Sie presste die Lippen zusammen und verneinte. Als sie Matzek sah, funkelten ihre Augen wütend auf, und obwohl sie auch bei ihm energisch den Kopf schüttelte, fuhr ihre Hand an die verletzte Wange. Sie behauptete trotzdem, ihn nicht zu kennen. Ich war mir sicher, dass sie log. Und egal, welche Frage wir ihr noch stellten – wir bekamen keine einzige vernünftige Antwort mehr aus ihr heraus.

»Und? Was hältst du davon?«, fragte ich Volker, als wir wieder im Auto saßen.

»Sie hat die beiden erkannt«, bestätigte er meinen Eindruck. »Und sie verbindet nichts Positives mit ihnen.«

»Ja, das glaube ich auch. Ich denke, dass der Schnitt in ihrem Gesicht mit ihnen zu tun hat. Und dass sie Angst vor ihnen hat, weshalb sie jetzt auch nichts mehr sagen will. Deshalb bin ich mir sicher, dass es sich um Zirkow und Matzek handelt. Und wenn das so ist, stecken sie alle vier unter einer Decke und haben mit Kurts Tod zu tun.«

»Ja, davon sollten wir ausgehen«, stimmte Volker zu und startete den Wagen. »Fragt sich nur, was die Herren ausgefressen haben. Was haben sie mit dem Neubau dort am Ende des Innenhafens zu tun? Wir wissen immer noch nicht, worum es hier überhaupt geht, verdammt noch mal.«

***

Der Anruf erwischte mich, als ich gerade wieder in meiner Wohnung angekommen war.

»Frau Blauvogel?« Die Stimme war mir unbekannt.

»Ja?«

»Schwester Regina, Klinikum Essen.« Ein Räuspern. »Max Schulze ... In seinem Notizbuch steht, dass man Sie informieren soll im Falle eines ...«

»Was ist passiert?« Mein Herz schlug plötzlich seltsam laut.

»Er hatte einen ... «, sie zögerte und schien nach den richtigen Worten zu suchen, »ich meine, er liegt hier auf der Intensivstation.«

Ein schmerzhafter Stich schoss mir durchs Herz. »Ein Unfall?«, fragte ich heiser.

»Nicht direkt.«

Was soll das heißen?, wollte ich fragen. Aber ich brachte nur einen krächzenden Laut zustande.

»Ich denke, es ist am besten, Sie kommen her. Wenn Sie an der Stationsschleuse sind, melden Sie sich bitte über die Rufanlage. Haben Sie etwas Geduld. Wir hören das. Aber es kann etwas dauern, bis Ihnen jemand öffnen kann.«

»Gut«, sagte ich mit seltsam tonloser Stimme. »Ich komme sofort.«

***

»Ihr Freund hat großes Glück gehabt.« Der Arzt sah erschöpft aus, so, als habe er bereits einen langen Dienst hinter sich. Oder einen schwierigen. Oder beides.

»Was ist passiert?« Wenigstens war meine Stimme wieder da.

»Das Fahrzeug, mit dem er unterwegs war, ist explodiert. Glücklicherweise hatte er den Wagen bereits verlassen. Die Druckwelle traf ihn drei Meter entfernt. Er musste wohl mal.« Der Arzt räusperte sich. »Zumindest stand sein Hosenstall offen, als er eingeliefert wurde.«

Ich griff mir mit der Hand an die Kehle. Dort saß ein Kloß, so dick, dass ich kaum sprechen konnte. »Ist er schwer verletzt?«, flüsterte ich.

»Er hat eine Schädelfraktur, etliche Schnittwunden und ein paar Verbrennungen an den Armen, wo er von brennenden Autoteilen getroffen wurde. Ein Schädel-Hirn-Trauma konnten wir ausschließen.«

»Schädelfraktur? Wie ...«

»Er wurde von einem der Granittrümmer getroffen. Immerhin nicht perforiert, sondern nur ein Riss in der Schädeldecke«, erklärte der Arzt.

»Was?« Ich schüttelte abwehrend den Kopf. Perforiert? Perforieren, durchdringen, eindringen, übersetzte ich still. »Warum Granit?«, fragte ich dann.

»Nun, da war wohl einer dieser typischen Rastplatztische. Sind die überhaupt aus Granit? Egal. Auf jeden Fall hart. Ihr Freund hatte den Wagen direkt daneben geparkt, und die Detonation hat die Sitzgruppe in kleine Stücke gerissen. Hätte ihn ein größerer Brocken direkt von hinten getroffen, wäre leicht ein Querschnitt draus geworden. Ich sage ja, er hat mächtig Glück gehabt.«

»Der Wagen ist also explodiert, als er stand?« Ich fühlte mich wie betäubt, als mir die Tragweite dieser Aussage bewusst wurde.

»Genau. Näheres wird die Polizei Ihnen sagen können. Sie ist aber noch vor Ort.«

»Warum liegt er auf der Intensivstation, wenn er nicht schwer verletzt ist?«

»Aber er ist schwer verletzt! Immerhin hat er eine leichte Schädelfraktur. Es kann immer noch zu unerwarteten Hirnblutungen kommen, oder zu Schwellungen. Im Moment halten wir ihn im künstlichen Koma.«

Mir wurde schlecht. »Kann ich zu ihm?« Meine Stimme klang genauso zittrig, wie ich mich fühlte.

»Kurz, ja. Aber erwarten Sie nicht zu viel. Er wird nicht wahrnehmen, dass Sie da sind.«

Der Raum wirkte ebenso nüchtern und septisch wie die Schwester, die mich dorthin begleitet hatte. Mein Herz schlug bleiern und schwer, während ich meine Augen durch den kleinen Raum wandern ließ. Alles hell, Wände, Nachttisch, Stuhl, Bett. Weiß auch die Laken. Eine Gestalt darin, seltsam klein. Weißer Verband am Kopf, dort, wo normalerweise Haare sein sollten. Das da war nicht Max. Nicht so klein. Ein Kind, das lag hier. Nur ein Irrtum. Max war das nicht. Alles nur eine dumme Verwechslung. Mir wurde schwindelig. Ich tastete nach der Kante des Stuhles und ließ mich darauf fallen, schwer wie das Blei in meinem Herzen. Mein Blick blieb an dem ewigen Dreitagebart hängen, der mittlerweile mindestens wie ein Sechstagebart wirkte, grau und langstoppelig. Nein. Kein Kind. Max! Mir wurde übel. Sah so einer aus, der Glück gehabt hatte?

Ich starrte auf die Monitore, die seinen Schlaf überwachten. Lauschte den gleichmäßigen Atemzügen, dem auf und ab der Beatmungsmaschine. Ab und zu verließ ein Laut seine Kehle, eine Art Ächzen, das ganz tief in mir etwas berührte, bohrend und schmerzhaft. Ich hielt seine Hand, die breite, zuverlässige, hielt sie ganz vorsichtig, um die Kanülen nicht zu berühren, die seine Venen mit dem Schlauch und dem Tropf darüber verbanden und mit den Stoffen versorgten, die lebenswichtig für ihn waren. Für uns. Er sah eingefallen aus wie ein Greis, und hätte der Arzt mir nicht versichert, dass seine Zähne unversehrt waren, ich hätte geschworen, er hätte sie verloren. Ich sah in sein seltsam fremdes Gesicht, lauschte seinem Atem und beobachtete, wie sich mit der elektrolythaltigen Lösung, die sich aus dem Tropf in dem kleinen Vorbecken des Schlauches sammelte, ein stetes Rinnsal den Weg in seine Venen bahnte.

Bitte, dachte ich. Bitte, lass ihn nicht sterben. Das ist doch mein Max! Der Mann, den ich liebe. Mit dem ich lebe, für den ich da sein will! Ich begriff mit einem Mal, warum manche Menschen in extremen Situationen plötzlich gläubig wurden. Denn hätte ich auch nur den Funken eines Glaubens an ein übermächtiges Wesen verspürt, ich hätte voller Inbrunst gebetet. Es angefleht, dass es Max verschonte. Dass alles wieder gut würde. So aber klammerte ich mich an das, was der Arzt mir gesagt hatte. *Er hat Glück gehabt ... Glück gehabt ... Glück gehabt ...* Klammerte mich daran und fühlte, wie die Wut in mir wuchs. Und wuchs. Und wuchs. Denn Autos explodierten nicht einfach, und schon gar nicht im Stehen. Und Max war mit meinem Auto gefahren. Mit *meinem* beschissenen Auto. Weil seines in der Werkstatt war. Dass das nun nach Kurtis Auto auch noch in die Luft flog, war mit Sicherheit kein Zufall.

***

Bea nahm die Brille ab und massierte sich die Nasenwurzel. »Ich schätze, du bist mir eine Erklärung schuldig.«

»Dito«, sagte ich böse. »Du hättest mir verdammt noch mal sagen müssen, dass da eine Autobombe im Spiel war bei Kurts Unfall!«

»Heraushalten solltest du dich, das hatte ich dir klar und deutlich gesagt!« Bea war jetzt genauso sauer wie ich. »Aber du bist ja so ein verdammter Sturkopf. Natürlich machst du weiter. Max hätte dabei draufgehen können!«

Ich sah Max in seinem Krankenhausbett vor mir, bleich und eingefallen, mit diesem ewigen Dreitagebart im Gesicht. Ich hätte heulen mögen. »Das ist nicht fair«, brüllte ich stattdessen. »Das ist wirklich nicht fair!« Ich biss die Zähne zusammen, bis sie knirschten.

»Fair hin, fair her, darum geht es hier nicht. Du wirst mir jetzt erzählen, was ihr die ganze Zeit getrieben habt, du und dein Volker. Ihr seid jemandem gewaltig auf die Füße getreten. Fragt sich nur, wem.«

Ich sah sie mit weit aufgerissenen Augen an. »Wenn mein Auto mit einer Bombe in die Luft gejagt wurde, ist er vermutlich auch in Gefahr.«

»Oh, mach dir da mal keine Sorgen. Der ist bereits unterwegs hierher. Mit Blaulicht und allem Pipapo. Das volle Programm.« Bea grinste mich an. Wölfisch irgendwie. Gefährlich. »Und die Kollegen in Duisburg nehmen gerade seinen Wagen auseinander. Sicher ist sicher.«

»Was soll das? Ich meine, warum wird er hierher gebracht?«

»Schutzgewahrsam? «, schlug Bea vor. »Das gilt auch für dich.«

Ungläubig sah ich sie an. Die Wut wich so plötzlich aus meinem Körper wie die Luft aus einem angestochenen, prall aufgeblasenen Ballon. »Das ist jetzt nicht dein Ernst, oder?« Schwäche nahm von mir Besitz, machte meine Knie weich und stopfte mein Hirn mit Watte aus.

»Doch«, sagte sie trocken. Der Blick, mit dem sie mich betrachtete, war freundlich, aber unnachgiebig. »Ich will dich nicht auch noch in kleinen Stückchen aus den Trümmern deiner Wohnung kratzen müssen.«

Aber … ich … das … da … die Katzen, kämpften sich die Gedanken durch die Watte in meinem Kopf.

»Du siehst so aus, als bräuchtest du dringend einen Kaffee.« Damit verließ Bea den Raum.

Ich blieb zurück. Fühlte mich seltsam leer. Die Catos. Ich musste sie doch füttern! Mein Blick wanderte im Raum umher, ohne dass ich ernsthaft etwas wahrnehmen konnte. Bilder, einzelne Sequenzen. Sie überlagerten den Raum. Max bleiches, eingefallenes Gesicht. Der Schlauch, der in die Kanüle auf seinem Handrücken mündete. Mein brennendes Auto. Die Explosion. Dazwischen schob sich ein Gedanke und versuchte, Fuß zu fassen, verschwand jedoch wieder in der Watte. Ich konnte ihn nicht festhalten. Nicht hier, nicht jetzt. Ich wusste nur, er war wichtig, der Gedanke. Konzentrier dich, blauer Vogel. Max Stimme, zärtlich. Irgendwas schlug rhythmisch aufeinander. Meine Zähne? Konzentrier dich, mein blauer Vogel. Max' Stimme. Geliebte Stimme. Da, der Schreibtisch. Beas Schreibtisch. Fenster. Äste, kahl und blattlos. Grauer Himmel. Hundegebell. Ich musste die Katzen füttern. Etwas trommelte gegen die Scheibe. Regen. Harte, große Tropfen. Sie perlten an der Scheibe ab, hinterließen Rinnsale. Ging das Fenster zum Haumannpark hinaus? Die Spuren der Regentropfen an der Scheibe erinnerten mich an etwas. Konzentrier dich endlich. Vogel, blauer. Worauf nur? Es ist doch wichtig. Ich weiß, dass es wichtig ist!

»Kann mir einer mal erklären, was hier los ist?« Volkers Stimme, gereizt, energisch. »Toni?«

Schon wieder dieses »Toni«. Das Einwort. Eine Aufforderung. Ich drehte den Kopf in seine Richtung.

»Bitte setzen Sie sich.« Beas Stimme. »Hier ist frischer Kaffee. Möchten Sie eine Tasse?«

»Was ist mit ihr los? Hat sie Drogen genommen?« Volker, nicht mehr gereizt, sondern verwundert. Besorgt?

»Also, Herr Schlosser. Es geht um …«

Die Worte verschwammen. Aber es war Beas Stimme.

Sie hatte etwas von Schutzgewahrsam gesagt. Ich sprang auf und hastete zur Tür. »Ich muss die Katzen füttern«, stammelte ich.

Bea war plötzlich neben mir. Die Hände schwer auf meinen Schultern. Sie zwangen mich auf den Stuhl zurück. »Ich kümmere mich darum. Versprochen. Ich kümmere mich um deine Katzen.«

»Was zum Teufel ist hier los?« Wieder er, herrisch nun im Ton. Eine Stimme, die keinen Widerspruch duldete.

»Max ist heute früh mit Tonis Auto gefahren«, hörte ich Bea sagen. Kühl und sachlich. »Am Parkplatz an der Mintarder Brücke hat er angehalten. Er musste vermutlich austreten.«

Austreten? Komisches Wort. Austreten. Pieseln hieß das doch. Pinkeln. Schiffen. Strullen. Aber doch nicht Austreten!

»Er war knapp drei Meter vom Auto weg, als es explodierte.«

»Bitte?« Nicht mehr ganz so herrisch, der Ton.

»Eine Autobombe. Deshalb nehmen sich die Techniker jetzt auch Ihren Wagen vor.«

»Ach du Scheiße!« Volker war plötzlich bei mir, die Arme fest um mich geschlungen. Er streichelte mein Haar. »Toni, das tut mir so leid.«

Ich schüttelte ihn ab. »Er ist doch nicht tot«, sagte ich unwillig. »Er hat Glück gehabt. Sagen die Ärzte. Aber er liegt im K-K-K-K ...« Das Wort wollte mir nicht über die Lippen. Wollte einfach nicht raus.

»Schädelbruch. Künstliches Koma«, hörte ich Bea leise sagen. »Bis die Schwellungen im Gehirn abgeklungen sind. Es war Tonis Auto. Verstehen Sie jetzt? Ich will sie schützen. Sie sollte vorerst nicht mehr in ihre Wohnung zurück. Und Sie am besten auch nicht.«

»Aber ...« Ich fing an zu zittern. Am ganzen Körper, so als hätte ich Fieber. Meine Zähne schlugen aufeinander. Ich konnte es nicht kontrollieren. »A-A-A ... d-d-die Katzen ...«

»Ich kümmere mich um die Tiere. Ich verspreche es dir.«

Beas Gesicht verschwamm in den Tränen, die plötzlich zu fließen anfingen. Sie hörten gar nicht mehr auf zu fließen, die Tränen.

Da war ein Mann neben mir. Hockend. Er kramte in einem kleinen Koffer herum, der geöffnet auf dem Boden stand. Zog eine Spritze auf. Ich weinte immer noch. Unkontrolliert. Zuckend. Zähneklappernd. Es stach im Arm. Heiß floss mir etwas durch die Adern. Dann war da nur noch Nebel. Bea und Volker. Unglaublich viele Worte, die an der dumpfen Watte in meinem Gehirn abprallten.

Ich weiß nicht, wie lange ich so gesessen hatte. Das Zeitgefühl war mir abhanden gekommen. Doch irgendwann stand Volker vor mir und legte seine Hand auf meine Schulter. Ich sah, wie er seine Lippen bewegte. Hörte die Laute, die er ausstieß und deren Inhalt mir seltsam verborgen blieb. Er wollte etwas von mir. Ich starrte ihn an und versuchte, mich zu konzentrieren.

Wieder sagte er etwas. Etwas Kurzes, ein einziges Wort nur. Aber das Einwort war es nicht. Ich sah auf seinen Mund, seine Lippen. Deutlich. Überdeutlich. Als würde er zu einer Gehörlosen sprechen. Er streckte mir auffordernd die Hand entgegen und sagte es noch mal. Jetzt verstand ich ihn. »Komm«, sagte er, seine Hand immer noch vor meiner Nase. Er wollte, dass ich aufstehe.

Ich ergriff die Hand und zog mich daran hoch, schwer wie ein nasser Sack. Ich merkte, dass er in der Tasche meiner Jacke wühlte. Sah, wie er Bea einen Schlüssel reichte – meinen Schlüssel? –, und im Gegenzug etwas von ihr in Empfang nahm. Ich ließ mich schließlich an der Hand hinausführen wie ein kleines Kind.

***

Wiederholtes Klingeln in immer gleichem Abstand. Dann dumpfes Gemurmel. Rascheln. Ein Dielenboden knarrte. Wärme. Ich spürte ein Kissen unter meiner Wange. Einen rauen Bezug, nicht kuschelig, sondern kratzig. Dafür war die Decke weich, unter der ich lag. Ein paar Fransen kitzelten meine Nase. Ich öffnete die Augen. Ein Streifen Licht kroch über die Front vor mir. Stoff. Grün. Tannengrün. Cord. Mühsam drehte ich mich um.

Ich lag auf einer Couch. Die Decke war blau mit dünnen grünen Streifen. Und roten. Im Karo. Ich schwang die Beine über den Couchrand und richtete mich auf. Mir war schwindelig. Ich fühlte mich seltsam zittrig und schwach. Dann ließ der Schwindel nach und machte einem üblen Geschmack im Mund Platz. Wie nach hohem Fieber.

Eine Stehlampe tauchte den Boden um sich herum in helles Licht. Fischgrätmuster. Parkett. Ich entdeckte ein paar Beine, die in Jeans steckten. Folgte den Beinen, landete bei Händen, die gerade ein Buch sinken ließen, einem hellen Hemd mit blauen Streifen.

»Na, wieder wach?« Volker lächelte mich an. »Du hast geschlafen wie ein Zementsack. Und geschnarcht.«

»Gar nicht«, sagte ich, die Stimme piepsig. »Ich schnarche nicht.«

»Tust du wohl.«

»Ich habe Durst.« Kinderjammern, weinerlich. Das war doch nicht ich. Ich räusperte mich verlegen.

»Ich bring dir was.« Volker stand auf und verließ den Raum. Der Sessel, auf dem er gesessen hatte, kam mir bekannt vor. Aufmerksam sah ich mich um.

»Das ist Beas Wohnung«, stellte ich fest, als Volker mir ein Glas mit Mineralwasser reichte.

»Stimmt. Sie möchte, dass du ein paar Tage hierbleibst. Sie wohnt solange bei ihrem Kollegen.«

»Schütte?«

»Genau. Bei Reinhold Schütte. Und sie kümmert sich gut um deine Katzen. Das soll ich dir ausrichten.«

»Ich dachte, sie wollte uns in Schutzgewahrsam nehmen«, sagte ich kleinlaut.

»Das hätte sie am liebsten getan, damit hat sie nicht hinterm Berg gehalten. Aber ohne unsere Einwilligung braucht sie einen richterlichen Beschluss und das weiß sie auch ganz genau. Sie hat sofort klein beigegeben, als ich ihr das sagte.«

»Versuch macht kluch«, murmelte ich mit geschlossenen Augen. Hallo Großmutter, begrüßte ich die alte Dame stumm.

»So ungefähr. Sie kann nur an dich appellieren, im Augenblick nicht in deine Wohnungen zurückzukehren.«

»Und du hältst das für richtig?«

»Na, hör mal! Dein Auto wurde in die Luft gejagt, und beinahe hätte es deinen Max erwischt. Das galt dir. Sie hat völlig recht mit ihrer Sorge.«

»Max ...« Ich schluckte schwer. »Wie geht es ihm?«

»Besser. Die Schwellung im Gehirn ist schon etwas zurückgegangen, sagen die Ärzte. Sie wollen ihn aber noch zwei, drei Tage schlummern lassen.«

Volkers Stimme war betont sachlich. So, als wollte er um jeden Preis einen weiteren tränenreichen Ausbruch von mir vermeiden. Konnte ich ihm nicht mal verdenken, wo ich doch selbst nicht gut mit Tränen klarkomme.

»Bea hat eben angerufen und mir das gesagt«, erzählte er weiter. »Vermutlich bist du deshalb wach geworden. Ein Polizeiarzt hat dir was gespritzt. Du warst ziemlich durch den Wind.«

»Ach, deshalb fühle ich mich so seltsam.« Ich versuchte aufzustehen. Aber es drehte sich alles um mich herum. Also ließ ich mich wieder aufs Sofa fallen. »Was war denn das für ein Sauzeug?«

»Etwas zur Beruhigung. Und zum Schlafen. Ich habe dir fünf Stunden zugesehen, wie du friedlich vor dich hin geschnarcht hast.«

»Gar nicht!«, sagte ich trotzig.

»Oh doch.« Volker lachte.

»Und was machen wir jetzt?« Meine Stimme klang immer noch seltsam fremd in meinen Ohren.

»Hast du Hunger? Ich zumindest könnte jetzt gut was zu essen vertragen.«

Ich horchte in mich hinein. Ein tiefes Grollen signalisierte, dass sich mein Magen mit dem Gedanken durchaus anfreunden konnte. »Bärenhunger«, gab ich zu.

»Dann mach ich mich mal an die Arbeit. Ich wollte eigentlich was einkaufen gehen, aber ich wusste nicht, wie lange du noch schläfst. Und ich wollte nicht, dass du allein bist, wenn du aufwachst.«

Ich nickte. Mir war immer noch etwas schwindelig. Aber mein Magen, einmal auf das Thema angesetzt, verlangte jetzt lautstark nach Nahrung.

Volker plapperte weiter, während er sich aus dem Sessel hievte und in Richtung Küche verschwand. »Für eine Frau ist Beas Kühlschrank nicht gerade üppig ausgestattet. Aber ich habe eine Fertigpizza im Tiefkühlfach entdeckt und etwas, was sich Schlemmerfilet oder so nennt.«

»Fisch. Von Iglo, glaube ich.«

»Wie auch immer. Ich kümmere mich. Bleib hübsch sitzen.«

»Vergiss den Wein nicht«, rief ich ihm hinterher.

»Nicht nach den Medikamenten«, tönte es aus der Küche. Hörte ich da etwa einen leisen Ton von Besorgnis heraus? Ich stemmte mich vom Sofa hoch und folgte ihm langsam, vorsichtig einen Fuß vor den anderen setzend. In der Küchentür blieb ich stehen, lehnte mich an den Türrahmen und sah ihm beim Werkeln zu.

Plötzlich hatte ich Bilder von Max vor Augen. Bilder, wie ich mit ihm zusammen Bratkartoffeln gebraten hatte, damals, in meiner kleinen Küche hoch über dem Isenbergplatz. Mir schossen die Tränen in die Augen und ich flüchtete ins Bad.

»Essen ist fertig«, hörte ich Volker irgendwann rufen. Ich schnäuzte die Nase, klatschte mir viel kaltes Wasser ins Gesicht und zog die Spülung. Schluss jetzt! Der Tag war tränenreich genug gewesen.

Natürlich sah er, dass ich schon wieder geheult hatte. Das sagte mir der besorgte Blick, den er mir zuwarf.

»Ich will auch Wein.« Auffordernd deutete ich auf das Glas, das Volker in seinen Händen hielt.

»Aber die Med–«

»Papperlapapp«, schnitt ich ihm das Wort ab und zog die Nase hoch. »Max ist heute Mittag beinahe zu Tode gekommen, ich habe kein Auto mehr und mir trachtet eindeutig jemand nach dem Leben. Ich sitze hier in einer fremden Wohnung, vernachlässige meine Katzen und habe nicht mal eine Zahnbürste dabei. Ich will Wein. Jetzt.« Energisch sah ich ihn an.

»Das ist die Toni, die ich kenne.« Volker entnahm dem Hängeschrank ein langstieliges Glas, füllte es mit Wein und reichte es mir. »Prost.« Er hob sein Glas, in dem es rubinrot leuchtete. »Wir werden das Schwein drankriegen. Das verspreche ich dir. Aber nicht mehr heute. Bis morgen brauche ich eine Auszeit von dem Thema.«

»Einverstanden.« Ich prostete zurück. Heißhungrig fielen wir über das Essen her.

»Ich werde jetzt fahren«, sagte Volker, als wir fertig waren.

»Wieso darfst du nach Hause und ich nicht?«, fragte ich empört.

»Weil ich bei meiner Schwester wohne. Und die trägt noch den Namen ihres Ex. Ich konnte deine gestrenge Kommissarin davon überzeugen, dass das ungefährlich ist.«

»Kannst du nicht noch ein bisschen bleiben? Wir können doch fernsehen.«

»Himmel, ich bin wirklich hundemüde.« Er gähnte. »Wenn ich jetzt nicht bald fahre, komme ich nicht mehr in die Gänge.«

»Dann bleib hier.« Ich vermied es, in Volkers Novemberaugen zu sehen, und wusste plötzlich nicht mehr, was ich sagen sollte.

Auch Volker schwieg.

»Hör zu«, sagte ich schließlich leise, als das Schweigen unangenehm zu werden begann. »Wir haben doch neulich alles geklärt. Falscher Zeitpunkt, falsches Timing. Ich mag jetzt einfach nicht allein sein, das ist alles. Vielleicht können wir noch ein bisschen zusammen fernsehen, wenn noch was halbwegs Erträgliches kommt. Und dann will ich einfach nur schlafen, mehr nicht. Ich kann auch die Couch nehmen. Eine Seite im Bett wäre mir allerdings lieber. Ist bequemer.« Ich brachte ein Grinsen zustande und legte fragend den Kopf schief.

Er grinste zurück, griff nach meiner Hand und drückte sie kurz. »In Ordnung. Ein Film wäre prima.«

Wir ließen die Küche so unaufgeräumt, wie sie war, zappten uns durch die Kanäle und blieben an einem Columbo hängen, der gerade erst angefangen hatte. Irgendwann schlief Volker ein. Sein Kopf sank schwer an meine Schulter. Ich stellte den Ton leiser und lauschte seinem tiefen Atmen, während ich den Film zu Ende sah. Ich hatte ein merkwürdiges Gefühl der Vertrautheit.

»Komm schlafen«, sagte ich schließlich und schaltete den Fernseher mit der Fernbedienung aus. Ich knuffte ihn leicht, um ihn zu wecken. »Hier holst du dir nur einen steifen Hals.«

Er schlief augenblicklich wieder ein, sobald er sich ins Bett gelegt hatte. Im Schlaf drehte er sich zu mir um und schlang die Arme um mich. Ich lauschte dem Ticken des Weckers und den ruhigen Atemzügen neben mir, dachte an Max in seinem Krankenhausbett, an Bonnie und Clyde, die jetzt vermutlich unruhig auf mich warteten, und daran, dass ich mir ein neues Auto würde kaufen müssen.

Endlich schlief auch ich ein.

***

»Also, wie gehen wir jetzt vor?« Volkers Stimme klang verdächtig munter. Und Morgenmenschen waren mir zutiefst suspekt.

»Weiß nicht.« Ich gähnte.

Er musterte mich überrascht. »Hast du nicht gut geschlafen?«

»Geht so. Hat ein bisschen gebraucht, bis ich einschlafen konnte. Mir ging der ganze Mist nicht aus dem Kopf. Ich habe immer Max vor mir gesehen, wie er mit den ganzen Schläuchen da in diesem sterilen Bett liegt.«

»Kann ich verstehen. Das würde mir auch nicht aus dem Kopf gehen, wenn es Sandra so erwischt hätte. Aber wir kriegen das Schwein dran, das habe ich dir versprochen.«

»Und wie?«

»Ich habe heute früh ein wenig nachgedacht, während du noch tief geschlafen hast. Übrigens schnarchst du wirklich, wenn du auf dem Rücken liegst.«

»Dann schnarcht doch jeder«, sagte ich wegwerfend.

»Aber du liegst nur auf dem Rücken. Zumindest frühmorgens.« Er zwinkerte mir zu. »Wie machen wir also weiter?«

Die Frage schien rhetorischer Natur. »Ohne Frühstück geht bei mir gar nichts«, wehrte ich ab. »Sonst kommen meine kleinen grauen Zellen nicht richtig in die Gänge.«

»Gibt es hier kein Café, in dem wir frühstücken können?«

»Mit ungeputzten Zähnen mag ich aber nichts essen.«

»Zähne putzt man nach dem Frühstück, nicht vorher.«

»Klugscheißer. Ich mag es aber nun mal nicht danach. Ich frühstücke lieber mit frischem Atem. So habe ich es immer schon gemacht«, sagte ich störrisch. »Das wirst du mir nach achtundvierzig Jahren auch nicht mehr abgewöhnen können.«

Er verstand den Wink. »Gut, dann gehe ich eben einkaufen. Irgendwo in der Nähe wird es ja wohl einen Laden geben. Er spähte aus dem Fenster. Obwohl – sieht ziemlich vorsintflutlich aus hier. So … äh …«

»Idyllisch«, half ich nach.

»Es sieht so aus, als wäre die Zeit stehen geblieben. Wo sind wir eigentlich? Die Fahrt vom Polizeipräsidium hat doch gar nicht lange gedauert. Gehört das noch zu Essen?«

Er hatte recht. Das Viertel bestand größtenteils aus maximal zweigeschossigen Mehrfamilienhäusern mit viel Gartenfläche, alle im gleichen Stil gehalten, aber dennoch architektonisch durch Erker, Giebel und Fensteraufteilungen unterschiedlich gestaltet. Dadurch wirkte die Siedlung sehr abwechslungsreich und dennoch einheitlich vom Gesamtbild her.

»Das ist die Margarethenhöhe, die erste sogenannte deutsche Gartenstadt, gestiftet von Margarethe Krupp zu Beginn des 19. Jahrhunderts.«

»Und ich dachte, hier wäre im zweiten Weltkrieg so viel zerstört worden«, wunderte sich Volker.

»Wurde es ja auch, und auch die Margarethenhöhe war schwer davon betroffen. Aber im Gegensatz zu vielen anderen Stadtteilen wurde die Krupp-Siedlung in ihrer historischen Form später wiederhergestellt.«

»Aha. Und wo können die Leute hier einkaufen?«

»Ganz in der Nähe gibt es einen Edeka-Markt. Der versteckt sich hinter altehrwürdigen Fassaden, hat aber alles, was das Herz begehrt.«

»Na, dann geh ich wohl mal shoppen.«

»Herzhaft, nicht süß«, instruierte ich ihn, während er sich die Schuhe anzog. »Und möglichst Käse, aber nicht gerade jungen Gouda. Eventuell rohen Schinken, aber dann ganz dünn geschnitten bitte. Luftgetrocknete Salami geht auch. Und bitte Körnerbrötchen.«

»Sonst noch was?«, fragte er amüsiert. Er öffnete die Tür.

»Ein bisschen Obst wäre schön«, rief ich ihm hinterher. »Und vergiss die Zahnbürste nicht!«

»Das gibt's doch nicht. Die Straße hier heißt ,Trautes Heim'«, sagte Volker vergnügt, als er mit drei prall gefüllten Beuteln in der Hand die Wohnung wieder betrat. »Das wäre mir ja ziemlich peinlich, wenn ich das als meine Wohnadresse angeben müsste.«

»Sag das bloß nicht zu laut.« Ich lachte und nahm ihm die Tüten ab.

»Auf ihre Maggihöhe lassen die hier nichts kommen. Es gibt

unglaubliche Wartelisten, um ein Häuschen oder eine Wohnung in der Siedlung zu ergattern. Ohne Beziehungen kaum zu machen.« Ich packte die erste Tüte aus. »Mmmh, Vanillejoghurt«, sagte ich anerkennend.

»Stehst du etwa auch auf der Warteliste?« Volker begann, diverse Käsesorten auf einem Teller zu drapieren.

»Nö. Tue ich nicht. Ich finde das zwar absolut hübsch hier, wirklich. So behütet irgendwie. Aber auch verdammt eng.« Ich stapelte Äpfel, Bananen und Kiwis auf einem Teller zu einem dekorativen Berg. »Die schmalen Sträßchen, die Nachbarn, die dir quasi auf den Teller spucken können, diese engen Räume in den kleinen Hucken. Wenn ich Kinder hätte, wäre das was anderes. Oder wenn ich ein alter Mensch wäre, noch deutlich älter als jetzt, meine ich. Dann würde es mir ein Gefühl von Geborgenheit geben, von Aufgehobensein.«

»Kleinklein für kleine Leut'.«

»Wunderschönes Kleinklein«, verbesserte ich ihn. »Und kleine Leut' wohnen hier kaum noch, soweit ich weiß. Eher der gehobene Mittelstand.«

»Ich wollte niemanden beleidigen. Ist mir nur so eingefallen, ein Wortspiel«, beeilte sich Volker zu sagen,

Ich grinste. »Schon gut. Mich kannst du damit nicht treffen. Aber ich bin froh, dass es solche Stadtteile im Ruhrgebiet noch gibt. Sag mal«, misstrauisch hob ich eine Zellophantüte hoch und begutachtete, was dort auf dem weißen Etikett zu lesen stand. »Schweinemedaillons, tausend Gramm?«

»Ich hatte mir Schweinemedaillons mit Gorgonzolacreme und selbst eingekochtem Birnenmousse heute Abend vorgestellt«, sagte Volker harmlos. »Und wie ist Bea an dieses Schmuckstück von Puppenstube gekommen?«

»Soweit ich weiß, ist sie hier groß geworden. Nicht in dieser Wohnung, aber auf der Margaretenhöhe. Sie hat mal erzählt, sie könne sich ein Leben in einem anderen Stadtteil nicht vorstellen. Wenn schon Essen, sagt sie, dann hier. Damit sie die Großstadt vergessen kann. Und weil sie in der Gegend Hinz und Kunz kennt, hat sie dann auch tatsächlich schnell eine Wohnung bekommen.« Ich hob das Paket mit den Medaillons noch mal hoch. »Aber gleich acht Stück? Wie lange, meinst du, müssen wir – muss ich«, verbesserte ich mich, »denn hier noch ausharren? Ich komme mir vor wie eine Aussätzige in Quarantäne.«

»Ich kaufe immer zu viel ein«, erwiderte Volker lachend. »Das mit den Mengen habe ich einfach nicht im Griff.«

Das ist doch sonst mein Text, dachte ich betreten. Unsere Blicke trafen sich und blieben aneinander hängen. Abrupt riss ich den Kühlschrank auf und knalle das Fleisch hinein. »Ich putze mir noch schnell die Zähne. Kaffee habe ich schon gemacht, steht auf der Maschine.« Fluchtartig verließ ich die Küche.

»Also: Du hast nachgedacht«, führte ich Volker zu seinem Ausgangsthema zurück, während ich mir ein Brötchen mit Sonneblumenkernen erst mit Butter bestrich und dann dick mit Käse belegte. »Und was ist dabei herausgekommen?«

»Du arbeitest doch bei der Landeszentrale für Polizeidienste.«

»Ja, und?« Ich warf ihm einen überraschten Blick zu. Dabei registrierte ich, womit er sich da gerade seine Semmel bestrich. »Wie kann man nur Nutella essen? Vermutlich klatschst du dir auch ganze Negerküsse zwischen die Brötchenhälften.«

»Na, na, na! Schokokuss bitte. Politisch immer hübsch korrekt bleiben, gelle?« Er grinste mich an. »Dort bist du in der EDV-Abteilung tätig, oder?«

»Also, Abteilung ist etwas untertrieben. Eigentlich haben die eher eine riesige IT-Struktur, die in mehrere Bereiche mit vielfältigen Aufgabengebieten untergliedert ist. Worauf willst du hinaus?«

»Na, dann sitzt du doch an der Quelle. Erzähl mir mal was über die Software, die dort eingesetzt wird.«

»Bei der Polizei? Das ist ganz unterschiedlich. Deshalb sind ja schon seit Jahren, mittlerweile sogar Jahrzehnten so viele damit beschäftigt, die Sache neu zu strukturieren. Aber willst du das wirklich wissen?«

»Ja klar. Das interessiert mich brennend. Allerdings nicht ohne Hintergedanken.«

Ich runzelte die Stirn. »Jedes Bundesland hat eine eigene Lösung. Nein, das stimmt nicht ganz. Einige Bundesländer arbeiten mit der gleichen Software – zumindest in Teilbereichen. Man unterscheidet

Fahndungssysteme, Vorgangsbearbeitungssysteme und Auskunftsysteme. Letztere sind Klumpatsch-Töpfe, in die alles reingestopft wird, was mit dem Sammeln von Informationen zu tun hat. Gerade dort herrscht absoluter Wildwuchs. Was da softwaretechnisch eingesetzt wird, variiert sogar innerhalb eines Bundeslandes bei den unterschiedlichen Behörden.«

»Was ist so schlimm daran?«, fragte Volker neugierig.

»Das Problem ist die Vergleichbarkeit der Daten. Wenn die Datenbasis eine andere ist, gleiche Sachverhalte also durch unterschiedliche Software unterschiedlich erfasst werden, ist das schwer auswertbar. Und das ist gerade in einem so sensiblen Bereich wie der Verbrechensbekämpfung ein großes Problem. Allerdings gibt es auch absolute Gegner der Zentralisierung dieser Bereiche.«

»Wieso das?«

Ich biss in mein Brötchen. »Der gläserne Mensch«, sagte ich kauend. »Datenschützer sehen die Sache äußerst skeptisch, weil Polizei und Verfassungsschutz dann problemlos und ohne irgendwelche nachprüfbaren Anfragen in den Datenbeständen sämtlicher Bundesländer und Behören rumschnüffeln können. Und ich kann diese Bedenken sogar verstehen.«

Volker nickte. »Ich glaube, ich auch. Bei diesen Auskunftsystemen muss es doch auch irgendwas geben, womit man Telefongespräche auswerten kann, oder?«

»Sprichst du jetzt von Abhören?« Ich klaubte ein paar Brotkrümel von meinem T-Shirt. »Das hat mit Software nicht mehr unbedingt was zu tun.«

»Nein, ich meine Telefondaten, Gesprächsnachweise oder ähnliches. Wäre doch hochinteressant, zu wissen, was Dr. Behrends in den letzten Wochen alles an Telefonaten geführt hat, oder? Kannst du nicht hinfahren und das prüfen?«

»Ach, darauf willst du hinaus. Aber da muss ich dich enttäuschen. Es gibt zwei Hindernisse. Erstens ist meine Abteilung nur für die Überarbeitung des Auskunftsystems zuständig. Wir haben also keinen Zugang zu dem Tool, mit dem man die Gesprächsnachweise auswerten kann. Und zweitens: Selbst wenn ich Zugriff zu KOYOTE bekäme, hätte ich damit noch lange nicht die Berechtigung, von den

Telefongesellschaften Einzelverbindungsnachweise anzufordern. Das würde auffallen.«

»Och«, sagte Volker enttäuscht. »Das ist aber schade. Und was bekommt man über dieses Auskunftssystem Hübsches raus?«

»Tja, das ist eine lange Geschichte. Und wenn ich sie in einem deiner Reportagen finden sollte, box ich dich um!«

Volker sah mich scharf an. »Was willst du damit sagen?«

»Ich will damit sagen, dass ich dir nichts, aber rein gar nichts erzähle, wenn ich Gefahr laufe, dass du das prompt in einem deiner Artikel verarbeitest. Ist das klar?«

»IT ist nicht mein Thema.«

»Aber Skandale«, sagte ich böse.

»He. Ich bin doch kein Klatschreporter!«

»Ja klar. Du bist einer von den Guten, die sich an brisante Themen machen, um die Bevölkerung aufzuklären. Ein kleiner Robin Hood der Feder.«

»Den Spott kannst du dir ruhig schenken. Worüber ich schreibe, entscheide ich selbst. Und wenn ich einem Umweltskandal auf der Spur bin, finde ich schon, dass das veröffentlicht gehört.«

»Ja. Das finde ich auch.« Ich seufzte. Überlegte flüchtig, was ohnehin schon alles durch Presse und Internet geisterte. Und entschied, dass ich absolut nichts Neues verraten würde, wenn ich ein wenig aus dem Nähkästchen plaudern würde. »Das Auskunftssystem ist eine bundesweite Fahndungssoftware, um die es in den letzten zehn Jahren immens viel Diskussion gegeben hat. Die Entwicklung von INPOL-Neu hat Unsummen gekostet, und die Software läuft trotzdem nicht so, wie sie sollte. Sie wird zwar mittlerweile von den meisten Bundesländern eingesetzt, und wenn nicht, dann doch zumindest eine fast identische Software namens POLAS auf gleicher Datenbasis. POLAS ist die Muttersoftware von INPOL-neu, um es mal lapidar zu formulieren.«

»Und der Skandal dabei?«

»Weil der Zustand so kritisch ist, arbeitet jedes Bundesland ebenso wie der Bund selbst an Lösungswegen.«

»Das macht doch keinen Sinn.«

»Macht es ja auch nicht. Trotzdem ist es so. Die Länder haben schon so viel Geld in ihre Strukturen, Software und auch Eigenentwicklungen gesteckt, dass keines von seinem Baby lassen will. Außerdem geht es mittlerweile nicht mehr nur um eine zentrale deutschlandweite Datenbasis, sondern um eine europaweite. Und spätestens da ist der Datenschutz ein großes Thema, natürlich zu recht. Allerdings laufen die Datenschützer auch schon bei einer zentralisierten innerdeutschen Datenbasis Sturm.« Ich nahm noch einen Schluck Kaffee. Er war kalt und bitter. »Damit habe ich dir übrigens absolut nichts Neues erzählt«, sagte ich spöttisch. »Das kann jeder rauskriegen, der im Umgang mit der Maus fit ist. Aber zurück zum Ausgangspunkt. Ehrlich gesagt glaube ich nicht, dass über unseren Dr. Behrends irgendein Eintrag in unserem Auskunftssystem zu finden sein wird.«

»Wie kannst du dir da so sicher sein?«

Ich zuckte mit den Schultern. »Bin ich ja eigentlich auch gar nicht, wenn ich so drüber nachdenke. Die Ordnungskräfte sollte man wirklich nicht unterschätzen.«

»Dann guck nach. Jetzt gleich«, drängelte Volker.

»Das kann ich nicht. Unmöglich. Schon mal was von Zugangskontrollen gehört? Das wird alles gespeichert. Außerdem habe ich noch Urlaub.«

»Schade.« Er wirkte enttäuscht wie ein kleiner Junge, dem man seine Playstation weggenommen hat. »Wie lange denn noch?«

Gute Frage. Ich überlegte. Schob die Ereignisse der letzten Tage hin und her. Hielt mich schließlich an dem Essen mit Bea und Schütte fest. Ein Ereignis, das ich eindeutig zuordnen konnte. Das war am vergangenen Freitag gewesen. Was für ein Wochentag war heute? Wie viele Tage waren seitdem vergangen? Ich zählte nach. Der erste Besuch bei Irina Kruzsca, Onkel Gerhard, diese verrückte Nacht in der Eifel, ein Abend in der Badewanne ...

Volker beobachtete mich amüsiert.

Schließlich gab ich auf. »Welches Datum haben wir heute?«

»Den einunddreißigsten März.«

»Das gibt's doch nicht«, sagte ich verblüfft. »Morgen muss ich wieder hin!«

»Na also. Dann lass dir was einfallen. Und heute sollten wir Irina noch mal einen Besuch abstatten. Vielleicht hat sie es sich überlegt und ist inzwischen so weit zuzugeben, dass sie Matzek und Zirkow kennt. Vielleicht erzählt sie uns dann ja sogar, wie sie zu dem Schnitt in der Wange gekommen ist. Wenn sie was über die beiden weiß, wäre das sehr gut.«

»Etwas umständlich ohne Auto. Aber irgendwie wird's schon auch mit den Öffentlichen gehen«

»Ich besorge mir jetzt ohnehin einen Leihwagen. Selbst wenn meine Karre heute wieder freigegeben ist, möchte ich erst mal lieber nicht damit herumfahren.«

Wie wolltest du eigentlich gestern Abend nach Hause kommen?, fragte ich mich still. Ich musterte ihn. Ausgiebig. Er merkte es. Eine leise Röte überzog plötzlich sein Gesicht. Du hattest gar nicht ernsthaft vorgehabt, zurück nach Duisburg zu fahren, oder? Du kleines Schlitzohr! Langsam hob ich eine Augenbraue.

»Ich wollte ein Taxi nehmen«, wand er sich aus der Situation.

Klar doch. Nachtfahrt mit der Taxe. Von Essen nach Duisburg. Haha!

»Zum Hauptbahnhof«, schob er nach. »Irgendwas wäre schon noch nach Duisburg gefahren.«

Während Volker mit den Öffentlichen zum Hauptbahnhof fuhr, um sich dort einen Leihwagen zu organisieren, lief ich durch das an die Margarethenhöhe angrenzende Waldstück hinüber zum Klinikum. Auf mein Klingeln hin öffnete mir die gleiche Schwester wie am Vortag.

»Wie geht es ihm? «, fragte ich leise.

»Den Umständen entsprechend.« Sie räusperte sich. »Wir lassen ihn noch eine Zeit lang im künstlichen Koma, bis die Schwellungen im Gehirn weitestgehend abgeklungen sind. So hat er wenigstens keine Schmerzen.«

»Wie lange, schätzen Sie?«, fragte ich drängend.

Sie bedachte mich mit einem nachdenklichen Blick. »Ohne dem Arzt vorgreifen zu wollen: Er kommt morgen noch mal in die Röhre, dann wird man weitersehen. Erfahrungsgemäß werden wir ihn spätestens in ein paar Tagen aufwachen lassen. Dann wird er noch mal untersucht, und wenn alles gut aussieht, kann er dann schnell nach Hause.« Sie lächelte mir ermutigend zu. »Das Schlimmste ist nun also bald überstanden.

Ist es das wirklich?, fragte ich mich still, während ich an Max Bett saß. Vorsichtig, ganz vorsichtig, um nur ja die Kanülen nicht zu berühren, die in seinem breiten Handrücken steckten, nahm ich seine Hand in meine beiden Hände. Drehte sie leicht und presste die Lippen auf seinen Puls. Ich werde da sein, wenn du aufwachst, Max.

***

»Himmel, Arsch und Zwirn, ein Elefantenschuh!« Misstrauisch begutachtete ich den Smart.

Volker lachte. »Kleinklein. Passend zum Viertel. Außerdem bin ich kein Krösus. Hauptsache, die Karre fährt.«

»Na dann.« Achselzuckend stieg ich ins Auto und stöhnte theatralisch auf. »Wie ein Affe auf dem Schleifstein. Man klebt hier irgendwie sehr ungut hinter der Scheibe.«

»Nichts gegen gut genährte Vorurteile.« Volker grinste. »Aber kleiner Tipp am Rande: Der Sitz ist ganz vorne. Schieb ihn nach hinten, dann hast du Platz genug. So viel wie in jedem anderen Auto auch. Und hör auf zu jammern.«

Ich folgte seiner Anweisung. Überrascht musste ich feststellen, dass der kleine Wagen erstaunlich geräumig war.

»Erst zu Irina, dann zu Behrends«, sagte Volker und schob den Schlüssel ins Zündschloss.

»Wie jetzt? Ich dachte, zu Behrends willst du erst, wenn wir handfeste Beweise in der Hand haben«, wandte ich erstaunt ein.

»Ja, genau. Deshalb will ich jetzt ja hin. Ich habe einen guten Aufhänger für ein Gespräch.« Volker grinste still in sich hinein.

»Kannst du vielleicht mal Klartext reden?«, verlangte ich. »Was hast du denn rausbekommen?«

Er wedelte mit seinem iPhone vor meiner Nase herum. »Die sind echt praktisch, die Teile. Erstens habe ich vorhin meine Mails abgerufen. Mein Freund von der Nachrichtenagentur hat geantwortet. Und das, was er mir geschickt hat, war höchst informativ.«

»Ja?«, fragte ich aufmunternd.

»Also: Es wurde noch nicht veröffentlicht. Fakt ist jedoch, dass der Startschuss für ein weiteres großes Bauprojekt am Duisburger Innenhafen gerade erfolgt ist. Zu diesem Bauprojekt gehört unter anderem der Ruhrcity-Tower. In der Pressemitteilung von Heise ist sowohl von honorigen Investoren als auch von einer Bezuschussung durch die EU die Rede.«

Ich runzelte die Stirn. »Ruhrcity-Tower? Etwa die Bank?«

»Eben die. Sie verlegt damit ihren Hauptsitz nach Duisburg.«

»Ich dachte, Investoren legen nur dann Kohle auf den Tisch, wenn sie sich ein gutes Geschäft versprechen. Warum investieren sie in den Neubau eines Firmensitzes? Und seit wann werden solche Neubauten durch die EU subventioniert?«

»Das gilt es zu klären. Hier stinkt´s. Ich rieche, rieche …«

»… Behrendsfleisch«, ergänzte ich grinsend.

»Ja. Denn es kommt noch besser! Minnie hat mich vorhin angerufen. Sie macht gerade das lettische Netz unsicher.«

»Das World Wide Web?«

»Genau das. Zusammen mit einem russischen Freund. Handelsregister und so. Dabei sie ist auf etwas sehr Interessantes gestoßen.«

»Jaha?«, fragte ich gedehnt.

»Sie hat sich dieses Architekturbüro namens New Look Facility vorgeknöpft. Und sie hat herausbekommen, dass es dort ebenfalls sehr stille Teilhaber gibt.«

»Nein! Du willst damit sagen …«

»Exakt.«

Ich pfiff durch die Zähne. Das war ja mal ein Ding.

»Sie hat noch mehr herausbekommen. Gestern war sie in Venlo.«

»Dort sitzt doch diese andere Firma, die G.A.K.A.«

»Die G.A.K.A GmbH, um genau zu sein.«

»Ist doch egal.«

»Nicht ganz. Mit Firmensitz im Ausland ist die Haftung einer Gesellschaft mit beschränkter Haftung noch beschränkter. Jedenfalls ist die die G.A.K.A. die Mutter einer Firma mit Sitz hier in Duisburg, der AKA-Bau. Die Niederlassung befindet sich am Hafen.«

»Am Innenhafen?«

»Nein. Am Ruhrorter Hafen.«

»Lass mich raten: Ebenfalls eine GmbH, oder? Aber das ist ja wohl nichts so Ungewöhnliches.«

»Stimmt. Ungewöhnlich ist jedoch der Name des Inhabers. Gino Zirkow.«

»Nicht dein Ernst, oder? Zirkow?« Als Volker bloß bedeutsam lächelte, hakte ich nach:»Von der Mutter oder der Tochter?«

»Was? Ach so, du meinst den Inhaber. Dem Gino gehört die Mutter.« In Volkers Augen funkelte Begeisterung.»Und erinnerst du dich an meine flapsige Theorie mit der Briefkastenfirma?«

»Klar.« Ich grinste, als ich daran dachte, wie ich sie Behrends um die Ohren geschleudert hatte.»Willst du damit etwa sagen, dass eine der beiden Firmen eine ist?«

»Allerdings. Die Mutter wohnt nämlich nicht annähernd so standesgemäß wie die Tochter. Sie wohnt auf dem Acker. Obwohl – das täte ihr unrecht. Es ist wohl vielmehr eine Wiese. Auf jeden Fall gibt es dort viele Grashalme. Es ist die Adresse eines Milchbetriebes, nicht sehr groß.«

»Milchwirtschaftlicher Betrieb«, korrigierte ich ihn.»Ist das sicher? Ich meine, vielleicht sitzt die G.A.K.A da ja wirklich in irgendeiner Scheune, ohne dass man das so richtig ...«

»Unwahrscheinlich«, unterbrach mich Volker.»Das Gelände ist recht übersichtlich. Außerdem hat Minnie da natürlich nachgehakt. Die Mutter bewohnt ein Apartment auf dem Hof. War wohl mal eine Art Ferienwohnung. Die Tochter hingegen macht ziemlich viel Getöse um sich, mit einem schicken Verwaltungsgebäude und großen Firmenschildern und Wegweisern und hübschen Empfangsdamen und so.«

»Warst du da?«, erkundigte ich mich und grinste anzüglich.»Oder hat dir das auch deine Minnie geflüstert?«

»Ich habe mir den Internetauftritt angesehen.« Volker zwinkerte mir zu.»Aber einen Besuch wäre es durchaus wert.«

»Okay. Eine Ferienwohnung auf einem kleinen Bauernhof bei Venlo also. Na, Platz für einen Briefkasten wird es da ja wohl geben.« Plötzlich hatte ich einen Song von The Nits im Ohr. »*I was born in the valley of bricks*«, sang ich leise. »*Where the river runs high above the rooftops. I was waiting for the cars coming home late at night …*"

»*… from the Dutch mountains*«, fiel Volker mit ein.

Scheiße, auch das noch, dachte ich und warf ihm einen bösen Blick zu. Das war schließlich eine meiner Lieblingsbands. Und die hatte absolut nichts mit früher zu tun.

»Wie wollen wir an den Behrends rankommen?«, lenkte ich mich selbst wieder auf das Thema zurück. »Mich wird er in der Bank garantiert nicht mehr empfangen.«

»Mich schon.« Volker wedelte schon wieder mit seinem Mobiltelefon in der Luft herum. »Ich habe einen Termin. Allerdings nicht in der Bank, sondern um siebzehn Uhr in irgend so einem In-Schuppen in Duisburg.«

»Wie hast du das denn angestellt?«

»Ist immer von Vorteil, wenn man von der Presse ist. Du ahnst ja gar nicht, wie publicitygeil die Leute sind.«

»Und womit hast du ihn geködert?«

»Mit einem Bericht über den Bau des neuen Ruhrcity-Bank-Gebäudes und die besonderen Verdienste der Bank für den Strukturwandel der Stadt Duisburg.«

»Wie langweilig. Und womit hat sie sich verdient gemacht?«

»Sie investiert am Innenhafen. In eine der letzten brachliegenden Flächen dort. Ins LogPort-Zentrum.«

»LogPort-Zentrum?« Ich runzelte die Stirn. »Moment mal, das Ding ist doch schon gebaut! Da habe ich gestern einiges drüber gelesen. Es steht in dem Kringel.«

»Ich kann dir jetzt nicht ganz folgen.«

»Na, in dem roten Kreis, den Kurt auf der Innenhafen-Übersicht gemacht hat.«

»Ach so, *der* Kringel.« Volker lachte laut auf. »Stimmt. Aber dort ist bisher nur die erste Bauphase abgeschlossen. Die zweite Phase startet jetzt. Ein weiteres Gebäude, ebenfalls mit Tower, auch LogPort2 genannt. Und rate mal, wer dabei als Investor auftaucht.«

»Die Ruhrcity-Bank?«

»Logisch. Schließlich bauen sie dort selbst.«

»Jetzt mal langsam.« Verwirrt schüttelte ich den Kopf. »Der Neubau der Bank hängt mit dem LogPort-Zentrum zusammen?«

»Kann man so sagen. Die Bank bezieht einen Teil davon. Den Tower, der zum Gebäude gehört.«

»Hm.« Ich dachte nach. »Und wo ist der Witz?«

»Wirklich spannend ist ein weiterer Investor.«

»Für das LogPort-Zenturm?«

Volker nickte.

»Nun sag schon«, drängte ich.

»Na, die Investment Trust GmbH natürlich.« Er warf mir einen triumphierenden Blick zu.

Ich brauchte eine Zeit, um das Ganze zu verstehen. Dann fiel der Groschen. »Soll das heißen, dass Behrends nicht nur ein eigenes Geschäftsgebäude baut, sondern mit der Investment Trust GmbH Investor bei einem Neubaukomplex ist, in dessen einem Gebäudeteil er sich dann niederlässt?«

»Genau das soll es heißen. Und über diesen Weg streicht er ordentlich Subventionen ein.«

»Die kassiert er doch nicht persönlich«, wandte ich ein.

»Nein. Aber die Sache stinkt zum Himmel. Ich möchte wirklich dringend noch mal mit Irina sprechen. Wäre schön, wenn sie nicht mehr mauern, sondern und uns ein paar Takte zu Zirkow und Matzek sagen würde. Wir müssen sie irgendwie zum Reden bringen.«

Letzteres erwies sich jedoch leider als unmöglich. Denn Irina Kruzsca öffnete nicht, als wir schellten.

»Weit kann sie eigentlich nicht sein.« Ich wies auf den grasgrünen Polo, der vor dem Gebäude parkte.

»Vielleicht will sie nicht aufmachen.«

»Das glaube ich nicht. Bei dem Zwielicht heute müsste doch Licht in der Wohnung brennen«, wandte ich ein. »Es ist irgendwie gar nicht richtig hell geworden.«

Eine halbe Stunde lang saßen wir unschlüssig im Auto, lauschten dem leisen Trommeln des kräftigen Märzregens, der sich bereits seit

Stunden hartnäckig hielt, und beobachteten die Eingangstür. Aber es tat sich nichts. Keine Irina, die, mit Einkaufstüten beladen, nach Hause zurückkehrte, keine Irina in Joggingklamotten und entsprechenden Sportschuhen. »Schade. Aber wir müssen los. Lass es uns auf dem Rückweg noch mal versuchen«, schlug Volker vor.

***

Es dämmerte bereits, als wir den Duisburger Innenhafen erreichten. Wir parkten auf der großen Freifläche unterhalb der A59 und gingen die paar Meter zum eigentlichen Hafenbecken zu Fuß. Ich ließ Volker erst einmal allein zum vereinbarten Treffpunkt gehen, denn ich vermutete, dass Behrends augenblicklich dichtmachen würde, wenn er mich sah. Wir vereinbarten, dass ich eine halbe Stunde später ins Gespräch platzen sollte.

Ich wanderte zum Portsmouth Damm, der das ehemalige Holzhafenbecken staute, und lehnte mich gegen das Geländer. Eine Weile blickte ich über das Wasser und betrachtete die Kulisse.

Es hatte endlich aufgehört zu regnen. Auf dem nassen Pflaster spiegelten sich unzählige Lichter. Hell und gleißend die der Glaspaläste rings um mich herum, die so verheißungsvolle Namen trugen wie »Looper« oder »Hitachi Power Office«, bunt und schummrig die der vielen Bars und Restaurants an der Promenade. Nur der gläserne Drache mit dem LogPort-Tower am Ende des Hafenbeckens war unbeleuchtet.

Ich drehte mich in die andere Richtung. Die riesige Brachfläche am umstrittenen Eurogate lag in gnädiges Dunkel gehüllt. Aber das Five Boat zu meiner Rechten leuchtete mit dem Marinehafen um die Wette. Blickte man auf das linke Ufer, zeichnete sich hinter den alten Kornspeichern in warmem, gelblichem Licht eine Kirche ab. Und über dieser Kulisse, schräg hinter der Kirche, leuchtete neongrün der Turm der Stadtwerke Duisburg. So, in dieser Stimmung, fand ich es richtig schön. Urban. Modern. Und trotzdem dachte ich mit einer leisen Wehmut an den Schimanski-Schmuddellook zurück, der mich als Kind so in seinen Bann gezogen hatte.

Eine halbe Stunde später betrat ich die Bar. Ich ging an den Tresen, bestellte ein Glas Pinot Gris und sah mich suchend um. Volker entdeckte ich an einem der Tische vor den großen Fenstertüren, halb verdeckt von Behrends, der mir den Rücken zuwandte. Mit dem Glas in der Hand schlenderte ich durch den Raum. Das Überraschungsmoment lag auf meiner Seite.

»Hallo Herr Dr. Behrends«, sprach ich ihn an.

Er drehte sich zu mir um, ein joviales Lächeln im Gesicht. Das rutschte ihm gründlich nach unten, als er mich erkannte.

Ich grinste boshaft, während ich mich setzte. »Ja, ich bin's wirklich. Überrascht Sie das etwa?« Spöttisch prostete ich ihm zu. »Auf die Lebenden.«

Er schien nicht zu wissen, was er sagen sollte. »Wie ... Was soll das?«

»Ich wollte noch mal auf Ihre Firma zu sprechen kommen.« Meine Stimme trug gut in dem hohen Raum mit den glänzenden, marmorierten Böden. »Und auf das Thema stille Teilhaberschaft.«

»Seien Sie doch ruhig! Was wollen Sie überhaupt von mir?«

»Wie wär's mit einem neuen Auto? So als Schadensersatz. Das ist doch wohl nicht zu viel verlangt, finde ich.«

»Ja. Das Thema stille Teilhaberschaft würde mich auch brennend interessieren«, warf Volker ein. »Sie haben mir doch vorhin erzählt, dass der lettische Architekt Miroslaw Zirkow das Rennen gemacht hat bei dem Entwurf für den Neubau der Ruhrcity-Bank.«

Na, das war ja mal eine Neuigkeit. Gespannt wartete ich auf Behrends Antwort. Der fixierte Volker wie ein Tennis-Profi, der auf den nächsten Aufschlag seines Gegners wartet. Nur, dass eigentlich er am Ball war. »Daran ist nichts Verwerfliches«, wehrte er schließlich ab.

»Nein. Bemerkenswert finde ich aber, dass Miroslaw Zirkow nicht nur der Stararchitekt der New Look Facility ist, sondern auch deren Inhaber. Und dass Sie, verehrter Dr. Behrends, stiller Teilhaber eben dieses Architekturbüros sind. Ebenso wie Stadtrat Holger Schönlein.«

Der Schlag traf Volkers Gegenüber mit voller Wucht. Behrends Weigel-Brauen schossen in die Höhe. »Ja – und?«, versuchte er dennoch zu parieren.

Volker lächelte freundlich, und ich hielt die Luft an.

»Und dass es eigentlich gar nicht nur um den Neubau der Ruhrcity-Bank geht, weil dieser Neubau nämlich Bestandteil eines viel größeren Bauprojektes ist«, fuhr Volker ruhig fort. »Ein Bauprojekt, bei dem Sie, Herr Dr. Behrends, als Investor auftreten. Pardon, nicht Sie persönlich natürlich, sondern Ihre Bank. Und zwar über die Rigaer Investment Trust GmbH, deren stiller Teilhaber Sie ebenfalls sind. Und Stadtrat Schönlein natürlich. Darf ich annehmen, dass Miroslaw Zirkow beim Bau des LogPort-Zentrums ebenfalls federführend in Sachen Architektur ist? Bemühen Sie sich nicht. Das lässt sich leicht nachprüfen.«

Behrends versuchte gar nicht mehr, etwas zu sagen. Aber sein Gesicht war finster wie eine plötzlich aufziehende Gewitterfront.

»Holger Schönlein ist doch auch Architekt, nicht wahr?«, fragte Volker scheinheilig. »Und als Stadtrat Baudezernent im Bereich Stadtentwicklung. Als alte Doppelkopf-Freunde kooperieren Sie beide wirklich hervorragend miteinander. Das Einzige, was ich noch nicht einsortieren kann, ist die Funktion der G.A.K.A GmbH in Venlo. Der Inhaber heißt Gino Zirkow. Eine zufällige Namensgleichheit mit Ihrem Star-Architekten? Oder gar eine Verwandtschaft? Aber dazu wollen Sie mir vermutlich nichts sagen. Wir werden das aber auch allein herausbekommen, glauben Sie mir. Ich möchte fast wetten, dass wir dabei noch auf weitere sehr stille, sehr verborgene Beteiligungen stoßen werden.«

»Ich weiß nicht, wovon Sie sprechen.« Behrends hatte sich aus seiner Lethargie befreit. Mit einem Ruck stand er auf. »Wenn Sie weiter nichts gegen mich in der Hand haben ...«

»Ist es das, womit Kurt Türauf Sie erpresst hat?«, mischte ich mich wieder ein. »Musste er deshalb sterben?«

»Hören Sie auf!« Seine dicken Weigel-Brauen kündeten von drohendem Gewitter. Von Wolkenbruch und Donnerschlag.

»Wie wollen Sie mich dieses Mal entsorgen? Das mit dem Auto hat ja nicht geklappt. Allerdings haben Sie meinen Freund erwischt. Dass er dabei fast draufgegangen wäre, nehme ich Ihnen persönlich übel.«

»Sie sind ja völlig wahnsinnig!«, brüllte Behrends plötzlich los. »Das lasse ich mir nicht bieten! Raus hier!«

Wie auf Kommando standen zwei Kellner parat. Der eine zerrte Volker aus dem Stuhl, der andere packte meinen Oberarm und schob mich rüde durch den Raum. Es tat weh. Aus dem Augenwinkel sah ich, wie auch Volker unsanft zur Tür geschleust wurde. Ich wand mich aus dem Griff des Kellners und funkelte ihn zornig an. »Danke, ich finde allein raus.« Die Wut in mir überlagerte die Angst. Flink tänzelte ich um ihn herum und baute mich noch mal vor Behrends auf. »Wollen sie die Polizei rufen? Machen Sie ruhig. Ich glaube, die wird das richtig interessant finden.«

Der Kellner griff erneut zu und zerrte mich zur Tür. Fast wäre ich lang auf dem Pflaster hingeschlagen, als er mich mit einem kräftigen Schubs hinausbeförderte.

»Die Sache fängt an, brenzlig zu werden«, stellte ich euphorisch fest, während Volker den Smart auf der A59 in den dichten Verkehr einfädelte. Das Adrenalin schäumte immer noch in meinem Blut. Wie ein Rieslingsekt, perlend und spritzig. »Heute haben wir wirklich eine Menge rausbekommen, findest du nicht?«

»Das kannst du laut sagen.«

Ich warf ihm einen Blick zu. Volker sah unglaublich zufrieden aus. Wie Clyde, wenn er gerade etwas besonders Leckeres gefressen hatte. Nur dass Volker sich nicht so verräterisch mit der Zunge das Maul leckte.

Ich wendete meine Aufmerksamkeit wieder der Straße zu. »He, wo willst du denn hin?«, protestierte ich, denn er bog nicht auf die A40 ab, sondern folgte der A59 weiter nordwärts.

»Irina«, erinnerte er mich. »Wir wollten doch noch mal gucken, ob sie jetzt da ist.«

»Stimmt. Das hatten wir vor.« Ich war immer noch aufgekratzt. »Also: Schönlein entscheidet als Stadtrat über Bauvorhaben mit und ist wie Behrends stiller Teilhaber von New Look Facility in Riga«, fasste ich zusammen. »Dann hat er sich den Auftrag in gewisser Weise selbst zugeschustert, oder wie würdest du das nennen?«

»Hat er. Behrends wiederum ist die treibende Kraft hinter dem Auftreten seiner Bank als Investor und finanziell auch persönlich schwer an der Sache beteiligt.«

»Und Kurt hat den Behrends erpresst. Das klingt nach einem handfesten Motiv, ihn um die Ecke zu bringen.«

»Was noch zu beweisen wäre.«

Wir schwiegen eine Zeit lang. Und während das Adrenalin langsam aus meinem Körper wich, regten sich die ersten leisen Zweifel in mir.

»Die Stadt ist aber sicher nicht der einzige Entscheidungsträger«, wandte ich schließlich ein. »So einfach kann das doch nicht gehen, sich Projekte dieser Art zuzuschustern. Das ist schließlich keine One-Man-Show. Schon gar nicht, wenn es um EU-Subventionen geht.«

»Darauf habe ich im Moment auch keine Antwort«, gab Volker zu. »Aber es gibt eine, da bin ich mir sicher. Und diese vier Herren haben verdammt viel damit zu tun.«

»Ich kann ja mal versuchen, morgen auf der Arbeit was über die Kerle rauszubekommen«, sagte ich schließlich zögerlich.

Als wir kurz darauf den Bausemshorst in Altenessen erreichten, stand der grüne Polo noch an exakt der gleichen Stelle wie am Vormittag. Es brannte kein Licht, und auf unser Schellen hin öffnete niemand. Irina war nicht da.

»Das gefällt mir nicht«, sagte ich. »Das gefällt mir gar nicht.«

»Vielleicht ist sie nur bei einer Freundin«, beschwichtigte Volker mich. »Hier zu warten macht jedenfalls keinen Sinn. Ich werde es morgen noch mal versuchen. Lass uns für heute Schluss machen mit der Sache. Feierabend. Ein bisschen abschalten. Ich habe Hunger.«

»Ich auch«, gab ich zu und verdrängte das ungute Gefühl in meiner Magengrube, während wir uns auf den Weg quer durch die Stadt zurück zur Margarethenhöhe machten.

***

Eine Stunde später werkelten wir gemeinsam in Beas gemütlicher Altbauküche herum. Volker hatte Cracker mit Frischkäse bestrichen, und während ich den Salat wusch und er die Medaillons in der Pfanne anbriet, naschten wir davon.

»Und du meinst wirklich, dass das schmeckt?« Misstrauisch studierte ich das Kleingedruckte auf der Tüte mit Fertigdressing, die

Volker eingekauft hatte. »Das Zeug strotzt bestimmt vor lauter Es und Os und Konservierungsmitteln.«

»Wieso?«, fragte er erstaunt. »Die nehme ich immer, wenn es schnell gehen soll. Wir wollen doch nicht erst nach Mitternacht essen, oder?«

Ich sah zu, wie er den Wein entkorkte und ein Baguette zum Aufbacken in den Ofen schob.

Die Salatsoße schmeckte erstaunlich gut, das Fleisch war auf den Punkt gebraten, innen rosig, außen kross, und das Birnenmousse bildete einen hervorragenden Kontrast zu der cremigen Gorgonzolasauce, die Volker gezaubert hatte. Perfekt war auch der Chardonnay in unseren Gläsern. Ein Sampler mit Rockballaden befand sich noch in der Kompaktanlage im Küchenregal. REM, HIM, Reamonn ... Lauter zärtliche kleine Stücke, wie geschaffen für ein Dinner zu zweit. Vermutlich für einen romantischen Abend mit Schütte.

Und es war doch nicht vorbei. Je länger ich mit Volker in dieser verdammten Küche saß, desto klarer wurde mir das. Ich verlor mich plötzlich wieder im Novembergrau seiner Augen. Immer öfter. Immer intensiver. Und ich spürte, dass es ihm genauso ging.

Dann schob sich Max dazwischen, bleich in seinem Krankenhausbett. Max zu Hause, in unserem Zuhause, wie er mit seiner Bierflasche in der Hand auf den Steinstufen der Terrasse sitzt, Clyde neben sich, den er krault, und mir zufrieden zusieht, wie ich mit Bonnie in unserem kleinen Hinterhof-Garten herumwandere, hier ein Hälmchen Unkraut aus dem Beet zupfe, dort eine trockene Blüte entferne ...

»Ich glaube, es ist besser, wenn du jetzt gehst«, sagte ich abrupt. »Sonst gewöhne ich mich noch zu sehr an das hier.« Ich machte eine vage Geste mit der Hand. »Und das möchte ich nicht.«

Volker sah mich nachdenklich an. Ich sah Verständnis in seinen Augen aufblitzen. Er stand auf, kam um den Tisch herum, schob seine Hand in meinen Nacken und schüttelte mich sachte. Ganz sachte nur, eine zärtliche Geste. Dann zog er sich die Schuhe an und nahm seine Lederjacke vom Haken.

Ich blieb am Küchentisch sitzen und hielt mich am langen Stil meines Weinglases fest.

Er kam noch einmal zurück und legte Beas Schlüssel auf den Küchentisch.»Schade. Hätte doch gut was mit uns werden können – damals«, sagte er.

Ich lächelte versonnen.»Vielleicht auch nicht. Wir waren noch so verdammt jung. Und irgendwie sehr anders.« Ich griff nach seiner Hand, zog sie zu mir heran und drücke meine Lippen auf die zarte Haut über seinem Puls. Die gleiche zärtliche Geste, mit der ich mich heute früh von Max verabschiedet hatte.»Und jetzt hau ab, bevor ich es mir anders überlege«, murmelte ich.

Reglos, den Kopf in die Hände gestützt, blieb ich am Tisch sitzen, lauschte den Schritten auf den knarzenden Dielen des Treppenhauses, hörte die Haustür ins Schloss fallen, den Motor eines Wagens starten und schließlich das leise Rumpeln des sich entfernenden Fahrzeuges auf dem buckeligen Kopfsteinpflaster. *Wie begonnen, so zerronnen ...* Ach Großmutter, kannst du nicht einfach mal die Klappe halten?

Ich weiß nicht, wie lange ich so dasaß und die zärtlichen Klänge vom Band in mich eindringen ließ. Aber irgendwann fasste ich einen Entschluss. Ich stoppte die CD, räumte die benutzten Gläser, Töpfe und Teller in die Spülmaschine, schaltete sie ein, reinigte die Küchenzeile, zog das Bett ab, hinterließ Bea ein paar Zeilen auf dem Küchentisch, griff mir meine Jacke und ließ schließlich leise die Wohnungstür hinter mir ins Schloss fallen.

***

Ich fühlte mich seltsam befreit, als ich die Sträßchen der alten Krupp-Siedlung hinter mir ließ und das kleine Waldstück zwischen Margaretenhöhe und Grugapark durchquerte, bis ich auf die alte Eisenbahntrasse stieß, die, mittlerweile als Fahrrad- und Spazierweg ausgebaut, den Leinpfad an der Ruhr in Essen mit Mülheim verbindet. Ich folgte der Trasse bis zum Klinikum und sah zu den Hochhäusern dieser gigantischen Essener Krankenstadt hinauf. Dort irgendwo lag Max im künstlichen Koma. Hoffentlich war alles in Ordnung und sie könnten ihn bald aus diesem furchtbaren Schlaf holen. Hoffentlich.

An der Orangerie verließ ich die Trasse und tauchte in die nachtleeren Straßen von Holsterhausen ein. Vorsichtig näherte ich mich unserem Wohnhaus. Spionierte die Schatten in den Hauseingängen und Toreinfahrten aus. Niemand zu sehen. Ich suchte nach meinem Schlüsselbund, an dem sich auch ein Schlüssel zu Max Wohnung befand, und fand ihn nicht. Klar, den hat ja Bea, fiel mir ein. Ich musste improvisieren.

Auf dem dunklen Hof der kleinen Autowerkstatt, die sich ein paar Häuser neben unserem Wohnblock befand, suchte ich nach Max' Wagen. Dort hinten in der Ecke stand er. Ich fischte den Ersatzschlüssel aus meiner Geldbörse und schloss ihn auf. Wenn ich Glück hatte, befand sich ein weiterer Schlüssel zu Max' Wohnung in der Mittelkonsole des alten Camri, auch wenn er eigentlich nicht dort sein sollte. Nicht wenn der Wagen in die Werkstatt kam. Aber Max war schusselig. So zuverlässig er in wichtigen Sachen auch war: Es gab eine Reihe von Dingen, mit denen er einfach permanent auf Kriegsfuss stand. Mit Sonnenbrillen beispielsweise. In jedem Urlaub mussten wir eine neue kaufen. Die Lesebrillen, die er neuerdings brauchte, lagen strategisch verteilt überall in seiner Wohnung, in meiner Wohnung, im Keller und in seinem Auto. Er vergaß sie jedoch grundsätzlich, wenn wir mal essen gingen. Und ganz schlimm stand es um das Thema Schlüssel. Wie oft hatte er sich schon ausgesperrt aus seiner eigenen Wohnung. Deshalb ja auch der Trick mit dem Ersatzschlüssel in der Mittelkonsole.

Ich hatte Glück. Der Wohnungsschlüssel lag in der Mittelkonsole. Drei Minuten später schloss ich Max' Wohnung auf und wurde stürmisch von den beiden Catos begrüßt. Ich ließ die Rollos hinunter, mit denen Max seine Bude immer verrammelte, zündete ein paar Kerzen an, schenkte mir ein Glas alkoholfreies Bier ein und kroch in Max' Bett. Es roch ganz wunderbar vertraut, und auch, wenn es nicht meine eigene Wohnung, mein eigenes Bett war: Hier bewegte ich mich auf gewohntem Terrain. Ich war wieder zu Hause.

Die Katzen bestürmten mich wechselweise, schnurrten und kneteten die Bettdecke mit spitzen Tritten. »Es war doch nur eine Nacht, ihr Süßen«, brummte ich gerührt. Endlich gaben sie Ruhe und kringelten sich am Fußende zusammen.

Schlafen konnte ich trotzdem nicht. Denn da waren immer noch die Bilder, die mich einfach nicht losließen. Max, der mich stürmisch in die Arme nimmt und mir *Mein schräger blauer Vogel* ins Ohr flüstert. Volker mit seinem Novemberblick. Max am Strand, atemlos vor Glück. Volker, wie er mir sachte die Hand in den Nacken schiebt. Max, bleich in seinem Krankenhausbett mit diesem furchtbar grauen, eingefallenen Gesicht. Und Max vor einigen Jahren, wie er in meiner alten Wohnung saß mit untergeschlagenen Beinen, das runde Gesicht mit den ewigen Bartstoppeln schien von innen zu leuchten. Ob es am bunten Schillern des Sylvesterfeuerwerks gelegen hatte oder an der Freude darüber, mit mir zusammen zu sein, wusste ich nicht. Vermutlich lag es an beidem.

Nur war dieser Max mit seiner Lust auf mich und seiner Leidenschaft jetzt seltsam weit weg. Er war an seinem Schreibtisch eingeschlafen und an meiner Müdigkeit erstickt. Denn auch mein neuer Job war nicht gerade förderlich für traute Zweisamkeit. Wenn Max endlich von seinem Schreibtisch aufsah, war ich bereits müde ins Bett gekrochen. Unser beider Arbeitsleben hatte sich als verdammter Lustkiller erwiesen. Wen wunderte das? Wir waren gewiss nicht die Einzigen, denen es so ging. Ich vermisste die Zeit, in der wir so verdammt hungrig aufeinander gewesen waren. In der Max mich angesehen hatte mit leuchtendem Blick und ich ihn. Und nun war Volker über mich hereingebrochen. Seltsam vertraut und doch so neu. Wie bald würde es mir mit Volker ebenso gehen wie im letzten Jahr mit Max? Der normale Lauf der Dinge. Man verliebte sich, die Emotionen schlugen hoch, alles war aufregend, neu, spannend, es gab so viel zu entdecken. Und irgendwann war es vorbei mit dem Entdecken, und der Alltag schlich sich still und heimlich in die Seele. Nistete sich ein mit kleinen Staubflocken. Bildete Wollnester unter dem Sofa und Spinnweben in den Winkeln und Ecken. Und ließ die Luft etwas abgestanden und fad werden, wenn man nicht schnell genug die Fenster öffnete und frischen Wind durch die Räume fegen ließ. Auch mein Fehler, gestand ich mir ein. Es wäre billig, das nur dem anderen anzulasten. Mein eigener verdammter Fehler!

Und wieder sah ich Max in seinem Krankenhausbett vor mir, die Brust hob und senkte sich im steten Auf und Ab der Maschine. Nur noch eine kurze Zeit, dann würden sie ihn aus dem Koma zurückholen. Ich würde da sein. Ein Leben ohne Max wollte ich mir einfach nicht vorstellen.

E L F

Im Berufsleben irgendwo neu anzufangen, ist immer anstrengend. Neue Vorgesetzte, fremde Materie, ungewohnte Gepflogenheiten, unbekannte Kollegen. Man muss erst mal unglaublich viel verarbeiten. Aufnehmen, sondieren, sortieren, Charaktere einschätzen, eine persönliche Ebene mit Chefs und Kollegen finden, mit ihnen warm werden oder auch nicht. Tausend kleine Fallstricke.

Die Kollegen, mit denen ich jetzt seit zehn Monaten das Büro teilte, waren mir zwar nicht mehr fremd. Vertraut waren sie mir deshalb aber noch lange nicht. Fast nur Männer um mich herum, wie überall in der IT-Welt. Das war auch hier bei der Landeszentrale nicht anders. Zwar gab es in anderen Abteilungen ebenfalls das ein oder andere weibliche Wesen. In meinem Bereich jedoch war ich die einzige Henne im Korb zwischen all den Hähnen und Hähnchen.

Ich saß mit sieben Kollegen und einem Auszubildenden in einem Großraumbüro, das dankenswerterweise wirklich groß war. Bunte Stellwände trennten die Schreibtischblöcke voneinander ab, die im Doppelpack zusammengestellt waren. Mir hatte man einen Platz mit einer festen Wand im Rücken zugestanden, eine großzügige Geste, die vermutlich dem Frauenbonus zuzuschreiben war.

Zwei der Hähne hatte ich schnell herausgepickt in meinem neuen Arbeitsumfeld und erst mal elegant umschifft. Junge, dynamische Allrounder, die genau diesen Habitus auch vor sich hertrugen. Allrounder musste man nämlich sein in dieser Welt der Global Player.

Ob sie fachlich wirklich so versiert waren, wie sie mit viel Getöse insbesondere vor mir, der Neuen, von sich behaupteten, wagte ich zu bezweifeln.

Die anderen waren unauffällig, was die Einschätzung zwar nicht leichter machte, den Umgang mit ihnen jedoch angenehmer gestaltete. Nicht so viel Wind, so einfach war das. Außerdem hielt ich mindestens drei der übrigen Kollegen für deutlich qualifizierter als die beiden Möchtegern-Alphahähnchen.

An meinem Schreibtischblock saß ein anderes Kaliber, ein Spaßvogel mit einem seltsamen Gemisch aus Tollpatschigkeit und Feingefühl. »Heiko König, achtunddreißig, verheiratet, zwei Kinder, ein Hund und ein Körper, in dem viel Geld steckt.« So hatte er sich vorgestellt und dabei liebevoll seinen Bauch getätschelt, der sich unter einem verbeulten Sweatshirt wölbte. »Wir duzen uns hier alle. Herzlich willkommen.« Als er mir die Hand entgegenstreckte, stieß er den Kaffeebecher um, der auf seinem Schreibtisch stand. »Mist«, fluchte er. »Das sieht mir mal wieder ähnlich.«

Ich musste lachen. »Passiert mir auch, so was. Toni Blauvogel, siebenundvierzig, ein Freund, zwei Adoptivkatzen und vertraut mit dem Sitzen auf Barhockern. Freut mich, auf gute Zusammenarbeit!« Dann hatte ich eine Packung Papiertaschentücher aus meinem Rucksack gekramt und ihm geholfen, die Schweinerei auf dem Tisch zu beseitigen.

Zehn Monate. Während dieser Büroehe hatte ich sowohl mein neues Umfeld als auch Heiko kennen und auch schätzen gelernt. Ich erfuhr, dass der Kollege, auf dessen Stuhl ich jetzt saß, vier Monate zuvor an einem Herzinfarkt gestorben war und dass sich eine Schnellschuss-Einstellung als ziemliche Niete erwiesen hatte, weshalb sie noch in der Probezeit wieder gehen musste. Heiko vertraute mir an, dass der Chef gerne mal einen über den Durst trank und dass es um das Klima in der Nachbarabteilung nicht besonders gut bestellt war, weil zwei Köche – damit meinte er zwei Vorgesetzte – bekanntlich den Brei verdarben. Ich wusste, dass seine Frau Angelika hieß und dass er sie Angie und manchmal auch Engelchen nannte. Ich hatte Fotos von der Geburt seiner Jüngsten bewundert, die jetzt gerade mal dreizehn Monate alt war, und Bilder vom letzten Urlaub vor der Geburt. Heiko hatte mir erzählt, dass er ein Häuschen in Duisburg-Wedau nahe der Sechsseenplatte besaß, das noch nicht abbezahlt war, dass er für sein Leben gerne grillte und dem Bier mehr zusprach, als gut für ihn war. Meinte zumindest Engelchen. Ich war darüber informiert, dass seine Frau ernsthaft versuchte, ihm ein paar Kilo seines so sorgsam gehegten Bauches abzutrotzen, weil sie Ernährungswissenschaftlerin war und um seine Gesundheit bangte. Ich war Nutznießerin dieser Versuche, denn die Rohkost, die sie ihm in Tupperdöschen liebevoll aufbereitet mitgab, landete in schönster Regelmäßigkeit bei mir. Heiko vertraute mir an, dass Fußball sein Leben war, allerdings eher aus der sitzenden Position, und dass es abends sein Job war, den Müll rauszubringen und den Hund auszuführen, der Harlekin hieß und ein Mischling war. Das alles ergab sich von selbst, wenn man sich Tag für Tag gegenübersaß, und vermutlich konnte Heiko eine ähnlich lange Liste der Dinge aufzählen, die mich neben dem Berufsleben beschäftigten.

Was ich an Heiko jedoch fürchten gelernt hatte, das waren seine mittäglichen Telefonate, bei denen in stereotyper Weise immer gleiche Gespräche stattfanden, die immer gleiche Themen abhandelten, die man gut und gerne auch ein paar Stunden später beim gemeinsamen Abendessen hätte bekakeln können. Es ging meist ums Mittagessen (angenommene Frage: Was gab es in der Kantine? Antwort: Fischpfanne und Salat; angenommene Frage: Und? Hat's geschmeckt? Antwort: Doch, doch, ganz gut; angenommene Frage: Aber die Rohkost hast du doch auch gegessen? Antwort: Ja, Engelchen, die Möhren waren heute ganz besonders aromatisch), um die Befindlichkeit der Kleinen (Was, Blähungen? Ach je, das arme Würmchen), die schulischen Leistungen des Großen (Ach nein, das ist ja großartig, wirklich, das freut mich) und die Planung der Wochenenden (Sollen wir nicht mit Jacky und Lea zusammen grillen, das wäre doch auch nett für die Kinder). Die Anrufe endeten meistens mit Liebesbeteuerungen, wenigstens jedoch mit Küsschen, die schmatzend über die Leitung ausgetauscht wurden. Ja, diese Anrufe fürchtete ich, und immer wieder fragte ich mich, warum es so unglaublich wichtig war, sich täglich auf diese Art und Weise zu versichern, dass sich die Zuneigung, die man füreinander empfand, nicht plötzlich innerhalb der letzten vier Stunden wie von Zauberhand in Luft aufgelöst hatte. Meine Zuneigung würde sich vermutlich auf leisen Sohlen klammheimlich davonstehlen, würde mir Max täglich ein solches Gespräch aufs Auge drücken.

Ich kannte meinen Kollegen also mittlerweile recht gut, denn ich nahm zwangsläufig Teil an seinem Leben, häufig mehr, als mir lieb war. Er machte mehr Witze, als ich eigentlich verkraften konnte, war darüber hinaus aber gutmütig, freundlich und kein Konkurrenzgeier. Ich schätzte seine fachliche Kompetenz, seine kollegiale Art und die ruhige, aber dennoch sehr präzise Weise, mit der er mich an meine neue Aufgabenstellung herangeführt hatte. Ich hätte es weitaus schlechter treffen können mit meiner Büroehe.

Aber während ich nach meinem zweiwöchigen und mehr als ereignisreichen Urlaub erstmalig wieder zur Arbeit fuhr und mir dabei überlegte, wie ich es schaffen könnte, Heiko auf mein Anliegen anzusetzen, merkte ich, dass ich ganz entscheidende Dinge über meinen Kollegen doch nicht wusste. Ich konnte ihn noch lange nicht richtig einschätzen.

»Hallo Heiko«, grüßte ich, als ich ins Büro trat.

»Toni, hallo! Ist dein Urlaub tatsächlich schon vorbei? Unglaublich. War's denn gut?«

»Eher nicht«, sagte ich kleinlaut. »Mein Freund liegt schwer verletzt im Krankenhaus und mein Auto ist ein Schrotthaufen.«

»Oh, das tut mir leid. Verkehrsunfall?«, fragte Heiko mitfühlend.

Das war das Stichwort. Verkehrsunfall, ja klar. Wieso war ich nicht schon früher darauf gekommen? Stattdessen hatte ich die letzte Nacht stundenlang gegrübelt, wie ich ihm die ganze abstruse Geschichte erzählen könnte, ohne meine kleine Nebentätigkeit, die Schnüffelei, preiszugeben. »Leider«, bestätigte ich also.

»Und? Wer war Schuld?«

»Der andere. Nur dass wir ihn nicht zur Rechenschaft ziehen können. Typischer Fall von Fahrerflucht.«

»Du Ärmste. Kommt Max denn wieder auf die Beine?«

»Wird schon«, brummelte ich. » Er hat verdammtes Glück gehabt. Aber mit einem Schädelbruch ist nicht zu spaßen, eine Weile wird er also wohl noch im Krankenhaus bleiben müssen.«

»Personenschaden und erheblicher Sachschaden«, stellte Heiko im Polizeijargon fest. »Das ist bitter.«

»Ja. Trotzdem gebe ich die Hoffnung nicht auf, den Typ doch noch dranzukriegen. Es gab einen Zeugen. Der hat sich das Nummernschild gemerkt.«

»Klingt doch gut«, sagte Heiko fröhlich. »Dann konnte der Fahrzeughalter also ermittelt werden, oder?«

»Er bestreitet aber, dass er im Wagen gesessen hat. Und er hat seinerseits zwei Zeugen angekarrt, die mit ihm an diesem Abend zusammengewesen sein wollen. Geschäftsessen. Dann hat er ausgesagt, dass ihm just an dem Nachmittag das Auto gestohlen wurde. Gemerkt hat er das angeblich erst, als die Polizei vor der Tür stand. Der Wagen wurde dann vorgestern auf dem Parkplatz des Rhein-Ruhr-Zentrums gefunden.«

»Klingt verdächtig nach Ausrede.«

»Ja, finde ich auch. Der Fisch stinkt vom Kopf her, würde meine Großmutter sagen. Aber die Polizisten, die an der Sache dran sind, meinen, da könne man nichts machen.«

»Wie? Echt jetzt? Damit ist die Sache für die erledigt?«

»Sieht so aus.« Ich zuckte mit den Schultern und seufzte. »Alibi ist Alibi, sagen sie, und daran lässt sich nicht rütteln. Außerdem sind die Zeugen nicht nur unbescholtene Bürger dieser Stadt, sondern auch noch angesehene Persönlichkeiten des öffentlichen Lebens. Zumindest zwei von ihnen.«

Heiko grinste. »Vielleicht sollte man mal prüfen, was es mit dem Kerl so alles auf sich hat. Und mit den Zeugen ...«

»Wie, du meinst ... hier?«, fragte ich scheinheilig. Dass es so einfach gehen würde, wäre mir nicht im Traum eingefallen.

»Ja. Meine ich.« Heiko zwinkerte mir zu. »Praxisorientiertes Arbeiten nennt sich so was. Besser als all die Testfälle, die wir immer zusammenbasteln. Wir haben schon öfter mal spaßeshalber real existierende Personen eingegeben. Und wenn man meiner Angie so etwas angetan hätte ...« Er ließ die Faust auf den Tisch krachen.

»Echt? Das muss vor meiner Zeit gewesen sein«, schob ich schnell ein, bevor ihn eine detaillierte Schilderung dessen, was er alles mit dem Mistkerl anstellen würde, vom eigentlichen Thema ablenken konnte. »Was sagen denn die Datenschutzbeauftragten dazu?«

»Muss man denen doch nicht auf die Nase binden. Ich werde das jedenfalls gewiss nicht tun.« Er legte die Hand aufs Herz. »Und außerdem: Wir müssen doch testen! Wenn wir das nicht auch mal mit realen Daten tun dürfen, können wir den Job gleich hinschmeißen.«

Ich grinste erleichtert. Guter Kollege. Damit war Heiko genau dort angekommen, wo ich ihn haben wollte. Denn in vielen Bereichen hatte ich bislang nur Zugang zu den Testsystemen, was im Regelfall auch völlig ausreichte.

Gemeinsam befragten wir das Auskunftssystem nach den Namen Schönlein, Behrends und Zirkow. Fehlanzeige. Heiko machte ein langes Gesicht.

»Wenigstens Behrends Anzeige wegen des Autodiebstahls hätten wir doch finden müssen«, sagte er düster. »Aber vermutlich schlummert die noch in irgendwelchen Vorsystemen. In letzter Zeit gab es mal wieder massiven Datenstau.«

»Echt? Schon wieder?«

»Ja. Sei froh, dass du nicht da warst. Das Vorgangsbearbeitungssystem war streckenweise völlig zusammengebrochen. Es ist zum Kotzen mit diesem ewigen Rumgestricke an einer maroden Datenstruktur! Na ja. Tut mir leid, dass uns das nicht weitergebracht hat. Einen Versuch war es aber wenigstens wert.«

Gerne hätte ich Heiko auch noch nach dem vierten im Bunde suchen lassen. Aber das hätte nicht zu der Geschichte gepasst, mit der ich ihn geködert hatte.

»Da kann man machen nix«, sagte ich enttäuscht.

»Ja. Da kann man machen nix«, stimmte Heiko zu. Er stand auf und reckte sich. »Jetzt wissen wir wenigstens, dass da nichts ist. Ich hol mir einen Kaffee. Willst du auch einen?«

»Gerne.« Ich sah ihm hinterher. Mein Blick landete wieder auf seinem Bildschirm. Er war immer noch im Echtsystem. Und er hatte seinen PC nicht gesperrt. Schnell tippte ich den Namen Pietr Matzek ein. Und wurde fündig. Über Matzek gab es tatsächlich eine Akte. Ich steckte meinen Stick in den USB-Port und speicherte die Daten. Dann schloss ich die Software. Ich war gerade fertig, als Heiko wieder zurückkam. Mit leicht schlechtem Gewissen nahm ich den Kaffeebecher in Empfang.

An meinem eigenen Arbeitsplatz konnte ich einer weiteren Versuchung ebenfalls nicht widerstehen. Ich wollte wissen, was genau in der Akte zu Kurtis Tod stand. Die Technik hatte das ausgebrannte Fahrzeug doch gewiss durch die Mangel gedreht und Rückschlüsse auf die Ursache des Unglücks gezogen. Wenn Bea mich am ausgestreckten Arm verhungern ließ, musste ich mir die Informationen eben selbst besorgen. Schließlich saß ich an der Quelle.

Ich loggte mich im Vorgangsbearbeitungssystem IGVP ein, gab den Namen Kurt Türauf ein und hoffte, dass der Vorgang trotz des Systemzusammenbruchs bereits den Weg aus den Vorsystemen in die Hauptdatenbank gefunden hatte. Ich hatte Glück. Fünf Minuten später war auch diese Akte in digitaler Form auf meinem Stick gespeichert. Und weil das so schön geklappt hatte, suchte ich gleich noch nach der Akte Max Schulze. Auch hier interessierte mich brennend, was die ermittelnden Beamten zu dem Thema zu sagen hatten.

Den Rest des Tages nahm mich eine Teambesprechung in Beschlag, aus der ich mit einem Sack voller neuer Aufgaben rausging. Der Parkplatz hinter dem Gebäude war schon ziemlich leer, als wir endlich fertig waren. Die meisten Kollegen waren bereits ins Wochenende entschwunden. Flüchtig überlegte ich, ob ich die Dateien, die ich auf meinen Stick gezogen hatte, noch hier im Büro sichten sollte. Doch dann tauchte mein Chef in unserem Büro auf und ich entschied mich dagegen. Zu riskant. Wer weiß, wie lange der sich noch hier herumtreiben würde. Schließlich war er bekannt dafür, dass er kein Ende fand.

***

Ich fuhr zum Krankenhaus und saß eine Weile an Max' Bett. Lauschte seinem Atem. Hielt seine Hand. Und kam mir seltsam nutzlos vor, während ich das tat.

»Im Moment schlafe ich bei dir«, flüsterte ich. »Mit Bonnie und Clyde. In meine Wohnung darf ich nicht. Sagt Bea. Sie hat Angst, dass jemand bei mir einbricht und mich umnietet. Der, der mein Auto in die Luft gejagt hat.«

Max' Lider zuckten. Aber er schlug die Augen nicht auf. Konnte er mich trotzdem hören?

»Weißt du, wie ich das Haus zurzeit betrete und verlasse? Nicht etwa durch die Eingangstür. Hinten über die Mauer klettere ich. Ist das nicht albern? Von der Werkstatt aus. Und dann durch die Kellertür. Heute früh hab ich gewartet, bis es leer auf dem Hof war, und dann bin ich schnell über die Mauer rüber. Hab deinen Wagen abgeholt. Zweihundertfünfundneunzig Euro hat die Inspektion gekostet. Ich hab's bezahlt. War eigentlich nichts weiter dran. Öl haben sie gewechselt. Und den Ölfilter. Und die Klimaanlage gewartet. All so ein Zeug halt. Dann bin ich mit dem Wagen zur Arbeit gefahren. Ich hoffe, du hast nichts dagegen.«

Erneut zuckten die Lider.

»Es geht dir besser, hat der Arzt gesagt.« Zweifelnd sah ich ihn an. Er sah nicht so aus, als ginge es ihm wirklich besser. Noch genauso grau und bleich wie am Tag zuvor. »Die Schwellung im Gehirn ist zwar noch nicht weg, aber deutlich auf dem Rückzug. Und vor allem gibt es keine Nachblutungen«, fuhr ich leise fort. »Noch zwei Tage, dann lassen sie dich aufwachen. Wenn dann alles in Ordnung ist, kannst du bald nach Hause. Ich backe dir einen Kuchen. Apfelkuchen. Den magst du doch so gerne. Mit Walnüssen. Dann hast du was, auf das du dich freuen kannst.«

Keine spürbare Reaktion. Wie auch. Wurde ja alles unterdrückt. Künstliches Koma, wohldosiert. Mir schossen die Tränen in die Augen.

»Ich geh jetzt besser, Max«, flüsterte ich. »Bin heute etwas nah am Wasser gebaut. Und die Catos warten auf ihr Futter. Eine Kleinigkeit einkaufen sollte ich auch noch.« Ich wischte mir das Wasser aus den Augenwinkeln und hauchte ihm einen Kuss auf die Stirn unterhalb des Verbandes. Bedrückt verließ ich das Klinikum.

*****

Obst, Gemüse. Kartoffeln. Flammkuchen. Joghurt und Quark. Etwas Wurst und viel Käse. Und Wein. Klopapier brauchte ich auch. Und irgendeinen Badezusatz. Vor dem Regal mit dem Shampoo und den Haarfärbemitteln blieb ich erneut stehen. Ich ließ meinen Blick über die unterschiedlichen Markenprodukte wandern. Randvoll mit Chemie. Meine Kopfhaut juckte schon vom bloßen Ansehen. An einer Verpackung blieb ich hängen. Wegen der Bezeichnung. »Naturhaarfarbe« stand darauf zu lesen. Früher hätte man Henna dazu gesagt. Da konnte man auch nur zwischen Henna rot und Henna schwarz entscheiden. Heutzutage schien selbst die Verwendung von Erdfarbe eine Wissenschaft für sich zu sein. Ich studierte die unterschiedlichen Farbmischungen und entschied mich für Herbstlaub. Weil es so hübsch klang. So unübersehbar leuchtend.

Obwohl ich brennend gerne einen Blick in die Akten auf meinem Stick geworfen hätte, traute ich mich im Dunkeln nicht in meine Wohnung hinüber. Ich würde Licht machen müssen. Und selbst wenn nicht, das bläuliche Licht meines Monitors würde mich verraten. Ich dachte an Max und mein zerstörtes Auto und hatte Angst. Max' PC war leider passwortgeschützt. Also musste das warten.

Eine Weile später saß ich auf Max' Sofa, vor mir ein Glas Wein und einen Teller mit in griffige Dreiecke geschnittenem Flammkuchen, die Haare eingematscht mit dickem, rotem Erdbrei, und zappte mich durch die Kanäle. Clyde balancierte über die Rückenlehne des Sofas und schnupperte ausgiebig an meinem Kopf. Seine Schnurrhaare kitzelten mich im Gesicht.

»Willst du etwa auch mal?«, fragte ich und kraulte seinen schwarzen Pelz. »Schwarz mit rötlichem Schimmer? Bestimmt todschick. Die Katzenwelt wird dir zu Füßen liegen.«

Er gurrte, sprang aufs Sofa hinunter und angelte mit der Pfote nach dem Flammkuchen auf dem Couchtisch.

»Nix da«, wehrte ich ab. »Das hier ist mein Abendessen. Futter für Zweibeiner, du verfressenes Monster.«

***

Im hellen Tageslicht traute ich mich dann doch. Es war ungewohnt sonnig an diesem Samstagmorgen. Und wenn ich mich weit von den Fenstern entfernt aufhielt, würde niemand bemerken, dass in meiner Wohnung wieder Leben war.

Ich lauschte dem vertrauten Summen des Kühlschrankes, während mein PC hochfuhr. Kurz darauf hörte ich die Katzenklappe in der Balkontür klappern, dann das leise Klacken von Krallen auf dem Dielenboden. »Hallo Tiger«, begrüßte ich Bonnie, als sie auf meinen Schreibtisch sprang. Die Katzentür klapperte ein zweites Mal. Mit leisem Keckern trabte Clyde ins Wohnzimmer, rieb sich begrüßend an meiner Hand und rollte sich dann auf meinem Lieblingssessel zusammen. Meine Süßen, dachte ich gerührt. Bloß nicht den Anschluss verpassen. Immer da, wo man selbst sich gerade aufhielt. Die Aussage, dass Katzen nicht menschenbezogen waren, war völliger Blödsinn. Bonnie tanzte jetzt vor dem Monitor herum. Ich konnte gerade noch verhindern, dass sie auf die Tastatur latschte. »Kein guter Platz für Pelztiere«, sagte ich streng, hebelte sie aufs Sofa und kraulte ihren getigerten Pelz. »Jetzt lass mich arbeiten.«

Ich begann mit der Akte von Matzek. In Riga geboren, in Duisburg aufgewachsen, danach einige Jahre wieder in Riga. In beiden Städten war er gemeldet. Von 2005 bis 2009 war er ständig zwischen Duisburg und Riga hin- und hergependelt, häufig mit dem LKW. »Verdacht auf Schmuggel« war in der Akte vermerkt. Gefunden hatte man aber nie etwas.

Pietr Matzek hatte bereits drei Haftstrafen wegen gefährlicher Köperverletzung auf dem Buckel. In Riga. Dort sagte man ihm auch Kontakte zur Unterwelt nach. Mafia? Auf jeden Fall irgendeine organisierte Bande. Hier in Deutschland hatte er sich seit einer Jugendstrafe wegen Totschlags im Affekt nichts zuschulden kommen lassen. Und dennoch gab es eine Akte über ihn. Irgendjemand hatte es für nötig befunden, sich auch noch Jahre, nachdem er aktenkundig geworden war, mit dem Leben von Pietr Matzek auseinanderzusetzen.

In einem Randvermerk, einem Notizfeld, fand ich etwas Interessantes. Dort stand der Name Miroslaw G. Zirkow, versehen mit dem Kommentar »überprüfen«. Und eine Zeile darunter hieß es: »Akte beim Bund angefordert. Wirtschaftskriminalität.« Tonlos pfiff ich durch die Zähne. Miroslaw G.? Etwa Gino? Miroslaw Gino Zirkow? Also doch kein Zufall, und ein Verwandter auch nicht.

Ich lehnte mich in meinem Stuhl zurück und verschränkte die Arme in meinem Nacken. Wirtschaftskriminalität. Sauerei am Innenhafen. Ein Bauprojekt, unterteilt in zwei Phasen. Vier obskure Firmen. Stille Teilhaberschaften. Subventionen von der EU. Nach welchen Kriterien wurden die vergeben? Wie genau konnte hier ein Betrug vonstatten gegangen sein?

Wieder mal bemühte ich die Suchmaschine. Anderthalb Stunden später hatte ich mich durch einen Wust von Informationen gelesen und versuchte, sie zu strukturieren.

Die EU-Subventionen waren in mehrere Fonds eingeteilt. Ziel-2-Programm war dabei in Nordrhein-Westfalen das entscheidende Stichwort. Es ging um die Schaffung neuer und die Sicherung bestehender Arbeitsplätze sowie eine Verbesserung der Wettbewerbsfähigkeit der Region. Das Ziel-2-Programm, und damit auch die Entscheidung über die Zuteilung von Subventionen, war in Phasen eingeteilt. Jede Phase wurde jeweils für sechs Jahre unter einem eigenen Namen konzipiert, verfügte über einen separaten Finanzierungstopf und wurde projektbezogen subventioniert. Duisburg hatte in der Phase 2000-2006 knapp156 Millionen Euro aus gleich mehreren Fonds der EU erhalten. Ein Großteil davon kam aus dem EFRE, dem Europäischen Fonds für Regionale Entwicklung. Und für die Phase 2006 bis 2013 gab es einen neuen Topf, nicht ganz so üppig bestückt wie der erste, aber immerhin. Auch aus diesem Topf konnte viel Geld munter verteilt werden.

Verdammt viel Geld sogar. Aber wer entschied letztendlich über den Einsatz der Gelder? Wie wurde das Ganze kontrolliert? Das konnte doch kein Selbstbedienungsladen sein, oder? Ich grub mich durch weitere Erläuterungen. Und landete schließlich bei einer Information, die ich bisher glatt übersehen hatte. Vermutlich war ich nur nicht auf der richtigen Seite gewesen. Nachtigall, ick hör dir trapsen, dachte ich und rief noch einmal mehrere der Websites auf, auf die ich im Laufe meiner Recherchen gestoßen war. Schließlich griff ich zum Telefon.

244

»Ich glaube, ich weiß, wie sie es gemacht haben«, knallte ich Volker anstelle einer Begrüßung hin. »Letztendlich geht es um Subventionsbetrug.«

»Ach was«, sagte er trocken. »Erzähl mir was Neues. Das hatten wir doch bereits vermutet.«

»Klar haben wir das vermutet, aber die Frage ist doch, wie das überhaupt gehen kann.«

»Sag mal, wo steckst du eigentlich gerade? Bist du noch bei Bea? Deine Nummer wird gar nicht angezeigt.«

»Dann ist wohl die Rufnummernunterdrückung eingeschaltet. Ist doch egal. Und jetzt hör gefälligst zu. Es gibt verschiedene Töpfe, aus denen EU-Subventionen bezogen werden können.«

»Sicher, EFRE, ESF und wie sie alle heißen. Auch ich habe meine Hausaufgaben gemacht.« Ich hörte ihn förmlich grinsen.

»Na, dann weißt du ja schon alles«, sagte ich spitz.

»Ich weiß, dass das Land NRW ein großes Strukturprogramm Namens Ziel-2 am Laufen hat, nicht unerheblich aus genau diesen Fonds der EU subventioniert. Duisburg hat ziemlich viel Geld aus diesen Fonds bekommen.«

»Genau. Und dazu brauchte die Stadt Investoren. Ohne die ist man nicht subventionsfähig.«

»Natürlich. Und?«

»Nicht so ungeduldig. Der nächste Punkt ist wichtig. Für die Umgestaltung der Stadt lagen diverse Masterpläne vor, zu deren Umsetzung die Stadt Duisburg jeweils eigene Entwicklungsgesellschaften gegründet hat. Die kümmern sich von Anfang an um einfach alles, von der Suche nach geeigneten Investoren über Antragstellungen bis hin zur Abrechnung. Es gab eine für den Innenhafen, und jetzt gibt es eine für – hab vergessen, wie der neue Masterplan heißt. Aber egal. Weißt du, wer in den Aufsichtsräten dieser Entwicklungsgesellschaften sitzt?«

»Hm«, knurrte Volker und schwieg. Ich interpretierte das als Nein.

»Schönlein und Behrends natürlich«, jubelte ich. »Sowohl in der für den Innenhafen – die inzwischen ausgedient hat, als auch in der neuen.«

»Hätte ich mir eigentlich denken können.«

»Auf regionaler Ebene machen bei der Subventionsvergabe drei Bereiche die Musik: Erstens die Stadtverordneten, zweitens die Entwicklungsgesellschaften, drittens die jeweilige Hausbank.«

Ich ließ Volker Zeit, diese Information zu verdauen.

»Ein bisschen viel Schönlein und Behrends für meinen Geschmack«, sagte er schließlich langsam.

»Sic! Ich kann dir nicht sagen, wie sie es gemacht haben. Aber sie sitzen interessanterweise immer an den entscheidenden Stellen. Wenn sie es richtig drehen, hat kein Mensch, weder die Kontrollbehörden des Landes noch die der EU, einen ernsthaften Überblick über die ganzen Anträge und Gelder.«

»Stimmt«, sagte Volker nachdenklich. »Die Diskussion um die immensen Kosten, die beim Bau des Landesarchivs entstanden sind, zeigt deutlich, dass da eine ganze Menge sehr schief laufen muss, bevor jemand ernsthaft hellhörig wird. Und da geht es um wirklich exorbitante Differenzen von knapp fünfundzwanzig Millionen.«

»Ja«, stimmte ich zu. »Erstaunlich, dass so etwas jahrelang laufen kann, ohne dass jemand auf die Notbremse tritt. Ich nehme mal an, dass Behrends und Schönlein sich nicht ganz so offensichtlich bedient haben.«

»Nun, zumindest sind ihre Bauvorhaben nicht ganz koscher. Ich habe mir mal die Bebauungspläne des LogPort-Geländes angesehen. Kann man alles hübsch über die entsprechenden Seiten der Stadt Duisburg einsehen. Man muss sich nur durchklicken.«

»Und was hast du herausgefunden?«

»Die Gebäudekomplexe Logport1 und LogPort2 ähneln beide riesigen Drachen. Drache1 ist fertig, Drache2 ist in der Planung. Die ineinander verhakten Schwänze bilden einen Halbkreis. Das wird der Garten der Kulturen. Auch ein separates Projekt übrigens. Die Köpfe der Drachen sind die jeweiligen Tower-Projekte. LogPort-Tower1 heißt der eine Kopf.«

»Und Ruhrcity-Tower der andere«, sagte ich. »Das wissen wir doch schon.«

»In den Bebauungsplänen heißt das Ding aber LogPort-Tower2.«

»Derselbe Turm?«

»Derselbe Turm.«

»Soll das etwa heißen, dass der Turm zweimal subventioniert wird? Einmal als Ruhrcity-Tower, einmal als LogPort-Tower2?«

»Könnte ich mir gut vorstellen. Du hast es ja selbst gesagt – je weiter sich die Gremien verdichten, desto schwerer wird es, durch diesen Wust durchzublicken.«

»Ich finde, wir sollten unser Wissen an die Polizei weitergeben«, sagte ich düster.

»Kommt nicht in Frage«, erwiderte Volker grob. »Ich lasse mir jetzt nicht in die Suppe spucken, so kurz vor dem Ziel. Gib mir noch ein paar Tage, dann ist der Artikel fertig. Dann kannst du tun und lassen, was du willst.«

»In Ordnung«, lenkte ich ein. »Hast du mittlerweile Irina erreicht?«

»Nein. Gestern habe ich es dreimal versucht, heute früh einmal. Alles unverändert. Der Vogel ist ausgeflogen.«

»Oder er wurde eingefangen«, murmelte ich und legte auf.

Am liebsten wäre ich selber hingefahren. Aber wenn sie nun mal nicht da war, machte das wenig Sinn. Vielleicht lag sie ja in der Wohnung, hilflos oder … tot? Aber ich konnte ja schlecht die Tür aufbrechen. Der Name Matzek geisterte durch meinen Kopf, die lettische Mafia, explodierende Autos …

Das war mein Stichwort. Ich hatte die Dateien auf meinem Stick noch nicht ganz ausgewertet.

Schnell öffnete ich den Vorgang »Kurt Türauf«. Eine ganze Reihe von Fotos war am Unfallort gemacht worden. Ziemlich verheerend, das Ganze. Der Tanklastzug quer auf der Fahrbahn. Glassplitter. Das Fahrerhaus ausgebrannt. Überall weißer Löschschaum. Die Fahrbahn deformiert. Dann der Brückenpfeiler, angeschwärzt. Rudimente eines Pkw. Schwarz verkohlte Wrackteile, mit Fähnchen markiert. Andersfarbige Fähnchen kennzeichneten die Fundstellen menschlicher Überreste. Die Explosion hatte Fahrer und Wagen ziemlich auseinandergenommen. Und das Benzin des Tanklastwagens war direkt in den Explosionsherd hineingelaufen und hatte für ein infernalisches Feuer gesorgt. Kein Wunder, dass die Autobahn fast einen Tag lang gesperrt gewesen war. Ich überflog den Bericht eines Brandexperten. Der des Rechtsmediziners war noch nicht hinterlegt.

Überhaupt war die Akte noch nicht sehr umfangreich. Wahrscheinlich befanden sich die meisten Unterlagen noch nicht im System.

Noch weniger war zum versuchten Totschlag Max Schulze zu finden. Der Bericht der Spurensicherung war in Stichworten zusammengefasst, aber noch nicht im Detail eingescannt. Kein Wunder. War ja auch erst drei Tage her. Dennoch brachte mich das, was ich da las, ziemlich in Rage. Erneut griff ich zum Telefon.

»Es war eine Handgranate, mit der mein Auto in die Luft gejagt wurde!«, brüllte ich in den Hörer hinein.

»Was?«, fragte Volker überrascht.

»Ich sagte, es war eine Handgranate, durch die der Wagen so explodiert ist, wie er explodiert ist.«

»Handgranate, Bombe. Was spielt das für eine Rolle?«

»Bei Kurts Fahrzeug weiß man letztendlich nicht ganz genau, was die Explosion verursacht hat. Die Spurensicherung nimmt an, dass da vielleicht ein Fernzünder mit im Spiel war. Genau lässt sich das nicht mehr feststellen wegen dem heftigen Brand. Aber so oder so ist das ja wohl ein Unterschied.«

»Vom Ergebnis her nicht«, wandte Volker ein.

»Nein. Aber vom Tathergang ist es das schon. Und deshalb denken sie ja auch, dass es so gewesen sein muss. Aber wenn Kurti mittels ferngezündetem Sprengstoff starb, warum hat sein Mörder dann mein Auto durch eine Handgranate explodieren lassen? Warum?«

»Eine Handgranate muss von jemandem geworfen werden, der sich in unmittelbarer Nähe befindet. Auf der Autobahn funktioniert das nicht, das Tempo ist zu hoch. Für einen Fernzünder muss man nur einen Knopf drücken.«

»Warte mal, nicht so schnell«, unterbrach ich Volker. »Irgendwas irritiert mich.« Ein Gedanke begann, sich in meinem Hirn zu formen. Leise regte er sich, ohne dass ich ihn konkret zu fassen bekam.

Volker wartete geduldig.

»Ich komm nicht drauf«, sagte ich resigniert. »Mach weiter.«

»Dass eine Handgranate benutzt wurde, sagt uns also einiges über den Tathergang«, nahm Volker den Faden wieder auf. »Jemand muss deinem Wagen gefolgt sein. Er hat gewartet, bis sich eine geeignete

Gelegenheit ergab, und hat sie auf dem Parkplatz beim Schopf ergriffen.«

»Max war aber nicht mehr im Auto. Die Granate ist explodiert, als er bereits ausgestiegen war. Warum also wurde sie erst dann gezündet? Außerdem hätte der dann ja wohl auch erkennen müssen, dass er den Falschen am Wickel hatte. Oder er wollte in die Geschichte als dümmster Verbrecher der Welt eingehen!«

»Die Dinger brauchen eine Weile, bis sie hochgehen. Das erklärt womöglich auch, warum derjenige nicht gesehen hat, dass nicht du das Fahrzeug gesteuert hast. Bis Max ausstieg, hatte er die Handgranate schon gezündet und unter das Auto geworfen«, überlegte Volker.

»Klingt halbwegs logisch. Aber ein fehlgeschlagener Versuch? Das kann ich nicht glauben.«

Eine Weile schwiegen wir beide. Diverse Möglichkeiten ratterten in Windeseile durch meinen Kopf. Aber sie ergaben keinen Sinn.

»Lass uns doch mal logisch vorgehen. Noch mal ganz von vorne«, bat ich.

»Gut«, sagte Volker.

»Bei Kurti vermutet die Polizei eine Autobombe, Sprengstoff, welcher genau, ist unklar. Und einen Zeitzünder.«

»Wieso eigentlich vermutet?«

»Was?«

»Du hast gesagt, die Polizei vermutet, dass es sich um eine Bombe mit Zeitzünder gehandelt hat. Warum wissen sie das nicht genau?«

»Viele Spuren waren nicht mehr übrig. Schließlich hat es durch das ausgelaufene Benzin aus dem LKW stundenlang gebrannt ... Ich habe die Fotos gesehen. Muss ein ziemliches Inferno gewesen sein.«

»Also hing der LKW-Fahrer auch mit drin?«

»Der Lkw-Fahrer? Quatsch. Der war selbst schwer verletzt. Der hat Glück gehabt, dass er sich retten konnte.«

»Dann hat jemand anderes die Bombe gezündet.«

»Ja. Aber warum stand der dann ausgerechnet dort an dieser Stelle? Und wieso hat Kurti die Kontrolle über sein Fahrzeug verloren, bevor die Bombe explodiert ist? Das macht doch alles keinen Sinn!«

»Vielleicht hat er Kurt schon länger beobachtet und wusste, dass er auf dem Weg zu Irina dort langfahren würde. Und vielleicht hat er auf der Autobahnbrücke mit einem Gewehr mit Zielfernrohr auf ihn gewartet und in den Reifen geschossen, sodass Kurti ins Schleudern kam und gegen den Brückenpfeiler fuhr.«

»Und dann hat er in aller Seelenruhe den Zeitzünder ausgelöst? Kommt mir ein bisschen sehr agententhrillermäßig vor. Am besten verdächtigen wir doch noch den LKW-Fahrer, der hat seine Ladung vielleicht mit Absicht verloren!«

»Genau. Alle gemeinsam gegen Kurti. Na, ich gebe zu, das klingt arg konstruiert.«

Ich verdrehte die Augen und nickte, sparte mir jedoch einen weiteren Kommentar.

»Dann noch mal zu Fall zwei: Wenn der Anschlag *kein* fehlgeschlagener Mordversuch war, warum wartet der Täter dann, bis Max aussteigt, und zündet dann erst die Handgranate? Er muss doch spätestens in dem Moment gesehen haben, dass nicht du das Auto gefahren hast?«

»Weil er ursprünglich Plan A ausführen und mich mitsamt dem Auto in die Luft jagen wollte, dann aber gesehen hat, dass ich nicht drinsaß, und deshalb zu Plan B gegriffen hat, um mir zumindest eine Warnung zu verpassen«, schlug ich vor. »Oder weil mir ohnehin nur ein gehöriger Schreck eingejagt werden sollte.«

»Du bist ihm zu nahe gekommen.«

»Womit denn, zum Teufel?«, fragte ich aufgebracht. »Zu dem Zeitpunkt bin ich doch selbst ziemlich im Dunkel herumgetappt!«

Wir schwiegen erneut. Meine Finger trommelten ein ungeduldiges Stakkato auf den Schreibtisch.

»Matzek sagt man übrigens Verbindungen zur lettischen Mafia nach. Und Zirkow hat keinen Bruder.« Kurz fasste ich die Informationen zusammen, die ich über das Auskunftssystem gefunden hatte.

»Auch das noch. Das würde allerdings den wenig zimperlichen Umgang mit Kurt und vermutlich auch Irina erklären. Trotzdem ist immer noch nicht klar, worum es hier genau geht. Und du hast recht, die unterschiedlichen Methoden geben mir zu denken«, grübelte Volker weiter.

»Vielleicht war es gar nicht der gleiche Täter?«, warf ich flapsig ein.

»Glaub ich nicht, ehrlich. Zu viele Köche verderben den Brei. Es muss einen anderen Grund geben.«

Wir schwiegen erneut.

»Gibt's eigentlich einen Unterschied zwischen der Explosion einer Handgranate und der einer Bombe? Ich meine in Sachen Schlagkraft oder so?«, fragte Volker schließlich.

»Keine Ahnung. Vom Resultat her fliegen bei beiden die Fetzen. «

»Mit anderen Worten, da war nicht mehr viel übrig, um identifiziert werden zu können.«

»Genau. Sie haben DNA gefunden, aber nicht gerade viel. Da waren Zähne und auch eine Zahnprothese, die schlussendlich zum Ziel geführt haben. Sie wurden neben dem ausgebrannten Wagen im Gras gefunden, noch ziemlich intakt. Kurts Zahnarzt hat sie identifiziert.«

»Scheiße. So einen Tod hat keiner verdient.«

Autobombe... Handgranate... Ich trommelte weiter einen unruhigen Rhythmus auf den Schreibtisch. Handgranate... Autobombe... Das passte nicht. Der gleiche Täter, das andere Vorgehen. Aber was passte dann? Gleicher Täter, ähnliches Vorgehen. Und wenn die Handgranate feststand, dann... »Oder es war bei Kurt doch keine Autobombe mit Fernzünder, sondern irgendein anderer Sprengstoff. Dynamit zum Beispiel«, sagte ich zweifelnd.

Erst als ich den Hörer auflegte, traute ich mich, diesen Gedanken konsequent zu Ende zu denken.

***

»Du hast doch erzählt, dass du aus einer Familie kommst, die mehrere Generationen im Bergbau gearbeitet hat«, fiel ich mit der Tür ins Haus.

»Stimmt«, bestätigte Schiller. »Mein Vater war Steiger.«

»Und dein Großvater?«

»Sprengmeister war er«, sagte Schiller stolz.

»Und du hast die Tradition gebrochen, weswegen alle sauer auf dich waren, richtig?«

»Sagen wir lieber enttäuscht. Das trifft es besser. Als dann die ersten Zechen geschlossen wurden, war endlich Ruhe im Karton.«

»Du hast auch erzählt, dass du mit Kurt das Zechenhaus entrümpelt hast, in dem dein Großvater gelebt hat.«

»Ja und? Worauf willst du hinaus?«

»Warum bist du denn nicht in das Haus gezogen, wenn es doch so lange im Familienbesitz war?«

Schillers rechtes Auge driftete seitwärts. Trieb sich herum in Regionen, die ich nicht überblicken konnte. »Ein Zechenhaus ist nicht besonders groß«, sagte er schließlich würdevoll. »Niedrige Decken, kleine Zimmer. Guck dich doch mal um. Wie könnte ich in ein Zechenhaus ziehen? Da bräuchte ich ja ein komplett neues Regalsystem.«

»Ja, versteh ich. Also hast du es verkauft und vorher entsprechend entrümpelt. Sag mal, diese ... äh ... Sammelleidenschaft, liegt die in der Familie?«

Wieder drifteten seine Augen auseinander.

»Schiller«, mahnte ich sanft. »Liegt das in der Familie?«

Eines der Augen kehrte zu mir zurück. Es war das braune.

»Ja, also nicht so wie ...« Seine Hand machte eine umfassende Geste im Raum. »Aber ein bisschen schon.«

»Nicht ganz so schlimm wie du also«, bohrte ich nach. »Aber vermutlich gab es dort doch eine ganze Menge Krempel. Und du hast bestimmt kaum was weggeworfen beim Ausmisten, oder?«

Auch sein braunes Auge huschte jetzt wieder davon. So langsam begann ich zu glauben, dass Schiller das sehr wohl steuern konnte, das mit den Augen.

»Kann es sein, dass dein Großvater noch alten Sprengstoff gelagert hatte? Und dass du den nicht entsorgt hast?«

»Entsorgt, entsorgt, entsorgt! Wie denn?«, fragte Schiller beleidigt. »Hätte ich zum Ordnungsamt gehen sollen, oder was? Und denen sagen: ‚Hey, in dem Haus, in dem mein alter Großvater gerade gestorben ist, liegt noch jede Menge Sprengstoff rum‘?«

»Das wäre sicher nicht verkehrt gewesen. Stattdessen hast du es mitgenommen, ja?«

Er sah zu Boden. Ein klares Eingeständnis.

»Etwa hierhin?«, fragte ich entsetzt. »Du schläfst in einem Haus, in dem du alten Sprengstoff lagerst?«

Schiller nickte betreten. »Was regst du dich denn so auf?«, fragte er bockig. »Wie Kurt. Der hat sich auch nicht mehr eingekriegt, als er das spitzbekommen hat. Dabei war sein komischer Onkel Gerhard nicht anders drauf. Außerdem habe ich das Zeug gut unter Verschluss.«

Kurt hatte also von dem Sprengstoff gewusst. Ich war nicht weiter überrascht. Es war genau das, was ich hatte wissen wollen.

»Zeig's mir!«, forderte ich schroff. Auffordernd fixierte ich Schillers rechtes Auge, bis er es beiseite huschen ließ. Nachgebend, wie mir schien.

»Komm mit«, sagte er resigniert.

Ich folgte ihm in die untere Halle. Er ging zu einer der hinteren Regalreihen, zog aus dem untersten Fach vorsichtig eine große Metallkiste heraus und wühlte an seinem dicken Schlüsselbund herum, bis er den Schlüssel fand, den er suchte. Er schloss das Vorhängeschloss auf, mit dem die Kiste versperrt war, und klappte den Deckel hoch. »Siehst du, alles noch da«, sagte er trotzig. »Da fehlt rein gar nichts.«

Schade, dachte ich. Es hätte gut gepasst. Eine Weile dachte ich nach. »Habt ihr Onkel Gerhards Haus auch zusammen entrümpelt?«

»Sag ich doch. Der Kerl war kein Stück besser als mein Großvater. Nur dass er Handgranaten rumfliegen hatte.«

»Handgranaten«, wiederholte ich tonlos und starrte ihn an. Mir wurde übel. »Und wo sind die jetzt? Schiller, sieh mich an!«, setzte ich nach, als er nicht antwortete.

Doch Schiller hatte sich bereits in Bewegung gesetzt und öffnete eine andere Kiste, die nicht verschlossen war. »Scheiße«, fluchte er los. »Verdammte Scheiße noch mal!«

Es fiel mir schwer, ihn in seinem Chaos allein zurückzulassen. Wie sehr auch er in Aufruhr geraten war, merkte ich an der Flut der Gedichtfragmente, die er vor sich hinbrabbelte. Und an den Augen, die ziellos und seltsam unabhängig voneinander durch den Raum trieben. Es dauerte eine ganze Weile, bis ich von ihm erfuhr, was ich wissen wollte. Schließlich umarmte ich ihn fest und drückte ihm einen Kuss auf die Wange. »Du kannst nichts dafür«, flüsterte ich. Und ich bin dir nicht böse. Wirklich nicht. Ich komme bald wieder vorbei.«

***

Eine halbe Stunde später saß ich im »Webster« am Dellplatz und löffelte eine kräftige Käsesuppe in mich hinein. Sehr lecker. Würzig, leicht salzig. Genau das, was ich jetzt brauchte, um das Gespräch mit Schiller zu verdauen und meine Gedanken zu sortieren. Letzteres war dringend erforderlich.

Als ich mit der Suppe fertig war, orderte ich Kaiserschmarrn, Milchkaffee und ein Blatt Papier und begann, mir in gewohnter Manier die Ereignisse in Form eines Organigramms aufzuzeichnen.

Ich unterstellte eine Verbindung zwischen Behrends, Schönlein, Matzek und Zirkow. Hinter Behrends, in seinen Rücken sozusagen, stellte ich die Ruhrcity-Bank. Schönlein repräsentierte die Stadt Duisburg ebenso wie seinen eigentlichen Beruf: Architekt. Und Miroslaw Zirkow war gleichzusetzen mit dem Rigaer Architekturbüro New Look Facility. Und mit Gino Zirkow, dem die Firma G.A.K.A GmbH in Venlo gehörte. Eine GmbH, die Mutter einer Baugesellschaft in Duisburg war. Blieb noch Pietr Matzek, Geschäftsführer der Investment Trust Novum GmbH in Riga. Und seine Verbindung zur lettischen Mafia. Kurt hatte eine eindeutige Beziehung zu Behrendsund zur Ruhrcity-Bank. Dann war da noch Irina Kruzsca. Russin und Expertin für Übersetzungen. Auch sie hatte Kontakt zur Ruhrcity-Bank, und zu Kurt natürlich. Und Irina hatte einen Schnitt im Gesicht, von dem ich stark annahm, dass er ihr durch Matzek zugefügt worden war. Da war es wieder, dieses ungute Gefühl. Wir hatten Irina trotz mehrfacher Versuche nicht angetroffen, obwohl ihr Auto vor der Tür stand. Erneut rief ich Volker an und fragte, ob er sie mittlerweile erreicht hatte. Hatte er nicht. Aber er wollte es am Abend noch mal versuchen. Das ungute Gefühl tobte nun mit Vehemenz in meiner Magengrube. Gefahr, signalisierte es. Sie war in Gefahr. Aber ich wusste nicht, was ich diesbezüglich weiter unternehmen konnte. Also konzentrierte ich mich wieder auf meine Zeichnung.

Ein neuer Kasten für Bettina. Eindeutige Verbindung zu Kurt. Und ein paar Fragen: Warum wollte Bettina plötzlich nicht mehr wissen, wer für den Tod ihres Vaters verantwortlich war? Warum war sie nicht mehr traurig? Das war äußerst seltsam. Blieb noch der Angriff auf Max. Vielmehr auf mich. Nur dass es Max stattdessen erwischt hatte. Mit einer Handgranate. Dem Zeug, das aus der Chaosbude von Schiller verschwunden war.

Lange starrte ich auf das Gebilde vor mir. Klopfte mit dem Bleistift ein nervöses Stakkato auf den Holztisch. Kehrte wieder zu der Frage zurück, warum Bettina fand, dass ich nicht mehr weitermachen sollte. In meinem Kopf kristallisierte sich eine Idee, verfestigte sich. Und ich fasste einen Plan. Ob es ein guter Plan war, wusste ich nicht. Aber ich hatte keinen besseren.

***

Es ging bereits auf zweiundzwanzig Uhr zu, und es hatte sich noch immer nichts getan. Kein himmelblauer Wagen weit und breit. Bettinas Wohnung in der Mainstraße blieb unbeleuchtet und leer. Meine Beine waren mir eingeschlafen vom langen Sitzen auf diesem ergonomisch nicht gerade optimal geformten Autositz. Und mir war arschkalt. Märzwetter den ganzen Tag, feucht und unwirtlich. Ich musste pinkeln. Und was essen. Und die kleinen Fresserchen füttern. Die waren bestimmt schon sauer. Und mich aufwärmen. Dringend. Sonst würde ich krank werden. Bei Max hatte ich mich heute auch nicht blicken lassen. Und um diese Uhrzeit würde mich auf der Intensivstation gewiss niemand mehr mit offenen Armen empfangen. Als ich mich wenigstens telefonisch nach seinem Befinden erkundigen wollte, musste ich feststellen, dass mein Handy keinen Saft mehr hatte. Resigniert fuhr ich heim.

ZWÖLF

Früh am Morgen positionierte ich mich wieder vor Bettinas Tür. Da stand er endlich, der Micra, himmelblau leuchtend und deutlich sichtbar. Dieses Mal brauchte ich nicht lange zu warten. Knapp eine Stunde später verließ Bettina das Haus.

Entgegen meinen Befürchtungen war es nicht weiter schwer, ihr unauffällig zu folgen. Der Verkehr auf der A3 in Richtung Düsseldorf war überschaubar, und Bettina fuhr nicht schnell. Ich versteckte mich hinter einem Kastenwagen, der es ebenfalls nicht eilig zu haben schien, und behielt einfach nur die Ausfahrten vor mir im Auge.

Am Breitscheider Kreuz verließ der himmelblaue Micra die Autobahn, folgte der alten Bundesstraße Richtung Krefeld und bog bald wieder links in eine schmale Straße ab, die in Richtung des Autobahnkreuzes zurückzuführen schien. Wir fuhren durch eine Siedlung mit Einfamilienhäusern hindurch, und ich wunderte mich, dass hier im Schatten des Breitscheider Kreuzes so viele Menschen lebten. Ein Flieger, bereits im Landeanflug auf den Düsseldorfer Flughafen, schwebte so tief über die Häuser hinweg, dass ich unwillkürlich den Kopf einzog.

Wir unterquerten eine der Autobahnen und tauchten über eine schmale, holperige Straße in eine sanfte, weite Hügellandschaft mit Wiesen und Feldern ein. In der Ferne sah man Wald. Erstaunlich viel Wald, dachte ich und ließ mich zurückfallen. Ich wollte nicht, dass Bettina auf mich aufmerksam wurde.

Viel Wald, viele Weiden, viel Grün. Dazwischen ein paar einsame Höfe und Häuser. Idyllisch. Und das in unmittelbarer Nähe zu diesem gigantischen Autobahnkreuz im Düsseldorfer Norden. Ich hatte nicht gewusst, dass es hier so schön war.

Der Micra verschwand in einer Bodensenke aus meinem Blickfeld. Ich hielt an, den Blick auf die schmale Straße geheftet, die sich aus der Bodensenke heraus weiter in Richtung des Waldrandes schlängelte, bevor sie in einer Linkskurve hinter den Bäumen verschwand. Ich wartete eine Zeit lang, aber der Micra tauchte nicht wieder auf. Bettina musste dort unten irgendwo gehalten haben. Also quetschte ich Max' Auto notdürftig an ein Brombeergestrüpp am Rande eines Feldweges, und hoffte, dass ich damit nicht den Zorn eines Bauern erregen würde. Dann ging ich zu Fuß weiter.

Unten in der Senke zweigte ein weiterer Feldweg ab, der zu einem alten Hof führte. Vom Micra war nichts zu sehen. Dennoch konnte er eigentlich nur hierhin verschwunden sein.

Vorsichtig näherte ich mich dem Haus. Altes Fachwerk, windschief und krumm. Die Fensterrahmen bedurften dringen eines Anstrichs, und die große Scheune neben dem Haus sah so aus, als würde sie beim nächsten Windstoß in sich zusammenklappen. Ein paar Krähen pickten auf dem Hof herum, auf dem mittig ein alter Nussbaum stand. Im Schatten des Nussbaumes leuchtete es hellblau. Der Micra.

Ich schlich mich an eines der klapprigen Fenster des Fachwerkhauses heran und spähte hindurch. Eine Küche. Ein Küchentisch, an dessen Seite hell Bettinas weißblonder Schopf leuchtete. Ihr gegenüber saß eine weitere Person.

Ich erkannte ihn sofort. Trotz der vielen Jahre, die seit unserer letzten Begegnung verstrichen waren, und obwohl ihm das Haupthaar bis auf einen spärlichen Mönchskranz abhanden gekommen war. Er war, von einem kleinen Bierbauch abgesehen, noch genauso schlaksig wie früher, und seine Haut war nach wie vor getränkt von vielen Sommersprossen, was ihr ein fleckiges Aussehen verlieh. Er war es, eindeutig. Treffer versenkt.

Ich fegte durch die Tür wie eine Nemesis. Das Moment der Überraschung lag auf meiner Seite. »Hallo Kurti«, fauchte ich. »Lange nicht gesehen.«

Er sah mich mit offenem Mund an.

Ich stürmte auf ihn zu und packte ihn am Hemdkragen. »Wegen dir wäre Max beinahe draufgegangen, du Arschloch«, schrie ich ihn an und schubste ihn schwungvoll zu Boden.

Neben mir quiekte es auf. Bettina vermutlich. Ich spürte, wie sie an meinem Arm zu ziehen begann. Unwillig schüttelte ich sie ab. »Lass das«, raunzte ich sie an. »Dein teurer Paps hat meinen Freund auf die Intensivstation geschickt. Und mich wollte er umbringen. Fragt sich nur, warum.«

Kurt rappelte sich wieder hoch. »Das wollte ich nicht. Wirklich nicht.« Beschwörend hob er die Hände.

»Ach nein? Wie würdest du es denn sonst nennen, wenn du einen Wagen mit einer Handgranate in die Luft jagst? Ich nenne es versuchten Mord.« Ich rammte ihm beide Hände vor die Brust und stieß ihn erneut zu Boden.

Er rollte sich zusammen, als würde er Schläge erwarten. »Aber ich hatte doch extra gewartet, bis du … äh … er ausgestiegen war«, wimmerte er. »Ich wollte niemanden verletzen, ehrlich, weder dich noch deinen Freund.«

»Du hast ihn aber verletzt«, brüllte ich. »Es war eine Ex-plo-sion! Wenn man so was auslöst, während sich Menschen in der Nähe aufhalten, nimmt man billigend in Kauf, dass die Personen zu Schaden kommen können. Max könnte tot sein!«

Kurt war jetzt weiß im Gesicht. »Aber ich habe doch sofort die Ambulanz gerufen. Ich hatte ...«, stammelte er.

Das war der Augenblick, in dem Volker in den Raum hineinplatzte. Er erstarrte, als er Kurt sah. »Das glaub ich jetzt nicht«, murmelte er leise.

»Du hast mir gerade noch gefehlt«, motzte ich ihn an. »Wie kommst du denn hierher?«

»Na hör mal, glaubst du etwa, dass ich dich die Sache allein zu Ende bringen lasse? Du meldest dich nicht mehr. Wenn ich dich anrufe, geht nur die Mailbox ran. Und zurückrufen tust du auch nicht.

In Beas Wohnung bist du nicht, Bea weiß von nichts, als ich sie frage, und findet dann einen Zettel in ihrer Wohnung, dass du lieber zu Hause sein willst. Da machst du aber auch nicht auf. Was bleibt mir denn da anderes übrig, als vor deiner Wohnung auf dich zu warten? Und dann reagierst du nicht mal, wenn ich winke und hupe.«

Winken und hupen? Davon hatte ich nichts bemerkt.

»Ich wohne bei Max. Und viel Mühe hast du dir offensichtlich nicht gegeben, mich auf dich aufmerksam zu machen. Stattdessen spionierst du hinter mir her.«

»Das hier wird eine riesige Story, das kann ich riechen. Da überlasse ich dir doch nicht so einfach das Feld!«

Und so bespitzelt einer den anderen, dachte ich. Ein munteres Hintereinander her. Ich hinter Bettina, Volker hinter mir. Wie in einem schlechten Film.

»Ich habe nicht bedacht, dass da dieser dämliche Steintisch auf dem Parkplatz war«, mischte sich Kurt wieder ein. Seine Stimme klang weinerlich. »Ich hielt die Sache für sicher. Ich wollte dir doch nur einen Schreck einjagen, damit du nicht weiter rumstöberst.«

Der Zorn kochte in mir hoch. »Aber ich saß ja nicht mal im Wagen«, tobte ich. »Mein Freund saß darin. Bist du blind oder was? Das musst du doch gesehen haben, verdammt noch mal!«

»Es war dein Auto«, jammerte Kurti. »Und es war dieselbe Jacke, die du zwei Tage vorher angehabt hast. Wegen der Kapuze konnte ich das Gesicht nicht erkennen.«

»Das war Max' Jacke.« Ich holte tief Luft, um mich wieder zu beruhigen. »Ich hatte sie genommen, weil ...« Ja, warum eigentlich? Ich konnte mich nicht mehr an den Grund erinnern.

Kurt drehte sich auf alle Viere und stand ungelenk auf.

»Gut«, mischte Volker sich ein. »Du wolltest Toni also lediglich warnen. Ihr einen Schreck versetzen, sodass sie die Hände von dem Fall lässt.«

»Genau«, bestätigte Kurt. »Ihr seid mir ein bisschen zu sehr auf die Pelle gerückt. Wie habt ihr mich hier überhaupt gefunden?«

Ich wies mit dem Kinn auf Bettina, die wieder zurück auf ihren Platz am Küchentisch gesunken war. »Ich bin ihr gefolgt.« Plötzlich fühlte ich mich sehr erschöpft.

»Hab ich echt nicht gemerkt, Paps«, sagte Bettina leise.

»Und ich bin hinter Toni her, ohne dass sie was gemerkt hat.« Volker grinste. »Ein munterer Konvoi.«

»Wer war der Tote in deinem Wagen? Und wie kamen deine Zähne und die Brücke an den Unfallort? Also, deine Zahnprothese?«

Kurt fletschte den Mund zu einer breiten Grimasse und hob mit dem Zeigefinger die Oberlippe in die Höhe. »Da«, nuschelte er und wies auf eine dunkle Lücke neben den oberen Schneidezähnen. Ihm fehlten mindestens fünf Zähne. »Der Sauhund hat sie mir ausgeschlagen. Faust rein und paff, weg war ich. Ein intakter Zahn musste dran glauben. Und meine Brücke auch, mitsamt einem der Stiftzähne, an denen sie befestigt war. Der andere steht noch. Deshalb habe ich Bettina dann doch angerufen. Hab's echt nicht mehr ausgehalten. Wisst ihr eigentlich, wie weh so ein abgeschliffener Zahn tun kann?«

»Ich bin Zahntechnikerin«, erklärte Bettina leise.

»Ihr habt mich ganz schön an der Nase herumgeführt«, sagte ich böse.

Sie nickte betreten, schniefte einmal kurz und wischte sich mit dem Ärmel die Nase ab. Dann sah sie mich an. »Ich bin aus allen Wolken gefallen, als er sich plötzlich bei mir gemeldet hat. Ich dachte erst, dass sich da irgendein Idiot einen üblen Scherz mit mir erlaubt. Aber es war eindeutig seine Stimme, und dann hat er mir ein paar Details aus meiner Kindheit erzählt, die eigentlich kein anderer wissen konnte. Da habe ich langsam begriffen, dass er es wirklich war.«

»Und?« Ich sah sie fragend an.

»Sie hat mir die Bleibe hier besorgt«, sagte Kurt stolz. »Meine Bettina! Im Hotel hatte ich Angst, dass ich irgendwann auffliegen würde. Von hier aus wollte ich alles in Ruhe verfolgen und warten, bis Gras über die Sache gewachsen ist. Und Bettina konnte sich in Ruhe um die medizinische Versorgung kümmern.«

»Ich habe einen Abdruck gemacht, die Stiftzähne versorgt und gestern in meinem Labor eine neue Brücke angefertigt. Das konnte ich doch erst am Wochenende, wenn sonst niemand da ist. So konnte das auf keinen Fall bleiben.«

»Wem gehört denn diese Bruchbude hier?«, fragte ich. »Könnte eigentlich ein tolles Haus sein, wenn man es mal anständig renoviert.«

»Willst du es kaufen?« Bettina lächelte. »Du kannst es haben. Die Großeltern meines Freundes haben hier gelebt.« Sie fuhr sich mit beiden Händen durch die Locken und strich sie nach hinten. »Die Großmutter ist schon länger tot. Weihnachten ist dann auch der Großvater gestorben und Jonas hat das Haus geerbt. Und weil er jetzt ein Jahr lang im Nordmeer auf einem Forschungsschiff herumschippert, habe ich den Schlüssel. Wegen möglicher Interessenten. Ich wollte eine Anzeige schalten. Das habe ich dann aber vergessen, als Paps tot war.«

»Und Irina?«, fragte ich. »Wusste sie Bescheid?«

»Sie ist oben und schläft. Ich habe ihr ein starkes Schmerzmittel mitgebracht wegen dem Schnitt im Gesicht. Nein. Sie hat erst durch mich erfahren, dass Paps lebt. Ich habe sie vorgestern hierher gebracht.«

»Es war doch auch gar nicht geplant«, warf Kurt ein. »Nur eine Eingebung, eine spontane Entscheidung. Da hätte ich vorher doch niemanden einweihen können.«

»Wer hat Irina den Schnitt im Gesicht zugefügt?«

Kurt sah plötzlich finster drein. »Ich dachte nicht, dass sie so weit gehen würden. Sie hatten mir diese Schläger auf den Hals gehetzt. Deswegen war ich erst mal untergetaucht.«

»Im Märchenwald, in Onkel Gerhards Hütte.« Meine Stimme triefte vor Ironie.

»Genau. Bettina hat mir erzählt, dass ihr dort gewesen seid. Also du und Volker.«

»Ja, wir waren in der Hütte«, bestätigte ich. Ich spürte Volkers Blick auf mir ruhen und fühlte, wie die Hitze mir in den Kopf schoss.

»Eigentlich hatte ich nicht erwartet, dass sie von Irina wissen«, fuhr Kurt fort. »Aber dann haben sie mir eine SMS geschickt mit einem Foto von ihr. ‚Tauschen?' Mehr stand nicht drin. Sie war gefesselt und geknebelt.« Kurts Hände ballten sich zu Fäusten. »Die Dreckskerle! Ich hatte wirklich nicht gedacht, dass sie so weit gehen würden. Ich bin natürlich sofort zurück nach Essen gefahren. Da haben sie mich erwartet. Vor Irinas Wohnung.«

»Du hast sie erpresst.«

»Was heißt denn hier Erpressung?«, beschwerte sich Kurt. »Wer hat denn unsaubere Geschäfte gemacht, ich oder der Sauhaufen da?«

Ich seufzte. Auf eine solche Debatte wollte ich mich gar nicht erst einlassen. »Du hast sie erpresst«, wiederholte ich also unnachgiebig. »Und dann?«

»Dann wollten sie die ganze Kohle wieder zurück haben, die ich ihnen abgeknöpft hatte. Ein paar Scheine habe ich ihnen gegeben, die hatte ich eingesteckt. Aber sie wollten alles zurück, und die Fotos und die Fotokopien, das ganze Material, was ich gesammelt hatte ...«

»Das war aber alles in Onkel Gerhards Hütte, oder?«

»Quatsch.« Kurt grinste. »Die Kamera ja, klar. Aber ich hatte mich natürlich abgesichert. Mehrere Kopien gemacht und die Fotos auf CD gebrannt. Doppelt gemoppelt hält besser.«

»Und wo war das Zeug?«

»Im Schließfach. Hab ich denen auch gesagt. Und dass der Schlüssel in Irinas Wohnung sei, wovon sie allerdings nichts wüsste, also von dem Schlüssel in ihrer Wohnung.« Er sah aus dem Fenster. »Wir sind dann hoch, um den Schlüssel zu holen.«

»Weiter«, drängelte ich.

»Der eine, der Matzek, blieb bei Irina. Der andere stieg zu mir ins Auto. Wir sind nach Duisburg zum Hauptbahnhof und haben den Koffer aus dem Schließfach geholt. Dann hat der Zirkow mit dem Matzek telefoniert und gesagt, dass das Zeug da ist. Und ich hab gesagt, dass sie jetzt sofort Irina freilassen sollen, sonst würde ich den ganzen Bahnhof zusammenbrüllen. Da war dann Schluss mit lustig.«

»Na, lustig war es doch auch schon vorher nicht«, sagte ich trocken.

»Ich hab wieder 'ne Nachricht aufs Handy bekommen. Ein weiteres Foto von Irina mit diesem Schnitt auf der Wange, alles voller Blut. ‚Keine Spielchen, sonst mache ich sie fertig!' stand darunter. Da bin ich mit dem Koffer und dem Zirkow brav zurück zum Auto gegangen. Ich musste fahren, und der Zirkow hat wieder telefoniert. Als er aufgelegt hatte, hat er mir gesagt, dass Matzek auf dem Weg ins Ausland sei und Irina jetzt frei wäre. Ich hatte nur noch dieses Bild vor Augen: Irina mit diesem blutenden Schnitt im Gesicht. Diese Arschlöcher!«

»Wie kam es zu dem Unfall?«, fragte Volker vorsichtig.

»Unfall!«, schimpfte Kurt. »Von wegen. Also, ich bin gefahren. Hab ich ja schon gesagt. Er hat mit seinem Handy rumhantiert und telefoniert. Dann hielt er mir plötzlich eine Wumme unter die Nase. ‚Fahr rechts ran', hat er kommandiert. ‚Auf den Seitenstreifen. Anhalten!' Er hat er in aller Seelenruhe die Tür geöffnet und wollte mit dem Koffer aus dem Auto raus. Da hatte ich plötzlich die Handgranate in der Hand.«

»Welche Handgranate?«, fragte Volker verwirrt.

»Die hat er von Schiller geklaut.« Noch während ich das sagte, wurde mir bewusst, dass ich es versäumt hatte, Volker von Schiller zu erzählen.

»Schiller?«, fragte der auch prompt.

»Geklaut? Stimmt doch gar nicht. Die haben wir beim Entrümpeln von Onkel Gerhards Haus gefunden.« Kurtis Tonfall klang so, als hätte das jeder wissen müssen. Aber er hatte ein Einsehen. »In einer Kiste im Schuppen, da lagen sie. Drei Stück. Schiller hat sie aufbewahrt, und ich habe sie mir von ihm geliehen, zum Schutz. Rein rechtlich betrachtet gehören sie ohnehin mir«, erklärte er.

»Rein rechtlich betrachtet tun sie das nicht, denn erstens lebt dein Onkel Gerhard noch, und zweitens seid ihr nicht verwandt miteinander. Und rein vernünftig betrachtet ruft man Polizei oder Ordnungsamt oder weiß der Teufel wen, wenn man so ein Zeug findet.«

»Aber ...«

»Sie hat völlig recht, Paps«, mischte Bettina sich ein.

»Aber ich wurde doch bedroht!«, sagte Kurt empört.

»Und mit der Handgranate hast du nun Zirkow bedroht, der seinerseits dich mit seiner Pistole bedroht hat.«

»Ja. Ich habe ihm gesagt, dass er mit mir in die Luft geht, wenn er schießt. War eine Patt-Situation, irgendwie. Und dann bin ich plötzlich durchgedreht. Ich bin losgerast mit offener Beifahrertür, er griff mir ins Steuer, hatte ganz schöne Panik, der Junge, der Wagen geriet ins Schleudern, aber vom Gas bin ich nicht runtergegangen. Und dann war da plötzlich dieser Tanklastzug und hat uns gerammt, und wir sind voll vor den Brückenpfeiler geknallt.«

Ich seufzte.

»Ich hab gehört, wie der Tanker ins Schleudern geriet und durch die Leitplanke gekracht ist. Und dann war es still. Ganz still. Zirkow sagte keinen Mucks mehr. Konnte er auch gar nicht. Der ist nämlich durch die Scheibe geknallt. War ja auch nicht mehr angeschnallt, und 'nen Airbag auf der Beifahrerseite habe ich nun mal nicht. Er hing halb auf der Motorhaube, alles voller Blut. Aber er hatte keinen Puls mehr, ich schwör's. Ich hab die Knarre aufgehoben und hab mir den Koffer geschnappt. Erst wollte ich einfach abhauen. Doch dann hatte ich die Idee.«

»Die Handgranate«, sagte ich trocken.

»Ja, gut, nicht wahr? Echt zündend.« Kurt sah mich an wie ein kleines Kind, das gelobt werden möchte. »Ich habe das Geld bis auf ein paar Bündel aus dem Koffer genommen, meinen Ausweis reingetan, den Koffer auf die Rückbank gelegt und die Handgranate ins Auto geworfen.«

»Und wann hat er dir die Zahnprothese rausgeschlagen?«

»Das war schon vorher in Irinas Wohnung gewesen. Etwas Nachdruck bei der Forderung nach dem Schlüssel.«

»Als du gesehen hast, wie hübsch alles brannte, hast du dich vom Acker gemacht. Warum bist du nicht zu Irina gegangen?«

»Ich war mir nicht sicher, ob Matzek wirklich weg war. Aber ich dachte, wenn ich Glück habe und man mich für tot erklärt, werden die auch Irina in Ruhe lassen. Zumal der Koffer ja noch im Auto war.«

»Die müssen doch gehört haben, dass da nur eine Leiche im Auto gefunden wurde«, wandte ich ein.

»Schon. Aber ich hab eine Nachricht an den Matzek gesimst.« Kurt grinste. »Mit Zirkows Handy.«

»Was hast du geschrieben?«, fragte ich interessiert.

»,Tut mir leid, aber die Sache wird mir zu heiß. Ich hau lieber ab. Z.'« Kurt sah stolz in die Runde.

»Und dein Handy hast du im Auto gelassen? Mensch Kurti!«

»Hättest du mir nicht zugetraut, was? Ihr habt mich früher immer unterschätzt. Eigentlich haben mich alle mein ganzes Leben lang immer unterschätzt.«

»Also, ich fasse noch mal zusammen«, sagte Volker vorsichtig. »Der Mann in deinem Auto wollte die Kohle allein einsacken und dich aus dem Weg räumen, da hast du ihn mit einer Handgranate umgebracht. Toni wolltest du eigentlich nur einen Schreckschuss verpassen, sie aber nicht ernsthaft verletzen. Und Max hat es erwischt, weil er die gleiche Jacke getragen hat, die du ein paar Tage vorher an Toni gesehen hast. Ist das richtig so?«

»Exakt«, sagte Kurt strahlend. »Nur gefällt mir das Wort Umbringen nicht. Ich bin doch kein Mörder! Er war schon tot, ich schwör's. Und wenn nicht, dann war es Notwehr.«

»Dass deine Zahnbrücke nebst abgebrochenem Zahn ins Gras geflogen ist, war also reiner Zufall?«, bohrte ich nach.

»Nicht ganz. Ich hatte sie in die Jackentasche gesteckt, nachdem Matzek mir die Fresse poliert hat. Und später, als ich gesehen habe, wie lichterloh dort alles brannte, habe ich beides einfach zum Auto geworfen. Das war die Gelegenheit, versteht ihr?«

***

Ich war völlig groggy. Überrollt von einer Dampfwalze. Erschöpft lehnte ich den Kopf gegen das Polster des Sitzes. Ich spürte, wie Volker an mir vorbei nach dem Schlüssel griff und die Zündung des Wagens schaltete. Dann hörte ich, wie die Scheiben sich senkten, und kühle Luft drang in das Innere des Wagens. Er schaltete die Zündung wieder ab und schien ebenfalls den Kopf gegen den Sitz zu lehnen.

Eine Weile saßen wir schweigend nebeneinander und lauschten den Geräuschen um uns herum. Vogelgezwitscher perlte durch die Luft, ein letztes Aufbegehren vor dem Schlaf. Wie kleine Kinder, dachte ich. Die drehen auch noch mal auf, wenn sie ins Bett gehen sollen. In der Ferne bellte ein Hund, und es knackte und raschelte im Unterholz. Ein Igel?

Ich spürte Volkers Hand auf meinem Arm und öffnete die Augen. Die Dämmerung hatte sich über Wiesen und Felder gelegt, und sein Profil hob sich nur schemenhaft neben mir ab.

»Und? Was hältst du davon?«, fragte er.

Ich schnaubte leicht durch die Nase. Auch eine Art ‚Ich weiß nicht' zu sagen. Mit der Linken tastete ich nach dem prall gefüllten Umschlag in der Tasche meiner Lederjacke. »Ich weiß nur, dass ich noch nie so viel Bargeld auf einmal in der Tasche hatte«, sagte ich. »Aber so richtig wohl fühle ich mich nicht damit.«

»Das ist doch jetzt wohl zweitrangig.« Volker legte seine Hand in meinen Nacken und zerzauste meine Haare. »Sei doch froh, dass er dir den Schaden bezahlt. Die Versicherung zickt nämlich bestimmt rum, von wegen bürgerkriegsähnliche Zustände oder so. Schließlich ist das kein normaler Schadensfall, wenn ein Auto mit einer Handgranate in die Luft gejagt wird.«

»Kollateralschaden«, murmelte ich. »Ist aber egal. Ich habe ohnehin nur Haftpflicht.«

»Dann freu dich einfach drüber und such dir was Schnuckeliges aus.«

»Darum geht es doch jetzt gar nicht.« Ich massierte mir die Schläfen.

»Worum geht es dann?«

Ich seufzte. »Wenn mir jemand vor zwei Wochen erzählt hätte, dass unser Kurti, der Klassenclown, einen Bankdirektor und ein hohes Tier der Stadtverwaltung erpressen und sich dann noch mit einem Batzen Geld aus dem Staub machen würde, dann hätte ich ihn ausgelacht.«

»Aber genau das ist geschehen.« Volker grinste.

»Und wenn man mir auch noch erzählt hätte, dass Kurt mit einer Handgranate einen Killer, der von einem der feinen Herren auf ihn angesetzt wurde, um das Geld und die belastenden Informationen zurückzuholen, in die Luft sprengen und das Ganze dann so drehen würde, dass er selbst als Leiche aus der Sache rausgeht, damit keiner ihn mehr sucht, dann hätte ich den Verdacht, mein Gegenüber hätte zu viele B-Movies geguckt.«

»Cleveres Kerlchen, der Kurt.«

»Scheint so. Es so zu drehen, als wäre das ganze schöne Geld mit dem Wagen verbrannt, war wirklich unglaublich clever. Viel zu clever für Kurt jedenfalls.«

»Ein genialer Schachzug«, bestätigte Volker. »Offensichtlich haben wir ihn tatsächlich immer unterschätzt.«

Wir schwiegen eine Weile.

»Ich bin wirklich froh, dass Irina nichts passiert ist.«

»Ja, das bin ich auch«, stimmte Volker zu.

Dann hingen wir wieder still unseren Gedanken nach. Inzwischen war es vollständig dunkel. Ich begann zu summen. *Der Mond ist aufgegangen ...* Dieses schöne alte Volkslied schwebte in meinem Kopf, nur mit dem Text der zweiten Strophe: *Der Wald steht schwarz und schweigend ...* Denn aufgegangen war der Mond nicht. Und es sah auch nicht so aus, als würde er das in absehbarer Zeit noch tun.

Volker summte mit, und wieder machte sich dieses seltsame Gefühl von Vertrautheit breit, das sich in den letzten Tagen zwischen uns eingeschlichen hatte. Er lehnte den Kopf gegen meinen.

»Könntest du eine Handgranate zünden?«, fragte ich schließlich leise.

»Hab ich noch nie probiert. Aber so was hat man früher beim Bund gelernt, hab ich mal gehört. Je nachdem, in welcher Einheit man war. Ich selbst habe verweigert.«

»Der Kurt hatte doch zwei linke Hände«, wandte ich ein.

»Und du hattest früher nicht den Schneid, zu mir zu kommen und Ja zu sagen«, neckte Volker mich. Erneut schob er seine Hand in meinen Nacken. Dieses Mal ließ er sie liegen. »Menschen ändern sich halt.«

»Ich habe auch heute nicht Ja gesagt«, stellte ich richtig. »Jedenfalls nicht grundsätzlich.«

»Weil du heute nicht mehr willst. Oder anders: Weil du heute bereits etwas hast, was du willst, und das vermutlich nicht aufs Spiel setzen möchtest. Meinst du denn, das wäre der Fall?«

»Das weiß ich nicht«, sagte ich nachdenklich. »Also, ich weiß nicht, wie Max dazu stehen würde. Aber selbst wenn er keinen Stress machen würde: Ich will so eine Situation nicht noch mal erleben. Alles schon gehabt.«

»Du warst schon mal mit zwei Männern gleichzeitig zusammen?«

»Ja. Ist schon eine Weile her. Lange vor Max.«

»Und sie wussten es?«

»Ja. Sie wussten es beide. Genauso, wie ich es wusste, wenn da was anderes neben mir lief. Den Anspruch hatten wir, mein Ex und ich. Und trotzdem war es saumäßig anstrengend.«

»Zu viel Sex?«

»Männerphantasien!« Ich verdrehte die Augen. »Ist klar, dass du das sofort in diese Richtung auslegst. Es ging aber eben nicht nur um Sex. Es ging auch um Gefühle. Alles war irgendwie zu viel. Zu viel Emotion, zu viel Veränderung, zu viel Unruhe. Es hat mich ausgelaugt. Völlig. Und meine langjährige Beziehung hat sich dadurch nicht gerade zum Positiven verändert. Ein Verlust an Intimität und an Nähe. Außerdem wusste ich, dass es meinem Lebensgefährten doch mehr ausmachte, als er zugab. Also kam – trotz aller Ansprüche, was doch theoretisch alles möglich sein muss und kann – ein latent schlechtes Gewissen hinzu. Und trotzdem konnte ich von dem anderen nicht die Finger lassen. Ich war ständig irgendwie … innerlich zerrissen, völlig okkupiert. Ich bin überhaupt nicht mehr zur Ruhe gekommen, so bescheuert das klingen mag. So eine Situation will ich nicht noch mal haben. Mein Seelenfrieden ist mir wichtiger.«

»Kleiner Feigling«, murmelte Volker. Seine Stimme klang zärtlich. Erkennen konnte ich seinen Gesichtsausdruck in der Dunkelheit nicht.

Ich zuckte mit den Schultern. »Wenn du meinst. Von mir aus. Dann bin ich eben feige. Und du und deine Sandra?«

»Oh, ihre Reaktion kenne ich zufälligerweise sehr genau. Sie würde mir die Hölle heiß machen. Also würde ich es ihr nicht sagen.«

»Hört, hört! *Zufälligerweise sehr genau?*« Ich grinste. »Selber Feigling.«

»Stimmt. Wir sind beide viel unterwegs. Da kann man schon mal in Versuchung geraten. Aber mir ist das erst einmal passiert, seit ich mit Sandra zusammen bin. Und da war dann gleich der Teufel los. Obwohl sie mir im gleichen Atemzug unter die Nase rieb, dass da bei ihr auch mal was gelaufen ist.«

»Zweimal«, warf ich ein.

»Was? Zweimal?«

»Es ist dir jetzt zum zweiten Mal passiert.«

»Mit dir ist das aber was anderes.«

Ich wollte gar nicht erst fragen, wie er das meinte. Also nickte ich nur.

»Wenn da nicht Max wäre, sähe das bei mir vermutlich auch anders aus«, räumte ich schließlich ein.

»Und wenn ich solo wäre, würde ich es dir nicht so leicht machen, aus der Nummer wieder rauszukommen.« Er kraulte mir sanft den Nacken und fuhr mir mit der Hand gegen den Strich durch meine Haare.

»Hhhuuuaa!« Ich schüttelte mich. »Wenn das Wörtchen Wenn nicht wär, würde Großmutter jetzt sagen.«

»Die alte Dame lebt noch?«, fragte Volker verblüfft.

»Wie, du kannst dich noch an sie erinnern?«

»Na klar. Ein wahres Füllhorn voller Sprichwörter.« Er lachte unbefangen.

»Sie ist schon lange tot. Aber ihre Binsenweisheiten treiben sich immer noch in meinem Schädel herum und mischen in jeder passenden und unpassenden Situation mit. Sie hat mir ein bleibendes Erbe hinterlassen.« Nun lachte ich auch. »Und du nimmst jetzt die Hand da weg. Bitte.«

Er zwackte mich noch einmal leicht und schüttelte mich sanft. »Wenn du darauf bestehst ...«

Ich spürte einen leisen Anflug von Bedauern, als er meiner Aufforderung folgte.

Eine Weile saßen wir schweigend da und hingen unseren Gedanken nach. Ein Hauch von Wehmut hatte sich in mir eingenistet. Novemberblues. Ich schickte ihn fort, indem ich mir das Gespräch mit Kurt in der Küche des windschiefen Fachwerkhauses noch einmal in Erinnerung rief.

»Es wäre nicht gerade fair Bea gegenüber, ihr das hier zu verschweigen«, sagte ich schließlich.

»Stimmt. Fair ist das nicht. Aber ich sehe keinen anderen Weg.« Volker reckte sich.

»Wenn Kurt aussagen würde, könnte man doch den Matzek drankriegen, oder?«

»Und Kurt hätte einen Prozess wegen Erpressung und wegen der Sprengerei am Arsch.«

»Und wenn ich meine Anzeige zurückziehen würde?«

»Mit Handgranaten zu hantieren ist keine Privatsache. Die fallen unter das Waffengesetz. Das ist Gefährdung der Öffentlichkeit. So was kann nicht einfach fallen gelassen werden«, wandte Volker ein.

»Aber die Sache mit der Handgranate war doch in gewisser Weise Notwehr. Und wie gesagt: Wenn ich nicht Anzeige gegen ihn erhebe ...«

»Vielleicht hat Max da auch noch ein Wörtchen mitzureden? Wie geht es ihm überhaupt?«

»Ich habe heute früh mit dem Krankenhaus telefoniert. Das MRT gestern sah sehr gut aus. Morgen lassen sie ihn aufwachen. Dann beobachten sie ihn noch ein paar Tage. Und wenn sich keine Komplikationen einstellen, kann er bald nach Hause.«

»Das ist ja mal eine wirklich gute Nachricht.«

»Ja.« Plötzlich fühlte ich mich sehr froh.

»Auf jeden Fall kannst du nicht mit Bea reden, wenn Kurt damit nicht einverstanden ist. «

»Ich muss jetzt fahren.« Ich gähnte herzhaft. »Meine Monster warten auf Futter. Ich bin schon lange überfällig. Außerdem möchte ich mir die Sache noch mal durch den Kopf gehen lassen. Allein.«

»Tja dann«, sagte Volker. »Man sieht sich, wie man hier im Pott so schön sagt.« Er stieg aus und ging zu seinem Wagen, den er ein Stück weiter den Feldweg hinunter wagemutig an den Rand gequetscht hatte.

DREIZEHN

Ich rief im Büro an, erklärte meinem Chef die Situation mit Max und teilte ihm mit, dass ich aus familiären Gründen kurzfristig den heutigen Tag, wenn nicht noch weitere Tage Urlaub nehmen müsse. Ich stieß auf Verständnis, versprach, mich zu melden, sobald ich Näheres wusste, und legte auf.

Dann lief ich mit bangem Herzen hinüber ins Klinikum und wartete darauf, dass Max die Augen aufschlug. Als er es schließlich tat, hielt ich seine Hand. Seine Blicke wanderten durch den hellen Raum. Blieben an den Blumen hängen, die ich auf den Nachttisch gestellt hatte, und kehrten zu meinem Gesicht zurück. Längere Zeit sagte er kein Wort. Er sah erstaunt aus, und ich fragte mich, ob er mich überhaupt erkannte. Dann räusperte er sich. »Durst«, sagte er und leckte sich über die trockenen Lippen.

Ich führte ihm eine Schnabeltasse mit lauwarmem Tee an den Mund und sah zu, wie er gierig trank. Dann wanderten seine Augen zu mir zurück.

»Was hast du mit deinen Haaren angestellt?«, fragte er schließlich. »Die waren doch nicht so rot?« Er lächelte mich an.

»Herbstlaub.« Eine warme Welle der Erleichterung flutete durch meinen Körper. »Damit du mich besser sehen kannst.«

***

»Vielleicht verrätst du mir freundlicherweise, wo er steckt?« Beas Tonfall war sarkastisch.

»Hä? Ich weiß nicht, wovon du sprichst«, sagte ich vorsichtig.

»Nun, du willst schließlich deine Anzeige zurückziehen. Und wenn ich ehrlich bin, überrascht mich das nicht mal besonders. Also, wo ist Kurt?« Bea nahm die runde Brille ab und legte sie auf den Schreibtisch.

»Du weißt doch, wo er ist«, sagte ich scheinheilig. »Friedhof? Sarg? Viel Erde drauf? Und ziemlich wenig von ihm übrig?«

»Eben.« Bea kippte die Lehne ihres großen Schreibtischstuhls in Schräglage, stemmte die Füße gegen die Schreibtischkante und verschränkte ihre Arme im Nacken. Das Licht der untergehenden Sonne fiel durch das Fenster ins Zimmer und tauchte ihre naturgelockten Haare in rötliches Gold. »Ich erzähle dir jetzt mal eine Geschichte.« Sie schloss die Augen. »Und wie viele gute Geschichten beginnt sie mit ‚Es war einmal …'«

»Oh, ein Märchen. Na, da bin ich aber gespannt.«

»Nicht ganz.« Bea lächelte. »Also: Es war einmal ein kleiner Bankangestellter. Der arbeitete in einer großen, großen Bank in Ruhrstadt City.« Sie öffnete die Augen wieder. Das Sonnenfeuer umhüllte ihr Haupt nun in flammendem Rot. Es sah so aus, als würden ihre Haare brennen. »Der kleine Bankangestellte konnte sich mühen, so viel er wollte. Ein großer Bankangestellter durfte er nicht werden. Und als ihm schließlich die Frau, zu der er in stiller Liebe entflammt war, vor die Nase gesetzt wurde, da beschloss er, sich zu rächen.«

»An wem denn?«, fragte ich vorsichtig, aber Bea wischte die Frage mit einer ungeduldigen Handbewegung fort.

»Er begann, mehr in den Geschäften der Bank herumzustöbern, als ihm Kraft seines Amtes zustand. Und da er auf seinen großen Chef sauer war, nahm er dessen Aktivitäten besonders gründlich unter die Lupe. Er entdeckte zunächst, dass sein großer Chef sehr willkürlich mit der Vergabe von Krediten umging. Man könnte da durchaus auch von Begünstigung oder Vetternwirtschaft sprechen. Der große Chef, der hatte jedoch drei Freunde. Schulfreunde. So was bindet. Einer von ihnen war mittlerweile ein hohes Tier bei der Stadtverwaltung. Er hatte ehrgeizige Pläne, was das Vorzeigeprojekt der Stadt Duisburg betraf. Sehr ehrgeizige Pläne. Die sollten ihn hoch hinauf in den Landtag katapultieren.«

Der Innenhafen, ergänzte ich stumm. »Woher weißt du das?«, fragte ich.

»Ich weiß es nicht hundertprozentig. Aber es ergibt Sinn. Der ambitionierte Politiker war zudem Architekt. Bei einem der gewaltigen Bauprojekte, die das Vorzeigeprojekt der Stadt betrafen, wollte er das Rennen machen, wenigstens bei diesem einen wollte er sich gegen die großen internationalen Architekten durchsetzen. Es ging um eine der letzten brachliegenden Flächen dort. Und der Kuchen war noch nicht verteilt.«

Auch Beas helle Bluse hatte mittlerweile Feuer gefangen und loderte mit den Haaren um die Wette. Eine Hexe, dachte ich. Nicht auf einem Scheiterhaufen, nein. Eine, die dem Sonnenuntergang entgegen flog. Eine himmlische Hexe also. Fehlte nur noch der Besen zwischen ihren Beinen. Unwillkürlich musste ich kichern.

»Freut mich, dass dir meine kleine Geschichte Spaß macht!« Bea zwinkerte mir freundlich zu.

Die kleine Hexe. Kleine Hexe mit Eule, nicht mit Rabe. Wegen der runden Brillengläser, die immer noch vor ihr auf dem Schreibtisch lagen. Himmlische kleine Hexe mit Eule auf der Schulter. Nein, auf dem Kopf. Sie wusste zu viel. Entschieden zu viel. Wie sonst, wenn sie keine Hexe war? Aber die kleine Hexe war freundlich und wollte niemandem Schaden zufügen ...

»Der große Chef der Bank gewährte dem ehrgeizigen Stadtherrn einen saftigen Kredit«, fuhr Bea fort. »Einen sehr saftigen Kredit zu sehr günstigen Konditionen. Nicht ihm persönlich, natürlich nicht. Das wäre ja zu leicht durchschaubar. Sondern einer Firma, an der der Stadtherr beteiligt war. Er selbst tauchte als Geschäftsführer nicht auf. Er war nur stiller Teilhaber.«

Gespannt neigte ich mich nach vorne. Sie wusste wirklich verdammt viel.

»Der Stadtherr und der Bankherr hatten mehrere Gesellschaften gegründet, die sie zur Verfolgung ihrer Zwecke benötigten. Architekturbüros, Bauunternehmen und Investment-Trusts. Alles

Gesellschaften mit beschränkter Haftung, und alle im Ausland. Lettland, Niederlande, Russland...«

»Russland?«, fragte ich überrascht. Gab es etwa noch mehr solcher Firmen?

»Russland«, bestätigte Bea. »Kiew, um genau zu sein. Als Geschäftsführer oder Inhaber – je nach Konstellation – fungierten die Freunde drei und vier. Einzig eine Baugesellschaft befand sich am eigentlichen Ort des Geschehens, dort, wo das Stück Kuchen lag. Die gehörte dem Schwiegersohn des Stadtrats.«

Der Schwiegersohn. Die AKA Bau gehört dem Schwiegersohn, dachte ich. Das macht Sinn.

»Der Stadtherr und der Bankherr waren an allen diesen Gesellschaften sehr still beteiligt und blieben stets im Hintergrund.« Bea lächelte mich freundlich an. »Kannst du mir so weit folgen?«

Ich räusperte mich und nickte. »Wie geht die Geschichte weiter?«

»Oh, wie das in guten Geschichten nun mal so ist: Der ehrgeizige Stadtrat bekam den ersehnten Zuschlag für seinen Entwurf. Also, nicht er persönlich, aber eines seiner Architektenbüros. Und eine seiner Baufirmen war ebenfalls mit im Rennen. Nicht ganz zufällig, würde ich allerdings sagen, denn ebenso wie der Bankherr saß er in den Gremien, die darüber entschieden. Für das Projekt wurden EU-Gelder beantragt und genehmigt. Ist das nicht schön?«

»Ja, wirklich schön«, sagte ich, um überhaupt etwas zu sagen.

Bea lächelte verträumt. »Jahre gingen ins Land. Das Projekt wurde abgeschlossen, es wurden Rechnungen hin und hergeschoben und viel Geld bezahlt, und alle waren glücklich. Dann ging die EU in eine neue Haushaltsrunde. Und so wurde Phase zwei eingeläutet. Gleiche Konstellation, gleiche Vorgehensweise und schlussendlich der gleiche Entwurf. Nur hatte dieser Entwurf noch eine klitzekleine Besonderheit.«

Ich räusperte mich. »Welche?«

»Der Chef der großen, großen Bank wollte seiner Bank auch noch ein neues Zuhause geben. Und das wollte er sich bezahlen lassen. Aber das ist schon fast nebensächlich. Die vier Herren hatten sich bereits kräftig bedient, mehrfach. Und sie wollten damit weitermachen.«

Nachdenklich sah ich sie an. »Kannst du das alles beweisen?«

274

Die Sonne hatte von ihr abgelassen. Bea nahm die Füße vom Schreibtisch, setzte sich ihre Brille wieder auf, schwang sich in die gleiche Position zurück und fixierte mich mit ironischem Blick.

»Leider nein. Die Kollegen von der Wirtschaftskriminalität arbeiten noch daran. Aber das Märchen ist noch nicht zu Ende. Also: Der kleine Bankangestellte setzte seinen großen Chef mit seinem Wissen unter Druck. Er erpresste ihn. Und er strich ein hübsches Sümmchen dafür ein.«

»Wie hübsch?«, fragte ich. Meine Stimme klang seltsam heiser.

»Das weiß ich nicht. Sag du es mir«, schlug Bea vor. »Auf jeden Fall hübsch genug, um sich eine Wohnung in bester Innenhafenlage kaufen zu können.«

Ich rutschte unruhig auf meinem Stuhl hin und her. »Woher weißt du das? «, fragte ich leise.

»Sag mal, hältst du uns für Vollidioten, oder was? Zufälligerweise bin ich Bulle, es ist mein Job, so etwas herauszufinden. Und das ganz ohne Schmierenkomödie. Dein flaschengrünes Kostüm musst du mir übrigens unbedingt mal vorstellen.« Sie lächelte mich an. Zuckersüß. So süß, dass es mir den Gaumen verklebte.

Ich räusperte mich verlegen.

»Also, ein hübsches Sümmchen. Die Wohnung wollte er nämlich bar bezahlen, der kleine Bankangestellte. Nur«, fuhr Bea genüsslich fort, » wurde er etwas zu gierig und wollte noch mehr vom großen Kuchen haben. Also bat er erneut zur Kasse. Da wurde es den Freunden zu bunt. Einer der hohen Herren wollte den kleinen Bankangestellten loswerden. Also heuerte er jemanden an, der diesen schmutzigen Job für ihn übernehmen konnte. Kontakte zu dubiosen lettischen Kreisen gab es nämlich auch – sehr praktisch, solche Kontakte.«

Den Job haben sie selbst übernommen, dachte ich. Jedenfalls zwei von ihnen, »Und dann?«

»Dann geschah dieser merkwürdige Unfall.«

»Jaaa?«

»Die Vermutung liegt nahe, dass sich zwei Leute in Kurts Auto befunden haben.«

»So?«

»Aber nur einer davon ist jetzt tot. Und ich denke mittlerweile, dass es nicht dein Kurti ist.«

Ich räusperte mich. »Woraus schließt du das?«

»Wusstest du, dass man auch aus den verbranntesten, zerfetztesten Körperteilen noch DNA gewinnen kann?«, erkundigte sich Bea beiläufig. »Nicht aus dem verkohlten Gewebe. Aber im Inneren eines Körpers – oder Körperteils – gibt es meistens noch genug Flüssigkeit, aus dem man eine DNA rekonstruieren kann.«

»Aha«, sagte ich leise, nur, um überhaupt etwas zu sagen.

»So eine Rekonstruktion dauert. Ob es sich dabei wirklich um die DNA von Kurt Türauf handelt, wissen wir bis heute noch nicht. Aber da war ja noch diese Zahnprothese, ziemlich gut erhalten. Darin steckte ein abgeschlagener Stiftzahn. Diese DNA gehörte eindeutig zu Kurt Türauf. Nur dass die Kiefer- und Zahnfragmente, die von dem Opfer übrig waren, nicht so richtig zu dieser Prothese passen wollten. Das hat uns dann doch etwas stutzig gemacht.«

Sie sah mich an. »Sagt die Rechtsmedizin. Ein Odontologe hat die Bruchstücke des Kiefers zusammengesetzt. Und er hat einen Zahn mit einem Füllmaterial gefunden, wie es nur in Osteuropa verwendet wird. Außerdem – so der Zahnspezialist – waren es die Zähne eines jüngeren Mannes, deutlich jünger als Kurt Türauf es war. Und keinesfalls war das ein Material, das Kurt Türauf im Mund gehabt hat. Sagt sein Zahnarzt.«

»Warum rückt ihr erst jetzt damit raus?«, fragte ich sauer. »Ich meine, ihr habt ihn beisetzen lassen und wart euch nicht sicher, dass er es wirklich ist?«

»Wir dachten ja zunächst, dass er es ist«, entgegnete Bea freundlich. »Es gab keinen Grund zu zweifeln. Aber je mehr wir uns mit diesem verdammten Fall beschäftigt haben, desto mehr Ungereimtheiten sind aufgetaucht. Also habe ich veranlasst, dass aus den Gewebeproben, die noch in der Rechtsmedizin lagen, eine weitere DNA angefertigt wurde.«

Ich war sprachlos. »Ihr habt zugelassen, dass seine Tochter eine fremde Person bestattet? Das glaube ich jetzt nicht.«

Bea beobachtete mich schweigend.

»Und seine Freundin. Die habt ihr ebenfalls in dem Glauben gelassen, obwohl ihr gewusst habt, dass das nicht stimmt? Das ist verdammt grausam.«

»Wie gesagt: Die Zweifel kamen später. Es tut mir leid für die Frau. Apropos: Da allerdings tut sich eine Lücke auf. Wir wissen immer noch nicht, wer die unbekannte Schöne ist.«

»So schön denn nun auch nicht mehr. Irgend so ein Arschloch hat ihr das Gesicht zerschnitten.«

»Aha. Also nach wie vor sehr gefährlich, die Situation. Was man auch daran sieht, dass die dein Auto in die Luft gejagt haben. Also, wo ist er?«

Ich gab den Widerstand auf. »Das werde ich dir nicht sagen.«

Bea seufzte. »Ich könnte dich jetzt beschatten lassen«, sagte sie langsam. Plötzlich wirkte sie sehr müde. »Aber dazu habe ich absolut keine Lust. Ich möchte einfach, dass du mir einen Gefallen tust.«

Misstrauisch sah ich sie an.

»Ich möchte, dass du Kurt Türauf etwas ausrichtest.«

Fragend legte ich den Kopf schief.

»Der Staatsanwalt schlägt ihm einen Deal vor. Er kommt mit Notwehr aus der Sache raus, was es ja vermutlich auch war ...«

Ich räusperte mich. »Wenn ...«

»Wenn er bereit ist, gegen die Herren auszusagen. Sonst kriegen wir sie nämlich nicht dran. Jedenfalls nicht, wenn wir nicht gravierende Beweise in die Hände bekommen.«

»Nehmen wir mal an, ihr würdet solche Beweise haben: Bräuchtet ihr dann überhaupt noch die Aussage eines ... äh ... Toten? Schließlich haben nur Katzen sieben Leben. Sagt Großmutter.«

»Ich werde das mit der Staatsanwaltschaft klären.« Ein Lächeln spielte um Beas Mundwinkel. »Wie heißt es so schön: Man stirbt nur einmal.«

»Und die soll man doch eigentlich ruhen lassen, die Toten, oder?« Ich stand auf und ging zur Tür. »Morgen komme ich wieder«, versprach ich. »Und ich glaube, ihr werdet genug Material an die Hand bekommen, um denen das Handwerk zu legen.«

EPILOG

Er war immer noch sehr blass. Aber er war wieder zu Hause. Eine gute Woche, nachdem er verletzt worden war. Ich hatte einen Tag gearbeitet und mir dann noch zwei Tage frei genommen, als klar war, wann Max entlassen werden würde.

Die Begrüßung der Katzen fiel stürmisch aus, und Max lachte fröhlich. »Ich habe euch vermisst, ihr Süßen«, flötete er und kraulte sie ausgiebig. »Meine Dicken, meine Schönen!«

»Ich habe dir gestern einen Kuchen gebacken zur Feier des Tages«, sagte ich, ebenfalls fröhlich. »Apfelkuchen mit Walnüssen. Und jetzt mache ich Tee. Oder willst du lieber Kaffee?«

»Tee bitte.«

Er sah mir zu, während ich in der Küche hantierte. Danach saßen wir uns auf den Barhockern an meinem Stehtisch gegenüber.

Max betrachtete mich während ich an meinem Tee nippte.

»Wirklich verdammt rot, deine Haare«, stellte er fest. »Aber ich beginne, mich daran zu gewöhnen. Sieht gut aus.«

Ich fuhr mir durch die Haare. »Indian Summer.« Ich lächelte. »Ich habe es dir schon im Krankenhaus gesagt, als du gerade aufgewacht bist. Damit du mich besser sehen kannst.«

Er warf mir einen aufmerksamen Blick zu. »Ich habe dich immer gesehen.«

»Vielleicht.« Meine Stimme war plötzlich seltsam belegt, und ich musste mich räuspern. »Aber so siehst du mich eben noch besser.«

Verlegen sah ich aus dem Fenster. Ich spürte, wie mir die Röte ins Gesicht stieg.

»Ich weiß, dass du dann doch Ja gesagt hast«, sagte Max schließlich leise.

Überrascht zuckte ich zusammen. Kluger Max.

»Ja«, bestätigte ich also dröge. »Als wir in der Eifel waren.«

Max räusperte sich. »Ist es vorbei? Wenn nicht, würde ich das nämlich gerne wissen. Jetzt.«

Er beobachtete mich. Abwartend. Ich fand Traurigkeit in seinen Augen und erkannte, dass es ihm viel ausmachte. Und dass er gelitten hatte in den Tagen vor und nach der Explosion.

»Es war wichtig für mich«, sagte ich leise. »Es war schön. Und trotzdem haben wir nur ein Mal miteinander geschlafen. Ich will, dass du das weißt.«

Er drehte den Kopf zur Seite.

Schnell fuhr ich fort. »Es ist viel passiert in den letzten beiden Wochen. Es war völlig … surreal, irgendwie. Wir haben uns auf die Sache konzentriert, also auf Kurt, und sind uns dabei wieder verdammt nahe gekommen. Näher als früher auf jeden Fall. Ich hätte nicht geglaubt, dass etwas, was knapp dreißig Jahre her ist, mich noch einmal so einholen könnte. Aber genau das ist passiert. Es war wie die Befreiung von einer alten Sehnsucht.«

Gespannt wartete auf eine Reaktion. Aber es kam nichts. Max' Gesicht blieb im Schatten verborgen.

»Ich will mich nicht wieder in ihn verlieben. Nicht mehr. Wir beide haben entschieden, dass es vorbei ist, bevor es überhaupt richtig anfängt. Es ist vorbei.« Ich griff nach seiner Hand und war froh, dass er sie mir nicht entzog. Schmerzhaft schlug mein Herz gegen die Rippen, und ich hoffte inständig, dass Max es verstehen würde. »Ein Abschluss, kein Beginn. Einfach ein längst fälliger Abschluss, mein Lieb.«

NACHWORT

Die hier beschriebene Geschichte ist fiktiv. Dennoch enthält sie etliche Fakten, die real sind. Dass es im Rahmen der Vergabe von Subventionen der Europäischen Union tatsächlich zu Subventionsbetrug, zu Vetternwirtschaft, Korruptionsfällen u. Ä. gekommen ist, ist hinlänglich bekannt. Dass die Strukturmaßnahmen der Stadt Duisburg in hohem Maße durch die hier genannten Fonds der EU subventioniert werden, ist ebenso Fakt wie die Tatsache, dass Entwicklungsgesellschaften damit betraut werden, Investoren für die jeweiligen Projekte zu suchen und die Strukturerneuerung zu kanalisieren, umzusetzen und zu betreuen. Das hier in der Geschichte erwähnte Ziel-2 Programm des Landes existiert ebenso wie die Masterpläne der Stadt innerhalb der einzelnen Phasen. Ebenfalls wahr ist, dass sich die Planungsphasen der Europäischen Union auf je sechs Jahre beziehen.

Erfunden sind neben der Ruhrcity Bank lediglich die Bauprojekte Logport1 und Logport2 am östlichen Ende des Innenhafens. Dort war zum Zeitpunkt des Manuskriptabschlusses im Jahr 2011 nach wie vor nur Brachland. Mir ist nicht bekannt, dass es zu diesem zeitpunkt einen Bebauungsplan für das Gelände gab, wie er in dieser Geschichte unterstellt wird.

FIKTION UND WAHRHEIT

Als ich die Arbeit an meinem Manuskript im Jahr 2010 fast abgeschlossen hatte, wurden gerade erste Untersuchungen wegen der Kostenexplosion beim Bau des Landesarchivs NRW am Duisburger Innenhafen eingeleitet. Noch bevor die Originalausgabe in Druck ging, hatte sich das Ganze zu einem Skandal ausgeweitet, in dem die Staatsanwaltschaft wegen Korruptionsverdacht, Verdacht auf Untreue, Geheimnisverrat und Betrug ermittelte.

Der Fall war anders geartet als der hier in dieser Geschichte beschriebene und führte weder zu Mord noch Totschlag. Dennoch hatte die Realität meine Fiktion mehr bestätigt, als ich es jemals erwartet hätte.

ZUR AUTORIN

Ursula Sternberg, geboren in Duisburg, arbeitet hauptberuflich als Anwendungsentwicklerin, lebt in Essen und ist tief mit der Region verwurzelt. Sie liebt Katzen, Natur, Bewegung an der frischen Luft, Kochen und gutes Essen. Neben dem Schreiben malt sie, überwiegend in Öl, und hat an mehreren Gruppenausstellungen teilgenommen.

Veröffentlichungen:

Romane:
»*Variationen der Wahrheit oder Von Liebe, Käse und anderen Dingen*«, Kriminalroman, Assoverlag Oberhausen, 2007
»*Ruhrbeben*«, Kriminalroman und Ökothriller, BoD 2021, Originalausgabe Emons , 2014

Ruhrgebiets-Krimiserie:
»*Ruhrschnellweg*«, erster Band, Assoverlag Oberhausen, 2007
»*Insolvenzgeld*«, zweiter Band, Assoverlag Oberhausen, 2009
»*Nachtexpress*«, dritter Band, BoD 2021, Originalausgabe Emons 2010
»*Innenhafen*«, vierter Band, BoD 2021, Originalausgabe Emons 2011

Kurzgeschichten:
»*Abschied*«, erschienen in »*Schachbordelle*«, 35 Erotische Gedichte und Geschichten zum Menantes-Preis 2012, Hg. Jens-F. Dwars, Quartus Verlag 2012
»*Countdown*«, erschienen in »*Killer, Kerzen, Currywurst*«, Kriminelle Weihnachtsgeschichten aus dem Ruhrgebiet, Hg. Almuth Heuner, Prolibris Verlag 2017
»*Sieben*«, erschienen in »*Zechen, Zoff und Zuckerwerk*«, Kriminelle Weihnachtsgeschichten aus dem Ruhrgebiet, Hg. Almuth Heuner, Prolibris Verlag 2018
»*Sieben*« wurde für den Friedrich Glauser Preis 2019 nominiert.

www.krimis-und-kunst.de